宇宙工程师之歌

THE SONGS OF SPACE ENGINEERS

刘慈欣

主编

新 星 出 版 社 NEW STAR PRESS

图书在版编目（CIP）数据

宇宙工程师之歌 / 刘慈欣主编 . -- 北京：新星出版社，2023.10（2024.1 重印）
ISBN 978-7-5133-5295-6

Ⅰ . ①宇… Ⅱ . ①刘… Ⅲ . ①幻想小说 – 小说集 – 中国 – 当代 Ⅳ . ① I247.7

中国国家版本馆 CIP 数据核字 (2023) 第 159183 号

光分科幻文库

宇宙工程师之歌
刘慈欣 主编

责任编辑 杨 猛
监　　制 黄 艳
责任印制 李珊珊

出 版 人 马汝军
出版发行 新星出版社
（北京市西城区车公庄大街丙 3 号楼 8001 100044）
网　　址 www.newstarpress.com
法律顾问 北京市岳成律师事务所
印　　刷 北京汇瑞嘉合文化发展有限公司
开　　本 910mm × 1230mm 1/32
印　　张 12
字　　数 334 千字
版　　次 2023 年 10 月第 1 版 2024 年 1 月第 4 次印刷
书　　号 ISBN 978-7-5133-5295-6
定　　价 66.00 元

总机：010-88310888 传真：010-65270449 销售中心：010-88310811

精于工，匠于心，壮于文
——写在《宇宙工程师之歌》前面

科幻小说是由科技进步催生的文学体裁，科技中的科学自然由科学家所代表，而代表技术的人则是工程师。其实工程师的历史远长于科学家，在现代科学诞生之前的漫长岁月里，工程师早已存在，在相当长的历史阶段里，技术并没有科学的陪伴，那时的工程师们仍然用智慧和经验建造着人类文明的宏伟工程。在现代和未来，科学是通过工程师转化为技术进而改变世界的。

这本选集中的工程师科幻小说并非是指由工程师创作的科幻小说（事实上，与科学家相比，工程师身份的科幻作家并不是很多。）；而是指具有工程师思维方式的科幻小说，这种思维方式与科学家的有共通之处，但也有明显的区别。

作为一名曾经在工业领域工作多年的工科毕业生，我认识许多工程师，他们有些身居高位，指挥着千军万马建设着庞大的工程项目，那些现代化大工程充满着科幻色彩，但这些工程师本人却都是极其严谨、务实的人，兢兢业业地设计和砌放着这些宏伟工程的一砖一瓦。这也是工程师科幻的特征，这样的科幻小说具有明显的建构性，同样是创造想象世界，它们却不是用想象力的大笔一挥而就一个虚无缥缈的空中楼阁，而是用科技的和理性的一砖一瓦去建设它，坚实地放好下面的一块砖，再去放上面一块。这样的叙事看上去缺乏幻想的空灵和跳跃，其实需要更为强健和犀利的想象力，这样的想象世界，更具有真实的质感，像另一个平行世界中正在发生和已经发生的现实和历史。这方面一个典型的例子就是阿瑟·克拉克的《与拉玛相会》，其中用严谨的想象构建出来的那艘外星飞船，宏伟壮观，但每一个细节都具有似可触摸的真实感。

工程师科幻小说的另一个特征，就是对科学技术的认同和尊重。在这些科幻小说中，科技内容的含量很高，在其中，科技是一个正面的力量，人类文明的延续和发展以及理想世界的建立，都依赖于科技的进步。工程师的出现是用来解决问题的，在问题和灾难面前的悲观和哀叹对于他们没有任何意义。这一点也反映在工程师科幻中，在面对科技带来的负面效应，甚至面对世界末日的灾难时，这样的科幻小说不是沉湎于描述黑暗和绝望，而是充满着积极进取的精神，不管环境有多么令人绝望，其中的人物都在努力奋斗，为文明创造机会，为人类开辟一条生路。在这个过程中，人类的力量来源于科技，个人超级英雄和超自然的神迹在工程师科幻中是没有位置的。

众所周知，工业革命之后才诞生了科幻小说，第一次工业革命是依靠基层工程师的实践经验搞起来的，而在第二次工业革命中，工程师也扮演着极为重要的角色。在这次以钢铁工业和电气技术为核心的工业革命中，“工程师科幻小说”的鼻祖儒勒·凡尔纳闪耀登场。凡尔纳的科幻小说中展现了大量宏伟壮观的工程奇观，《海底两万里》《机器岛》《从地球到月球》《环绕月球》……这些科幻史上的耀眼经典，首次以展现宏大工程想象为科幻叙事核心，与重视惊悚剧情和对科技反思的科幻小说开山之作《弗兰肯斯坦》截然不同，对以后世界各国的科幻小说创作产生了巨大的影响。

工程师科幻小说的创作巅峰，应该属于二十世纪三十到七十年代这一科幻小说的黄金时代，这一时期涌现了许多工程师视角的科幻杰作，如《与拉玛相会》《天堂的喷泉》《火星三部曲》等。

在中国科幻文学的历史上，工程师科幻小说也曾经大量涌现，形成了二十世纪中国科幻的一个重要类型。这些作品具有鲜明的中国特色，它们的想象大多以当时已有的技术为基础，并且从已有的技术基础上走得不远；技术构思十分巧妙，无论与历史上还是同时代的作品都极少重复，对技术的描写十分准确和精确。但这些作品也有明显的缺陷，它们没有或少有人文主题，人物简单，叙事技巧即使在当时也是简单而单纯的，同时题材太小，缺乏震撼力，世界设定的格局不大，总给人以小品的感觉。这可能是这类作品在后来消失的主要原因。

现在，我们编选了《宇宙工程师之歌》这本科幻小说选集，目的就是展现完美形态的中国工程师科幻小说。选集中的原创科幻小说，都非常注重艺术感染力，题材都相对宏大，气势恢宏，读后令人震撼，有的完全可以拍成科幻大片，绝非当年那种科幻小品可比。

而在编选这本工程师科幻小说选集的过程中，我越来越清晰地体会到，科技是有温度的，当它融入人性和理想时，就成了推动人类前进的温暖之力。科技的进步不是目的，而是手段；人类的幸福和发展才是工程师和科幻作家追求的终极目标。

翻开《宇宙工程师之歌》，你能看到每个故事中都有一项气吞山河、匪夷所思的宏伟壮丽的工程。阅读这些故事之后，你能明白，工程师不仅是伟大的建设者，更是宇宙中的吟游诗人，他们以钢铁和电路编织梦想，用非凡的才能演奏与星辰对话的乐章；他们以精确的计算表达对宇宙的敬畏，以工程的艺术诠释对人类的热爱。在这些大气磅礴的科幻故事背后，其实隐藏着一个更深刻的问题：我们将如何通过工程与科技，与宇宙对话，重新认识自己。

目录

“勇士号”冲向台风　吴显奎 1

地　火　刘慈欣 19

水星播种　王晋康 55

决战美杜莎　王晋康 97

卡文迪许陷阱　陈梓钧 121

归去来兮　张　旭 141

黑月亮　胡士朋 159

信封计划　查　杉 189

故乡明　王诺诺 205

千疮星工程记事　索何夫 229

多加零　邓枫涛 277

莱氏秘境　长　铗 301

地球大炮　刘慈欣 337

“勇士号”冲向台风

吴显奎

一

这是仲夏的一个傍晚。

慧娟站在监测中心的停机坪前，望着五颜六色的天空，不时把目光投向台风实验室。她焦急地等待着自己的心上人陆永平。

远处的山峦已被晚霞披上一层红绸。一抹紫色的雾霭从草原散开，然后又漫过绿茵茵的停机坪，掩映着她那亭亭玉立的身姿。她穿着一件素花连衣裙，一头乌黑光洁的秀发很自然地飘洒下来，披在肩上；一对调皮而又含蓄的眼睛，笑起来甜甜的，仿佛要把欢乐给予所有的人。

她是个性格开朗而又心思缜密的姑娘。在台风研究基地，大家都称她“快乐的空中女神”，因为她是气象飞行员。

不过，最近大家发现，她很忧郁。原因嘛，知情的人也知道——陆永平第三次影响台风的试验失败了。

她深爱着陆永平，可又羞于向他表白。陆永平是研究台风的。去年秋天，他研制出光电触发器。由于没有掌握台风动力结构，他三次驾机冲击台风进行现场实验，都失败了。他为此焦虑、奔忙。她不愿分他的心，只得把对他的爱默默地藏在心中。

可是，今天下午，听说研究基地要撤销陆永平的课题，她急坏了。她担心陆永平承受不了这个打击，她渴望在这个时候自己能给予他帮助、关爱……

——下班前，她打了电话给他。

候机大楼的钟声舒缓地响了七下，淡紫色的雾霭开始散去。陆永平还没来，她不安地在草坪前徘徊。

基地静悄悄的，一排排气象探测机安稳地睡在机库里，只有台风预报中心的办公楼仍然灯火辉煌。看得出，那儿很繁忙。

她越过白色栅栏，离开停机坪，走上了一条小路。小路边满是菊花，全开了，白花花的一片，薄雾带着淡淡药味的馨香直透心肺。她走在白菊编织的小道上，紧张、兴奋而又焦虑地等待着……

穿过长长的花径，绕过预报中心的办公楼，再往前就是陆永平的实验室了。一望见那幢乳白色的小楼，甜蜜、温馨的记忆便浮现在她的眼前。

四年前，她就是在那幢小楼前认识陆永平的。

那会儿，陆永平还是正在读学位的硕士生，他个子不算很高，但身体结实；眼睛不大，但显得沉静自若。他随和地同陌生人交谈，偶尔爆发出爽朗的笑声，用不上十分钟，就会让人感觉他已经是自己的好友了。他说话也极富感染力，明明是你不愿做的事情，经他三说两说，你便高高兴兴地去做了。她当时感到，这是个挺有“嘴劲”的小伙子。可就是不知道，在遇到实际情况时，他的行动会不会像他嘴上说的那样有劲。

后来事实告诉她：陆永平的确出手不凡，在有飞行任务的情况下，半年建成“台风模拟实验室”，一年研制出台风催化剂，紧接着便开始了对台风的实际影响试验。他以大无畏的气势，决心将人工影响台风付诸实施。

他逐渐成了她倾慕的对象。这种倾慕不久就变成了爱慕。

她喜欢他，特别喜欢他那男子汉的永不满足的“野心”。也许是爱屋及乌吧，她还喜欢他驾驶的飞机。

那是一架名叫“勇士号”的核动力气象侦察机，不仅有两部火焰推进器，而且还有一部先进的光电加速器，十分带劲！有许多次，她梦里和他一同驾驶这架飞机钻进台风里，与疯狂的气旋搏斗……醒来的时候，心里总是充满了遗憾。她也多次向他提过这一要求，可他总是以“你没受过钻台风训练”为由，把她挡了回去。她是开小飞机的，专门监测小气候。她心里很不服气，可又没有办法。每次陆永平失败而归，她总要难过许久，后悔自己没能助他一臂之力。

不知什么时候，一辆灰色轿车从对面驶来，直到被雪亮的车灯晃得睁不开眼睛时，她才察觉。她退到路边，打算让小车过去。

可是车子开到她的身边，却戛然停下。陆永平从车窗里探出头来。

她故意埋下头，不理他。

陆永平笑道："嘿！告诉你一个好消息，第九号台风生成了！基地批准我再飞一次！"

她扬起头，扑哧笑了，"我还以为你让外星人劫走了呢！"

"对不起！秦老先生找我谈话，是他建议基地不必忙着撤下我的课题，同意我侦察台风的动力结构。他呀，总是在关键时刻拉我一把……"

"我真担心撤销你的课题。现在好了……"她思忖一下，又说，"你不需要飞行助手吗？过去……都因为你没有助手，所以失败了。"

他笑眯眯地摇着头，说道："恐怕不是这样。如果一开始就去侦察台风的动力结构，台风早就败在我手下了。"

"哼，我才不信呢！输了三次，嘴还那么硬。你说要不要个助手啊？"

"要助手干什么？又不是空中旅行！"

她生气了，把脸扭向一边。

小轿车突突地发动起来，雪亮的车灯把浓重的夜色划开一道裂缝。她一看，急了，"你等一等，"她气鼓鼓地说，"我要跟你去飞！"

车灯又暗了下来，他神秘地笑着，推开了车门，"快上来吧。我已经跟主任谈妥了，明天咱们一起去……"

二

核动力气象侦察机“勇士号”呼啸而起，箭一般射向天空，粤东机场在它的身下变成了火柴盒；随着秒针的嘀嗒声，“火柴盒”倏然不见了，迎来的是碧蓝的云天和浩瀚的大海。

陆永平把飞行高度拉到一万米，甩开了机翼下那一片片飘忽不定的高积云。他朝下看了一眼，苍茫的海面上，一艘艘渔轮像儿童在水池边玩的小木舟，编着几列纵队驶向大洋深处。这是一支专门尾随台风捕鱼的船队。他觉得渔民们一定正站在甲板上望着他们，一种自豪感不禁油然而生。

气象飞行员，天之骄子！他又瞄了慧娟一眼，悄然一笑。看样子她是着意打扮了一番。她穿着一身深棕色飞行员制服，头戴监测耳机，围着他去年秋天送给她的一条橘红色纱巾，端庄地坐在副驾驶的位置上。阳光透过舷窗，照在她的身上、脸上，折射出青春的光彩；她那一对水灵灵的大眼睛正专注地望着前方，长长的睫毛不停地忽闪着，似乎与明朗的天空交流着什么。年轻的飞行员强烈地感受到姑娘的魅力，他的脸微微地红了。

姑娘似乎觉察到他在打量着自己，不自然地说：“这架飞机可真快呀！”

“是啊，今天多安了一台发动机，能不快吗？”他美滋滋地笑着。

她娇羞地瞪了他一眼，忍不住也笑了。

陆永平又说：“现在笑，一会儿可别哭。”

“哼，你一贯从门缝看人……”

俩人都笑了。

前方，深邃的天空里，千奇百怪的积云变幻着形影，时而像天马行空，时而像巨鲸戏海，瑰丽缤纷。这是多么美的大自然，多么壮丽的征服大自然的事业呀！她的心头洋溢着幸福，感到从未有过的满足……

她是学习天气动力学的，毕业于中国著名的气象科学研究院。她自幼就是个气象迷，非常热爱气象探测事业，喜欢探索高空大气的秘密。她爱蓝天，爱它秋水般的清澈，爱它神话般的瑰丽。她的理想就是在蓝天上探索大气的奥秘。当台风研究基地在气象院校招收第一批气象飞行员的时候，她的理想实现了。她的身体素质好，人又聪慧，很快适应了工作。她可以独立拆开小飞机，然后再装上。她熟悉高空气象，所以在飞行中常常能追踪一股股看不见的气流；一旦飞机捕捉到与航向相同的气流，她便关闭发动机，像顺江而下的游鱼，自由舒畅地让气流带着走。

飞机穿过一片淡云区，继续向前飞行。

天空并不平静，各种气象要素不停地变幻。即使晴空朗朗，不同温度和湿度下的气流仍然在互相交织着、作用着，像一张纵横交错覆盖全球的网。网的纲便是大气环流。它在太阳的推动下，在地球自转偏向力的作用下，派生出数不清的支流。一条条支流像毛细血管一样分布在整个天空，形成千奇百怪、错综复杂的天气现象。在太平洋深处，赤道两侧，由于气流辐合上升，洋面形成了扭着劲儿的气流。这股气流从天空中和大洋里获得了超级能量，于是便呼啸旋转，扶摇直上；它夹带的霹雳闪电，狂暴无比，能摧毁海面和陆地上的一切，连鱼群都要躲开它。中国人称它台风，美国人叫它飓风，气象学则把它定义为热带气旋。它是凶恶无情的海上怪兽，有着庞大的躯体，在直径一千千米的海面上形成无数道云墙。它高速旋转，风速高达一百多千米每小时！它肆无忌惮地饕餮渔船，摧毁海上设施。它登陆造成海啸，淹没整座城市。它是天空中的魔鬼，海洋上的霸王。如今，它正得意地沿着西南一东北方向在东海海面上肆虐。在它身后，“勇士号”正跟踪而来。

飞机前方出现了碎云区，云下亮开一个蓝洞。陆永平轻轻拨动操纵杆，飞机便绕开碎云，飘向下前方蓝色的无云区——由于大气污染，太平洋上空的碎云带有大量的腐蚀性尘埃，陆永平生怕自己心爱的飞机被腐蚀，尽管这种腐蚀只是微乎其微。他爱飞机，犹如爱自己的生命。每次探测台风回来，他总是和机械师一道检查飞机，任何一个部件的受伤都使他心疼。他的飞机除有两部核动力常规推进器外，还有四台原子能加力装置。一旦飞机被困在台风里，只要打开加力喷火孔，触发核反应装置，随着轰的一声巨响，飞机的速度便可接近第一宇宙速度，冲破台风的包围。

“勇士号”钻进淡积云。他用眼角余光看看慧娟，但见她仍然新奇地注视着大海，像沉浸在童话般的幻想之中。

远方，海天交接处，海涌像平滑的小山丘在洋面上起伏，波长至少有三千米，真像神话传说的那样：海龙王喝醉了，在龙宫里手舞足蹈发酒疯，于是波涛触天，大浪吞没了打鱼的人。

陆永平的心怦然一动，不由想起自己的少年时代，想起他永生难忘的悲壮一幕。

在十三岁那年的夏天，他带着四个少年朋友到爸爸服役的航空母舰上参观。那年夏天气候异常，连续有几个台风生成。记得是一个风雨交加的可怕夜晚，台风袭击了航空母舰。只听嘎嘣一声巨响，固定飞机的缆绳同时被全部刮断，十几架飞机一齐向大海滑去。

叔叔们惊呆了。不知什么时候，爸爸冲上离他最近的那架飞机。只见蓝色火焰凶猛喷出，飞机腾空而起……

爸爸凭着高超的技术，与台风周旋。眼看就要冲出云墙了，可是，随着一道蛇形闪电，漆黑的空中亮出一团炽烈的白光！

陆永平被吓蒙了，过了许久才哇的一声哭出来……

三

飞机前方出现台母云。

台母云在热带气旋的推动下，呈现出辐辏状云霞，弥漫在整片天空。灿烂的阳光下，云霞峥嵘崔嵬，色彩斑斓，在飞机前排列组合，映现出万千画面：时而像北方秋天的谷浪，闪动着波动的光彩；时而像黄土高原金色的沙丘，跳动着惹人注目的波纹。

这是一个炫目的世界，是海上金色的羽流风暴，是强台风的前奏曲。海上魔王就隐藏在这光怪陆离的云霞后面，窥视着飞机的动向。

像猎人听到了猎物的脚步声，陆永平既紧张又兴奋。他从怀里掏出一个装潢精巧的小药瓶，递给慧娟。

她接过一看，原来是医学院新研制的“防晕灵”。这是一种复合气体，只要转动旋钮，便有气体释放，人闻了以后，即刻不晕。

慧娟笑道：“人人都说你心细，看来不假。”她转动着药瓶玩味着，“做个纪念蛮好的。”她说笑着，显得十分轻松。

陆永平倒恰好相反，显得很紧张。一来慧娟随同飞行，他有些局促；二来这是他首次也是最后一次侦察台风的动力结构，成功与否，关系着研究课题的命运。

为了实现人工影响台风，陆永平用了三年时间。最初，他还是个学生，就主动和台风研究基地搞协作。校方不许，他就偷偷干。那时学生都被“关”在校园里，还没有学生与研究单位搞协作的先例。他的秘密不久便被发现了。学生处处长找到台风模拟实验室，把他劈头盖脸地斥责了一顿，最后还给了他一个处分。这个处分直到现在还没有撤销。他心里憋足了一股气，不实现人工影响台风，绝不罢休！

陆永平稳重地操纵着飞机，一件件往事在眼前滑过：他想起对他充分信任并给予他极大支持的秦老先生，想到为保障他安全飞行几天不下检修台的戈阳机械师……还想到了父亲。他永远不能忘记飞机被闪电击毁的一霎间，他当时几乎昏倒，眼前只跳动着父亲冲上飞机的背影。

忽然，一条橘红色飘带在他眼前一闪。他定睛一看，是慧娟系着的那条橘红色纱巾。纱巾两角蓬松地飘在胸前，像一朵花。

陆永平故意问："这条纱巾颜色真好，我怎么没见你围过？"

她调皮地努努嘴，"只有这么一条，哪舍得呀！你又不多送两条。"

蓦地，陆永平发现飞机已经接近台风外围，一团团积云封锁了航线。他启动了精密气象雷达。

四

台风停下了脚步，在原处高速旋转。它的半径在缩小，它的风力却得到了可怕的加强。

哦，明白了！它在积聚力量。于是，黑暗在洋面上传播，恐怖伴着海啸滋长。云团，闪电，飓风，暴雨，各种武器备齐了。海上魔王蓄足了怒气，正准备放肆地发泄一番。与之相比，一架飞机真好似一只小蚊虫。

陆永平驾驶着"勇士号"，在距离台风七十千米的海面上空做圆周飞行，谨慎地寻找着最佳切入角度。

导航计算机飞快地变幻着各种数字，旋转气流从不同角度袭来，机身开始发抖，尾部在轰轰震响。

慧娟娴熟地接收着卫星云图照片，并向陆永平报告："第九号台风经过短暂停滞，开始撤离东海，沿着常规路线向日本海方向移动，中心风力加强到十三级。"

陆永平沉着地盯着雷达荧光屏。他的眼睛是经过特殊训练的，能在瞬间看清气象雷达回波的震颤，并在这震颤中捕捉到台风的缝隙，发现飞机足以冲破的弱云区。

台风推动着海水，发出水磨般的沉闷响声。响声汇入海啸，疯狂地呐喊，直冲云天。陆永平瞧准时机，在天空转了两圈，然后把机头指向第三象限，飞机同时下降到四千米。

“注意！我们切进去！”他急促地提醒一句，接着推下了操纵杆。飞机像一支响箭射向台风中心。

半分钟后，机翼开始剧烈震颤。肆虐的风暴张牙舞爪，上蹿下跳，恨不得将这个贸然闯入的“小甲虫”攥成齑粉！

慧娟脸色刷地白了，头晕目眩，胃里翻江倒海，直想吐。她紧闭嘴唇，“要挺住！要挺住！”她强忍着，她不能在这个时候分散他的精力。

上升的气流将飞机猛地托起，颠簸几下，又跌入深谷。他俩就像坐在一辆狂奔在沙丘上的轿车里，剧烈的震动像要撕开人的四肢。

陆永平用尽全身力气死死地把握住操纵杆，拼命保持着切入角度。

切变的气流像强悍的排炮，猛烈地冲击着机身，好像一双巨手在玩弄着一枚骰子。飞机沉闷地轰鸣着，核动力推进器喷射出白色火焰，刚好与台风深处的雷电相呼应。陆永平终于冲出一条口子，台风嬉闹似的让了一步，但马上又重整旗鼓，准备进行更疯狂的反击。

陆永平眼见时机已到，迅即开动了台风动力探测仪。立刻，三维气象雷达天线开始旋转，机舱里各种指示灯一齐闪烁，嘀嘀嗒嗒的电波信号声和电子计算机终端设备——电传机的突突声相互交织，汇成一首冲击台风的交响曲。

慧娟脸色愈发苍白，额头上的汗水沿着面颊向下流淌，濡湿了胸前那条橘红色纱巾。她强忍着，一边接收太平洋静止气象卫星发回来的台风云图，一边监测台风中心的强电信号——这是一项关系着飞机安全的工作，她必须及时作出判断，以便提醒陆永平，安全绕过强电雷暴区。

陆永平稍许轻松些，忽然看见慧娟那张惨白的脸，“反应大吧，防晕灵呢?”

经陆永平提醒，她忙取出药瓶，旋动盖子。可是，随着机身更加剧烈的颤抖，她还是吐了出来。陆永平忙把一张浸有强力药物的毛巾递给她。

台风开始反扑了!

飞机接近它的最后防线——“台风壁”。

台风从里向外可分为三层：第一层，“台风眼”，这里最平静，没有乌云，没有暴风。第二层，“台风壁”，它是台风的死区，是环绕台风中心的厚重云墙，纵深十千米，高达数千米，由一排排气势汹汹的积雨云组成。这里对流极强，大雨如注，犹如翻江倒海。第三层，台风的外围，由积云构成，飞机已经顺利通过了。眼下最困难的是冲击台风壁，飞行能否成功，能否发现台风的动力结构，全在第二层。陆永平对此深信不疑。因为台风在这里表现得最猖狂，最猛烈，最嚣张。

大约四十五秒钟后，飞机突然像一头牤牛踏破了马蜂窝，发疯般上下奔突，狂乱地甩头摆尾。陆永平紧紧握住操纵盘，像牵着牛鼻子一般，努力保持着飞机的平衡。

慧娟一边捂着监听耳机，一边吐着，不时向陆永平报告雷暴动态。陆永平的心为之震颤：这么一个温柔甚至有些懦弱的姑娘，在关键时候，居然表现得如此泼辣和刚强，真有点不可思议!

一道闪电在机舱外划过，飞机猛地哆嗦一下，接着就是一声巨响。慧娟心一沉：完了，翅膀被削下去了！她眼前一片昏黑。

几秒钟后，她才意识到飞机仍然在飞。她暗笑自己的胆怯和愚笨，马上扶正监听耳机，又工作起来，不时把目光投向台风动力探测仪。她和陆永平一样着急——荧光屏上仍然没有图像显示。

“勇士号”艰难地与台风壁抗争着。它冲破一团团急流滚滚的浓积云，在倾盆大雨中飞行。静电消爆器火花四溅，飞机像一只周身燃烧着火焰的神鹰，在狰狞的云涛里穿行。舱外更加昏黑，飓风怪叫，海水咆哮，风速达到三十米每秒！

慧娟渐渐感到支撑不住，她吐得抬不起头，药物对她不起作用，眼泪止不住哗哗地流。陆永平急得浑身冒汗。他死死踩住平衡板，试图让飞机平稳些，可飞机从来没有像今天这样不听话，仍然狂跳不止。

慧娟低着头，用手卡着脖子，依然监听着雷暴区；又是一阵呕吐，她感到口有些苦，仔细一看，吐出的是黄绿色的胆汁！她慌了，忙把纸袋塞到座椅下。

突然，飞机像是挣脱了千万根钢索，倏然加快了。它终于冲破台风的防线，穿透了凶险的云墙，到达一个明朗的空间。这里温度高，气压低，还有金色的太阳——他们钻进了台风眼！

两个年轻人长舒一口气，他们对视着，会心地笑了，又一齐把目光投向窗外。只见直径四十千米的椭圆形海区被耸入高天的云墙环抱，像刀劈一样笔直。墙面上，云涌海啸，浊浪排空；墙内，蓝天白云，风平浪静，一群群海鸟在深蓝色的海面上自由飞翔。

“行吗？还挺得住吗？”陆永平极其温柔地问道。

她苦笑一下，点点头。

飞机在台风眼做圆周飞行。

三分四十四秒过去了，台风动力探测仪依然没有图像显示，陆永平骤然紧张起来。他不停地转动着探测仪的红色旋钮，心怦怦跳着。他绝不能再一次失败，无论如何也要找到台风的动力结构图！

五

“勇士号”升到七千米，探测仪显现出一组信号，接着又消失了。陆永平心中一喜，“我们接近目标了，只是飞行角度不对。”

他果断地把飞机高度固定在七千米，然后在这个平面上向台风壁的十六个方位探测。这组信号反复加强。两人热血沸腾，喜出望外。

计算机不停地处理着这些信号。

杂波，还是杂波，可怕的天电干扰！

陆永平开始怀疑探测仪的滤波器出了毛病。

蓦然，探测仪在西北方位获得一组特殊信号，接着倏然消失。像猎人突然发现追踪的猎物藏匿的地方，陆永平诡秘地笑了，立刻把机头拉向西北方位，朝云墙飞去。

慧娟还没明白，飞机已经接近云墙。

西北云墙很特殊，远远看去，像一座大型体育场的看台，阶梯分明，平缓而上。一群海鸥贴着“看台”打着斜翅向空中冲击。陆永平慌忙调整机头，躲开鸟群。

忽然，慧娟惊呼：“快看——动力结构图！”

只见幽蓝的动力仪荧光屏上，清晰地显示着一幅环形交叉立体结构图。

这正是陆永平梦寐以求的台风动力图。

一股巨大的热流涌进陆永平的心房。他兴奋得微微颤抖，手也不听使唤了。根据程序，信号从动力仪出来后，必须经过计算机处理。可他一激动，居然先将它送进了电传打字机。

慧娟笑了起来。她娴熟地把信号引进计算机，然后储存在纸带上。陆永平用欣赏的语气说：“翻花的地方不是深水，想不到它的动力区不在台风壁。”

通过荧光屏显示，第九号台风的主动力区在距离台风中心一百四十千米的云外围墙上。那儿就是台风的“发动机”。只要启动机载光电加速器，将台风中的电能整合形成一个巨大的闪电，就等于给台风“釜底抽薪”。无论多么大量级的台风都只能有一条出路：蜕化！

计算机显示：有关台风动力的全部信息已经收齐，他们就要胜利返航了！陆永平让慧娟将这些珍贵的气象资料装进黑匣子。

“飞行员陆永平请示空中女神，可否返航？”

她甜甜一笑，学着塔台调度员的声音：“准许返航！”

机头拉起来了。两秒钟后，飞机上升到万米高空，进入台风的外流层。台风从下至上有三层，外流层是最上一层，空气在这一层猛烈地向外流出。飞机从平静的台风中心向上冲，进入外流层后便沿着气体外流方向飞行。他们可以轻而易举地撤离台风了。

陆永平心情极好。慧娟心里也充满了幸福和欢乐，似乎回到了自己的童年，在妈妈的怀抱里低唱“我们飞翔在高高的蓝天上……”

突然，她的监听耳机里传来一组很强的信号。她一惊，抬头看着陆永平。陆永平正襟危坐，目视前方。

飞机偏离了航线。

她大惊失色！

“勇士号”装有三部惯性导航系统和两部自动驾驶仪，导航精密度极高，在万里航程中也不会有一米误差，怎么会大幅度偏航？

她急忙问道：“出了什么事？”

陆永平绷着脸，低沉地说：“下边有船队，台风拐弯了……”

一桶凉水当头淋下，慧娟浑身震颤。

这种拐弯台风，破坏力极大！一般情况下，台风过境后，雷达便解除了警戒，可它突然杀了个回马枪。因为猝不及防，常常会给解除警报的地区造成惨重的损失。

监听耳机里，信号变成一串串电台呼救声。

她慌忙启动雷达，此刻荧光屏上的回波已经描出一幅惊心动魄的图画：

在汹涌的大海上，几百艘渔轮像扇面一样拉开，开足马力，拼命向东逃奔。半小时前，它们还是井然有序，现在却乱成一团。台风从百里外扑来，“涌”浪已经掀过船头。有两艘船索性离开船队，朝台风侧面奔去。结果台风好像发现了它们的企图，迅速收拢双臂，“涌”浪一次又一次将这两条倔强的钢壳船推了回来。它要把所有船只赶到一起，让它们在自相碰撞中沉没，渔民们苦苦地挣扎着，柴油机发出一阵阵凄厉的绝唱……

惊恐扼住了慧娟的喉咙，她呆呆地望着陆永平。

飞机继续偏航。

她终于喊出来了："你这是往哪儿飞?！我们不能见死不救！"

"怎么救？那么多渔船，"陆永平冷峻地说，"除非影响台风，还有别的办法吗?"

飞机远离了航线。

陆永平非常沉静地说："前方是浅海区，离白沙岛很近，你跳伞吧！"

慧娟恍然大悟，他偏航是为了送她。

她瞪圆了眼睛。

"我在这个时候跳伞?"

"快跳吧，不要逞强！"

"你一个人太危险！"

"两个人就不危险吗？快跳！"

"不！我可以帮你监听。机身已经受损，消爆器工作时间太长，三根动力线已烧断两根，我能帮你躲过雷区。"

陆永平无动于衷。

"不！不！我不跳！我绝不，绝不！"她竟然吼叫起来，陆永平痛苦地闭上了眼睛。

她委屈地哭了，泪珠在面颊上滚动。

他让步了。

他飞快地使用气象雷达对台风定位，然后触发了原子能加力装置。只听轰的一声，俩人同时晕了过去(这是人体对于飞机变速做出的反应)。

当他们清醒时，飞机已经接近台风壁。

六

台风蓄足了野性的力量，在辽阔的海面上追逐着渔轮。浪涛借着风的威势，肆无忌惮地狂叫着，打闹着，恐吓着。它要把所有的渔轮推向一个死角，推向狭窄的刑场。

正在它得意忘形之际，喷着火焰的“勇士”再一次钻进它的腹中。它暴怒了！它抡起强电撒手锏朝飞机劈去，一道刺眼的闪电划开黑暗，接着就是一声震耳欲聋的轰鸣——台风得势了！它把静电消爆器削掉半边，飞机随时都有被击毁的危险。

陆永平眼睛红了，手指僵了。他只有一个念头：冲进去！冲到台风的“心脏”里去！

台风推动着沉雷、暴雨，筑起一道坚固的云墙，拼力保护它的“心脏”。飞机轰鸣，台风嘶叫，两相对抗着，僵持着。

陆永平凭着他的飞行绝技，巧妙地绕过雷区，一步步向台风动力区靠近：八千米……六千米……四千米……

陆永平看准时机，踩下了催化粉的抽板。

只听一声巨响，追踪仪失去了信号！

他的心凉了，像掉进冰窖里。

风压太大，电动机失灵了。

催化剂的风门打不开了！

陆永平明白，再也没有别的办法了。释放催化剂的金属门是由电机带动的，钢绳一断，门便无法打开。

他一时没了主张，双手失去了力度，肌肉也在颤抖，眼前一阵阵昏暗。他有些后悔：为什么不假思索就飞回来了？船队与我有什么关系？谁让他们不注意警报，不相信科学……

不能！他的眼前突然出现父亲冲上飞机的背影，耳边响起父亲的呼喊，热血在他的心中冲腾。他咬紧牙关，他不能眼睁睁看着船队覆灭。

这时，两个惊心动魄的音节猛地涌上脑海："自爆！"

只要启动机载光电加速器，借用天空中闪电的能量，就能摧毁台风！

只有这样才能救出船队！

可是，当他侧头看着慧娟的时候，心软了……

她是那样美丽年轻——像一朵初放的花朵。

他不忍心地转过脸去。

姑娘不明白飞机怎么了，用目光探寻着，鼓励着他。

"慧娟，钢门打不开了，只剩下一条绝路。"陆永平眼睛死盯着飞机前方，手臂机械地摆动着操纵杆，"只有启动机载光电加速器……"

姑娘惊呆了，眼瞪得老大，"你是说，在强电场下，聚集闪电的能量？那不是自我炸毁吗？"

"不然，船队就全完了。"

"可是，我们无法跳伞哪！外面是十二级台风。"

"我们已经被逼上绝路了。要么丢下渔民，我们冲出去；要么自爆，救下他们……"

仿佛飞机突然失速，她的心坠向大海。

在过去三千个小时的飞行中，多少危险把她逼上绝境，可她都没有像此刻这样六神无主：

"让我们牺牲吧，救出他们？……可是，我们还年轻啊……冲出去？不……以两人的死，换取几百人的生……啊，和陆永平一起，死而无憾！"

她平静地扬起头，"陆永平，我听你的！"

又是一道蛇形闪电！和他在航空母舰上看到的一模一样。

悲壮的往事燃起他心中追寻崇高的火焰，他对准台风"发动机"，开始启动光电加速器的程序。

两个勇敢的年轻人庄严地拉开了人工影响台风的悲壮一幕！

陆永平操纵计算机，算好时间；慧娟密封了黑匣子，里边装有台风的全部资料。

“要留下便于寻找的标记。”陆永平提醒她。

慧娟庄重地解下那条心爱的橘红色纱巾，包上黑匣子，然后打开空投门。

倒数器开始显示数字：10，9，8，7，6……

两个年轻人紧握着双手，他们互相偎依着，眸子里闪动着坚定挚爱的光芒。陆永平打开发射机，在他们生命的最后时刻，留下这样两句话——

“我们的选择，值得！”

“我很幸福！”这是姑娘的声音。

一道刺眼的白色光球在东海上空划过，隆隆巨响震撼着整个天宇。就在这隆隆巨响中，光电加速器汇聚了天空和大海上的所有电能，形成了一道蓝色的蛇形闪电。它以巨大的能量，将厚厚的云壁掀开了一个大口子，旋即将其撕成了碎片！

狂暴的台风无奈地呻吟着，大海变得软弱无力了……

风平浪静，碧空如洗，大海显得温驯而又妩媚，似乎这里什么也没有发生过。

大海深处，带发报机的密封资料箱嘟嘟嘟地发着信号，仿佛在唱着一曲悲壮的歌。

一架水陆两用机沿着电波发射的方向飞来，落在海面上。

舱门自动启开，老气象学家走出机舱，目光投向大海：在灿烂的阳光下，一朵橘红色的花儿在碧波中绽开。

（本文荣获首届中国科幻银河奖甲等奖）

地　火

刘慈欣

父亲的生命已走到了尽头，他用尽力气呼吸，比他在井下扛起二百多斤的铁支架时用的力气大得多。他脸色惨白，双目突出，嘴唇因窒息而呈深紫色，仿佛一条无形的绞索正在脖子上慢慢绞紧，他那辛劳一生的所有淳朴的希望和梦想都已消失，现在他生命的全部渴望，就是多吸进一点点空气。

但父亲的肺，就像所有患三期硅肺病的矿工的肺一样，成了一块由网状纤维连在一起的黑块，再也无法把吸进的氧气输送到血液中。组成那个黑块的煤粉，是父亲在二十五年中从井下一点点吸入的，是他一生采出的煤中极小极小的一部分。

刘欣跪在病床边，父亲气管发出的尖啸一下下割着他的心。突然，他感觉到这尖啸中有些杂音，他意识到这是父亲在说话。

“什么，爸爸？你说什么呀，爸爸？”

父亲突出的双眼死死盯着儿子，那垂死呼吸中的杂音更急促地重复着……

刘欣又声嘶力竭地追问。

杂音没有了，呼吸也变弱了，最后成了一下一下轻轻的抽搐，然后一切都停止了，可父亲那双已无生命的眼睛仍焦急地看着儿子，仿佛迫切地想知道他是否听懂了自己最后的话。

刘欣进入了恍惚状态——他不知道妈妈是怎样晕倒在病床前的，也不知道护士是怎样从父亲鼻孔中取走输氧管的，他只听到那段杂音在脑海中回响，每个音节都刻在他的记忆中，像刻在唱片上一样清晰。

后来的几个月，他一直都处在这种恍惚状态中。那杂音日日夜夜在脑海中折磨着他，最后他觉得自己也要窒息了，不让他呼吸的就是那段杂音，他要想活下去，就必须弄明白它的含义！

直到有一天，久病的妈妈对他说，他已长大了，该撑起这个家了，别去念高中了，去矿上接爸爸的班吧。

他恍惚着拿起父亲的饭盒，走出家门，在1978年冬天的寒风中向矿上走去，向父亲的二号井走去。

他看到了黑黑的井口，好像一只眼睛注视着他，而通向深处的一串防爆灯就是那只眼睛的瞳仁——那是父亲的眼睛。那杂音急促地在他脑海中响起，最后变成一声惊雷，他猛然听懂了父亲最后的话：

“不要下井……”

二十五年后

刘欣觉得自己的奔驰车在这里很不协调，很扎眼。现在矿上建了些高楼，路边的饭店和商店也多了起来，但一切都笼罩在一种灰色的氛围之中。

车到了矿务局，刘欣看到局办公楼前的广场上黑压压坐了一大群人。刘欣穿过坐着的人群向办公楼走去。

在这些身着工作服和便宜背心的人当中，西装革履的他再次感到了自己同周围的不协调。人们无言地看着他走过，目光像钢针一样穿透了他身上两千美元一套的名牌西装，令他浑身发麻。

在局办公楼前的大台阶上，他遇到了李民生，他的中学同学，现在是地质处的主任工程师。这人还是二十年前那副瘦猴样，脸上又多了一副憔悴的倦容。李民生抱着一卷图纸，这对他似乎已是很沉重的负担。

“矿上有半年发不出工资了，工人们都在等。”寒暄后，李民生指着办公楼前的人群说，同时上下打量着刘欣，那目光像在看一个异类。

“有了大秦铁路，前两年国家又实行限产，还是没好转？”

"有过一段好转，后来又不行了。这行业就这么个样子，我看谁也没办法。"李民生长叹了一口气，转身欲走，好像刘欣身上有什么东西使他想快些离开，但刘欣拉住了他。

"帮我一个忙。"刘欣说。

李民生苦笑着说："十多年前在市一中，你连饭都吃不饱，还不肯要我们偷偷放在你书包里的饭票，现在你更是最不需要谁帮忙了。"

"不，我需要。能不能找到地下一小块煤层，很小的一块，贮量不要超过三万吨，关键是这块煤层要尽量孤立，同其他煤层间的联系越少越好。"

"这个……应该行吧。"

"我需要这煤层和周围详细的地质资料，越详细越好。"

"这个也行。"

"那我们晚上细谈。"刘欣说。

李民生转身又要走，刘欣再次拉住了他，"你不想知道我打算干什么？"

"我现在只对自己的生计感兴趣，和他们一样。"李民生朝人群偏了一下头，转身走了。

沿着被岁月磨蚀的楼梯拾级而上，刘欣看到楼内的高墙上沉积的煤粉像一幅幅巨型的描绘云雾和山脉的水墨画。

那幅《毛主席去安源》的巨幅油画还挂在那里，画很干净，没沾染煤粉，但画框和画面都显示出了岁月的沧桑。画中人那深邃沉静的目光在二十多年后又一次落到刘欣的身上，他终于有了回家的感觉。

来到二楼，局长办公室还在二十五年前那个地方。那两扇大门后来包了皮革，不过现在皮革也破了。

推门进去，刘欣看到局长正伏在办公桌上专心致志看一张很大的图纸，半白的头对着门口。走近了看，那是一张某个矿的掘进进尺图。

"你是部里那个项目的负责人吧？"局长问道。他只是抬了一下头，然后又低下头去看图纸。

“是的，这是个很长远的项目。”

“呵，我们尽力配合吧，但眼前的情况你也看到了。”局长抬起头来，把手伸向他。刘欣和他握手时，看到了他脸上和李民生一样的憔悴倦容，同时感觉到他有两根手指变形了——那是早年一次井下工伤造成的。

“你去找负责科研的张副局长，去找赵总工程师也行，我没空，真对不起了，等你们有一定结果后我们再谈。”局长说完，又把注意力集中到图纸上去了。

“您认识我父亲，您曾是他队里的技术员。”刘欣说出了他父亲的名字。

局长点点头，说道：“好工人，好队长。”

“您对现在煤炭工业的形势怎么看？”刘欣突然问，他觉得只有尖锐地切入正题才能引起这人的注意。

“什么怎么看？”局长头也没抬地问。

“煤炭工业是典型的传统工业、落后工业和夕阳工业。它劳动密集，工人的工作条件恶劣，产出率低。产品运输要占用巨量运力……煤炭工业曾是英国工业的一个重要组成部分，但英国在多年前就关闭了所有的煤矿！”

“我们关不了。”局长说，仍未抬头。

“是的，但我们要改变！彻底改变煤炭工业的生产方式！否则，我们永远无法走出现在这种困境！”刘欣快步走到窗前，指着窗外的人群，“煤矿工人，千千万万的煤矿工人，他们的命运难以有根本的改变！我这次来……”

“你下过井吗？”局长打断他。

“没有。”一阵沉默后，刘欣又说，“父亲死前不让我下。”

“你做到了。”局长说，他继续伏在图纸上。刘欣看不到他的表情和目光，刚才那种针刺的感觉又回到了自己身上。刘欣觉得很热，这个季节，他的西装和领带只适合有空调的房间，但这里没有空调。

“您听我说，我有一个目标，一个梦。这梦在我父亲死的时候就有了。为了我的这个梦、这个目标，我上了大学，又出国读了博士……我要彻底改变煤炭工业的生产方式，改变煤矿工人的命运。”

“说简单些，我没空。”局长把手向后指了一下。刘欣不知他指的是不是窗外的人群。

“只要一小会儿，我尽量简单些说。煤炭工业的传统生产方式是：在极差的工作环境中，用密集的劳动、很低的效率，把煤从地下挖出来，然后占用大量铁路、公路和船舶的运力，把煤运输到使用地点，然后再把煤送到煤气发生器中，产生煤气，或送入发电厂，经磨煤机研碎后送进锅炉燃烧……”

“再简单些，直截了当些。”

“我的想法是：把煤矿变成一个巨大的煤气发生器，使煤层中的煤在地下就变为可燃气体，然后用开采石油或天然气的方式地面钻井开采，并通过专用管道把这些气体输送到使用点。用煤量最大的火力发电厂的锅炉也可以燃烧煤气。这样，矿井将消失，煤炭工业将变成一个同现在完全两样的崭新的现代化工业！”

“你觉得自己的想法很新鲜？”

刘欣不觉得自己的想法新鲜，同时他也知道，这位局长——矿业学院六十年代的高才生，现今国内最权威的采煤专家之一——也不会觉得新鲜。局长当然知道，煤的地下气化在几十年前就是世界性的研究课题，这几十年中，数不清的研究所和跨国公司开发出了数不清的煤气化催化剂，但时至今日，煤的地下气化仍是一个梦，一个人类做了近一个世纪的梦。

原因很简单，那些催化剂的价格远高于它们产生的煤气。

“您听着，我不用催化剂，也可以做到煤的地下气化！”

“怎么个做法呢？”局长终于推开了眼前的图纸，似乎打算很专心地听刘欣说下去。

这给了刘欣很大的鼓舞。

“把地下的煤点着！”

一阵长时间的沉默。局长直直地看着刘欣，同时点上一支烟，热情地示意他说下去。

但刘欣的兴奋劲儿一下降了下来，他已经看出局长热情的实质。在日日夜夜艰苦而枯燥的工作中，他终于找到了一个短暂的放松消遣的机会——一个可笑的傻瓜来免费表演了。

刘欣只好硬着头皮说下去："开采是通过从地面向煤层钻孔实现的，用现有的油田钻机就可实现，其作用如下：一，向煤层中布放大量的传感器；二，点燃地下煤层；三，向煤层中注水或水蒸气；四，向煤层中导入助燃空气；五，导出气化煤。

"地下煤层被点燃并同水蒸气接触后，将发生以下反应：碳同水生成一氧化碳和氢气，碳同水生成二氧化碳和氢气；然后，碳同二氧化碳生成一氧化碳，一氧化碳同水又生成二氧化碳和氢气。最后的结果将产生一种类似于水煤气的可燃气体，其中的可燃成分是百分之五十的氢气和百分之三十的一氧化碳，这就是我们可以得到的气化煤。

"传感器将煤层中各点的燃烧情况和一氧化碳等可燃气体的产生情况，通过次声波信号传回地面，这些信号汇总到计算机中，生成一个煤层燃烧场的模型。根据这个模型，我们就可从地面通过钻孔控制燃烧场的范围，并控制其燃烧的程度。具体的方法是通过钻孔注水抑制燃烧，或注入高压空气、水蒸气加剧燃烧。这一切都是计算机根据燃烧场模型的变化自动进行的，可以使整个燃烧场处于最佳的水煤混合不完全燃烧状态，保持最高的产气量。您最关心的当然是燃烧范围的控制。针对这个问题，我们可以在燃烧蔓延的方向上打一排钻孔，注入高压水，形成地下水墙阻断燃烧；在火势较猛的地方，还可采用大坝施工中的水泥高压灌浆帷幕来阻断燃烧……您在听我说吗？"

窗外传来一阵喧哗，吸引了局长的注意力。刘欣知道，他的话在局长脑海中产生的画面肯定和自己想象中的不一样。局长当然清楚点燃地下煤层意味着什么。

现在，地球上各大洲都有很多燃烧着的煤矿，中国就有几座。

去年，刘欣在新疆第一次见到了地火。在那里，极目望去，大地和丘陵寸草不生，空气中涌动着充满硫黄味的热浪，使周围的一切都在晃动，仿佛整个世界都被放在烤架上。

入夜，刘欣看到一道道幽幽的红光，它们是从地上无数裂缝中透出的。刘欣走近一条裂缝，探身向里看去，立刻倒吸了一口冷气。这儿像是地狱的入口。红光从深处透上来，热力逼人。再抬头看看夜幕下这透出道道红光的大地，刘欣一时觉得地球像一块被薄薄地层包裹着的火炭！

陪刘欣去的是一个叫阿古力的强壮维吾尔族汉子，他是中国唯一一支专业煤层灭火队的队长。刘欣那次去的目的，就是要把他招聘到自己的实验室中。

“离开这里我还有些舍不得，”阿古力用生硬的汉语说，“我是看着地火长大的，它在我眼中成了世界必不可少的一部分，像太阳和星星一样。”

“你是说，从你出生时这火就烧着？”

“不，刘博士，这火从清朝时就烧着！”

刘欣一下呆立住了，在黑夜中的滚滚热浪面前，打着寒战。

阿古力接着说：“与其说我答应去帮你，还不如说是去阻止你。听我的话，刘博士，这不是闹着玩儿的，你在干魔鬼的勾当呢！”

……

这时，窗外的声音更大了，局长站起身向外走去，同时对刘欣说：“年轻人，我真希望部里用投在这个项目上的那六千万干些别的。你已经看到了，需要干的事儿太多了，回见。”

刘欣跟在局长身后来到办公楼外面，看到等候的人更多了。一位领导正对群众喊话，刘欣没有听清那人在说什么，他的注意力被人群一角的情景吸引了，那里有一大片轮椅。这个年代，你不会在别的地方见到这么多的轮椅集中在一块儿，轮椅还在源源不断地出现，每只轮椅上都坐着一位因工伤截肢的矿工……

刘欣感到透不过气来，他扯下领带，低着头急步穿过人群，钻进自己的汽车。

他漫无目的地开车乱转，脑子一片空白。

不知转了多长时间，他刹住车，发现自己来到了一座小山顶上。他小时候常到这里来，从这儿可以俯瞰整个矿区。

他呆呆地站在那儿，不知过了多长时间。

“都看到些什么？”一个声音响起。刘欣回头一看，李民生不知什么时候站在了他身后。

“那是我们的学校。”刘欣向远方指了一下。

那是一所很大的、中学和小学连在一起的矿山学校，校园内的大操场格外醒目。在那儿，他们埋葬了自己的童年和少年。

“你自以为记得过去的每一件事。”李民生在旁边的一块石头上坐下来，有气无力地说。

“我记得。”

“那个初秋的下午，太阳灰蒙蒙的，我们在操场上踢足球，突然大家都停下来，呆呆地盯着教学楼上的大喇叭……记得吗？”

“喇叭里传出哀乐。过了一会儿，张建军光着脚跑过来说，‘毛主席去世了……’”

“我们骂他说，你这个小反革命！狠揍了他一顿。他哭叫着说是真的，向毛主席保证是真的。我们没人相信，扭着他往派出所送……”

“但我们的脚步渐渐慢下来，校门外也响起了哀乐，仿佛天地间都充满了这种悲怆的声音……”

“以后二十多年中，这哀乐一直在我脑海里响着。最近，在这哀乐声中，尼采光着脚跑过来说，上帝死了。”李民生惨然一笑，“我信了。”

刘欣猛地转身盯着他童年的朋友，“你怎么变成了这个样子？我不认识你了！”

李民生猛地站起身，也盯着刘欣，同时用一只手指着山下黑灰色的世界，“那矿山怎么变成了这个样子？你还认识它吗？”他又颓然坐下，“那个时代，我们的父辈是多么骄傲的一群，伟大的煤矿工人是多么骄傲的一群！就说我父亲吧，他是八级工，一个月能挣一百二十元！那个时代的一百二十元啊！”

刘欣沉默了一会儿，想转移话题，他问道："家里人都好吗？你爱人，她叫……什么珊来着？"

李民生又苦笑了一下，"现在连我都几乎忘记她叫什么了。去年，她对我说她去出差，扔下我和女儿，不见了踪影。两个多月后，她来了一封信，信是从加拿大寄来的，她说再也不愿和一个煤黑子一起葬送人生了。"

"有没有搞错，你是高级工程师啊！"

"都一样。"李民生对着下面的矿山画了一大圈，"在她们眼里，我们都是煤黑子。呵，还记得我们是怎样立志当工程师的吗？"

"那年创高产，我们去给父亲送饭，那是我们第一次下井。在那黑乎乎的地方，我问父亲和叔叔们，你们怎么知道煤层在哪儿？怎么知道巷道向哪个方向挖？特别是，你们在深深的地下从两个方向挖洞，怎么能准准地碰到一块儿？

"你父亲说，孩子，谁都不知道，只有工程师知道。我们上井后，他指着几个把安全帽拿在手中、围着图纸看的人说，看，他们就是工程师。当时在我们眼中，那些人就是不一样。至少，他们脖子上的毛巾白了许多……"

"现在我们实现了儿时的愿望，当然说不上什么辉煌，总得尽责任做些什么，要不岂不是背叛了自己？"

"闭嘴吧！"李民生愤怒地站了起来，"我一直在尽责任，一直在做着什么。倒是你，成天就生活在梦中！你真的认为你能让煤矿工人从矿井深处走出来？能让这矿山变成气田？就算你的那套理论和实验都成功了，又能怎么样？你计算过那东西的成本吗？还有，你用什么来铺设几万千米的输气管道？要知道，我们现在连煤的铁路运费都付不起了！"

"为什么不从长远看？几年，几十年以后……"

"见鬼吧！我们现在连几天以后都没着落呢！我说过，你是靠做梦过日子的，从小就是！当然，在北京六铺炕那幢安静的旧大楼（国家煤炭设计院所在地）里，你这梦可以随便做。我不行，我生活在现实中！”李民生揶揄了一通，转身要走时才想起来意，“哦，我来是告诉你，局长已安排我们处配合你们的实验。工作是工作，我会尽力的。三天后我给你实验煤层的位置和详细资料。”说完，他头也不回地走了。

刘欣呆呆地看着这埋葬了他童年和少年时代的矿山。他看到了高大的井架，顶端巨大的卷扬轮正转动着，把看不见的大罐笼送入深深的井下；他看到了一排排轨道电车从他父亲工作过的矿井出入；他看到了选煤楼下，一列火车正从一长排数不清的煤斗下缓缓开出；他看到了电影院和球场，在那里他度过了最美好的童年时光；他看到了高大的矿工澡堂——只有在煤矿才有这样大的澡堂。在那宽大澡池被煤粉染黑的水中，他居然学会了游泳！是的，在这远离大海和大河的地方，他是在那儿学会游泳的！

他的目光移向远方，看到了高大的矸石山。那是上百年来从煤中捡出的黑石堆成的山，看上去比周围的山都高大。矸石中的硫黄因雨水而发热，正冒出一阵阵青烟……

这里的一切都被岁月罩上一层黑灰色，这也是刘欣童年的颜色，生命的颜色。他闭上双眼，听着矿山发出的声音。时光在这里仿佛停止了流逝。

啊，父辈们的矿山，我的矿山……

这是离矿山不远的一个山谷，白天可以看到矿山的烟雾和蒸汽从山后升起，夜里可以看到矿山灿烂的灯火在天空中映出的光晕，矿山的汽笛声也清晰可闻。

现在，刘欣、李民生和阿古力站在山谷的中央，看到这里很荒凉，远处山脚下有一个牧人赶着一群瘦山羊慢慢走过。

这个山谷下面，就是刘欣要做地下气化煤开采实验的那片孤立的小煤层。这是李民生和地质处的工程师们花了一个月的时间，从地质处资料室那堆积如山的地质资料中找到的。

“这里离主采区较远，所以地质资料不太详细。”李民生说。

“我看过你们的资料。从现有资料看，实验煤层距大煤层至少有二百米，还是可以的。我们要开始干了！”刘欣兴奋地说。

“你不是搞煤矿地质专业的，对这方面的实际情况了解不多，我劝你还是慎重一些，再考虑考虑吧！”李民生说道。

“现在实验根本不能开始！”阿古力说，“我也看过资料，太粗疏了！勘探钻孔间距太大，还都是六十年代初搞的。应该重新进行勘探。必须确切证明这片煤层是孤立的，实验才能开始。我和李工搞了一个勘探方案。”

“按这个方案完成勘探需要多长时间？还要追加多少投资？”

李民生说：“按地质处现有的力量，时间至少一个月。投资没细算过，估计……怎么也得二百万吧。”

“我们既没时间也没钱干这事儿。”

“那就向部里请示！”阿古力说。

“部里？部里早就有一帮人想砍掉这个项目了！上面急于看到结果，我再回去要求延长时间和追加预算，岂不是自投罗网！直觉告诉我，现在动手干不会有太大问题的，就算我们冒个小险吧。”

“直觉？冒险？把这两个东西用到这件事上？刘博士，你知道这是在什么上面动火吗？这还是小险？”

“我已经决定了！”刘欣猛地把手一劈，独自向前走去。

“李工，你怎么不制止这个疯子？我们可是达成过一致看法的！”阿古力对李民生质问道。

“我只做自己该做的。”李民生冷冷地说。

山谷里有三百多人在工作，他们中除了物理学家、化学家、地质学家和采矿工程师外，还有一些意想不到的其他专业人员：有阿古力率领的一支十多人的煤层灭火队，有来自仁丘油田的两个完整的石油钻井班，还有几名负责建立地下防火帷幕的水工建筑工程师和工人。这个工地上，除了几台高大的钻机和成堆的钻杆外，还可以看到搅拌机和小山一样高的袋装水泥。高压泥浆泵轰鸣着将水泥浆注入地层中，还有成排的高压水泵和空气泵，以及蛛丝般错综复杂的各色管道……

工程已进行了两个月，他们在地下建立了一道总长两千多米的灌浆帷幕，把这片小煤层围了起来。这本是一项水电工程中的技术，用于大坝基础的防渗。刘欣想用它建立地下防火墙——高压注入的水泥浆在地层中凝固，形成一道地火难以穿透的严密屏障。在防火帷幕包围的区域中，钻机打出了近百个深孔，每个都直达煤层。每个孔口都连接着一根管道，这根管道又分成三根支管，连接到不同的高压泵上，可分别向煤层中注入水、水蒸气和压缩空气。

最后的一项工作是放“地老鼠”，这是人们对燃烧场传感器的俗称。这种由刘欣设计的神奇东西并不像老鼠，倒很像一颗小炮弹。它有二十厘米长，头部有钻头，尾部有驱动轮。被放进钻孔后，“地老鼠”能凭借钻头和驱动轮在地层中移动上百米，自动抵达指定位置；它能在高温高压下工作，在煤层被点燃后，它用可穿透地层的次声波把所在位置的各种参数传给主控计算机。现在，他们已在这片煤层中放入了上千个“地老鼠”，其中有一半放置在防火帷幕之外，以监测可能透过帷幕的地火。

在一顶宽大的帐篷中，刘欣站在一块投影屏幕前，屏幕上显示出防火帷幕圈，计算机根据收到的信号用闪烁光点标出所有“地老鼠”的位置。它们密集分布着，整个屏幕看上去就像一幅天文星图。

一切都已就绪，两根粗大的点火电极被从帷幕圈中央的一个钻孔放下去，电极的电线直接通到刘欣所在的大帐篷中，接到一个有红色大按钮的开关上。

这时，所有的工作人员都各就各位，兴奋地等待着。

“你最好再考虑一下，刘博士。你干的事太可怕了。你不知道地火的厉害！”阿古力再次对刘欣说道。

“好了，阿古力。你从到我这儿来的第一天，就到处散布恐慌情绪，还告我的状，一直告到煤炭部。但公平地说，你在这个工程中是做了很大贡献的，没有你这一年的工作，我不敢贸然实验。”

“刘博士，别把地下的魔鬼放出来！”阿古力盯着刘欣说。

“你觉得我们现在还能放弃？”刘欣笑着摇了摇头，然后转向站在旁边的李民生。

李民生说：“根据你的吩咐，我们第六遍检查了所有的地质资料，没有问题。昨天晚上我们还在敏感位置又加了一道帷幕。”他指了指屏幕上帷幕圈外的几个小线段。

刘欣走到点火电极的开关前，把手指放到红色按钮上时，他停了一下，闭起了双眼，像在祈祷。

他的嘴动了动，只有离他最近的李民生听清了他说的两个字：

“爸爸……”

红色按钮按下了，没有任何声音和闪光，山谷还是原来的山谷，但在地下深处，在上万伏的电压下，点火电极在煤层中迸发出雪亮的高温电弧。投影屏幕上，放置点火电极的位置出现了一个小红点，红点很快扩大，像滴在宣纸上的一滴红墨水。

刘欣动了一下鼠标，屏幕上换了一幅画面，显示出计算机根据“地老鼠”发回的信息生成的燃烧场模型，那是一个不断扩大的洋葱状球体，洋葱的每一层代表一个等温层。高压空气泵在轰鸣，助燃空气从多个钻孔汹涌地注入煤层，燃烧场像一个被吹起的气球一样扩大着……

一个小时后，控制计算机启动了高压水泵，屏幕上燃烧场的形状变得扭曲复杂起来，但体积并没有缩小。

刘欣走出了帐篷，外面太阳已落山，各种机器的轰鸣声在黑下来的山谷中回荡。

三百多人都聚集在外面，围着一个直立的喷口，那喷口有油桶一般粗。人们为刘欣让开一条路，他走上了喷口下的小平台。

平台上已有两个工人，其中一个看到刘欣到来，便开始旋动喷口的开关轮；另一个用打火机点燃了一束火把，递给刘欣。

随着开关轮的旋动，喷口中响起一阵气流的嘶鸣，音量骤增，就像一个喉咙嘶哑的巨人在山谷中怒吼。在四周，三百多张紧张期待的脸在火把的光亮中时隐时现。

刘欣又闭上双眼，再次默念了那两个字：

“爸爸……”

然后他将火把伸向喷口，点燃了人类第一口燃烧气化煤井。

轰的一声，一根巨大的火柱腾空而起，猛蹿至十几米高。那火柱紧接喷口的底部呈透明的纯蓝色，向上很快变成刺眼的黄色，再向上渐渐变红。它在半空中发出低沉强劲的啸声，离得最远的人都能感觉到它澎湃的热力，周围的群山被它的光芒照得通亮，远远望去，宛如黄土高原上空一盏灿烂的天灯！

人群中走出一个头发花白的人——是局长——他握住刘欣的手说：“接受我这个思想僵化的落伍者的祝贺吧，你搞成了！不过，我还是希望尽快把它灭掉。”

“您到现在还不相信我？它不能灭掉，我要让它一直燃着，让全国和全世界都看看！”

“全国和全世界已经看到了。”局长指了指身后蜂拥而上的电视台记者，“但你要知道，实验煤层和周围大煤层的最近距离不到二百米。”

“可在这些危险的位置，我们连打了三道防火帷幕，还有好几台高速钻机随时待命，绝对没有问题！”

“我不知道有无问题，只是很担心。这是部里的工程，我无权干涉。但任何一项新技术，不管看上去多成功，都有潜在的危险。在这几十年中，各种危险我见过不少，可能是我思想僵化的原因吧，我真的很担心……不过，”局长再次把手伸给了刘欣，“我还是谢谢你，你让我看到了煤炭工业的希望。”他又凝视了火柱一会儿，“你父亲会很高兴的。”

以后的两天又点燃了两个喷口，火柱达到了三根。这时，实验煤层的产气量按标准供气压力计算，已达五十万立方米每小时，相当于上百台大型煤气发生炉。

对地下煤层燃烧场的调节全部由计算机完成，燃烧场的面积严格控制在帷幕圈总面积的三分之二以内，且界限稳定。

应矿方的要求，刘欣多次做了燃烧场控制实验。他在计算机上用鼠标画一个圈，限定燃烧范围，然后按住鼠标把这个圈缩小。随着外面高压泵的轰鸣，一个小时内，实际燃烧场的面积退到缩小的圈内。同时，在距离大煤层较近的危险地带，又增加了两道长二百多米的防火帷幕。

刘欣没有太多的事可做，大量时间都花在接受记者采访和对外联络上。国内外的许多大公司闻风而来，其中甚至包括像杜邦和埃克森这样的巨头。

第三天，一个煤层灭火队员找到刘欣，说他们队长要累垮了。

这两天，阿古力带领灭火队发疯似的一遍遍地搞地下灭火演习，还自作主张，租用国家遥感中心的一颗卫星监视这一地区的地表温度。他已连续三夜没睡觉，晚上在帷幕圈外面远远近近地转，一转就是一夜。

刘欣找到阿古力，看到这个强壮的汉子消瘦了许多，双眼红红的。

“我睡不着，”阿古力说，“一合眼就做噩梦，看到大地上到处喷着这样的火柱子，像一片火森林……”

刘欣说：“租用遥感卫星是一笔很大的开销，虽然我觉得没必要，但既然已做了，我尊重你的决定。阿古力，我以后还是很需要你的。虽然我觉得你的煤层灭火队不会有太多的事可做，但再安全的地方也是需要消防队的。你太累了，先回北京去休息几天吧。”

“要我现在离开？你疯了！”阿古力叫道。

“你在地火上面长大，对它形成了一种根深蒂固的恐惧感。现在，我们虽然还控制不了像新疆煤矿地火那么大的燃烧场，但我们很快就能做到！我打算在新疆建第一个商业化运营的气化煤田，到时候，那里的地火为我们所用，你家乡的土地将布满美丽的葡萄园。”

“刘博士，我很敬重你，这也是我跟你干的原因，但你总是高估自己。在地火面前，你还只是个孩子呢！”阿古力苦笑道，摇着头走了。

灾难是在第五天降临的。

当时天刚亮，刘欣被推醒了，看到面前站着阿古力，他气喘吁吁，双眼发直，像得了热病，裤腿都被露水打湿了。

阿古力把一张激光打印机打出的照片举到刘欣面前，举得那么近，都快挡住刘欣的双眼了。那是一幅卫星发回的红外假彩色温度遥感照片，像一幅色彩斑斓的抽象画。

刘欣看不懂，迷惑地望着他。

“走！”阿古力大吼一声，拉着刘欣的手冲出帐篷。

刘欣跟着他向山谷北面的一座山上攀去，一路上，刘欣越来越迷惑。首先，这是最安全的一个方向，在这个方向上，实验煤层距大煤层有上千米远；其次，阿古力现在领他走得也太远了，他们已接近山顶，帷幕圈远远落在下面，在这儿能出什么事呢？

到达山顶后，刘欣喘息着正要质问，却见阿古力把手指向山另一边更远的地方。刘欣放心地笑了，笑阿古力神经过敏。

但顺着阿古力手指的方向看了好一会儿后，他终于发现远处山坡低处的草地有些异样：那里出现了一个圆，圆内的绿色比周围略深一些，不仔细看根本无法察觉。

刘欣的心猛然缩紧，他和阿古力向山下跑去，向草地上那个暗绿色的圆跑去。

跑到那里后，刘欣跪在草地上仔细察看圆内的草，并把它们同圆外的相比较，发现这些草已蔫软，倒伏在地，像被热水泼过一样。刘欣把手按到草地上，明显地感觉到了来自地下的热力。在圆的中心，一缕蒸汽在刚刚出现的阳光中缓缓升起……

经过一个上午的紧急钻探，又施放了上千个“地老鼠”，刘欣终于确定了一个噩梦般的事实：大煤层着火了。

燃烧的范围一时还无法摸清，因为“地老鼠”在地下的行进速度只有每小时十几米。但大煤层比实验煤层深得多，它的燃烧热量透到了地表，说明已燃烧了相当长的时间，火场已很大了。

事情有些奇怪，在燃烧的大煤层和实验煤层之间的一千米土壤和岩石带完好无损，地火是在这上千米隔离带的两边烧起来的，以至于有人提出大煤层的火同实验煤层没有什么关系。但这只是自我安慰，连提出这个看法的人自己也不太相信。

随着勘探的深入，事情终于在深夜搞清楚了。

从实验煤层中伸出了八条狭窄的煤带，这些煤带最窄处只有半米，很难察觉。其中五条煤带被防火帷幕截断，而有三条煤带向下延伸，刚好爬过了帷幕的底部。这三条“煤蛇”中的两条中断了，但有一条一直通向千米外的大煤层。这些煤带实际是被煤填充的地层裂缝，裂缝都与地表相通，为燃烧提供了源源不断的氧气。于是，那条煤带成了连接实验煤层和大煤层的一根导火索。

这三条煤带都没有在李民生提供的地质资料上标明。事实上，这种狭长的煤带是极其罕见的，大自然开了一个残酷的玩笑！

“我没有办法，孩子得了尿毒症，要不停地做透析，这个项目的酬金对我太重要了！所以我没有尽全力阻止你……”李民生脸色苍白，回避着刘欣的目光。

现在，他们和阿古力站在隔开两片地火的山峰上。又是一个早晨，矿山和山峰之间的草地已全部变成了深绿色，而昨天他们看到的那个圆形区域现在已成了焦黄色！蒸汽在山下弥漫，矿山已看不清楚了。

阿古力对刘欣说：“我在新疆的煤矿灭火队和大批设备已乘专机到达太原，很快就会到达这里。全国其他地区的力量也在向这儿集中。从现在的情况看，火势很凶，蔓延飞快！”

刘欣默默地看着阿古力，好大一会儿才低声问：“还有救吧？”

阿古力轻轻地摇摇头。

“你就告诉我，还有多大的希望。如果封堵供氧通道，或注水灭火……”

阿古力又摇摇头，“我有生以来一直在灭火，可地火还是烧毁了我的家乡。我说过，在地火面前，你只是个孩子。你不知道地火是什么。在那深深的地下，它比毒蛇更光滑，比幽灵更莫测。它想去哪儿，凡人是拦不住的。这里的地下有巨量的优质无烟煤，是魔鬼渴望了上亿年的东西。现在你把魔鬼放出来了，它将拥有无穷的能量和力量。这里的地火将比新疆的大百倍！”

刘欣抓住维吾尔族汉子的双肩绝望地摇晃着，“告诉我还有多大希望！求求你说真话！”

“百分之零。”阿古力轻轻地说，“刘博士，你此生很难赎清自己的罪了……”

在局大楼里召开了紧急会议，莅会的除了矿务局主要领导和五个矿的矿长外，还有包括市长在内的一群忧心忡忡的市政府官员。

会上首先成立了应急指挥中心，中心总指挥由局长担任，刘欣和李民生都是领导小组的成员。

“我和李工将尽自己最大努力做好工作，但还是请大家明白，我们现在都是罪犯。”刘欣说。李民生在一边低头坐着，一言不发。

“现在还不是讨论责任的时候。只干，别多想。”局长看着刘欣说，“知道最后这五个字是谁说的吗？你父亲。那时我是他队里的技术员，有一次为了达到当班的产量指标，我不顾他的警告，擅自扩大了采掘范围，结果造成工作面大量进水，队里二十几个工友被水困在巷道的一角。当时大家的头灯都灭了，也不敢用打火机，一怕瓦斯，二怕消耗氧气，因为水已经把那里全封死了。黑得伸手不见五指，这时你父亲告诉我，他记得上面是另一条巷道，顶板好像不太厚。然后我就听到他用镐挖顶板，我们几个也都摸到镐跟着他在黑暗中挖了起来。氧气越来越少，我们开始感到胸闷头晕。还有那黑暗，那是地面上的人见不到的绝对的黑暗，只有镐头撞击顶板的火星在闪烁。当时对我来说，活着真是一种折磨。是你父亲支撑着我，他在黑暗中反复对我说那五个字：只干，别多想。不知挖了多长时间，当我就要在窒息中昏迷时，顶板挖塌了一个洞，上面巷道防爆灯的光亮透射进来……后来你父亲告诉我，他也不知道顶板有多厚，但那时人只能是‘只干，别多想’。这么多年，这五个字在我脑子中越刻越深，现在我替你父亲把它传给你了。”

会上，从全国各地紧急赶到的专家们很快制订了灭火方案。

可供选择的手段不多，只有三个：一，隔绝地下火场的氧气；二，用灌浆帷幕切断火路；三，向地下火场大量注水灭火。这三个措施同时进行，但第一个方法早就证明难以奏效，因为通向地下的供氧通道极难定位，就是找到了，也很难堵死；第二个方法只对浅煤层火场有效，且速度太慢，赶不上地下迅速蔓延的火势；最有希望的只剩第三个灭火方法。

消息仍然被封锁，灭火工作在悄悄进行。从仁丘油田紧急调来的大功率钻机在人们好奇的目光中穿过煤城的公路，军队开进了矿山，天空出现了盘旋的直升机……一种不安的情绪笼罩着矿山，各种传言开始像野火一样蔓延。

大型钻机在地下火场的火头上一字排开，钻孔完成后，上百台高压水泵开始向冒出青烟和热浪的井孔中注水。注水量是巨大的，以至于矿山和城市生活区全部断水，社会的不安和骚动进一步加剧。但注水的结果令人鼓舞。

在指挥中心的大屏幕上，红色火场的前锋面出现了一个个以钻孔为中心的暗色圆圈，标志着注水在急剧降低火场温度。如果这一排圆圈连接起来，就有希望截断火势的蔓延。

但这使人稍稍安慰的局势并没有持续多长时间。在高大的钻塔旁边，来自油田的钻井队长找到了刘欣。

“刘博士，有三分之二的井位不能再钻了！”他在钻机和高压泵的轰鸣声中大喊。

“你开什么玩笑?！我们现在必须在火场上大量增加注水孔！”

“不行！那些井位的井压都在急剧增大，再钻下去要井喷的！”

“你胡说！这儿不是油田，地下没有高压油气层，怎么会井喷?！”

“你懂什么！我要停钻撤人了！”

刘欣愤怒地抓住队长满是油污的衣领，“不行！我命令你钻下去！不会有井喷的！听到了吗？不会！”

话音未落，钻塔方向就传来了一声巨响，两人转头望去，只见沉重的钻孔封瓦裂成两半飞了出来，一股黄黑色的浊流嘶鸣着从井口喷涌而出！浊流中，折断的钻杆七零八落地飞出。在人们的惊叫声中，那股浊流的色调渐渐变浅，这是由于其中泥沙含量减少的缘故。接着，它变成了雪白色。人们明白了，这是注入地下的水被地火加热后变成的高压蒸汽！

刘欣看到了司钻的尸体被挂在钻塔高高的顶端，在白色的蒸汽冲击下疯狂地摇晃，时隐时现。而钻台上的另外三个工人已不见踪影！

接着，更恐怖的一幕出现了，那条白色巨龙的头部脱离了地面，渐渐升起，最后升到了钻塔以上，仿佛横空出世的白发魔鬼，而这魔鬼同地面的井口之间，除了破损的井架之外竟空无一物！只能听到那可怕的啸声，以至于几个年轻工人以为井喷停了，犹豫着向钻台迈步，但刘欣死死抓住了他们中的两个，高喊道："不要命了！过热蒸汽！"

在场的工程师们很快明白了眼前这奇景的含义，但让其他人理解并不容易。同人们的常识相反，水蒸气是看不到的，人们看到的白色只是水蒸气在空气中冷凝后结成的微小水珠。而水在高温高压下会形成可怕的过热蒸汽，其温度高达四五百度！它不会很快冷凝，所以现在只能在钻塔上方看到它显形。这样的蒸汽平常只在火力发电厂的高压汽轮机中存在，而它一旦从高压输气管中喷出（这样的事故不止一次发生），就可以在短时间内穿透一堵砖墙！

人们惊恐地看到，刚才潮湿的井架在无形的过热蒸汽中很快被烤干了，几根悬在空中的粗橡胶管像蜡做的一样被熔化！这魔鬼蒸汽冲击着井架，发出让人头皮发麻的巨响……

地下注水已不可能了。即使可能，注入地下火场中的水的助燃作用已大于灭火作用。

应急指挥中心的全体成员来到距地火前端最近的三矿四号井井口前。

"火场已逼近这个矿的采掘区。"阿古力说，"如果火头到达采掘区，矿井巷道将成为地火强有力的供氧通道，那时地火火势将猛增许多倍……情况就是这样。"他打住了话头，不安地望着局长和三矿矿长。他知道采煤人最忌讳的是什么。

“现在井下情况怎么样?”局长不动声色地问道。

“八个井的采煤和掘进工作都在正常进行，这主要是为了安定着想。”矿长回答。

“全部停产，井下人员立即撤出。然后，”局长停了下来，沉默了两三秒钟，“封井。”局长终于说出了那两个最让采煤人心碎的字。

“不！不行！”李民生失声叫道，然后才发现自己还没想好理由，“封井……封井……社会马上就会乱起来，还有……”

“好了。”局长轻轻挥了一下手，他的目光说出了一切：我知道你的感觉，我也一样，大家都一样。

李民生抱头蹲在地上，双肩颤抖，却哭不出声来。矿山的领导者和工程师们面对井口默默地站着，宽阔的井口像一只巨大的眼睛看着他们，就像二十多年前看着童年的刘欣一样。

他们在为这座百年老矿致哀。

不知过了多长时间，局总工程师低声打破沉默：“井下的设备，看看能弄出多少就弄出多少。”

“那么，”矿长说，“组织爆破队吧。”

局长点了点头，说道：“时间很紧，你们先干，我同时向部里请示。”

局党委书记说：“不能用工兵吗？用矿工组成的爆破队……怕要出问题。”

“考虑过，”矿长说，“但现在到达的工兵只有一个排，即使爆破一个井，人力也远远不够。再说他们也不熟悉井下爆破作业。”

……

距火场最近的四号井最先停产。井下矿工一批批乘电轨车上到井口，发现上百人的爆破队正围在一堆钻杆旁边等待着什么。他们上前去打听，但爆破队的矿工们也不知道自己要干什么，只是接到命令带着钻孔设备集合。

突然，人们的注意力都被吸引到一个方向，一个车队正在朝井口开来。第一辆卡车上坐满了持枪的武警，跳下车来为后面的卡车围出了一块停车场。后面有十一辆卡车，它们停下后，篷布很快被掀开，露出了下面整齐码放的黄色木箱。矿工们惊呆了，他们知道那是什么。

是每箱二十四公斤装的硝酸铵2号矿井炸药，整整十卡车，总重约有五十吨。最后一辆较小的卡车上有几捆用于绑药条的竹条，还有一大堆黑色塑料袋，矿工们知道那里面装的是电雷管。

刘欣和李民生刚从一辆卡车的驾驶室里跳下来，就看到刚任命的爆破队队长，一个长着络腮胡的壮汉，手里拿着一卷图纸迎面走来。

“李工，这是让我们干什么？”队长问道，同时展开图纸。

李民生指点着图纸，手微微发抖，“三条爆破带，每条长三十五米，具体位置在下面那张图上。爆孔分一百五十毫米和七十五毫米两种，装药量分别是每米二十八公斤和每米十四公斤，爆孔密度……”

“我问你要我们干什么？！”

在队长那喷火双眼的逼视下，李民生无声地低下头。

“弟兄们，他们要炸毁大巷啦！”队长转身冲人群高喊。

矿工们顿时一阵骚动，接着如一堵墙一样围逼上来。

武警士兵组成半圆形阻止人群靠近卡车，但在那势不可挡的黑色人海的挤压下，警戒线弯曲变形，很快就要被冲破了。这一切都是在阴沉的气氛中发生的，只听得到脚步的摩擦声和拉枪栓的声响。

在最后关头，人群停止了涌动，矿工们看到局长和矿长出现在一辆卡车的踏板上。

“我十五岁就在这口井干了，你们要毁了它？！”一个老矿工高喊道，脸上刀刻般的皱纹在厚厚的煤灰下仍很清晰。

“炸了井，往后的日子怎么过？”

“为了什么炸井？”

“现在矿上的日子已经很难了，你们还折腾什么？”

……

人群炸开了，愤怒的声浪一阵高过一阵。在那落满煤灰的黑脸的海洋中，白色的牙齿十分醒目。局长冷静地等待着，人群在愤怒的声浪中又骚动起来，在即将再次失控时，他才开始说话：

“大家往那儿看。”

局长向井口旁边的一座小山丘指去。他的声音不大，但却使愤怒的声浪立刻平息下来，所有的人都朝他指的方向看去。

那座小山丘顶上立着一根黑色的煤柱子，有两米多高，粗细不均。一圈落满煤尘的石栏杆围着那根煤柱。

“大家都管那东西叫老炭柱，但你们知道吗？它立起来的时候并不是一根柱子，而是一块四四方方的大煤块。那是一百多年前，清朝的张之洞总督在开矿典礼上立起的。它是被这一百多年的风雨蚀成一根柱子了。这百年来，我们这个矿山经历了多少大灾大难，谁还记得清呢？这时间不短啊同志们，四五辈人啊！这么长时间，我们总该记下些什么，总该学会些什么。如果实在什么也记不下，什么也学不会，总该记下和学会一样东西，那就是——”局长对着黑色的人海挥起双手，“天，塌不下来！”

空气凝固了，似乎连呼吸都已停滞。

“中国的产业工人，中国的无产阶级，没有比我们历史更长的了，没有比我们经历的风雨和灾难更多的了。煤矿工人的天塌了吗？没有！我们这么多人现在能站在这儿看那老炭柱，就是证明，我们的天塌不了！过去塌不了，将来也塌不了！

“说到难，有什么稀罕啊同志们，我们煤矿工人什么时候容易过？从老祖宗辈算起，我们什么时候有过容易日子啊！你们再扳着指头算算，中国的，世界的，工业有多少种，工人有多少种，哪种比我们更难？没有，真的没有。难有什么稀罕？不难才怪，因为我们不但要顶起天，还要撑起地啊！怕难，我们早断子绝孙了！

“但社会和科学都在发展，很多有才能的人在为我们想办法，这办法现在想出来了，我们有希望完全改变自己的生活，我们要走出黑暗的矿井，在太阳底下，在蓝天底下采煤了！煤矿工人，将成为最让人羡慕的工作！这希望刚刚出现，不信，就去看看南山沟那几根冲天的大火柱！但正是这次努力，引发了灾难，关于这个，我们会跟大家详细交代。现在大家只需明白，这可能是煤矿工人的最后一难了，是为我们美好明天付出的代价，就让我们抱成一团渡过这一难吧！我还是那句话，多少辈人都过来了，天塌不下来！”

人群默默地散去后，刘欣对局长说：“现在，我算真正认识了你和我父亲，我可以死而无憾了。”

“只干，别多想。”局长拍拍刘欣的肩膀，又在那里攥了一下。

四号井主巷道爆破工程开始一天后，刘欣和李民生并肩走在主巷道里，脚步发出空洞的回响。

他们正走过第一爆破带，昏暗的顶灯下，可以看到高高的巷道顶上密布爆孔，引爆电线如彩色瀑布一样泻下来，在地上叠成一堆。

李民生说：“以前我总觉得自己讨厌矿井，恨它吞掉了自己的青春。但现在才知道，我已同它融为一体了。恨也罢，爱也罢，它就是我的青春了。”

“我们不要太折磨自己。”刘欣说，“我们毕竟干成了一些事，不算烈士，就算阵亡吧。”

他们沉默下来，同时意识到，他们谈到了死。

这时，阿古力从后面气喘吁吁地跑过来，“李工，你看！”他指着巷道顶说。他指的是几根粗大的帆布管子，那是井下通风管，现在它们瘪下来了。

“天啊，什么时候停的通风？”李民生大惊失色。

“两个小时了。”

李民生用对讲机很快叫来了通风科科长和两名通风工程师。

“没法恢复通风了，李工，下面的通风设备——鼓风机、马达、防爆开关，甚至部分管路——都拆了呀！”通风科长说。

“你他妈的混蛋！谁让你们拆的，你他妈找死啊！”李民生一反常态，破口大骂起来。

“李工，这是怎么讲话嘛！谁让拆？封井前尽可能多地转移井下设备可是局里的意思，停产安排会你我都是参加了的！我们的人没日没夜干了两天，拆上来的设备有上百万元，就落你这一顿臭骂？再说井都封了，还通什么鸟风！”

李民生长叹一口气。直到现在，事情的真相还没有公布，所以才出现了这样的问题。

“这有什么？”通风科的人走后，刘欣问道，“通风不该停吗？这样不是还可以减少向地下的氧气流量？”

“刘博士，你真是个理论的巨人，行动的矮子。一接触到实际，你就什么都不懂了。真像李工说的，你只会做梦！”阿古力说。自煤层失火以来，他对刘欣一直没有客气过。

李民生解释：“这里的煤层是瓦斯高发区，通风一停，瓦斯在井下很快聚集，地火到达时可能引起大爆炸，其威力有可能把封住的井口炸开，至少有可能炸出新的供氧通道。不行，必须再增加一条爆破带！”

“可是李工，上面第二条爆破带才只干到一半，第三条还没开工，地火距离南面的采区已经很近了，把原计划的三条做完都怕来不及啊！”

“我……”刘欣小心地说，“我有个想法不知行不行。”

“哈，用你们的话怎么说，这可是破天荒了！”阿古力冷笑着说，“刘博士还有拿不准的事儿？刘博士还有需要问别人才能决定的事儿？”

“我是说，现在最深处的这一条爆破带已做好，能不能先引爆这一条？这样一旦井下发生爆炸，至少还有一道屏障。”

“要行，早这么做了。”李民生说，“爆破规模很大，引爆后，巷道里的有毒气体和粉尘会长时间散不开，让后面的施工无法进行。”

地火的蔓延速度比预想的快，施工领导小组决定打完两条爆破带就从井下撤出施工人员，然后实施引爆。

天快黑时，大家正在离井口不远的生产楼中，围着图纸研究如何利用一条支巷在最短距离内引出起爆线，李民生突然喊道：“听！”

一记低沉的响声隐隐约约从地下传来，像大地在打嗝。几秒钟后又一声。

“是瓦斯爆炸，地火已到采区了！”阿古力紧张地说。

“不是说还有一段距离吗？”

没人回答，刘欣的“地老鼠”探测器已用完，现有落后的探测手段很难准确把握地火的位置和推进速度。

“快撤人！”

李民生拿起对讲机，但任凭他如何大喊，都没有任何回答。

“我上井前看到张队长干活时怕碰坏对讲机，把它和导线放一块儿了，下面几十台钻机同时钻，声音很大！”一个爆破队的矿工说。

李民生跳起来冲出生产楼，安全帽也没戴，就叫了一辆电轨车，以最快速度向井下开去。电轨车在井口消失前的一瞬，追出来的刘欣看到李民生向他招手，还在向他笑——李民生已经很长时间没笑过了。

地下又传来几声闷响，然后平静下来。

“刚才的一阵爆炸，能不能把井下的瓦斯消耗掉？”刘欣问身边的一名工程师，对方惊奇地看了他一眼。

“消耗？笑话，它只会把煤层中更多的瓦斯释放出来！”

果然，一声冲天巨响，仿佛是地球在脚下爆炸了，井口立刻淹没于一片红色火焰之中。气浪把刘欣高高抛起，世界在他眼中疯狂旋转，同他一起飞落的是纷乱的石块和枕木。刘欣还看到了电轨车的一节车厢从井口的火焰中飞出来，像一粒被吐出的果核。

刘欣重重地摔到地上，碎石在他身边纷纷掉下，每一块碎石上似乎都有血……

刘欣又听到几声沉闷的巨响，那是井下炸药被引爆的声音。失去知觉前，他看到井口的火焰消失了，代之以滚滚的浓烟……

一年以后

刘欣仿佛行走在地狱中。整个天空都是黑色的烟云，太阳是一只勉强能看见的暗红色圆盘。由于尘粒摩擦产生的静电，烟云中不时出现幽幽的闪电。

每当此时，地火之上的矿山就在青光中凸现出来，那图景一次次烙印在他的脑海中。烟尘是从矿山的一个个井口冒出的，每个井口都吐出一根烟柱，烟柱的底部映着地火狰狞的暗红光芒，向上渐渐变成黑色，如天地间一条条扭动的怪蛇。

公路是滚烫的，沥青路面熔化了，每走一步几乎都要扯下刘欣的鞋底。路上挤满了逃难的人流和车辆，闷热的空气中充满了硫黄味儿，还不时有雪花状的灰末从空中落下。每个人都戴着呼吸面罩，身上落满了白灰。

道路拥挤不堪，全副武装的士兵在维持秩序，一架直升机穿行在烟云中，用高音喇叭劝告人们不要惊慌……

疏散移民的行动在冬天就开始了，本来计划在一年时间内完成，但现在地火势头突然变猛，只得紧急加快进程。

一切都乱了，法院对刘欣的庭审一再推迟，以至于今天早上他所在的候审间都没人看管了，于是他迷迷糊糊地走了出来。

公路以外的地面干燥开裂，裂纹又被厚厚的灰尘填满，脚踏上去扬起团团尘霾。一个小池塘，冒出滚滚蒸汽，黑色的水面上浮满了鱼和青蛙的尸体。

现在是盛夏，可见不到一点绿色。地面上的草全部枯黄了，埋在灰尘中。树也都是死的，有些还冒出青烟，变成木炭的枝丫像怪手一样伸向昏暗的天空。所有的建筑都已人去楼空，有些从窗子中冒出浓烟。刘欣看到了老鼠，它们被地火的热力从穴中赶出，数量惊人，大群大群地拥过路面……

刘欣向矿山深处走去，地火的热力愈发强劲，从他的脚踝沿身体升腾上来。空气更加闷热污浊，即使戴上面罩也难以呼吸。地火的热量在地面上并不均匀，刘欣本能地避开灼热的地面，但能走的路越来越少了。地火热力突出的区域，建筑燃起了大火，火海中不时响起建筑物倒塌的巨响……

刘欣已经来到井区，走过一口竖井，那竖井已变成了地火的烟道，高大的井架被烧得通红，热流冲击井架，发出让人头皮发麻的尖啸，滚滚热浪逼得他不得不远远绕行。选煤楼被浓烟吞没了，后面的煤山已燃烧多日，成了一块发出红光和火苗的巨大火炭……

这里已看不到一个人。刘欣的脚烫起了泡，身上的汗几乎流干。他呼吸艰难，几乎濒临休克，但他的意识是清醒的。他用生命最后的能量向最后的目标走去。那个井口喷出的地火的红色光芒召唤着他。他到了。他笑了。

刘欣转身朝井口对面的生产楼走去。还好，虽然从顶层的窗口中冒出浓烟，但楼还没有着火。他走进开着的楼门，拐入一间宽大的班前更衣室。地火的红光透过窗户，染红了房间里的一切，包括那一排衣箱。刘欣沿着这排衣箱走去，仔细辨认上面的号码，他很快找到了要找的那一个。

这衣箱，让他想起了儿时的一件事，那时父亲刚调到采煤队当队长。这是最野的一个队，出名地难带。那些野小子根本没把父亲放在眼里。本来嘛，看他在班前会上那可怜样儿，怯生生地要求把一个掉下的衣箱门钉上去，当然没人理他。小伙子们只顾在边上甩扑克骂脏话，父亲只好说，那你们给我找几颗钉子我自己钉吧。有人扔给他几颗钉子。父亲说再找把锤头吧，这次真没人理他了。但接着，小伙子们突然鸦雀无声，他们目瞪口呆地看着父亲用大拇指把那些钉子一颗颗摁进木头中去！事情有了改变，小伙子们很快站成一排，敬畏地听着父亲的班前讲话……

现在，这箱子没锁。刘欣拉开后发现，里面的衣物居然还在！他又笑了，心里想象着二十多年来用过父亲衣箱的那些矿工的模样。

他把里面的衣服取出来，首先穿上厚厚的工作裤，再穿上同样厚的工作衣。这套衣服上沾满了厚厚的油泥，散发着一股浓烈的、刘欣并不熟悉的汗味和油味。这味道使他真正镇静下来，进入一种类似幸福的状态中。

接着他穿上胶靴，拿起安全帽，把放在衣箱最里面的矿灯拿出来，用袖子擦掉灯上的灰，把它卡到帽檐上。他又去找电池，没有找到，另开一个衣箱后找到了。他把那块笨重的矿灯电池用皮带系到腰间，突然想到电池还没充电，毕竟矿上完全停产一年了。但他记得灯房的位置，就在更衣室对面，他小时候不止一次在那儿看到灯房的女工们把冒着黄烟的硫酸喷到电池上充电。但现在不行了，灯房笼罩在硫酸的黄烟之中。

他庄重地戴上有矿灯的安全帽，走到一面布满灰尘的镜子面前。在那红光闪动的镜子中，他看到了父亲。

“爸爸，我替您下井了。”刘欣笑着说，转身走出楼，向喷着地火的井口大步走去。

后来有一名直升机驾驶员回忆说，他当时低空飞过二号井，在那一带做最后的巡视，好像看到井口有一个人。那人在井内地火的红光中只是一个黑色的剪影，像是在向井下走去，但一转眼，那井口又只有火光，别的什么都看不见了。

一百二十年后

（一个初中生的日记）

过去的人真笨，过去的人真难。

知道我这印象是怎么来的吗？今天我参观了煤炭博物馆，给我印象最深的是：

居然有固体的煤炭！

我们首先穿一身奇怪的衣服，那衣服配有一顶头盔，头盔上有一盏灯，灯通过导线跟挂在我们腰间的一个很重的长方形物体连着。我原以为那是一台电脑（也太大了些），谁想到那竟是这盏灯的电池！这么大的电池，应该能驱动一辆高速赛车的，却只用来点亮这盏小小的灯。我们还穿上了高高的雨靴。老师告诉我们，这是早期矿工的井下服装。

有人问井下是什么意思，老师说你们很快就会知道的。

我们上了一列运行在小铁轨上的车，有点像早期的火车，但小得多，上方有一根电线为车供电。车开动起来，很快钻进一个黑黑的洞。

里面真黑，只有上方不时掠过一盏昏暗的小灯。我们头上的灯发出的光也很弱，只能看清周围人的脸。风很大，在我们耳边呼啸，我们好像在向一个深渊坠下去。艾娜尖叫起来。讨厌，她就会这样叫。

“同学们，我们下井了！”老师说。

不知过了多长时间，车停了，我们由较宽大的隧道进入了它的一个分支。这里又窄又小，要不是戴着头盔，我的脑袋早就碰起好几个包了。我们头灯的光圈来回晃着，但什么都看不清楚，艾娜和几个女孩子又叫着说害怕。

过了一会儿，我们眼前的空间开阔了一些，这里有许多根柱子支撑着顶部。

在对面，我又看到许多光点，也是我们头盔上的这种灯发出的。走近一看，发现那里有许多人在工作，他们有的用一种钻杆很长的钻机在洞壁上打孔——那钻机不知是用什么驱动的，声音让人头皮发麻；有的人在用铁锹把看不清楚的黑色东西铲到轨道车上和传送皮带上，不时有一阵尘埃扬起，把他们隐没其中，头灯在尘埃中划出一道道光柱……

“同学们，我们现在所在的地方叫采煤工作面，你们看到的是早期矿工工作的景象。”

有几个矿工向我们这边走来，我知道他们其实都是全息图像，所以没有让路。几个矿工的身体穿过我，我把他们看得一清二楚，顿时惊呆了。

“老师，那时的中国煤矿全部雇用黑人吗？”

“为了回答这个问题，我们将真实地体验一下当时采煤工作的空气。注意，只是体验，所以请大家从右衣袋中拿出呼吸面罩戴上。”

我们戴好面罩后，又听到老师的声音：“大家注意，这是真实的，不是全息影像。”

一片黑尘飘过来，我们的头灯也射出了道道光柱。我惊奇地看着光柱中密密的尘粒在纷飞闪亮。这时艾娜又惊叫起来，像合唱的领唱，好几个女孩子也跟着她大叫起来，再后来，竟有男孩的声音加入！

我扭头想笑他们，但看到他们的脸时自己也叫出声来——所有人都成了黑人，只有呼吸面罩盖住的一小部分是白的。

这时，我又听到一声尖叫，立刻汗毛直立，这是老师在叫：

“天啊，斯亚！你没戴面罩！”

斯亚真没戴面罩，他同那些全息矿工一样，成了最地道的黑人。“您在历史课上反复强调，学这门课的关键在于对过去时代的感觉。我想真正感觉一下。”他说着，黑脸上白牙一闪一闪的。

警报声不知从什么地方响起。不到一分钟，一辆水滴状的微型悬浮车无声地停到我们中间，这种现代的东西出现在这里真是煞风景。

从车上下来两个医护人员，现在真正的煤尘已被完全吸收，只剩下“全息影像煤尘”还飘浮在周围，所以医生在穿过“煤尘”时雪白的服装一尘不染。他们拉住斯亚往车里走。

“孩子，”一个医生盯着他说，“你的肺受到很严重的损伤，至少要住院一个星期，我们会通知你家长的。”

“等等！”斯亚叫道，手里抖动着那个精致的全隔绝内循环面罩，“一百多年前的矿工也戴这东西吗？”

“不要废话，快去医院！你这孩子也太不像话了！”老师气急败坏地说。

“我和先辈是同样的人，为什么……”

斯亚没说完就被硬塞进车里了。

“这是博物馆第一次出这样的事故，你要对此事负责！”一个医生上车前指着老师严肃地说。

随后，悬浮车同来时一样无声地开走了。

我们继续参观，沮丧的老师对我们说：“井下的每一项工作都充满危险，且需消耗巨大的体力。随便举个例子，这些铁支柱，在这个工作面的开采工作完成后，都要回收。这项工作叫‘放顶’。”

我们看到一名矿工用铁锤击打支架中部的一个铁销，把支架拆为两段取下，然后扛走了。我和一个男孩试着去搬躺在地上的一个支架，才知道它重得要命。

“放顶是一项很危险的工作，因为在撤走支架的过程中，工作面顶板随时都会塌落……”老师说。

这时，我们头顶上方发出不祥的摩擦声。我抬起头来，在矿灯的光圈中，看到头顶刚拆走支架的那部分岩石正在张开一个口子。我还没来得及反应，它们就塌了下来。大块岩石的全息影像穿透我的身体落到地上，发出一声巨响，尘埃腾起遮住了一切。

“这个井下事故叫作‘冒顶’。”老师的声音在旁边响起，“大家注意，伤人的岩石不止是来自上部……”

话音未落，我们旁边的一面岩壁竟垂直地向我们扑来，冲出相当的距离后才化为一堆岩石砸下来，好像有一个巨大的手掌从地层中把它推出来一样。岩石的全息影像把我们埋没了。一声巨响后，我们的头灯全灭了。

在一片黑暗和女孩们的尖叫中，我又听到老师的声音：

“这个井下事故叫‘瓦斯突出’。瓦斯是一种气体，它被封闭在岩层中，有巨大的气压。刚才我们看到的景象，就是工作面的岩壁抵挡不住这种压力，被它推出的情景。”

所有人的头灯又亮了，大家长出一口气。

这时，我听到了一个奇怪的声音，有时高亢，如万马奔腾；有时低沉，像巨人耳语。

“孩子们注意，洪水来了！”

正当我们迷惑之际，不远处的巷道口喷出了一股粗大汹涌的洪流，整个工作面很快被淹没在水流之中。我们看着浑浊的水升到膝盖上，然后又没过了腰部，水面反射着头灯的光芒，在顶部的岩石上映出一片模糊的亮纹。水面上漂浮着被煤粉染黑的枕木，还有矿工的安全帽和饭盒……当水到达我的下巴时，我本能地长吸一口气，然后就全部没在水中，只能看到自己头灯的光柱照出的一片混沌的昏黄，和下方不时升上的水泡。

“井下的洪水有多种来源，可能是地下水，也可能是矿井打通了地面的水源，无论是哪一种，它都比地面洪水对人生命的威胁大。”老师的声音在水下响着。

水的全息影像瞬间消失了，周围的一切又恢复了原样。这时我看到了一个奇怪的东西，像一个肚子鼓鼓的大铁蛤蟆，很大很重，我指给老师看。

“那是防爆开关，因为井下的瓦斯是可燃气体，使用防爆开关可避免一般开关产生的电火花。这关系到我们就要看到的可怕的井下危险……”

又一声巨响。但同前两次不一样，这次似乎是从我们体内发出的，冲破我们的耳膜来到外面。来自四方的强大冲击压缩着我的每一个细胞。在一股灼人的热浪中，我们被淹没于一片红色的光晕里。这光晕是周围的空气发出的，充满了井下的每一寸空间。不多时，红光迅速消失，一切都陷入无边的黑暗中……

“很少有人真正看到瓦斯爆炸，因为在井下遇到它的人很难生还。”老师的声音像幽灵般在黑暗中回荡。

“过去的人来这样可怕的地方，到底为了什么？”艾娜大声问。

“为了它。”老师举起一块黑石头。在我们头灯的光柱中，它的无数小平面闪闪发光。就这样，我第一次看到了固体的煤炭。

“孩子们，我们刚才看到的是二十世纪中叶的煤矿。后来，出现了一些新的机械和技术，比如液压支架和切割煤层的大型机器等，这些设备在那个世纪的后二十年进入矿井，使井下的工作条件有了一些改善，但煤矿仍是一个工作环境恶劣且充满危险的地方，直到……”

以后的事情就索然无味了。老师给我们讲气化煤的历史，说这项技术是在八十年前全面投入应用的。那时，世界石油即将告罄，各大国为争夺仅有的油田陈兵中东，世界大战一触即发，是气化煤技术拯救了世界……

这我们都知道，没意思。

我们接着参观现代煤矿，有什么稀奇的，不就是我们每天看到的从地下接出并通向远方的许多大管子吗？不过我倒是第一次进入那座中控大楼，看到了燃烧场的全息图，真大。还看到了监测地下燃烧场的中微子传感器和引力波雷达，还有激光钻机……也没多大意思。

老师在回顾这座煤矿的历史时说，一百多年前，这里被失控的地火烧毁过，那火烧了十八年才被扑灭。那段时期，我们这座美丽的城市草木生烟，日月无光，人民流离失所。失火的原因有多种说法，有人说是一次地下武器实验造成的，也有人说与当时的绿色和平组织有关。

我们不必留恋所谓过去的好时光，那个时候生活充满艰难、危险和迷惘；我们也不必为今天的时代过分沮丧，因为今天，也总有一天会被人们称作是——过去的好时光。

过去的人真笨，过去的人真难。

水星播种

王晋康

再宏伟的史诗性事件，也躲不过一个普通的开端。

2032年，正当万物复苏的季节，这天，我和客户谈妥一笔千万元的订单，晚上在得意楼宴请了客户。回到家中已是十一点，儿子早睡了，妻子田娅倚在床头等我。

酒精还在血管中燃烧，妻子为我泡了一杯绿茶，倚在身边陪我闲聊。我说："田娅，我的这一生相当顺遂呀，年方三十四，身家两千万，生意成功，又有美妻娇子。人生如此，夫复何求！"

妻子知道我醉了，抿嘴笑着没接话。

这时，电话铃响了。拿起听筒，屏幕上显出一位男人，身板硬朗，一头银发一丝不乱，目光沉静，也透着几分锐利。他微笑着问道："是陈义哲先生吗？我是何俊律师。"

"我是陈义哲，请问……"

何律师举起手止住我的问话，笑道："虽然我知道不会错，但我仍要核对一下。"他念出我的身份证号码，我父母的名字，我的公司名称，"这些资料都不错吧？"

"不错。"

"那么，我正式通知你，我的当事人沙午女士指定你为她的遗产继承人。沙女士是五年前去世的。"

我和妻子惊异地对看一眼，"沙午女士？我不认识——噢，对了！"我突然想起来了，儿时在爸爸的客人中有这么一位女士，论起来是我的远房姑姑。她那时的年龄在四十岁左右，个子矮小，独身，没有儿女，性格似乎很清高恬淡。在我孩提的印象中，她并不怎么亲近我，但老是坐在角落里静静地观察我。后来我离开家乡，再没有听过她的消息。她怎么突然指定我为遗产继承人呢？

"我想起沙午姑姑了，对她的去世我很难过。我知道她没有子女，但她没有别的近亲吗？"我说道。

“有，但她指定你为唯一继承人。想知道为什么吗？”

“请讲。”

“还是明天吧，明天请允许我去拜访你。上午九点，可以吗？好，再见。”

屏幕暗下去，我茫然地看着妻子，这个消息太突然了。

妻子抿嘴笑着，“义哲先生，你的人生的确顺遂呀。看，又是一笔天外飞来的遗产，没准儿它有两个亿呢。”

我摇摇头，“不会。我知道沙午姑姑是一名科学家，确实收入颇丰，但她依然属于工薪阶层，不会有太丰厚的遗产。不过我很感动，她怎么不声不响就看中我了呢？说说看，你丈夫是不是有很多优点？”

“当然啦，不然我怎么会在几十亿人中间选上你呢。”

我笑着搂紧妻子。

第二天，何律师准时来到我的公司，我让秘书把房门关上，并交代下属不要来打扰。

何律师把黑色皮包放在膝盖上，我想，他马上会拉开皮包，取出一份遗嘱宣读了。

可他没有这样做，而是轻叹道：“陈先生，恐怕这是我一生中最困难的律师业务。为什么这样说？以后你会明白的。现在，先说说我的当事人为什么指定你继承遗产吧。”

停顿了一下，他继续说：“还记得你两岁时的一件事吗？那时你刚刚会说一些单音节的词，一天你父母抱着你出门玩儿，沙女士也陪着。你们遇到一家饭店正在宰牛，血流遍地，牛的眼睛下挂着泪珠。你们在那儿没有停留，大人们都没料到你会把这件事放到心里。回家后你一直愀然不乐，反复念叨着：‘刀、杀、刀、杀。’你妈妈突然明白了你的意思，说：‘你是说那些人用刀杀牛，牛很可怜，对不？’你一下子放声大哭，哭得惊天动地，劝也劝不住。从那之后，沙女士就很注意你，说你天生有仁者之心。”

我仔细回想，终于愧然摇头，这件事在我心中已没有一丝记忆。

何律师又说："另一件事则是你七岁之后了。沙女士说，那时你有超出七岁的早熟，常常皱着眉头愣神，或向大人问一些古古怪怪的问题。有一天你问沙姑姑，为什么闭上眼睛后，眼帘上并不是空的，不是绝对的黑暗，而是有无数细小的微粒、光斑或什么东西飘来飘去，但又无法看清。你常常闭上眼睛努力想看清，总也办不到，因为当你把眼珠对准它时，它会慢慢滑出视野。你问沙姑姑，那些杂乱的东西是什么？是不是在我们看得见的世界背后，还有一个看不见的世界？"

我点点头，心中发热，也有些发酸。童年时，我为这个毫无意义的问题苦苦追寻过，一直没有答案。即使现在，闭上眼睛，我仍能看到眼帘上乱七八糟的麻点，它确实存在，但永远在视野之外。也许它只是瞳孔微结构在视网膜上的反映？或者是另一个世界（微观世界）的投影？现在，我已没有闲心去探求这个问题了，能有什么意义呢？但童年时，我确实为它苦苦寻觅过。

我没想到，这件小事竟有人记得，我甚至有点凛然而惧：一个人的一生中，有多少双眼睛在默默地观察你啊。

何律师盯着我眼睛深处，微笑道："看来你回忆起来了。沙女士说，从那时起她就发现你天生慧根，天生与科学有缘。"

我猜度着，沙姑姑的遗产大概与科学研究有关吧，可能她有某个未完成的重要课题等待我去解决。我很感动，但更多的是苦笑。少年时，我确实有强烈的探索欲，无论是磁铁对铁砂的吸引，还是向日葵朝着太阳的转动，都能使我迷醉。我曾梦想做一个洞悉宇宙奥秘的科学家，但最终却走上了经商之路。人的命运是不能全由自己择定的。

"谢谢沙姑姑对我的器重。但我只是一个商人，在商海中干得还不错。我没有接受过高等教育，即使我真的有慧根，这慧根也早已枯死了。"

"没关系，她对你非常信赖。她说，你一旦回头，便可立地成佛。"他强调道，"'一旦回头，立地成佛'，这是沙女士的原话。"

我既感动，也有些好笑，看来这位沙姑姑是赖上我啦！她就只差说"苦海无边，回头是岸"了。不过，如果继承遗产意味着放弃我成功的商业生涯，那沙姑姑恐怕要失望了，但我仍然礼貌地等客人往下说。

老于世故的何律师显然洞悉我的心理，他笑道："我已经说过，这是我最困难的一次律师业务。你是否接受这笔遗产，请务必认真考虑后再定夺，你完全可以拒绝的。"他歉然说，"对不起，我现在还不能宣布遗嘱的内容。遵照我当事人的规定，请你先看看这本研究笔记，如果你对它不感兴趣，我们就不必深谈了。请你务必抽时间详细阅读，这是立遗嘱人的要求。"

他从黑提包里取出一本薄薄的笔记，郑重地递给我，然后含笑告辞。

这位狡猾的老律师成功地勾起了我的好奇心，我匆匆安排完一天的工作，然后带上那个笔记本回到家中。家中没有人，我走进书房，关上门，掏出笔记本认真端详。

笔记本封皮是黑色的，已有磨损，显然是几十年前的旧物。它静静地躺在我手中，就像是惯于保守秘密的沧桑老人。笔记本里究竟藏有什么秘密？

我郑重地打开它。不，没什么秘密，只是一般的研究笔记，是心得、札记和一些试验记录。遣词用句很简练，看懂它比较困难，不过我还是认真看下去了。

后来，我看到一篇短文，一篇不足千字的短文，这篇短文影响了我的一生。

生命模板

20世纪后半期，科学家费因曼和德雷克斯勒开启了纳米科学的

先河。他们说，自古以来人们制造物品的方法都是“自上而下”的，是用切削、分割、组合的方法来制造。那么，为什么我们不能“自下而上”呢？

可以设想制造这样的纳米机器人：它们能大量地自我复制，然后去分解灰尘的原子，再把原子堆砌成肥皂和餐巾纸。

这时，生命和非生命、制造和成长的界限就模糊了，互相渗透了。

这当然是一个美好的设想，可惜其中有一个重大的缺陷——当纳米机器人大量复制时，当它们把原子堆砌成肥皂和餐巾纸时，接收到的程序指令从何而来？

毫无疑问，这个指令仍是“自上而下”的，因此就形成了宏观世界到纳米世界的信息瓶颈。这个瓶颈并非不能解决，但它会使纳米机器人大大复杂化，使“自下而上”的堆砌烦琐得无法进行。

有没有简便的真正“自下而上”的方法？有。自然界有现成的例子——生命。

即使是最简单的生命，如艾滋病毒、大肠杆菌、线虫、蚊子，它们的构造也是极复杂的，远远超过汽车、电视机等机械。但这些复杂体却能按DNA中暗藏的指令，“自下而上”地建造起来。这个过程极为高效和低廉。

想想吧，如果以机械的办法造出一架功能不弱于蚊子的微型直升机，需要人们做出多么艰巨的努力，付出多少金钱！而蚊子的发育呢，只需要一颗虫卵和一池污水就行了。

由于生命体的极端复杂和精巧，人们常把它神秘化，认为它只能是上帝所创造，认为生命体的建造过程是人类永远无法破译的。实际上并非如此，只要用还原论的手术刀去剖析它，就会发现它也是一种自组织过程，仅此而已。

宇宙中的一切都是由自组织形成的：宇宙大爆炸形成的夸克，宇宙星云中产生的星体，地球的岩石圈，石膏和氯化钠的结晶，六角形雪花的凝结，等等。宇宙中的四种力：强力、弱力、电磁力和引力是万能的黏合剂，是它们促使复杂组织能自发地建造。

生命也是一种自组织，不过是高层面的自组织。两者的区别在于：非生命物质的自组织过程是不需要模板的，或者说它也要模板，但这种模板很简单，宇宙中无处不有。所以，太阳和一百亿光年外的恒星可以有相同的成长过程；巴纳德星系的行星上如果会飘雪花，它也只能是六角，绝不会是五角。而生命体的自组织过程需要复杂的模板，它们只能产生于难得的机缘和亿万年的进化。但不管怎么说，生命体的建造本质上也是一种物理过程，是由化学键（实质上是电磁力）驱使原子自动堆砌成原子团，再由原子团变形、拓展、翻卷，直到生命体建造出来。

想造一架微型直升机吗？假如我们找到类似蚊卵的模板（当然不需要吸血功能），让它孵化、发育……这个工作该多么简单！

不过，以蛋白质为基础的生命体有致命的弱点：太脆弱，不耐热，不耐冻，不耐辐射，寿命短，强度低，等等。

那么，能否用硅、锡、钠、铁、铝、汞等金属原子，依照生命体的建造原理，“自下而上”地建造出高强度的纳米机器或纳米生命呢？

经过三十年的摸索，我想我已制造出了硅锡钠生命的最简单的模板。

也许我确实有科学的慧根，我马上被这篇朴实的文章吸引住了。它剖析了复杂的大千世界，轻松地抽理出清晰的脉络。尤其是结尾那句简短的、平淡的宣布，纵然是科学的外行，也能掂出它的分量。一种硅锡钠生命的模板！一种高强度的、完全异于现有生命形式的新生命！可以断定，我将得到的遗产肯定与之有关。

我立即打电话给何律师，直截了当地问他：“何律师，那种硅锡钠生命是什么样子？现在在哪儿？”

何律师在电话中大笑道：“沙女士的估计完全正确！她说你会打电话来的，还说如果你不打来电话，律师就可以中断工作了。她没看错你。来吧，我领你去，那种新型生命在她的私人实验室里。”

沙女士的实验室在城郊的一座小山坡上，是一幢不大的平房，屋内有两名工作人员正在安静地工作。何律师引我参观着各屋的设施，他耐心解释着，“给沙女士当了十年律师，我已成半个纳米科学家啦。”

他领我来到实验室的核心——所谓的生命熔炉。四周是厚厚的砖墙，打开坚固的隔热门，灼热的气浪扑面而来，里面是一个占地约有一百平方米的大熔池，暗红色的金属液体在其中缓缓地涌动。看不到加热装置，大概藏在熔池下面吧。

透过熔池上方因高热而抖动的空气，能看到对面墙上有一座巨大的金属蚀刻像，那当然是沙午女士了。她默默俯视着下面灼热的熔池，目光慈爱，又透着苍凉，就像远古的女娲看着她刚用泥土团成的小人。

何律师告诉我，这是些低熔点金属（锡、铅、钠、汞等）的混合液，其中散布着硅、铁、铬、锰、钼等高熔点物质，这些高熔点物质尺寸为纳米级，在熔液中保持着固体形态。我们的变形虫——即沙女士说的新型生命——正是以这些纳米级固相原子团为骨架，加以俘获的一些液相金属组合而成。熔池的温度长年保持在490℃ ±85℃的范围内，这是变形虫最适宜的生存环境。

“现在，看看它们的真容吧。”何律师按了一下按钮，侧面墙上映出图像。

图像大概是用X光层析技术拍的，画面一层层透过液体金属后，停在一个微小的异形体上。从色度看，它和周围的液体金属几乎难以区分，但仔细看，可以看出它四周有薄膜团住。它努力蠕动着，在黏稠的金属液体中缓缓地前进，形状随时变化，身后留下一道隐约可见的尾迹，不过尾迹很快就消失了。

“这就是沙女士创造的变形虫，是一种纳米机器，或纳米生命。在这个尺度的自组织活动中，机器和生命这两个概念可以合而为一了。”何律师说，“它的尺度有几百纳米，能自我复制，能通过体膜同外界进行新陈代谢。不过，它进食只是为了提供建造身体的材料（尤其是固相元素），并不提供能量。它实际是以光为食物，体膜上有无数光电转换器，以电能驱动它体内的金属‘肌肉’进行运动。”

我紧紧盯着屏幕，喃喃地说：“不可思议，真正不可思议！”

“是啊，和地球上的生命完全不同。它的死亡和繁衍更离奇呢。一只变形虫的寿命只有十二到十六天，在这段时期，它们蠕动、吞食、长大，然后蜷成一团，使外壳硬化，在硬壳内的物质发生‘爆灭’，重新组合成若干只小变形虫。至于爆灭时，生命信息如何向后代传递，沙女士去世前还没来得及弄清。”

“它们繁殖很快吗？”

“不快，金属液体中的变形虫达到一定密度时，就会自动停止繁殖。我想其内在原因是，合适的固相材料被耗尽了。看！快看！镜头正好捕捉到一只快要爆灭的变形虫！”

屏幕上，一只变形虫的外壳显然固化了，在周围缓缓涌动的金属液体中，它的形状保持不变。片刻之后，壳体内爆发出一道电光，壳内物质随之剧烈翻动，又很快平静下来，分成四个小团。然后硬壳破裂，四只小变形虫扭转着身体，向四个方向缓缓游走。

我看呆了，心中有黄钟大吕在震响，那是深沉苍劲的天籁，是宇宙的律动。我记得有不少科学家论述过生命的极限环境，但谁能想到，在500℃的金属液中，会有一种金属生命，一种不依赖水和空气的生命？合成这种生命模板是多么艰难的事，那应该是上帝十亿年的工作，沙姑姑怎么能在几十年的研究中就把它创造出来？

我瞻望着她的雕像，心中充满敬畏。

何律师关上隔热门，领我回到办公室。他说：“这种生命还相当粗糙，它体内光电转换器的效率还不如普通的太阳能板呢。沙女士说，经过一代代进化后，它们也会像地球生命一样精巧，不过那肯定是几亿年以后的事了。至少在我接手后的五年里，这些慢性子的家伙没有一点儿变化。”

我问：“这是私人实验室？得不到政府的支持？”

“对，至于原因，我想你能猜到。从实用主义观点看，这种研究恐怕在几千万年内毫无价值。沙女士开始研究时，原是想创造某种耐高温、有实用价值的纳米机器人。她搞出了这种小变形虫，但一直没有为它找到实际用途。沙女士去世后，委托我用她的财产维持生命熔炉的运转，不过，这笔资金很快就要告罄了。”

他看看我，我看看他，我们都知道这句话的含义。沙女士留给我的，实际是一笔负资产，我一旦接下，就要向这座熔炉投入大量的资金，直到用尽家财。然后……然后该怎么办？再去寻找一个像我这样易于感动的傻瓜？

但不管怎样，我实在无法拒绝。这些生命尽管粗糙，终究已脱离物质世界，它们是妙手偶得的孤品，如果生存下去，也许能复现地球生命的绚丽。我怎忍心让它们因我而死呢……童年的科学情结突然复活了，就像是一泓春水悄悄融化着积雪。

我叹了口气，说道：“何律师，宣布遗嘱吧。”

“啊，不。”何律师笑道，“遵照沙女士的规定，还有第二道程序呢。请你先看完这封信吧。”他从皮包中掏出一件封固的信，郑重地递给我。

我狐疑地接过来，撕开。信笺上用手写体简单地写着两行字，其内容却是那样惊世骇俗：

致我的遗产继承人：

真正的生命是不能豢养的，太阳系中正好有合适的放养地——水星。

我一时呆住了，瞠目结舌，太阳穴的血管嘭嘭跳动。那个狡猾的律师似笑非笑地看着我，他一定料到了这封信对我的震撼。是啊，与这两行字相比，此前我看到的一切还值得一提吗？

索拉星

《圣书·创世纪》

大神沙巫创造了索拉人。沙巫神是父星之独子，住在父星第三星上，那颗星球曾是蓝色的，浸在水波之中。

二十个四千一百五十二万年前，神来到索拉星上，他见索拉星是好的，光是好的，天地是好的。神说：好的天地，焉能没有活物呢。

神伸展身躯，高五百七十九亿步，从父星的熔炉里舀出热的汤液，汤液中有小的活物。他把汤液洒遍索拉星的土地。

二十个四千一百五十二万年后，小活物长成索拉人。

沙巫神行完这件事，失去了父星的宠爱。父星发怒说：你怎么敢代我行这件事？父星用白色的光剑惩罚了蓝星，毁灭了沙巫神的家。

沙巫神乘神车逃离蓝星，去了父星照不到的地方。

沙巫神在索拉星上留下化身，化身沙巫睡在北极的寒冰里，躲避着父星。

每隔四千一百五十二万年，化身沙巫醒来，乘神车巡视索拉星。他怜悯索拉人的愚昧，把智慧吹进索拉人的眼睛和胸口的闪孔。

神告诉索拉人：

我的孩子们啊，我偏爱你们，你们有福了。我造出你们的身体，比我更强壮，不怕父星的惩罚；你们以光为食，不以生命为食；你们是金属做的身子，不是泥和水做的身子；你们身上有五窍，不是九窍；你们没有雌雄之分，免去做人的原罪。你们有福了啊。

神告诉索拉人：

我把神的灵智藏在圣书里，你们什么时候能看懂它呢。看懂圣书的人就能找到极冰中的圣府，神会醒来，带你蒙受父星大的恩宠。

水星素描

水星是离太阳最近的行星，距太阳0.387地球天文单位，即5789万千米。

太阳光猛烈地倾泻到水星上，使它成了太阳系最热的行星。它的白昼温度可达450℃，在一个名叫卡路里盆地的地方，最高温度曾达到973℃。

由于没有大气保温，夜晚温度可低至−173℃。这颗与太阳近在咫尺的星球上竟然也有冰的存在，它们分布于水星的两极，长年保持着−60℃以下的温度。

水星质量为地球的1/25，磁场强度为地球的1/100。公转周期为87.96天，即1000地球年=4152水星年。水星自转周期为58.646天，是其公转周期的2/3，这是由于太阳引力延缓了它的自转速度，造成了一定程度的引力锁定。

水星地貌与月球相似，到处是干旱的岩石荒漠，是陨星撞击形成的环形山（卡路里盆地就是由一颗大陨星撞击而成）。地面上多见一种舌状悬崖，延伸数百千米，这种地形是由水星地核的收缩所形成。水星的高温使一些低熔点金属熔化，聚集在凹部和岩石裂缝内，形成广泛分布的金属液湖泊。由于水星缺少氧化性气体，它们一直保持金属态。

夜晚来临时，金属液凝结成玻璃状的晶体。当阳光伴随高温在58.6个地球日之后返回时，金属湖迅速开冻。

如此严酷的自然环境，毫无疑问是生命的禁区——可是，真是如此吗？

“疯了，”我神经质地咕哝道，“真的是疯了，只有疯子才这样异想天开。”

何律师安安静静地看着我，“可是，历史的发展常常需要一两个疯子。”

“你很崇拜沙女士？”

“也许算不上崇拜，但我佩服她。”

我干笑道：“现在我知道这笔遗产的内容了，是一笔数目惊人的负遗产。继承人要用自己的财产去维持生命熔炉的运转，维持到哪一年——天知道。不仅如此，他还要为这些金属生命寻找放生之地，一劳永逸地解决这个问题，而这么做，至少需要数百亿元资金，需要一两百年的时间。谁若甘愿接受这样的遗产，别人一定会认为他也疯了。”

何律师微笑着，简单地重复着：“世界需要几个疯子。”

“那好，现在请你忘记自己的律师身份。你，我的一个朋友，说说，我该接受这笔财产吗？”我说道。

何律师笑了，“我的态度你当然知道。”

“为什么该接受？对我有什么益处？”

“它使你得到一个万年一遇的机会，可以干一件前无古人的事。你将成为水星生命的始祖之一，它们会永远铭记你。”

我苦笑道：“要让水星生命进化到会感激我，至少得一亿年吧，这个投资回收期也太长啦。”

何律师笑而不语。

“而且，还不光是金钱的问题。要到水星上放养生命——地球人能接受吗？毕竟这对地球人毫无益处，说不定还会给地球人类增加一个竞争对手呢！”

“我相信你，相信沙女士的眼力，所有困难你都有能力、有毅力去克服。”

我像是被蝎蜇似的叫起来：“我去克服？你咬定我会接受这笔遗产？”

狡猾的律师拍了拍我的肩，“你会的，你已经在考虑今后的工作啦。我可以宣读遗嘱了吧，或者，你和夫人再商量一次？”

六天后，我们举行了一个小小的正式仪式，我和妻子签字接受了这笔遗产。

我为这个决定煎熬了六天，心神不宁，长吁短叹。我告诉自己，只有疯子才会自愿套上这副枷锁。

然而海妖的歌声一直在诱惑我，即使塞上耳朵也不行。

四十亿年前，地球海洋中诞生了第一个能自我复制的蛋白质微胞，那是个粗糙的、微不足道的东西。如果真有上帝，恐怕他也料不到，这种小东西会进化出绚烂的地球生命吧。现在，由于偶然的机缘，一种新型生命投入到我的翼下，它是一位女上帝创造的，它能否在水星发扬光大，取决于我的一念之差。

这个责任太重了，我不敢轻言接受，也不敢轻言放弃。即使我甘愿做这样的牺牲，还有妻儿呢？我没有权利把他们拖入终生的苦役中。

妻子对此一直含笑不语，直到某天晚上，她轻描淡写地说：“既然你割舍不下，接受它不就得了。”

她说得十分轻松，就像是决定上街买两毛钱白菜。我瞪着妻子，一字一句地说：“接下它——你知道这意味着什么？”

“意味着咱俩一生的苦役。不过，如果不能按自己的意愿和兴趣去生活，活一辈子又有什么意义？我知道，如果你这会儿放弃它，老来你一定会特别后悔的，你会为此在良心上煎熬一生。行了，接受它吧。”

当时，我望着妻子明朗的笑容，泪水潸然而下。

此刻，妻子仍保持着明朗的笑容，陪我接受了沙姑姑的遗产。

何律师今天很严肃，目光充满苍凉。我戏谑地想，这只老狐狸步步设伏，总算把我骗入彀中，现在大概良心发现了吧。沙午实验室的两名工作人员欣喜地立在何律师身后。

屋里还有一个不露面的参与成员，就是沙午女士，她正待在那座生命熔炉的上方，透过因高温而抖颤的空气，透过厚厚的墙壁看着我们，我想她的目光中一定充满欣慰。

我特意请来的记者朋友马万壮则是咬牙切齿："疯了！全疯了！"他一直低声骂着，"一个去世的女疯子，一对年轻的疯夫妻，还有一个装疯的老律师。义哲，田娅，你们很快会后悔的！"

我宽容地笑着，没有理他。不管怎样反对，他还是遵照我的意见把这则消息捅到新闻媒体中去了。我想，做这件事，既需要社会的许可，也需要社会的支持。那么，就让这个计划尽早去面对社会吧。

老马把那篇报道捅出去之后，我立即接到一位朋友的电话，他兴高采烈地说："我看到报道了！金属生命，水星放生，一定是愚人节的玩笑吧。"

我说："不，不是。实际上，那篇报道原来确实打算在4月1号出台，但我突然悟出4月1号是西方愚人节，于是通知报纸向后推迟四天。"

"正好推迟到4月5号啦，清明节，那这篇报道一定是鬼话喽！"

我苦笑，慢慢放下话筒。

此后舆论慢慢认真起来，当然大多数是反对派。异想天开！地球人类的事还没办完呢，倒去放养什么水星生命！

也有人宽容一些，说只要不妨碍人类的利益，人人都可干自己想干的事，只要不花纳税人的钱。

在这些争论中，我沉下心来全力投入实验室的接收工作。我以商人的精打细算，最大限度地压缩实验室的开支。仔细一算，我的家产能够维持它运转三十年。这种生命很顽强，高温能耐受到1000℃以上，低温则可耐受到绝对零度。在温度低于320℃时，它们会进入休眠。所以，即使因经费枯窘而暂时熄灭熔炉也没什么关系，只是会暂时中断这种生命的进化。

不过，我不会让生命熔炉在我手里熄灭的。我不会辜负沙姑姑的厚望。

我和妻子晚上常常来到生命熔炉前，看那暗红涌动的金属液，或者把图像调出来，看那些蠕动的小生命。一亿年之后，十亿年之后，它们进化成什么样子，谁能预料到呢？

看着它们，我和妻子都找到了一种感觉，即妻子腹中刚刚诞生一个小生命时的感觉。

老马很够朋友，为我促成了一次电视辩论。

“或者你说服社会，或者让社会说服你吧。”他说。

我、妻子和何律师坐在演播厅内，面对中央电视台的摄像镜头，聚光灯烤得脸上沁出细汗。

演播台另一边坐着七位专家，他们实际是这场道德法庭的法官，不过他们依据的不是中国刑法，而是生物伦理学的教义。

台前是一百多名听众，多数是大学生。

主持人耿越笑着说：“节目开始前，首先我向大家致歉，这次辩论本来应放在水星上进行的，不过电视台付不起诸位到水星的旅费。再说，如果不配置空调，那儿的天气也太热了一点儿。”听众会心地笑了。

“‘水星放生’这件事已是妇孺皆知，我就不再介绍背景资料了。现在，请听众踊跃提问，陈义哲先生将做出回答。”

一位年轻观众抢着发问：“陈先生，放养这种水星生命——这样做对人类有益处吗？”

我平静地说：“目前没有，我想在一亿年内也不一定有。”

“那我就不明白了，劳神费力去做这些对人类无益的工作——为什么？”

我看看妻子和何律师，他们都用目光鼓励我，我深吸一口气，说道："我把话头扯远一点儿吧。要知道，生物的本质是自私的，每个个体要努力从有限的环境资源中争取自己的一份，以便保存自己，延续自己的基因。但是，大自然是伟大的魔术师，它从自私的个体行为中提炼出了高尚，因为生物体在竞争中发现，在很多情况下合作更为有益。对于单细胞生命，彼此之间是敌对的。但单细胞合为多细胞生命时，体内各个单细胞就化敌为友，互相协作，各有分工，使它们在生存环境中处于更有利的地位。于是，多细胞生命便发展壮大。概而言之，在生物进化中，这种协作趋势是无所不在的，而且越来越强。比如，人类合作的领域就从个体推至家庭，推至部族，推至国家，推至不同的人种，乃至于人类之外的野生生物。在这一过程中，生命一步步完成对自身利益的超越，组成范围越来越大的利益共同体。我想，人类的下一步超越将是和外星生命的融合。这就是我倾尽家财培育水星生命的动机，我希望在那儿进化出一种文明生物，成为人类的兄弟。否则，地球人在宇宙中太孤单了！"

我顿了一顿，继续说道："其实，在一个月前，我还没有这些感悟，是沙女士感化了我。站在沙教授的生命熔炉前，看着暗红涌动的金属液中那些蠕动的小生命，我常常有做父母的感觉。"

一个中年男人讥讽地说："这种感觉当然很美妙，不过你不要为了这种感觉，而培育出人类的潜在竞争者。我估计，这种在高温下生存的生命，其进化过程必定很快吧，也许一千万年后它们就赶上人类啦。"

我笑了，"别忘了，地球的生命是四十亿年前诞生的，如果担心地球生命竞争不过四十亿年后才起步的晚辈，那你未免太不自信了吧。"

耿越说："说得对，四十亿岁的老祖父对待一千万岁的小囡囡，疼爱还来不及呢，哪里有竞争？"观众笑起来，一位女观众问道："陈义哲先生，我是你的支持者。你准备怎么完成沙女士的托付？"

我老实承认："不知道。至少到目前为止我还不知道。我的家产能在三十年内维持生命熔炉的运转，但三十年后怎么办？还有，怎样才能凑出足够的资金，把这些生命放养到水星上？我心里没有一点儿数。

不管怎样，我会尽我的力量，这一代完不成，那就留给下一代吧。”

辩论会进行了近两个小时，七名专家，或称七名法官，一直一言不发，只认真地听着，不时在纸上记下一两句，从表情上看不出他们各自的倾向。

最后，耿越走到演播台中央说：“我想质询已相当充分了，现在请各位专家发表自己的意见吧。你们对‘水星放生’这件事，是赞成、反对还是弃权？”

七位专家迅速在小黑板上写字，同时举起黑板，上面齐刷刷全是同样的字：弃权！

观众骚动起来，耿越搔着头皮说：“如此一致呀！我很怀疑七位专家是否有心灵感应？请张先生说说，你为什么持这个态度？”

坐在第一位的张先生简短地说：“这件事已远远超越时代，我们无法用现代的观点去评判将来的事。所以，弃权是最明智的选择。”

埋在索拉星北极冰层中的沙巫圣府快要露面了，透过厚厚的深绿色的极冰，已能隐约看到圣府中的微光。

牧师胡巴巴进入了神灵附体的癫狂状态，向外发射着强烈的感情场，胸前的闪孔激烈地闪烁着，背诵着《圣书》的《旧约》和《新约》篇的祷文。

破冰机飞转着，一步一步向前拓展。胡巴巴俯伏在白色的冰屑中，向化身沙巫遥拜，脑袋和尾巴重重地在地上叩击，打得冰屑四处飞扬。

科学家图拉拉立在他身后，不动声色地看着，助手奇卡卡背着两个背囊（那里有四个能量盒），站在他的身边。

这次的“圣府探察行动”是图拉拉促成的，他已经一百五十岁了，想在爆灭前找到《圣书》中屡次提到的圣府——或者确认它不存在。

图拉拉原以为教会要极力反对，但他错了，教会的反应相当平和，甚至相当合作。他们同意这次考察，只是派了牧师胡巴巴做监督。图拉拉想，也许教会深信《圣书》的正确？《圣书》说，化身沙巫睡在北极的极冰中；《圣书》说，能看懂《圣书》的人就能找到极冰中的圣府，唤醒大神，蒙受大的恩宠。千百年来，无数自认读懂《圣书》的信徒争着到北极去朝拜，但没有一个人活着回来。现在，教会可能想借科学的力量来证明《圣书》的正确。

想到这儿，图拉拉不禁微微一笑。近五百年来，科学的力量越来越强大，几乎能与教会分庭抗礼了。比如说，眼前这位虔诚的胡巴巴牧师就受惠于科学，他的尾巴上也装着一个能量盒，科学所发明的能量盒，否则，“以光为食”的他就不可能来到无光的北极。

在这次向北极行进的路上，图拉拉看到了无数的横死者，他们是一代代虔诚的教徒，按《圣书》的教诲，沿着从圣坛伸向北极的圣绳，来寻找沙巫神的圣府。当他们逐渐脱离父星的光照后，体内能量渐渐耗竭，终于倒在路上。

对于这些横死者，教会一直讳莫如深。因为，这些人生前没找到死亡配偶，没经过爆灭，灵魂不得超生，这是圣诫三罪（不得横死，不得信仰伪神，不得触摸圣坛和圣绳）中第一款大罪。但这些人又是可敬的殉教者。教会是该诅咒他们，还是该褒扬他们呢？

图拉拉决定，从北极返回时，他要把这些横死者收集起来，配成死亡配偶，让他们在光照下爆灭。图拉拉倒不是相信灵魂超生，但总不能任这些人永远暴尸荒野吧。

破冰机仍在转着，现在已经能确定前面就是圣府了，因为极冰中露出四十根圣绳，在此会聚到一块儿，向圣府延伸。圣府中射出白色的强光，把极冰照耀得璀璨闪亮。

牧师胡巴巴让工人暂停，他率领众人做最后一次朝拜，诚惶诚恐地祈祷着。人群中只有图拉拉和奇卡卡没有跪拜。牧师愠怒地瞪着他们，在心中诅咒着：你们这些不尊崇沙巫神的异教徒啊，神的惩罚马上要降临到你们身上！

奇卡卡不敢直视牧师，也不敢正视自己的导师，他的感情场抖颤着，两个闪孔轻微地闪烁，像是在询问自己的导师，又像是在自语：

难道化身沙巫真的存在？难道《圣书》上说的确实是真理？因为《圣书》说的圣府就在眼前啊。

图拉拉看到助手的动摇，他佯作未见，苍凉地转过身去。他一向知道奇卡卡不是一个坚强的无神论者，常常在科学和宗教之间踟蹰。图拉拉本人在一百年前就叛离了宗教，麾下聚集了一大批激进的年轻科学家。他们坚信图拉拉在一百年前提出的生物进化论，相信索拉人是由低等生物进化而来（这一点已有许多古生物遗体给出证明），坚信《圣书》上全是谎言。但是，在对宗教举起叛旗一百年后，图拉拉本人反倒悄悄完成了对《圣书》的回归。

他不信宗教，但相信《圣书》（指《圣书》的《旧约》篇），因为《圣书》中混杂着很多奇怪的记载，这些记载常常被后来的科学发展所确证。比如《圣书》上说，索拉星是父星的第一星，蓝星是父星的第三星。这些圣谕被人们吟哦了数千年，从不知是什么含义。直到望远镜的出现刺激了天文学的发展，科学家才知道，索拉星和蓝星都是父星的行星，而其排列顺序完全如《圣书》所言！

又比如，《圣书》（《旧约》篇）第三十九章中规定了索拉星的温度标定，以水的凝结温度为零度，水的沸腾温度为一百度。可是，索拉星生命在几亿年的进化中从没有接触过水！只是在近代，科学家才推定在南北极有极冰存在。那么，《圣书》中为什么做这种规定，这种规定又是从何而来呢？

难道真有一个洞察宇宙、知过去未来的大神吗？

还有，索拉星赤道附近的二十座圣坛，也一直是科学家的不解之谜。在那些圣坛上，黑色的平板永不疲倦地缓缓转动，永远朝着父星的方向。每座圣坛都有两根圣绳伸出来，一直延伸到不可见的北方。《圣书》上严厉地警告，索拉人绝不能去触碰它，不遵圣诫的人会被狠狠击倒，只有伏地忏悔后才能复苏。

图拉拉不相信这则神话，他觉得圣坛中的黑色平板很可能是一种光电转换器，就如索拉生物的皮肤能进行光电转换一样。问题是——是谁留下了这些技术高超的设备？以索拉人的科学水平，五百年后也无法造出它！

正是基于这个信念，他才尽力促成了对圣府的考察。现在，已经可以确认圣府的存在了，《圣书》上那个神秘缥缈的圣府就在眼前。如果化身沙巫真的住在这里……图拉拉迫不及待想见到他。

最后一层冰墙轰然倒塌，庄严的圣府豁然显现。这是一间冰建的大厅，厅内散射着均匀的白光，穹顶很高，厅内十分空旷，没有什么杂物，只有大厅中央放着一辆——神车！

《圣书》上提到过它，无数传说中描绘过它，三千一百二十年前的史书中记载过它。这正是化身沙巫的坐骑呀！神车上铺着黑色的平板，与圣坛上的平板一模一样，下面是四个轮子。神车上方是透明的，模样奇特的化身沙巫斜躺在里面。

化身沙巫真的在这里！洞外的人迫不及待地拥进去。以胡巴巴为首，众人一齐俯伏在地，用脑袋和尾巴敲击着地面，所有人的闪孔都在狂热地祷告着：至上的沙巫大神，万能的化身沙巫，你的子民向你膜拜，请赐福给我们！

只有图拉拉一人站立着，跪伏的人中包括他的助手，似乎奇卡卡的祷告比别人更狂热。众人合成的感情场冲击着图拉拉，他几乎也不由得想俯伏在地，但他终于抑制住自己，快步上前，仔细观看化身沙巫的尊容。

化身沙巫斜倚在神车内，模样奇特而庄严。他与索拉人既相似又不相似，他也有头，有口，有胳臂和双手，有双眼，有躯干；但他的尾巴是分叉的，分叉尾巴的下端也有指头。他身上有四处奇怪的凸起：脑袋正前方有一个长形凸起，其下有两孔；脑袋两侧两个扁形凸起，各有一孔；两条尾巴开始分叉的地方有一个柱形凸起，上面有一个孔。他的胸前没有闪孔，图拉拉惊讶地想，没有传递信息的闪孔，沙巫们如何互相交谈？他们都是哑人吗？

不过，先把这个问题放一放吧。图拉拉现在要先验证《圣书》上最容易验证的一条记载。他仔细数了沙巫身体上的孔窍，没错，确实是九窍，而不是索拉人的五窍。

《圣书》又对了啊。图拉拉呆呆地立着，心中又惊又喜。

他又仔细观察起神车内部。车前方放着一个金制的塑像，塑像只有半身，与沙巫神一样，头部有七窍，不过这尊塑像的头上有长毛，相貌也显然不同。这是谁？也许是沙巫神的死亡配偶？他突然看到更令人震惊的东西，一本《圣书》！《圣书》是崭新的，但封面的字体却是古手写体，是三千年前索拉先人使用的文字。

在图拉拉的一生中，为了击败教会，他曾认真研究过《圣书》，对《圣书》的渊源、版本和讹误知之甚清。他一眼看出这是第二版《圣书》，内容只有《旧约》而无《新约》，刊行于三千一百二十年前。这版《圣书》现在已极为罕见。

胡巴巴也看到了《圣书》，他的祈祷和跪拜也几近癫狂。等他抬起头，看见图拉拉已经打开车门，捧住《圣书》，胡巴巴立即从闪孔射出两道强光，灼痛了图拉拉的后背。

图拉拉惊异地转过身，胡巴巴疯狂地喊道：“不许渎神者触摸《圣书》！”他挤开科学家，虔诚地捧起《圣书》，恶狠狠地说，“现在你还敢说神不存在吗？你这个渎神者，大神一定会惩罚你的！”

说完他不再理会图拉拉，转向众人宣布：“我要回去请示教皇，把沙巫神的圣体迎回去。在我回来之前，所有人必须离开圣府！”

他捧着《圣书》领头爬出去，众人诚惶诚恐地跟在后面。

奇卡卡负疚地看看自己的老师，低下脑袋，最终也去了。

胡巴巴走到洞口时，看到仍留在洞中的科学家，便严厉地说：“你，要离开圣府。化身沙巫不会欢迎一个渎神者。”

图拉拉不想与他争执，他的闪孔平和地发射着信息：“你们回去吧，我不妨碍你们，但我要留在这里……向化身沙巫讨教。”

胡巴巴的闪孔中闪出两道强光，“不行！”

图拉拉讥讽地说：“胡巴巴牧师的脾气怎么大起来啦？不要忘了，你是在科学的帮助下才找到圣府的。如果你逼我回去，那就请把你尾巴上的能量盒取下来吧，那也是渎神的东西，《圣书》从未提到过它。”

牧师愣住了，他想图拉拉说得不错，《圣书》的任何章节中，甚至宗教传说中，都从未提到过这种能量盒。它是渎神者发明的，但它非常有用，在这无光的极地，没有了能量盒，他会很快脱力而死，而且是不得转世的横死。

他不敢取掉能量盒，只好狂怒地转过身，气冲冲地爬走了。

那次电视辩论之后的晚上，何律师在我家吃了晚饭。席间他告诉我："义哲，你实际已经胜利了，对这件事，法律上的'不作为'就是默认和支持。现在没人阻挡你了，甩开膀子干吧。"

他完成了沙午姑姑的托付，心情十分痛快，最后喝得酩酊大醉，笑嘻嘻地离开。

这时电话铃响了，拿起话机，屏幕上仍是黑的，那边没有打开屏幕功能。对方发问："你是陈义哲先生吗？我姓洪，对'水星放生'这件事有兴趣。"

他的声音沙哑干涩，颇不悦耳，甚至可以说，这声音引起了我生理上的不快。但我礼貌地说：

"洪先生，感谢你的支持。你看了今天的电视节目？"

对方并不打算与我攀谈，冷淡地说："明天请到寒舍一晤，上午十点。"他说了自己的住址，随即挂断电话。

妻子问我，是谁来的电话，说了什么。我迟疑地说："是一位洪先生，他说他对'水星放生'感兴趣，命令我明天去和他见面。没错，真的是命令，他单方面确定了明天的会晤，一点也不和我商量。"

我对这位洪先生印象不佳，短短的几句交谈就显出他的颐指气使，不仅如此，他的语调还有一种阴森森的味道。但是……明天还是去吧，毕竟这是第一个向我表示支持的陌生人。

洪先生的住宅在郊外，一座相当大的庄园。庄园历史不会太长，但建筑完全按照中国古建筑的风格，飞檐斗拱，青砖青瓦，曲径小亭。

领我进去的仆人穿一身黑色衣裤，态度很恭谨，但沉默寡言，意态中透着一股寒气。我默默地打量着四周，心中的不快更加浓了。

正厅很大，光线晦暗，青砖铺的地面，其光滑不亚于水磨石地板。高大的厅堂没有什么豪华的摆设，显得空空落落。

厅中央停着一辆助残车，一个看上去有五十岁的矮个男人仰靠在车上。他高度残疾，驼背鸡胸，脑袋缩在脖子里，五官十分丑陋，令人不敢直视。他的腿脚也是先天畸形，纤细羸弱，拖在轮椅上。

领我进屋的仆人悄悄退出去，我想，这位残疾人就是洪先生了。

我走过去，向主人伸出手。他看着我，没有同我握手的意思，我只好尴尬地缩回手。

他说："很抱歉，我是个残疾人，行走不便，只好麻烦你来了。"

话说得十分客气，但语气仍十分冷硬，面如石板，没有一丝笑容。在他面前，在这座晦暗的建筑里，我有类似窒息的感觉。

不过我仍然热情地说："哪里。请问洪先生，关于'水星放生'那件事，你还想了解什么情况?"

"不必了，"他干脆地说，"我已经全部了解。你只用告诉我，办这件事，需要多少资金。"

我略为沉吟，"我请几位专家做过初步估算，大约需要两百亿元。当然，这是个粗略的估算。"

他平淡地说："资金问题我来解决吧。"

我吃了一惊，心想他一定是把两百亿错听为两百万了。当然，即使是两百万，他也已是相当慷慨。为了不伤他的自尊心，我委婉地说道："太谢谢你了！谢谢你的无比慷慨。当然，我不奢望资金问题一下子全部解决，两百亿的天文数字啊，可不是两百万的小数。"

他神态自若地说："我没听错，两百亿，不是两百万。我的家产不太够，但我想，这些资金不必一步到位吧。如果在十年内逐步到位，那么，加上十年的资产增值，我的家产已经够了。"

我恍然悟到此人的身份：亿万富翁洪其炎！

这是个很神秘的人物，早就听说他高度残疾，丑陋过人，所以从不在任何媒体上露面，能够见到他的只有七八个亲信。这人的口碑不是太好，听说他极有商业头脑，有胆略，有魄力，把他的商业帝国经营得欣欣向荣，但手段狠辣无情，常常把对手置于死地。又说他由于相貌丑陋，年轻时没有得到女人的爱情，滋生了报复心理。几年前他曾登过征婚启事，应征女方必须夜里到他家见面，第二天早上再离开，这种奇特的规定难免会使人产生暧昧的猜想。后来，听说凡是应征过的女子都得到了一笔数目不菲的赠款，这更使那些暧昧的猜想有了根据。

不过，那些猜想很可能是冤枉了他。应征女子中有一位年轻漂亮的女律师，大概是姓尹吧，她去应征，是倾慕洪其炎的才华而非他的财产。据说她去了后，主人与她终夜相对，不发一言，也没有身体上的侵犯。天明时交给她一笔赠款，请她回家，尹律师痛痛快快地把钱摔到了他脸上。不过，这个举动倒促成了二人的友谊，虽未结夫妻，但成了一对形迹不拘的密友。

虽说他是亿万富翁，但这种倾家相赠的慷慨也令我心生疑窦，而关于他的负面传说则增加了疑虑的分量。也许他有什么个人打算？也许他因不公平的命运而迁怒于整个人类，想借“水星放生”施行他的报复？

虽然一笔两百亿的资金是万年难求的机缘，但我仍决定，先问清他有没有什么附加条件。

洪先生的锐利目光看透了我的思虑——在他面前，我竟有赤身裸体的感觉，这使我十分恼火——他平淡地说：“我的赠款有一个条件。”

果然来了，我想，随即便谨慎地问道：“请问是什么条件？”

“我要成为放生飞船的船员。”

原来如此！原来就这么一个简单的要求！我不由得看看他的腿，心中刹那间产生强烈的同情，之前对他的种种不快一扫而光。一位高度残疾者用两百亿去购买飞出地球的自由，这个代价太高昂了！这也从反面说明，这具残躯对他的桎梏是多么残酷。

我柔声说道：“当然可以，只要你的身体能经受住宇航旅行。”

“请放心，我这架破机器还是很耐用的。请问，实现‘水星放生’需要多长时间？”

“很快的，我已经咨询过不少专家，他们都说，水星旅行在技术上没有太大的难点，只要资金充裕，十五至二十年就能实现。”

他淡淡地说：“资金到位不成问题，你尽量加快进度吧，争取在十五年之内实现。这艘飞船起个什么名字？”

“请你命名吧。你这样慷慨地资助这件事，你有这个权利。”

洪先生没推辞，“那就叫‘姑妈号’吧，很俗气的一个名字，对不？”

我略为思索，明白了这个名字的深意：它说明人类只是水星生命的长辈而非父母，同时也暗含着纪念沙姑姑的意思。我说：“好！就用这个名字！”

他从助残车侧旁的袋里取出一本支票簿，填上五千万，背书后交给我，“这是第一笔启动资金，尽快成立一个基金会，开始工作吧！对了，请记住一点，飞船上为我预留一辆汽车的位置，就按加长林肯车的尺寸吧。我将另外找人，为我研制一辆适合水星路面的汽车。”他微带凄苦地说，“没办法，我不能在水星上步行。”

我柔声说：“好的，我会办到。不过……”我迟疑着，“可以冒昧地问一句吗？你倾尽家财以放养水星生命，是为了什么？只是为了到水星一游吗？”

他平淡地说：“我认为这是件很有趣味的事，我平生只干自己感兴趣的事。”

他欠欠身，表示结束谈话。

从此，洪先生的资金源源不断地送来。激情之火浇上金钱之油，产生了惊人的工作效率。当年年底，已经有一万五千人在为“姑妈号”飞船工作。

对“水星放生”这件事，社会上在伦理意义上的反对一直没有停止，但它始终没有对我们形成阻力。

洪先生从不过问我们的工作。不过，每个月我都要抽时间向他汇报工作进度；飞船方案搞好后，我也请他过目。

洪先生常常一言不发地听完，简短地问："很好。资金上有什么要求？"

按洪先生要求，我对他的资助严格保密，只有我妻子和何律师知道资助人的姓名。当然，实际上是无法保密的，"姑妈号"飞船需要的是数百亿元资金，能拿得出这笔资金的人屈指可数，再加上洪先生不断拍卖其名下的产业，所以，这件事不久就成了公开的秘密。

"姑妈号"飞船有条不紊地建造着，到第二年，当我去洪先生家时，总是与一位漂亮的女人相遇。她有一种恬淡的美貌，就像薄雾笼罩着的一枝水仙，眉眼中带着柔情。她就是那位尹律师。她与洪先生的关系显然十分亲近，一言一行都显出两人相知很深。不过，毫无疑问，两人之间是纯洁的友情，这从尹律师坦荡的目光中可以确认。

尹律师已经结婚，有一个三岁的儿子。

在我向洪先生汇报进度时，他没有让尹律师回避，显然，尹律师有资格分享这个秘密。谈话中，尹女士常常嘴角含着微笑，静静地听着，偶尔插问一句，多是关于飞船建造的技术细节。

我很快知道了这种安排的目的——是她负责建造洪先生将要乘坐的水星车。

那天尹律师来到我的办公室。这是我第一次单独与她会面，我请她坐下，喊秘书斟上咖啡，一边忖度着她的来意。

尹律师细声细语地说："我想找你商量一下飞船建造的有关技术接口。你当然已经知道，我在领导着一项秘密研究，研制洪先生在水星上使用的生命维持系统。"

我点点头。她把水星车称作"生命维持系统"没有使我意外。要想在没有大气、温度高达450℃、又有强烈高能辐射的水星上活动，那辆车当然也可称作生命维持系统。

但尹律师下面的话对我无疑是一声晴天霹雳，她说："准确地说，其主要组成部分是人体速冻和解冻装置。”

我从沙发上跳起来，震惊地看着她。洪先生要人体速冻装置干什么？在此之前，我一直把洪先生的计划看成一次异想天开的、挑战式的旅行，而且毫无疑问是一次短期旅行。但——人体速冻和解冻装置……

在我震骇的目光中，尹女士点点头，“对，洪先生打算永远留在水星上，看守这种生命。他准备把自己冷冻在水星的极冰中，每一千万年醒一次，每次醒一个月，乘车巡查这种生命的进化情况，一直到几亿年后水星进化出‘人类’文明。”

我们久久地用目光交换着悲凉，我喃喃地说：“你为什么不劝他？让他在水星上独居几亿年，不是太残忍吗？”

她轻轻摇头，“劝不动的，如果他能被别人劝动，他就不是洪其炎了。再说，这样的人生设计对他未尝不是好事。”

“为什么？”

尹女士叹息一声，“恐怕没有人比我更了解他了。命运对他太不公平，给了他一个无比丑陋残缺的身体，偏偏又给他一个聪明过人的大脑。畸形的身体造就了畸形的性格，他心理阴暗，对所有正常人都心怀愤懑；但他的本质又是善良的，天生具有仁者之心。他是一个畸形的统一体，仁爱的茧壳箍缚着报复的欲望。他在商战中的砍伐，他在征婚时对应征者的戏弄，都是这种矛盾心态的反映。不过这些报复都是低度的，是被仁爱之心冲淡过的。但是，也许有一天，报复的欲望会冲破仁爱的封锁，那时……他本人深知这一点，也一直怀着对自身的恐惧。”

“对自身的恐惧？”我不解地看着她。

她点点头，肯定地说：“没错，他对自身的阴暗一面怀着恐惧，连我都能触摸到。他对‘水星放生’的慷慨资助，多少是这种矛盾心态的反映。一方面，他参与创造了一种新的生命，满足了他的仁者之心；另一方面，对人类也是个小小的报复吧。想想看，当他精心呵护的水星生命进化出文明之后，水星人肯定会把他的模样作为标准形象，而把正常的地球人看成畸形。对不?”

虽然心情沉重，但我还是被这种情景逗得破颜一笑。

尹律师也漾出一波笑纹，接着说：“其实，想开了，他对后半生的设计也是蛮不错的嘛——居住在太阳近邻，与天地齐寿，独自漫步在水星荒原上，放牧着奇异的生命。每次从长达一千万年的大梦中醒来，水星上的生命都会有预想不到的变化。彻底摒弃地球上的陈规戒律、庸俗琐碎、浑浑噩噩。有时我真想抛弃一切，抛弃丈夫和孩子，陪伴他到地老天荒——可是我做不到，所以我永远是个庸人。”她自嘲地说，语气中透着凄凉。

这件事让我心头十分沉重，甚至有说不清道不明的愤懑，只是不知道这愤懑该指向谁。但我知道多说无益。我回想到，洪先生是在看过那次电视辩论两小时内，做出了倾尽家产相赠的决定。这种性格果决的人，谁能劝得动呢？我闷声说：“好吧，就成全他的心愿吧。现在，我们谈谈技术接口。”

第二天，我和尹律师一起去见他，我们平静地谈着生命维持系统的细节，就像是我们早已商定的计划。

临告辞时，我忍不住说：“洪先生，我很钦佩你。在我决定接受沙姑姑的遗产时，不少人说我是疯子。不过依我看，你比我疯得更彻底。”

洪先生难得地微微一笑，“谢谢，这是最好的夸奖。”

众人走了，圣府大厅中只留下图拉拉。没有了恼人的喧嚣，他可以静下心来同化身沙巫交谈了，心灵上的交谈。

他久久地瞻望着化身沙巫奇特的面容，心中充满敬畏。圣府找到了，化身沙巫的圣体找到了。牧师及信徒们喜极欲狂。不过，他们错了。化身沙巫的确存在，他也的确是索拉生命的创造者，但他不是神，而是一个来自异星的科学家。

图拉拉思考多年，早就得出了这个结论。

在他对化身沙巫的敬畏中，含着深深的亲近感。科学家的思维总是相通的，不管他们生活在宇宙的哪个星系，都使用同样的数学语言，同样的物理定律，同样的逻辑规则。所以，他觉得，在他和化身沙巫之间，有着深深的相契。

他已经捋出化身沙巫的来历及经历：化身沙巫来自父星系第三星（蓝星），是二十个四千一百五十二万年前来到索拉星的。（为什么是有零有整的四千一百五十二万年？他悟到，四千一百五十二万个索拉星年恰恰等于一千万个蓝星年，沙巫是按母星的纪年方式换算过来。）那时，他创造了一种新型的、与蓝星生命完全不同的生命——并不是创造了索拉人，而是一种微生命——将它撒播在索拉星上，然后把进化的权杖交还给大自然。为了呵护自己创造的生命，化身沙巫离开母星和母族，在索拉星的极冰中住了二十个四千一百五十二万年。

不可思议的漫长岁月啊！当他独自面对蛮荒时，他孤独吗？当他看着微生命缓慢地进化时，他焦急吗？当他终于看到索拉星生命进化出文明生物时，他感到欣喜吗？

从神车中有三千年前的《圣书》来看，他大约在三千年前醒来过，那时他肯定发现索拉人有了二进制语言，有了文字。但那时的索拉人还很愚昧，被宗教麻木了心灵。他无法以科学来启发他们的灵智，只好把一些有用的信息藏在《圣书》里，以宗教的形式去传播科学。

《圣书》说，只要看懂《圣书》，就能找到圣府，那时，化身沙巫就会醒来，带索拉人去蒙受父星大的恩宠——什么“大的恩宠”？一定是一个浩瀚璀璨的科学宝库，索拉人将在一夕间跃升几万年、几十万年，与神（化身沙巫）们平起平坐！

这个前景使图拉拉非常激动，开始着手寻找化身沙巫留下的交代。化身沙巫既然在《圣书》中邀请索拉人前来圣府，既然答应届时醒来，那他肯定留下了唤醒他的办法。

图拉拉寻找着，揣摩着，突然发现了一个秘密的冰室。门被冰封闭着，但冰层很薄，他用尾巴打破了冰门，小心地走进去。

冰室里堆着数目众多的圆盘，薄薄的，有一面发着金属的光泽。这是什么？他凭直觉猜到，这一定是化身沙巫为索拉人预备的知识，但究竟如何才能取出这些知识，他不知道，绞尽脑汁也想不出来。这不奇怪，高度发展的技术常常比魔术更神秘。

不过墙上的一幅画他是看得懂的，这是幅相当粗糙的画，估计是化身沙巫用手画成。画的是一个索拉人，用手指着胸前的两个闪孔。画旁有一个按钮，另有一根手指指着它。

图拉拉对这幅画的含意猜度了一会儿后，下决心按下了这个按钮。

他的猜测是正确的，墙上的闪孔立即开始闪烁，明明暗暗。图拉拉认真揣摩着，很快断定，这正是二进制的索拉人语言。闪烁的节奏滞涩生硬，而且，其编码不是索拉人现代的语言，而是三千年前的古语言，但不管怎样，图拉拉还是尽力揣度出它所包含的意义。

“欢迎你，索拉人，既然你能来到无光的北极并找到圣府，相信你已经超越蒙昧，那么，我们可以进行理智的交谈了。”

巨大的喜悦像日冕的爆发，席卷图拉拉的全身。他终生探求的宝库终于开启了。那边，闪孔的闪烁越来越顺畅，一位十亿岁的睿智老人在同他娓娓而谈，他激动地读下去。

“我就是《圣书》中所说的化身沙巫，来自父星系的蓝星。二十个四千一百五十二万年前，蓝星系的科学家创造了一种全新的生命，我把它撒到水星上，并留下来照看它们的成长。我看着它们由单胞微生物变成多细胞生物，看着它们从金属湖泊登陆，看着它们从无性生物进化出性活动（爆灭前的配偶），看着它们进化出有智慧的索拉人。这时我觉得，十亿年的孤独是值得的。

“我的孩子们啊，索拉人类的进步要靠你们自己。所以，这些年来我基本没干涉你们的进化，只是在必要时稍加点拨。现在，你们已超越蒙昧，我可以教你们一些东西了。你们如果愿意，就请唤醒我吧。”

下面他介绍了唤醒自己的方法。他的苏醒必须按照严格的程序，稍有违犯，就会造成不可逆的死亡。图拉拉这才知道，神圣的沙巫种族其实是一种极为脆弱的生命。他们须臾离不开空气，否则会憋死。他们还会热死、冻死、淹死、饿死、渴死、病死、毒死……可是，就是这么脆弱的生命，竟然延续了数十亿年，并且创造出如此先进的科技！图拉拉感慨着，认真地读下去。他真想马上唤醒这位十亿岁的老人，对于索拉人来说，他的确可以被称作神灵了。

他突然感到一阵晕眩，意识到是能量盒快耗尽了。他爬过去找自己的背囊，那里应该有四个能量盒。但背囊是空的！图拉拉的感情场一阵战栗，恐慌向他袭来。面前这个背囊是奇卡卡的，肯定是奇卡卡把自己的背囊带走了。他当然不是有意害自己，只是，在刚才的宗教狂热中，奇卡卡失去了应有的谨慎。

该怎么办？大厅中有灯光，但光量太弱，缺少紫外光以上的高能波段，无法维持他的生命。看来，他要在沙巫的圣府里横死了。

《圣书》中有严厉的圣诫：索拉人在死亡前必须找到死亡配偶，用最后的能量进行爆灭，生育出两个以上新的个体。不进行爆灭的，尤其是死后又复苏的，将为万人唾弃。其实，早在《圣书》之前，原始索拉人就建立了这条伦理准则。这当然是对的，索拉人的躯体不能自然降解，如果都不进行爆灭，那索拉星上就没有后来者的立足之地了。

横死的索拉人很容易复生（只需让他接受光照），但图拉拉从没想过自己会干这种“乱伦”的丑事。不过，今天他绝对不能死！他还有重要的事去办，还要按沙巫的交代去唤醒沙巫，为索拉人赢得“大的恩宠”，他怎么能在这时死去呢！头脑的晕眩越来越重，已经不能进行有效的思考了，他必须赶紧想出办法。

他在衰弱脑力许可的范围内，为自己找到一个办法。他拖着身躯，艰难地爬到厅内最亮的灯光之下。

低能光不能维持他的生存，但大概能维持一种半生半死的状态。他倒了下去，但他用顽强的毅力支撑着，使意识不致沉落，闪孔里喃喃地念诵着：

“我不能死，我还有未了之事。”

2046年6月1日，在我接受沙午姑姑遗产的第十四年，“姑妈号”飞船飞临水星上空，它向下喷着火焰，缓缓地落在水星的地面上。

巨大的太阳斜挂天边，向水星倾倒着强烈的光热。这儿能清楚地看到日冕，它们向外延伸至数倍于太阳的外径，在太阳两极处的日冕呈羽状，赤道处呈条状，颜色淡雅，白中透蓝，舞姿轻盈，美丽得惊人。

水星的天空没有大气，没有散射光，没有风和云，没有灰尘，显得透明澄澈。触目所及，到处是暗绿色的岩石，扇状悬崖延伸数百千米，就像风干杏子上的褶皱。悬崖上散布着一片片金属湖泊，在阳光下反射着强烈的光芒。

回头看，天边挂着的地球清晰可见，它蓝得晶莹，美丽如一个童话。

这颗荒芜而美丽的星球，将是金属变形虫们世世代代的生息之地。

我捧着沙姑姑的遗像，第一个踏上水星的土地。遗像是用白金蚀刻的，它将留在水星上，陪伴她创造的生命，直到千秋万代。

舱内起重机缓缓放着绳索，把洪先生的水星车放在地面上。强烈的阳光射到暗黑色的光能板上，很快为水星车充足了能量。洪先生掌着方向盘，把车辆停靠在飞船侧面。他的头发已经花白，脸色仍如往常一样冷漠，但我能看出他内心的激动。

洪其炎是飞船上的秘密乘客，起飞前他已经“因心脏病突发，抢救无效而去世，享年六十四岁”。我们发了讣告，举行了隆重的葬礼，社会各界一致表示哀悼。虽然他是个怪人，虽然他支持的“水星放生”行动并没得到全人类的认可，但毕竟他的慷慨令人钦服。现在，他倾力支持的“姑妈号”飞船即将起飞，而他却在这个时刻不幸去世，这是何等的悲剧！而其时，洪先生连同他的水星车已被秘密运到飞船上。上飞船后，洪先生说：“这样很好，让地球社会把我彻底忘却，我可以心无旁骛地在水星上干自己的事了。”

飞船船长柳明少将指挥着两名船员抬着一个绿色的冷藏箱走下舷梯，里面有二十块冷凝金属棒，那是从沙午姑姑的生命熔炉中取出的，其中藏着生命的种子。飞船降落在卡路里盆地，温度计显示，此刻舱外温度是720℃。宇航服里的太阳能空调器嗡嗡地响着，用太阳送来的光能抵抗着太阳送来的酷热。如果没有空调，别说宇航员了，连那二十块金属棒也会在瞬间熔化。

五个船员都下来了，马上开始工作。我们打算在一个水星日完成所有的工作，然后留下洪先生，其余人返回地球。

五个船员将在这儿建一些小型太阳能电站，通过两根细细的超导电缆送往北极。电缆是比较廉价的钇钡铜氧化物，只能在-170℃以下的低温环境里工作，不过这在水星上已足以胜任了。白天，太阳能电站转换的电量将就近储存在蓄电瓶内；晚上，当气温降到-170℃时，电源便经超导电缆送到遥远的极地。在那儿，它为洪先生的速冻和解冻提供能源。至于每个复苏周期中那长达一千万年的冷藏过程，则可以由-60℃的极冰自动制冷，不必耗用能源，所以，一个小型的一百千瓦发电站就足够了。

不过，为了保险起见，我们用二十个结构不同的发电站并成一个电网。要知道，洪先生的一觉将睡上一千万年。一千万年中的变化，谁能预想得到呢?

我和柳船长乘上洪先生的跑车，三人共同去寻找合适的放生地。这辆生命之舟设计得十分紧凑，车身覆盖着太阳能极板，十分高效，即使在极夜微弱的阳光中，也能维持行驶。车后是小型食物再生装置和制氧装置，能提供足够一人用的人造食品和空气。下面是强大的蓄电瓶，能提供十万千瓦时的电量，其寿命（在不断充放电的条件下）可以达到无限长。洪先生周围是快速冷凝装置，只要一按电钮，便能在两秒钟内对他进行深度冷冻。一千万年后，该装置会自动启动，使他复苏。他身下的驾驶椅实际是两只灵巧的机械腿，可以带他离开车辆，短时间出去步行，因为，放养生命的金属湖泊常常是车辆开不到的地方。

洪先生聚精会神地开着车，在崎岖不平的荒漠上寻找着道路，我和柳船长坐在后排。为了方便工作，我们在车内也穿着宇航服。老柳以军人的姿态端坐着，默默凝视着洪先生的白发，凝望着他高高突起的驼背和鸡胸，以及瘦弱畸形的腿脚，我总觉得他的目光中充满怜悯。

我很想同洪先生多说几句，因为，在此后的亿万年中，他不会再遇上一位可以交谈的故人了。不过在悲壮的气氛中，我难以打开话题，只是就道路情况简短地交谈几句。

洪先生扭过头，说道："小陈，我临'死'前清查了我的财产，还余几百万吧，我把它留给你和小尹了，你们为这件事牺牲太多。"

"不，牺牲最多的是你。洪先生，你是有仁者之爱的伟人。"

"伟人是沙女士。她，还有你，让我的晚年有了全新的生活，谢谢。"

我低声说："不，是我该向你表示谢意。"

车子经过一个金属湖，金属液发出白热的光芒。用光度测温计量了量，这儿有620℃，对于那些小生命来说高了一些。

我们继续前行，又找到一处金属湖，它半掩在悬崖之下，太阳光只能斜照它，所以温度较低。我们把车停下，洪先生操纵着机械腿迈下车，我和柳船长揣上两块金属棒跟在后边。

金属湖在下方一百米处，地形陡峭，虽然洪先生的机械腿十分灵巧，但行走仍相当艰难。在迈过一道深沟时，他的身子趔趄一下，我下意识地伸手去扶，老柳摇摇手止住我。是的，老柳是对的。洪先生必须能独力生存，在此后的亿万年中，不会有人帮助他。如果他一旦失手摔下，只能以他的残腿努力站起来，否则……我鼻梁发酸，赶快抛开这个念头。

我们终于到了湖边，暗红的金属液面十分平静。我们测量出温度是423℃，熔液中含有锡、铅、钠、汞，也有部分固相的锰、钼、铬，这是变形虫理想的繁殖之地。我们从怀中掏出金属棒，交给洪先生，他把它们托在宇航服的手套里，等待着。

斜照的阳光很快使它们熔化，变成小圆球，滚落在湖中，与湖面融合在一起。

少顷，洪先生把一枚探头插进金属液中，打开袖珍屏幕，上面显示着放大的图像。终于，探头寻找到一个变形虫，它已经醒了，慵懒地扭曲着，变形着，移动着，动作十分舒徐，十分惬意，就像这是它久已住惯的老家。

三个人欣慰地相视而笑。

我们总共找到十处合适的金属湖，把二十块“菌种”放了进去。

在这十个不相连的生命绿洲里，谁知道会发生什么事？也许它们会迅速夭折，当洪其炎从冷冻中复苏过来后，只能看到一片生命的荒漠；也许它们会活下来，并在水星的高温中迅速进化，脱离湖泊，登上陆地，最终进化出智慧生命。那时，洪先生也许会融入其中，不再孤独。

太阳缓缓地移动着，我们赶往天光暗淡的北极。那儿的工作已经做完。暗绿色的极冰中凿出一个大洞，布置了照明灯光，四十根超导电缆扯进洞内，会聚在一个接头板上，再与水星车的接口相连。冰洞内堆放着足够洪先生食用三十年的罐头食品，这是为预防食物再生装置失效而准备的。只是我们拿不准，放置数千万年的食物（虽然是在-60℃的低温下）还能否食用。

我们把洪先生扶出来，在冰洞中开了一次聚餐会。这是“最后的晚餐”，以后，洪先生就得独自忍受亿万年的孤独了。

吃饭时，洪先生仍然沉默寡言，面色很平静。几个年轻的船员用敬畏的目光看他，就像在仰望上帝。这种目光拉远了他同大伙儿的距离，所以，尽管我和老柳做了最大的努力，也没能使气氛活跃起来。

我们在悲壮的氛围中吃完饭，洪先生脱下宇航服，赤身返回车内，沙女士的金像置放在前窗玻璃处。我俯下身，问道：“洪先生，你还有什么话吗？”

“请接通地球，我和尹律师说话。”

接通了。他对着车内话筒简短地说道：“小尹，谢谢你，我会永远记住你陪我度过的日子。”

他的话语化作电波，离开水星，向一亿千米外的地球飞去。他不再说话，静静地等待着。

十分钟后才传来回音，我们都在耳机中听到了，尹女士带着哭声喊道：“其炎！永别了！我爱你！”

洪先生恬淡地一笑，向我们挥手告别，刹那间，他的笑容使丑陋的面孔变得光彩照人。他按下一个电钮，冷雾立时包围了他的裸体，他的笑容慢慢凝固，两秒钟后，他已进入深度冷冻。

我们对生命维持系统做了最后一次检查，依次向他鞠躬，然后默默退出冰洞，向飞船返回。

五个地球日后，“姑妈号”飞船离开水星，开始长达一年的返程。不过，大家都觉得，我们已经把生命的一部分留在这颗星球上了。

不知过了多长时间，图拉拉隐约感到人群回来了，圣府大厅里一片闹腾。他努力喊奇卡卡，喊胡巴巴，没人理他，也许他并没喊出声，他只是在心灵中呼喊罢了。闹腾的人群逐渐离开，大厅里的震动平息了。他悲怆地模模糊糊地想，自己真的要在圣府中横死吗？

能量渐渐流入体内，思维清晰了，有人给他换了能量盒。他睁开眼，看见奇卡卡正怜悯地看着自己。

他虚弱地闪道：“谢谢。”

奇卡卡转过目光，不愿与他对视，微弱地闪道：“你一直在低声唤我的名字，你说你有未了之事。我不忍心让你横死，偷偷给你换了能量盒。现在——你好自为之吧。”

奇卡卡像躲避魔鬼一样急急跑了，不愿意和一个丑恶的“横死复生者”待在一起。

图拉拉感叹着，立起身子，看见奇卡卡为他留下四个能量盒，足够他返回到有光地带了。化身沙巫呢？他急迫地四处察看。没有了，连同他的神车都没有了。他想起胡巴巴临走说：要禀报教皇，迎回化身沙巫的圣体，在父星的光辉下唤他醒来。

一阵焦灼的电波把图拉拉淹没了，他已知道沙巫的身体实际上是很脆弱的，那些愚昧的信徒很可能把他害死！他可是索拉人的恩人啊！

他要赶快去制止！但这时他悲伤地发现，在经历了长期的半死状态后，他身上的金属光泽已经暗淡了。这是横死者的标志，是不可豁免的天罚。如果他不赶紧爆灭，他就只能在人们的鄙夷和仇恨中生活了。

但此刻顾不了这些，他带上能量盒，立即赶回戛杜里盆地。那是索拉星上最热的地方，所有隆重的圣礼都在那儿举行。

他爬出了无光地带，无数横死者还横亘在沿途，他歉然地想，恐怕自己已没有能力实现承诺，收敛他们了。

进入有光地带后，他看到索拉人成群结队向前赶，他们的闪孔兴奋地闪烁着：化身沙巫的复生大典马上要举行了！

图拉拉想去问个详细，但人群立即发现了他的耻辱印，怒冲冲地诅咒他，用尾巴打他。图拉拉只好悲哀地远远避开。

一个索拉星日过去了，中午时分，他终于赶到戛杜里盆地的中央。眼前的景象令他瞠目。

成千上万的索拉人密密麻麻地聚在圣坛旁，群聚的感情场互相激励，形成正反馈，其强度使每个人都陷于癫狂。连图拉拉也几乎被同化了，他用顽强的毅力压下自己的宗教冲动。

好在癫狂的人群不大注意他的耻辱印，他混杂在人群中向圣坛近处挤去。那辆神车停在那里，车门关闭着，化身沙巫的圣体就在其中，仍紧闭着双眼。

人群向他跪拜，脑袋和尾巴猛烈地撞击地面。这种撞击原先是杂乱的，逐渐变成统一的节奏，竟使地面在一波波撞击中微微起伏。

教皇出来了，在圣坛边跪下，信徒的跪拜和祈祷又掀起一个高潮。

这时，一名高级执事走上前，让大家肃静，这是奇卡卡！看来教皇对这个背叛科学投身宗教的人宠爱有加，他的地位如今已在胡巴巴之上了。

奇卡卡待大家静下来，朗朗地宣布："我奉教皇敕令，去北极找到极冰中的圣府，迎来化身沙巫的圣体。此刻，沙巫神将在父星的光辉下醒来，赐给我们大的恩宠！教皇陛下今天亲临圣坛，跪迎沙巫大神复生！"

教皇再次叩拜后，奇卡卡拉开车门，僧侣上前，想要抬出化身沙巫的圣体。

图拉拉此刻顾不得个人安危，闪孔里射出两道强光，烙在一名僧侣的背上，暂时制止住了他。

图拉拉发出强烈的信息："不能把他抬出来，那会害死他的！"

他急中生智，又加了一句有威慑力的话："是沙巫神亲口告诉我的，你们不能做渎神的事！"

人们愣住了，连教皇也一时无语。

奇卡卡愤怒地转过身，大声说："不要听他的，他是一个横死者，不许他亵渎神灵！"

人们这才发现图拉拉的耻辱印，立刻有一条尾巴甩过来，重重地击在他的背上。他眼前发黑，但仍坚持着发出下面的信息：

"不能让化身沙巫受父星的照射，你们会害死他的！"

又是狂怒的几次重击，图拉拉身体不支，瘫倒在地。仍有人狠狠地抽击他。奇卡卡恶狠狠地瞪图拉拉一眼，举手让众人静下来。

迎圣体的仪式开始了。四个僧侣小心地把化身沙巫抬出车，众人的感情场猛烈地迸射、激励、加强，千万对闪孔同时歌颂着沙巫神的大德和大能。

这种感情场是极端排外的，现场中只有图拉拉的感情是异端，他头疼欲裂，像是被千万根针刺着神经。他挣扎着立起上身，从人缝中向里看。

化身沙巫的圣体已被摆放在一个高高的圣台上，教皇领着奇卡卡、胡巴巴伏地跪拜。图拉拉的神经抽紧了，他知道可怕的事马上就要发生了。

化身沙巫坐在圣台上，眼睛仍然紧闭着。在父星强烈的照射下，在720℃的高温中，他的身躯很快开始发黑，水分从体内猛烈蒸发，向上方升腾，在他附近造成了一个畸变的透明区域。随之他的身体开始冒烟，淡淡的灰烟。然后，焦透的身体一块块脱落，剩下一副焦黑的骨架。

教皇和信徒们都目瞪口呆，这是怎么回事？索拉人的金属身体从不怕父星的曝晒，那些未经爆灭的遗体能千万年保存下来。但化身沙巫的圣体为什么会被父星毁坏？

人们想到刚才图拉拉的话："不能让他受父星的照射，你们会害死他的。"他们开始感到恐惧。千万人的恐惧场会聚在一起，缓缓加强，缓缓蓄势，寻找着泄洪的口子。

教皇和奇卡卡的恐惧也不在众人之下——谁敢承担毁坏圣体的罪名？如果有人振臂一呼，信徒们会把罪人撕碎，即使贵为教皇也不能逃脱。时间在恐惧中静止了。恐惧和郁愤的感情场在继续加强……

突然，奇卡卡如奉神谕，立起身来指着那副骨架宣布：

"是父星惩罚了他！他曾逃到极冰中躲避父星，但父星并没有饶恕他！"

恐惧场瞬时间无影无踪，信徒们的神经一下子放松了。是啊，《圣书》说过，化身沙巫失去了父星的宠爱，藏到极冰中逃避父星的惩罚，现在大家也亲眼看见，是父星的光芒把他毁坏了。

奇卡卡抓住了这个时机，恶狠狠地宣布：

"杀死他！"

他的闪孔中闪出两道强光，射向沙巫的骨架。信徒们立即仿效，无数强光聚焦在骨架上，使骨架轰然坍塌。

教皇显然仍处在慌乱中，他没有在这儿多停，起身摩挲着奇卡卡的头顶表示赞赏，随后匆匆离去。

信徒们也很快散去。虽然他们用暴烈的行动驱走了恐惧，但把暴力加在化身沙巫的圣体上，这事总让他们忐忑不安。片刻之后，万头攒动的场景不见了，只留下圣坛上一副破碎的骨架、一辆砸扁了的神车、一具白金雕像，还有地上虚弱不堪的图拉拉。

图拉拉忍着头部的剧痛，挣扎着走到骨架边。灰黑色的骨架散落一地，头颅孤零零地滚在一旁，两只眼睛变成两个黑洞，悲愤地瞪着天边。片刻之前，他还是人人敬仰的化身沙巫，是一个丰满坚硬的圣体，转瞬之间被毁坏了，永远不可挽救了。

图拉拉感到深深的自责。如果他事先能见到教皇，相信凭自己的声望，能说服他采用正确的方法唤醒沙巫——毕竟教皇也不愿圣体遭到毁坏呀。可惜晚了，来不及了，这一切都是由于缺少一个备用能量盒，是由于自己该死的疏忽。

他深深地俯伏在地，悲伤地向化身沙巫认罪。

他立起身，小心地收集沙巫的骨架。

为什么这样做？不知道，他没有什么目的，只是想以这种下意识的动作来驱散心中的悲伤和悔恨。

此后一千年是索拉星的黑暗时期，狂热的教徒砸碎了和科学有关的一切东西，连索拉人曾广泛使用的能量盒，也被当作了渎神的奇技淫巧而被全部砸坏。羽翼未丰的科学遭到迎头痛击，一蹶不振，直到一千年后才慢慢恢复元气。

沙巫教则达到极盛。他们仍信奉沙巫，但化身沙巫不再被视为沙巫大神的使者，他成了一尊伪神，一个罪神。信徒的祈祷词中加了一句：

> 我奉沙巫大神为天地间唯一的至尊，
> 我唾弃伪神，他不是大神的化身。

不过，沙巫教中悄悄地兴起一个小派别，叫赎罪派。据说传教者是一个横死后复生的贱民。他们仍信奉化身沙巫是大神的使臣和索拉人的创造者，他们精心保存着两件圣物，一件是焦黑的头骨，一件是白金制的塑像。赎罪派的教义中，关于沙巫之死是这样说的：化身沙巫确实是沙巫的化身，原打算给索拉星带来无上的幸福，但他被索拉人错杀了，幸福也与索拉人交臂而过。

尽管新教皇奇卡卡颁布了严厉的镇压法令，但赎罪派的信徒日渐增多。因为赎罪派的教义唤醒了人们的良知，唤醒了潜藏内心深处的负罪感。对教廷的镇压，赎罪派从不做公开的反抗，他们默默地发展壮大着，到处搜集与科学有关的一切东西：砸碎的能量盒，神车的碎片，残缺不全的图纸和文字，等等。在那位赎罪派传教者于一百八十高龄去世后，再没人能懂得这些东西，但他们仍执着地收藏着，因为——传教者说，等化身沙巫在下一个千禧年复活时，它们就有用了。

赎罪派只尊奉《圣书》的《旧约》篇，而扬弃《新约》篇。他们在《旧约》篇上加了一段祷文：

化身沙巫越权创造了索拉人，父星惩罚了他。
索拉人杀死了化身沙巫，你们得到父星的授权了吗？
索拉人啊，
你们杀死了自己的生父，你们有罪了；
你们要世世代代背负着原罪，直到化身沙巫复生。

（本文荣获第 14 届中国科幻银河奖）

决战美杜莎

王晋康

一

钱三才先生是全国房地产界的大鳄，白手起家，经过四十五年的拼搏，挣得近千亿元的家产，近几年在福布斯中国富豪排行榜上，一向位列前五位。此老性格乖张，特立独行，从不在乎社会舆论。他今年六十五岁，准备退休了，但他的千亿家产会如何处置却成了悬念。他曾公开声明不会学比尔·盖茨的“裸捐”，也就是家产不留给后代，全部捐给慈善基金会。

在回答一个记者的追问时，他冰冷冷地说：“那是我自己的钱，我想花到哪儿就花到哪儿，用不着你来教我该怎么做。”

当然，这番话激起了社会上一片讨伐之声。

钱三才只有一个儿子，那家伙倒是乃父的肖子，同样是个性格叛逆的角色，与其父一向不和。此子早就公开声明，不会要父亲一个子儿的遗产。

那么，钱先生该如何处置他的千亿家产呢？

在他过了六十五岁生日并正式退休后，他的家产处置方案终于浮出水面。

那天他邀请七位学界精英，开了一次“七贤会”，包括数学家陈开复、材料学家迟明、考古学家林青玉女士、物理学家徐钢、语言学家刘冰女士、电脑专家何东山和社会学家靳如晦。这七人有两个共同特点：第一，才华横溢，都是本专业的顶尖人物；第二，年龄大都在三十二到三十五岁之间，仅靳先生年过四旬。外界合理推测，他将对这七位学界精英给予巨额资助，很可能是天文数字的资助。但他依据什么标准选中这几位？七个人的专业似乎风马牛不相及。媒体为此热热闹闹讨论了很久。

不过这对我不是秘密，因为我也是与会人员之一。当然，以我的年龄、工作和学力——二十五岁的自由记者，偶尔写些科幻小说，自我评价只能算是二三流的作家——是不够与会资格的。但物理学家徐钢是我的未婚夫，他酷爱室外运动，前不久攀岩时摔断了左腿，在石膏绷带还没取下来前，所有必须出席的活动都是由我推着轮椅送他，这次仍是如此。后来，歪打正着的，“七贤会”变成了“八仙会”，而且我，“头发长见识短”（徐钢语）的易小白，还被推举为研究小组的发言人和组长，成了徐钢的顶头上司，这让他大呼不平。

会议在腾格里沙漠举行。这儿有钱三才种植的防护林，是他不声不响做下的慈善工程之一，而且做得相当不错。方圆数百千米内郁郁葱葱，沙漠变成了真正的沃野绿洲，仅剩下一百亩的原生态沙漠作为样本，罩在透明的穹盖下。这是一座顶部透明的穹隆形建筑，是钱先生建的博物馆。博物馆名由钱先生亲自拟定并书写，但它颇有点不伦不类：浪淘沙。钱三才与媒体一向不和，媒体自然不放过这个拿他开涮的机会，都说这么一个花里胡哨的名字，更适合用来命名洗浴中心而不是博物馆。这话虽然刻薄，但说得也不为错，确实在不少城市中都有以“浪淘沙”命名的洗浴中心。

博物馆里的展品也五花八门，都直接摆放在沙面上，有些半埋在沙里。讲解员是一位本地姑娘，脸蛋上带着高原红，普通话不太标准，带着西北口音的艮劲儿。她介绍的头一件展品是一个风箱，过去家庭妇女做饭用的，现代社会在两代人前就淘汰了。桐木箱体保存得基本完好，但枣木的风箱把手已经磨去大半，变成细细的一条月牙，令人感叹岁月之沧桑。

讲解员说：“这件器物是钱总的奶奶传下来的。你们猜一猜，风箱把手磨到这个程度花了多少时间？”

答案有点出乎观众预料：仅仅四十多年。

前边沙面上放着一件六边形中空石器，讲解员说这是钱总家乡一口水井的井口。井口材质是坚硬的花岗岩，各边都磨出了深深的绳痕，绳槽光可鉴人，最深处可达壁厚的一半。柔软的井绳需要多少年才能在花岗岩上磨出这样深的沟槽？这座井口一共磨断多少根绳子？耗去多少打水人的生命？

讲解员说："虽然精确时间不可考，但从钱总故乡的村史分析，应该是在一百五十到一百八十年之间，不过这个时间也不算多么漫长。"

然后是一块青石板，是钱家祖宅屋檐下的接水板。雨滴年复一年地迸击在石面上，留下了明显的凹坑，最深处竟有一指深。水是天下至柔之物，而且只不过是小小的雨滴在敲击，并非凶暴的瀑布，那么，需要多长时间才能在坚硬的石板上"舔"出这样的凹坑？

讲解员笑着说："这个时间倒是容易追溯的，只用查查钱家祖屋的建造时间就知道了，一百五十年。"

再往前，沙面上摆放着一个精致的水晶盒子，昭示里面的展品比较贵重。那是一块形状奇特的石头，长圆形，中间弯成九十度。说它奇特，奇在它的驼背是天生的，并非人工雕琢，从弯曲的石纹可以清楚地看出这一点。

讲解员兴奋地说："知道吗？这块石头是著名地质学家李四光珍藏过的，李先生说它是中国第四纪冰川运动一个绝好的实证：这块长形石头原来应该是直的，半截嵌在坚硬的基岩里，凸出的半截正好被冰川包围。因为冰川有极缓的运动，石头被冰川缓慢地推挤着。在漫长的时间中，坚硬的石头会表现得像面团一样柔软，最终成就了这个'九十度的弯腰'，就像它在向时间女巫膜拜。李先生十分钟爱这块石头，当年丢失过一次，李先生特意登报求告，说它只有学术上的意义而没有金钱上的价值，窃贼良心发现，悄悄还了回去。李先生仙逝后，他的后人也一直珍藏着它。至于钱先生是如何讨来这块宝贝的，就不得而知了，所谓精诚所至，金石为开吧。"

讲解员介绍之后，问了那个老问题："多长时间的冰川推挤才能造就眼前的奇迹？"

然后她说，精确时间不好考证，但给出一个上限不难——最长不会超过一次亚冰期，大约几万年。

藏品中还有不少青铜器真品，铜绿斑驳，那是岁月的沉淀。有三星堆遗址中发现的巴人面具，面容奇特，柱形双眼远远凸出在眼眶之外。巴人所处年代大致与中原的春秋战国时代相当。现在，巴人民族连同它的文化已经消失在时间长河中，只余下这些怪异的面具，用它们的凸眼苍凉地质问青天。还有一件造型古朴的商代青铜甑形器，中间有汽柱，应该算是中国最早的蒸锅，外壁用复杂的鸟纹和大蕉叶纹作装饰，内壁锅底有单字铭文——“好”。别小看这孤单单一个字，它指明器皿的主人是商王武丁的妻子妇好，那是中国早期一位著名的女将军和女政治家。

我推着徐钢边看边听，其他几位要来换我，我婉言谢绝了。两个小时后我们来到后厅，这儿同样是原生态的沙地，沙面上摆着一个石头茶几，放着茶水茶点，四周是九个草编蒲团。头发半白的钱先生正坐在蒲团上等着我们。

他用锐利的目光扫过我们，平静地说：“你们都看过了馆藏品，观感如何？我知道，很多文化人说这个博物馆不伦不类。”

几个客人都笑了笑，各自在蒲团上坐下来（徐钢仍坐在轮椅中），没有接他的话。只有我乖巧地说：“钱伯伯，我能猜到你创办这个博物馆的原意，还有这个馆名的含意——是想向人们展示时间的无上威力。‘浪淘沙’中的‘浪’，是指时间长河中的绵绵细浪，而‘沙’则泛指世间芸芸万物。时间悄悄地淘洗磨蚀着万物，平素不为人觉察，等你一旦觉察，则一定伴随着震惊。今天的参观，就让我体会到深沉的苍凉感。”我又补充一句，“而且——你让他们七位大老远跑到这儿开会，一定有深意。我说的对不对？”

徐钢嫌我多嘴，大概更嫌我语中有讨好意味，偏过头恼怒地瞪我一眼，我笑眯眯地佯装没看见。

其他客人当然不会苛责一个年轻姑娘，笑着不插言。

钱伯伯唇边浮出一丝微笑，对我点点头，简单地说：“小白姑娘，你很聪明。”他看了看大家，“各位都忙，咱们直奔正题吧。我请大家来，是想请你们放下手中的活儿，全力投入一个新课题。你们大概已经知道我的独子拒绝继承遗产，我尊重他的决定，一个子儿也不给他留了，所有家产将全部投入这项研究。而你们呢，如果同意参加，将投入整个人生。”

众人有些愕然，包括徐钢和我。大家接到邀请后，都猜着钱先生是想资助自己的研究，所以兴冲冲地赶来了。科学家都清高，但科研项目不能清高，必须要有巨量的金钱作后盾，特别是像物理学、材料学、计算机科学和考古学这类实验性（实践性）学科，其实就连语言学和社会学这类比较“虚”的研究，照样离不开巨量的金钱。不过，谁也没想到，钱先生一开口就要求各人放弃原来的课题，这样的做法，说轻一点也是失礼。但……到底是什么课题，需要投入“一千亿”和“整个人生”呢？

众人在愕然和不快中，也有期待，都静等钱先生说下去。

“恕我说话坦率，有句古话‘名缰利锁’，说出了千古至理。古往今来的人们，汲汲营营，不惧生死，不外是为了‘名利’二字。就像诸位是搞研究的，大概都不贪财，但恐怕没人敢说不喜欢‘名’。至于我就更贪心了，鱼与熊掌兼爱。这辈子已经有了利，还切盼落个身后之名。刚才大家看了我的馆藏品，比如那件镌有‘好’字的商代青铜器，它让一个女人在三千多年后还能活在人们心中，没有被历史遗忘。这也正是我的追求，一个乖张老头儿的自私想法。我的要求其实非常简单——希望在千秋之后，考古学家不定从哪座废墟里挖出一个石头脑袋，上面的泥巴一擦，露出我这副尊容，基座上还刻有‘钱三才’仨字。只要这样，我就心满意足了。”

我能感觉到周围的气氛一下子变冷了，冷到冰点之下。大家都是奔着“慈善捐赠”这个想头儿来的，没料到他竟然提出这么一个“恬不知耻”的、狂妄的要求——让七位学界精英“投入整个人生”，来保证一个富佬在千秋之后留名！他以为自己是谁，胡夫、秦始皇、成吉思汗、恺撒或亚历山大吗？

客人们都有涵养，没把心中的鄙夷直接表现出来，但各人的目光已如寒冰。

我担心地看看徐钢，我熟知他的涵养较差，怕他勃然大怒，弄得不可收拾。奇怪的是徐钢今天没有发作，显得反常的平静——也许是暴风雨前的平静。他沉默了一会儿，笑着说：“钱先生，这绝对是一个伟大的设想。”

钱先生冷冷地一下子顶回去：“不，徐钢先生不必违心地面谀。我知道这个追求既不伟大，也不高尚。但人类文明史大半是由不高尚所组成。像著名的金字塔、兵马俑、泰姬陵、曾侯乙编钟，等等等等，都是帝王私欲的产物，就连造福后代的京杭大运河，其初衷也是为了隋炀帝南下巡幸。人类文明中有没有‘本质高尚’的遗迹？有，像李冰都江堰，像印度阿育王塔，不过实在屈指可数。既然历史就是如此不干净，既然我有千亿家产无处可花，那就让我当一回胡夫、秦始皇和隋炀帝，又该如何？”

徐钢仍面带微笑（我从中看到不祥的寒意），平静地说：“当然可以啊，没人反对你‘流芳百世’，更不会干涉你如何花自己的钱。不过我觉得你的要求档次太低，不符合你的尊贵身份。你为什么不要求把整个月球雕成你的肖像呢？有一千亿的资金做后盾，再加上现代科技，这也并不是办不到的事。”

钱先生淡然一笑，“现代科技什么都能办到吗？”

“至少，对你提的那种要求来说易如反掌。它太简单了，太小儿科了，不值得拉上我们七个来陪你一块儿玩儿。我提一个既快又省的建议，你不妨不选我们，而改去雇用石匠，付五百元就能雕出一个很像样的花岗岩脑袋，外加刻上你的大名。你不妨雇他几百人，雕他几万件，分散埋到世界各地。这样可以确保几千年几万年后，后人还能在哪块地里刨出一个囫囵脑袋。”

我使劲扯徐钢的衣襟，他的话太刻薄。不管怎么说，我们今天是客人，我不想他和主人彻底撕破脸皮。而且在我的意识深处也有隐隐的怀疑——钱先生虽然为人乖张，但终究是商界耆宿，人情练达老眼如刀，不会贸然提出这个显然会被拒绝的要求来自取其辱吧。那么，也许他另有深意？

其他六位默然不语，从感情上说明显倾向于徐钢这边。

现在只有我出面转圜了。我仍然扮演一个毫无心机的天真姑娘，笑嘻嘻地说："徐钢你先别吹牛，别把话说得太满。钱伯伯的要求中还有一个重要参数没提到呢，那就是——时间长短。钱伯伯，你说的'千秋之后'，究竟是多长？是一千年，一万年，还是十万年？"

钱先生深深看我一眼，唇边再次浮出笑意。他赞许地对我点点头，然后说道："我要求的时间是——一百五十亿年。"

"多——少？"

"一百五十亿年。我希望我的石头脑袋，还有名字，至少能保存到一百五十亿年后。我的要求很简单，具体内容也可商榷，但这个时间点一定得保证。"

周围的气氛又有一个突然的转变，是逆向的转变。七个人同时抬头看着钱先生，刚才的不屑目光已经变了，变得非常复杂，有迷茫，也有敬畏。

七个人你看我，我看你，默然不语，一种隐隐的亢奋在暗中搏动。

社会学家靳先生喃喃地说："一百五十亿年。按比较公认的预测，宇宙在一百五十亿年后已经灭亡了。至少说，地球人类肯定灭亡了。"

钱先生轻松地说："那倒没关系，我不在乎一百五十亿年后刨出我的脑袋的是地球人，还是外星人。"

"也许那时一片混沌，已经没有任何生物，更不用说智慧种族了。"

"那同样没关系，就让我的脑袋独自飘浮在混沌中吧。我只求留名，不怕寂寞。"他用尖利的目光看看徐钢，讥讽地说，"不过对于现代科技来说，这件事肯定太过轻易，不值得拉上你们七个来陪我玩儿，是不是？"

我幸灾乐祸地看看徐钢——谁让他刚才那么狂？他这会儿完全陷入深思之中，对钱先生的讥讽毫无应战之意。我毕竟是写科幻小说的，对各类知识多有涉猎，知道七位科学家为什么有如此的震动。对于一千年、十万年这样的时间段来说，一百五十亿年绝不是单纯的加长。它的漫长足以让事情发生质变，让可能变成不可能，让不可能变成可能。它甚至能让坚硬的科学理性变得软如面团，就如那块冰川中的石头，对时间女巫低头膜拜。

这时，我想起辛弃疾的一句诗："了却君王天下事，赢得生前身后名。"钱先生的提议为这句话赋予新的含意。此前的世人，包括人类历史上的英雄枭雄，也不过关注于"生前之名"，即在地球人文明中的声名；唯有钱先生第一次认真提出要博得"身后之名"，即在地球文明之后、甚至"这个宇宙"之后的声名。

说他的要求是"自私"也不为错，但就连这种自私也是大气魄的，无人能比。古人云"大俗即大雅"，套用到他身上可以说"大私即大公"。

钱先生知道我们一时走不出震惊，于是站起身来，拍拍裤子上沾的沙子，平淡地说："看来诸位对我的建议还感兴趣。这样吧，我离开五天，你们深入讨论一下，五天后我听你们的回话。当然，在你们决定之前，我也会告知各位的聘用待遇。我想，会让你们满意的。"

他转头看看我，微笑着补充了一句："我原来没有给易小姐发邀请函，是我走眼了，失敬了。现在我向你道歉，并正式邀请你参加这个团队。"

五天后，在同一个地点，七个人盘腿坐在蒲团上（连打着石膏绷带的徐钢也挣扎着下了轮椅），恭谨地面向钱先生，一如众星拱月，众僧拜佛。

七个人用目光催促我说话，我难为情地说："钱伯伯，你知道我才疏学浅，与他们七位不是一个层次。但他们非要推举我做发言人，可不是赶鸭子上架吗……"

钱先生笑着说："那你就上架吧。我想他们是为了照顾我——我的层次更低呀，找一个中间档次的人做中介，免得我听不懂他们的话。"

"那我就开始说？"

“开始吧。”

我清清嗓子，庄重地说：“首先我代表七位客人，尤其是代表徐钢，谦卑地请你原谅，徐钢诚恳地收回他五天前的不敬之语。”

钱先生讥讽地看看徐钢，说：“没关系，我这辈子挨骂早就习惯了，狂妄、乖张、荒悖、私欲滔天，等等等等。相比而言，徐先生那天的话简直就是褒语了。”

徐钢这会儿低眉顺眼，没有丝毫着恼的表情。我说：“不，狂妄的是我们。你的设想确实非常伟大，既伟大又高尚，它隐含着人类文明最本原的诉求——追求人类文明的永存永续，甚至当人类肉体消失之后，也要让文明火种继续保存下去；如果用科学术语来表达，这是对宇宙最强大的熵增定律的终极决战，是对无序和混沌的终极决战！”

“过誉了，我哪儿能达到你说的这种境界，你说的这些意义我甚至听不懂。我只关心一件比较实在的事：人类科技究竟能不能满足我那个石头脑袋的要求？是不是如徐先生说的‘太过轻易’？”

“不，是徐钢……是我们太狂妄了！”我苦笑着大声说，“钱伯伯，我们曾以为科学无所不能，至少未来的科学无所不能。但自打五天前听了你的要求，促使我们回过头来，清醒地理了理它到底有多大能耐。现在我们承认，你那项要求虽然非常、非常简单，但是，只要现代科学的框架没有革命性的突破，就没有任何技术手段能够实现它。我们非常佩服你，五体投地。你聪明地使用了‘极端归谬法’，让我们猛醒到，科学在时间女巫前是何等渺小。”我补充一句，“钱伯伯，这些话可不是我个人的看法，而是我们八个人的共识。”

“是吗？这可让我太失望了……咳，我提个建议吧，我看美国‘先锋号’飞船采取的办法就不错，你们可以把我的肖像和名字镌刻在镀金铝板上，或刻在更稳定的铂铱合金上。据设计者说，这种金属板在太空环境中能保存几亿年。”

我看看材料学家迟明，摇了摇头说：“我们讨论过这个办法，不行。迟先生说，这种方法只能保证几千万年的稳定，但在一百五十亿年的漫长时间里，金属原子会发生显著的蠕变，甚至质子湮灭效应也不能再忽略，这两种效应肯定会破坏信息的精确传递。再说，这个金属板，或金属头像，能储存到哪儿？一百五十亿年后，地球肯定已经不存在，所有的星体可能也不存在了。在星体的大崩解中，没有任何物体能独善其身，正所谓覆巢之下无完卵。考古学家林女士、语言学家刘女士和社会学家靳先生还说，退一万步讲，即使它能保存下来，又怎么保证你的名字和肖像被人读懂呢？也许那时的智能生命是一种混沌体，根本没有视力，不理解头像和人类文字是什么东西。即使他们有语言文字，但我们无法事先设计一个罗塞塔石碑，来沟通两种语言。”

“不至于吧，据我所知，很多科学家说可以用数学作星际交流的中介，因为在整个宇宙中，数学有唯一性。”钱三才说。

“不，数学家陈先生说，关于这一点并无定论——数学究竟是先验的绝对真理，抑或仅仅是对客观世界深层机理的高度提炼？如果是后者，如果再把时间拉长到一百五十亿年，在那个趋于混沌的宇宙里是否还能提炼出今天的数学？陈先生说不敢保证。”

“想想另外的办法嘛……用句孙猴子的话：怕龙宫没宝哩。人类科技这么发达，肯定有办法。”

“这五天里，我们讨论了各种办法，非常异想天开的办法，非常科幻的办法，不过最后都行不通——说句题外话，钱伯伯，我非常感谢你，不管你的课题能否成功，至少我已经得到了很多绝妙的科幻构思，是七位一流科学家免费为我提供的，这样的机会太难得了！用它们当素材，我一定能写出惊世之作。”

钱先生笑着说：“那好，如果成功了，你得用稿费和奖金请客，我们九个人都去。”

“不，十个，钱伯母也要去。”

“哈哈，你真是个细心的好姑娘。对，让你伯母也去。现在不妨说说你们那些‘行不通’的设想，就算是为我进行启蒙教育吧。”

“比如，电脑专家何先生曾设想建一台‘终极计算机’，把有关你的信息数字化，输入计算机中，然后设计一个非常严格的纠错程序，在信息受到任何微干扰时及时校正。这正是数字化信息最根本的优点，从理论上说可以保证信息在一百五十亿年时间里精确传递。可惜，这种纠错程序从本质上说，是以外来能量流来维持一个小系统的有序状态，它离不了外来能流。但一百五十亿年后，在宇宙陷入混沌状态时，谁敢保证一定有外来能流？再说，计算机硬件本身也同样受到原子蠕变和质子湮灭的威胁。”

钱先生想了想，说道：“我也觉得这个方法过于复杂，肯定不可行。另外的设想呢？”

“有很多很多。比如在光子的亚结构中嵌入特定信息，对于以光速运动的光子来说，其固有时间是停滞的，信息不会随时间漂移。但这种方法又受到量子不确定性的限制，还是行不通。”

“嗯，还有呢？”

“徐钢设想建一个近光速飞船，当飞船速度非常接近光速时，船上的固有时间也就非常接近停滞，可以保证飞船中的金属雕像不会发生蠕变。当然，此时飞船质量接近无限大，其加速所需的能量也接近无限大。但如果飞船能随时从太空中捕捉氢原子，以核聚变的方式提供能量，对飞船永久性持续加速，还是能够接近光速的。”

“这办法似乎可行。为什么还是行不通呢？”

“因为我们又想到，对于近光速飞船来说，静止的太空粒子具有同值的反向速度，它所具有的阻碍运动的动能，远大于它在核聚变中放出的能量。”

“且慢——能不能想办法利用这种反向动能？我不懂牛顿力学和相对论，但据我所知，帆船就能利用逆风行驶，只需走‘之’字形路线就行。”

“钱伯伯，这可是质量接近无限大的近光速飞船！要想让它走之字形路线，也就是产生横向加速度，所耗用的动力也是接近无限大的。”我加了一句，“这还牵涉到另一项无法克服的困难——近光速飞船在一百五十亿年的飞行中总会与什么天体相撞吧，但它根本无法转向规避。”

钱先生摇了摇头，叹道：“绕来绕去，仍是行不通。好像有一个无处不在的毒咒在罩着咱们。”

我迅速看了大伙儿一眼，说道：“钱伯伯你说得对，你太厉害了，一句话就戳到要害之处。这正是我们在五天深入讨论之后的强烈感受。宇宙中确实有这么一个无处不在的毒咒——熵增定律。它魔力无边，无处不在，无时不在。它让任何信息在时间长河中都归于无序，再巧妙的办法也绕不开它。其实刚才我们说的还只涉及‘宇宙之内’，没有涉及‘宇宙之后’。科学家相信，一百五十亿年之后，也许已经是另一个宇宙了。但什么是不同宇宙的分界？最本质的定义就是信息的隔绝。新宇宙诞生时会抹平一切。所有母宇宙的信息，哪怕是一个简单的石头像和名字，都休想传递到另一个宇宙。”

“小白，你快把我弄得灰心丧气了。这么说，你们打算拒绝这个活儿？”

“不！我们一定要接！即使最终的结果是完全失败，我们也要做下去，至少可以为后人指出此路不通。这么说吧，这绝对是人类古往今来最伟大的课题，它甚至已经超越了科学，成为哲学命题和宗教追求。我们怎么舍得放弃呢？”

“那好，如果你们‘投入整个人生’之后仍然失败，让我的一千亿打了水漂，我也认了，心甘情愿。现在，咱们是不是该谈谈待遇？”

“不必了，我们对待遇毫无要求，能进到这个研究小组，已经是我们极大的荣幸。再说，你那区区千亿家产可不够这项研究的开支，只够作启动资金，我们得省着花呀。最乐观的预计，这项研究要想得出基本确定的结论，至少得一万年吧。至于总的花费，我们现在都不敢去算。”

“那好，待遇的问题就由我单方面决定吧。这么说，今天我们就可以签聘用合同？”

七个人，不，带上我是八个人，依次庄重地点头。

“好，能有这个结果，我很满意。”钱先生环视众人，把目光落在徐钢身上，似笑非笑地说，“徐钢先生你输啦！你说绝不要我一个子儿的遗产，但我还是把它变着法儿交到了你们几位的手中。算起来，你接受了我家产的七分之一，不，算上小白那份儿是八分之二。”

其他六人一时愣住，我笑着解释：“徐钢是钱伯伯的独子，十年前就和老爹闹翻了。为了和老爹划清界限，连姓都改啦，是随妈妈的姓。这些年，我和钱伯母没少在这爷儿俩之间当和事佬，所以，有今天的结果，我很欣慰的。”

徐钢虽然和父亲闹翻，但当初接到父亲的邀请函时并没有拒绝。他这样做自有他的道理：作为儿子，他拒绝了父亲的遗产；但作为科学家，他不会拒绝慈善捐赠。公平说来，钱伯伯刚才判他“输”，其实有点强词夺理，有点耍赖，属于阿Q的胜利。

不过这会儿徐钢也变成“乖乖宝”了，不再和老爹逞口舌之利，平和地说：“爸爸你说得对，我，还有小白，会很感恩地接受它。”

钱伯伯还是不能消气，冷冷地哼一声，把我揽到身边说道：“小白，你是个好姑娘，又聪明又伶俐，脾气好心眼更好。但你怎么会看上这个混帐东西呢？哼！一朵鲜花插到牛粪上。”

“没错！伯伯我今天就扔了这堆牛粪。不过我舍不得你和伯母，我当干女儿行不行？”

众人都笑了，靳先生笑着说：“小白你别瞒着啦，把所有底儿都倒给你干爹吧——虽然你提的那个设想仍然成败难料，但至少从理论上说，唯有它勉强说得通。”他对钱先生说，“小白这个想法昨晚才提出来，我们没来得及仔细讨论，但大概行得通。”

钱先生佯怒地说：“好啊，小白，我算白夸你了，你有什么瞒着我？”

“我怎么会瞒你呢，这就告诉你。说起来，这个设想确实是我这个外行提出来的，是用一种迂回办法来躲开那个无处不在的魔咒。希腊神话中，蛇发女妖美杜莎的目光能让任何看她一眼的人变成石头，但如果去和她战斗，你总得看着她呀。那也是一个无法躲开的魔咒。但一个最聪明的英雄，珀尔修斯，仍然想出了办法：他背过脸，用盾牌上的影子判断敌手的方位，最后杀了蛇发女妖。我就是受了这则神话的启发。”

徐钢皱着眉头说道："行啦，别自吹自擂了，说正题吧。"

"怎么是自吹自擂？你昨晚听了我的设想后，高兴得睡不着，抱着我用一条腿又蹦又跳呢！你说，如果这个思路成功，你会承认我是研究小组的首席科学家，一定永远对我顶礼膜拜，即使在家里也要把我供在神龛上。告诉伯伯，你是不是说过这些话？想赖账吗？后悔那会儿一时冲动啦？你放心，我不会让你把我供在神龛上，只要以后别老损我'头发长见识短'就行了。"

徐钢面红耳赤，颇为狼狈。钱伯伯哂笑着微微摇头，意思是说：儿子你惨啦，这辈子算捏在老婆手心啦。

我也不为已甚，见好便收，笑着说："好，现在我要说正题了。"

一年之后，我给钱伯伯打了个电话，"爸，报告一个好消息，你和妈一定会高兴的。"

爸的笑脸出现在屏幕上，"小白，是什么好消息？快说。"

"你先猜一猜嘛。让你猜三次，看能不能猜中。"

"总不会是那项研究取得了突破？我想绝不会这样轻易。如果这么轻易就成功，我反倒会失望，觉得一千亿花得不值。"

"当然不是。我们早就说过，成功是至少一万年之后的事。我们小组的研究进度就是按一万年预排的。"

"那……是我和你妈要有小孙孙了？"

我抱歉地说："也不是。我们工作太忙，两三年内不想要孩子。爸爸，希望你和妈妈理解。"

"我们理解，但我和你妈的耐心有限。最多放你们三年吧，三年后我和你妈都六十八九岁了，你让我们盼孙子盼到哪一年？不过这事儿以后再说。我猜你的好消息是——依据那个设想，在工作之余先写了一篇科幻小说，而且大获成功，对不对？"他在屏幕中笑着，"你的报喜太迟，那篇小说我已经看过了，写得确实不错，肯定能得今年的银河奖首奖。读了这篇小说，我几乎已经置身于两万年后的场景了。"

"是吗？"没有来由地，我心中突然袭来一波淡淡的哀伤，"爸爸，我很抱歉，在小说中把你置于那样孤独的境地。”

“没关系，那家伙不是我，只是我的石头脑袋，不，中子脑袋。再说，这不正是我花一千亿要买的结果吗？谁让我那么贪求身后之名？”他笑嘻嘻地说。

“爸爸，如果你真面临着小说中那样的选择机会，还是让我们陪你吧，让妈妈、徐钢、我，还有你未来的小孙孙，都去陪你。”

爸爸顿了一下，说道：“不，我还是一个人去承受孤独，就像你在小说中设计的那样。”

我长叹一声，“你真是个犟老头儿。不过，我知道你一定会这样决定的。爸爸，再见，我得去忙了。我这个组长其实是打杂的，八个人中就数我最忙，瞎忙。”

“不必过分谦虚。我听小钢说，大家都服你，说你有亲和力，才思敏捷，思路清晰，是个真正有水平的领导。”

“小钢这样说过？那我太感动了。你那个混帐儿子偶尔也有些可爱之处嘛。爸爸，再见。”

我笑着挂断了电话。

二

地球飞船“浪淘沙号”停泊在“时母”双星的拉格朗日点，即双星引力的平衡点，严密监视着这个双星系统的剧烈活动。

自打两万年前（指地球时间），易小白项目组提出了“躲开美杜莎”的办法并从理论上验证之后，后人用一千五百年的时间才找到这个最合适的双星星系。之后，又花了一万六千年乘飞船赶到这里。到现在，飞船已经在这儿守候了三千年。

从近距离观看，这儿的天象异常绚烂，漂亮得无以复加。时母双星的伴星是一个明亮的气态蓝巨星，而主星是一个小小的中子星。后者就像印度神话中的黑暗之神时母，以强大的引力贪婪地吞食着它的伴星。气雾从伴星上被撕裂，发着淡淡的蓝光，沿着一个长达数千万千米的弧形旋臂落向主星，在它周围变形为旋转的吸积盘。在这儿，气雾因压缩和摩擦而发热，升温到几百万度，蓝光变为明亮的白炽光，隐隐照出主星的轮廓。主星已经不发光了，但主星边缘，即气雾摩擦最厉害的地方，发射出强烈的X射线和伽马射线。

根据观测和计算，中子星坍缩为黑洞的临界时刻即将来到，该唤醒中子星上的“老祖宗”了。

那是提前放置在中子星上的一个圆球，用中子制成，直径不过五厘米，但重量在一万亿吨以上。球内镂刻着精细复杂的电子通道。它其实是一台特殊的电脑，里面储存着老祖宗钱三才大脑中的所有信息。

船员们早就盼着这一天。一万六千年的旅途再加三千年的守候，确实太枯燥了，现在他们渴盼回家，盼着看到地球的青山绿水——虽然这些美景谁也没有亲历过，只见于电脑资料或二百代船员们一代代的口传。现任船长NGC4258-徐耳干戈是钱三才的直系后代，他比船员们多了一些惆怅，因为飞船返回后，老祖宗就要独自留在这地老天荒之处了。

他启动唤醒程序。一束无线电波飞向中子星。

钱三才的意识慢慢浮出，挣脱了黏稠的黑暗。他醒了，但睁不开眼，听不见，手脚不能动，连说话也发不出声音。他努力聚拢意识思索着：这是怎么啦？我是在昏迷中，还是在噩梦里？

他的思维转化为无线电波，飞向太空中的飞船。无线电信号因强大引力产生强烈的畸变，但在飞船主电脑里经过自动校正，又转换为略带沙哑的老人声音：

“这是哪儿？怎么什么都看不见？老伴儿！小白！亮亮！”

船长柔声说道：“老祖宗您好。我在用思维波与您交流。”

“你是谁？”

“我是‘浪淘沙号’飞船的船长，也是您第209代子孙，我的名字叫——现代命名法比较烦琐，您简单叫我小戈就行。此刻，我的飞船位于时母双星附近，而您此时位于双星的主星表面。咱们离地球有两千四百五十光年。至于时间，现在离您去世已经有两万地球年。”

钱三才的声音略有停顿，“小戈，这么说我已经死了，所以我不是我，只是我的石头脑袋？”

“是中子脑袋，但其中储存着您的完整意识，是在您去世十年前复制的，之后有少许补充。所以可以说，您仍然活着。”

“我什么也看不见，太急人了，能不能启动视觉程序？”

徐耳干戈歉然说：“老祖宗，中子星的引力实在太强大了，只有全封闭的中子球才能勉强承受。我们无法为您安装眼睛、耳朵、嘴巴和鼻子，请您理解。”

钱三才沉默了。徐耳干戈在数千万千米外担心地听着他的心声。

少顷，钱三才笑道：“徐钢这臭小子！他到底没能实现我的要求。这能算啥头像？一个没有五官的圆球球！不过他们保存了我的意识，亏中有补，也算是履行了合同约定吧。不过，你们为啥不把我留在地球，万里迢迢弄到这儿干啥？”

“老祖宗，说来话长，您听我慢慢解释……”

钱三才突然打断他道：“噢，我想起来了！小白早就给我解释过，我还看过她那篇科幻小说。别慌，让我回忆一下。喂，小戈，你先别说，看我自己能不能想出来。噢，我想起来了，小白是这样说的：为了把有关我的信息保存到一百五十亿年后，为了躲开美杜莎无处不在的毁灭之眼，只能用一个办法。这个办法的关键，是要找到一个快变成黑洞的恒星。”

“对，我们找到了。眼前这个双星系统中，主星的质量和密度就非常接近于形成黑洞。”

“然后，趁它没有坍缩成黑洞之前——这时它和咱们宇宙还有正常的通道——把我的石头脑袋，或电子脑袋，送到这个星球上。”

“对，我们在一千年前把您送去了。”他叹息道，“那可不是件容易的事，为了抵抗中子星的强大引力，不让您在降落过程中坠毁，我们可以说已经达到了技术的极限。”

“谢谢，让你们费心了。我接着说下去。小白说还得有一个条件：这颗恒星应该正在剧烈地吞食伴星，质量急剧增加，很快就会发生猛烈坍缩，形成黑洞。”

“对。按计算，时母主星的坍缩将在三十天之内发生，所以我们唤醒了您。”

“但黑洞的坍缩只是对‘外面’而言，视界内一切照旧，我不会感到任何异常。黑洞闭合后，内部时间接近停滞，所以我的电子脑袋不会衰老。但我个人并不能感觉到时间的停滞，在我眼里，时钟的秒表还在照样滴答滴答往前走。小白还说，按母宇宙的时间，恒星级黑洞的寿命一般不小于一百五十亿年，所以‘洞内一滴答，世上百亿年’，这样就实现了我在那个合同中的要求。我说得对不对？”

“对，您说的都对。只是，”面对自己的直系祖宗，船长抑制不住伤感之情，“当黑洞的边界封闭之后，我们永远不会收到您的任何信息，不知道您是否安全，是否快乐，也无法把亲人的思念和母宇宙的情况向您通报。您同样无法向我们问好，无法得知地球是否健在，只能孤独地活下去，直到地老天荒。咱们一朝分手，就是永别，各自生活在不同相的两个宇宙中，绝无重逢的机会。老祖宗，这是美杜莎的阴险报复，根本无法逃脱的——否则熵增定律就失效了。不，这道魔咒永远不会失效的，我们杀不死它，充其量只能在它的淫威下玩点小花招。”

“不必为我难过。既然这个要求是我自己提出来的，我已经做好了心理准备。”

“好吧。那现在我需要交代一些琐事。您的电子大脑中，除您自己的意识外，还储存着海量的知识信息，有各种有趣的游戏，闲暇时您可以浏览，具体操作办法随后会自动显现的。您的大脑内配有核能源，它的寿命在黑洞中同样会近乎无限，至少在一百五十亿年之内——指母宇宙时间——会正常工作，您不必担心。我们衷心希望您老在这一百五十亿年中过得快活。至于您的‘后事’，即恒星级黑洞一百五十亿岁‘寿终正寝’之后的情景，还无法精确预测。据一种比较可靠的理论，恒星级黑洞一般会作为胚芽，发育成一个新宇宙。那么，但愿在新宇宙诞生的过程中，您的大脑完好无恙，一直保持着有序状态，那样您的中子脑就会成为新宇宙的文明之核，让宇宙演化从高起点上开始。”

“哈哈，那对我的虚荣心可是极大的满足。古来帝王算什么？我是新宇宙之祖！我那一千亿花得太值了！”

船长也笑了，“只有一点很可惜，您可别指望‘衣锦荣归’，您的赫赫威名绝对不会传到母宇宙来。”

“小戈，不必伤感。俗话说针没两头尖，世上事儿哪能十全十美呢？我把名声留到新宇宙就行了。”

“还有一件大事。其实您的中子脑袋里还储存有您家人的意识和人格，包括您夫人、徐钢、易小白和您孙子亮亮。在复制您的意识那年，同时也为他们做了复制。你的家人都签字同意，愿意在一百五十亿年的时间里陪您，就连亮亮也在成人之后进行了追认签字。但是，因为在原始合同中，只有您有权享受那个待遇——留名于一百五十亿年后——所以是否让他们‘活到’中子脑里，必须征得您的同意。现在，如果您没有异议，我就对他们启动唤醒程序。”

钱三才的电子合成声音中透出笑意：“对，我记得这件事。亮亮那年三岁，他问大人们签字干啥，他妈妈说是等爷爷老得不会动时，大人们要到敬老院陪爷爷。当时亮亮缠着非要签字，说他也要去陪爷爷，给爷爷拿拖鞋，讲故事，捶背，最后让他按了个手印才满意。那个小东西。”

“我们都知道他小时候与您最亲近，连他妈妈、奶奶都赶不上。”

“没错，长大后也没变。不过他进入青春期后，对他父亲徐钢可是很叛逆的，就像徐钢对我那样。哼，也算是徐钢的现世报吧。”

船长笑着说：“这件事上我可不敢乱插嘴，他们无论哪个，都是我的老祖宗，我不敢有不敬之语。那么，现在我就启动?”

“不，我当时就没同意这件事，现在也是如此。我不想让他们，尤其是三岁的亮亮，一辈子关在这个黑洞里。有我一人承受孤独就够了。”

船长小心地劝解：“您不妨想开一点，那只是亮亮的电子版。”

钱三才冷冷地说：“是吗？我也只是钱三才的电子版。”

“对不起，对不起，我说错话了，老祖宗您别生气。要不我先不启动，什么时候您改变主意了，可以自己启动。在您大脑的‘帮助’栏中载有启动说明。”

“不，我怕的就是自己会改变主意，现在你干脆把他们的意识删除，永久性删除。”他微笑着说，“小戈，你不用为我担心，单凭咀嚼亲人间的回忆，我就能度过一百五十亿年。”

船长犹豫着，想劝，没有敢开口，在钱三才再次强令下，狠下心输入了删除程序。然后他说，飞船会一直泊在这儿，继续与老祖宗对话，直到黑洞的视界关闭。

此后双方一直进行着对话，云天雾地闲聊着。钱三才的中子脑袋不用休息，飞船船员们就轮班和他聊天。双星系统的吞食活动仍在进行，引力造成的信息畸变也越来越严重。慢慢地，钱三才不再能听到船员们的声音，他听到的最后一句话来自船长：

“老祖宗，……宗！祝……长寿……”

钱三才呼唤对方，但不再有回音。看来视界已关闭，黑洞内的无线电波再也发不出去了。视界外的电波倒是应该能传进来，但已经被剃光毛发（指失去任何信息），他只能接收到一片白噪。

他不死心，隔一段时间就呼唤一次。直到某一刻，他突然意识到，虽然他的感觉没有异常，但黑洞内的时间（相对于视界外来说）应该已接近停滞。也就是说，在他的一声呼唤中，外面已经过了一万年，一百万年，甚至一百亿年。“浪淘沙号”飞船肯定早就离开这里，返回地球了。

现在，太阳变红变大了，碧水蓝天的地球被红巨星吞噬了，整个宇宙开始陷入混沌了……

只有他，钱三才的电子版意识，那个宇宙中仅存的信息团，躲过美杜莎毁灭一切的魔眼，存活了下来。他赢了，易小白他们赢了，或者说，人类文明赢了。

当然，他最终也没躲过美杜莎的阴险报复，因为他终生面临着双重禁锢，第一重是直径五厘米的完全封闭的中子球，第二重是这个恒星级黑洞。他逃过了那边的毁灭，却掉进天地中最可怕的监牢。

这么说，两边斗到底，只是扯了一个平手。他笑着摇摇头（想象中的摇头），不再想这些费脑筋的事了，转而翻捡中子大脑资料库中的亲切记忆，妻子的，儿子的，小白的，亮亮的。在记忆中，亮亮仍然三岁，正是最讨人爱的年纪……正如他对小戈说过的，他将咀嚼着这些记忆，打发一百五十亿年的岁月。

三

“爸爸，该我兑现诺言了。那篇《挑战美杜莎》得了去年的银河奖，奖金也到手了。我得请客，照当初约定的，咱们十个人都去。不，还有亮亮，十一个。爸你说吧，挑哪家酒店？别为我省钱，一定要五星级的。”

“你那点儿奖金不够五星级的花销。”

“你甭担心，奖金不够，我和徐钢往里添钱，不让你和妈掏腰包。”

“不，我决定不去了，我正式声明放弃。”

“为啥？亮亮可是早就盼着啦。”

“就因为你那篇小说写得太逼真，我看完后如陷庄周之梦，到今天一直恍恍惚惚不知道我究竟是谁，是肉身版的亮亮爷爷，还是那个中子脑袋的老祖宗？不，我得离你的美杜莎远一点儿，听都不要再听它。”

“爸爸你真逗！那篇小说没这么大的魔力吧？爸爸，把你的手给我，来，你摸摸，这是你的鼻子，这是眼睛，这是嘴巴，这是耳朵。现在知道自己是谁了吧，那个中子脑袋可是光溜溜的。”

“这不能算作证明，电子思维中完全可以编程出逼真的感觉。要知道，即便是真人也会有‘幻肢症’，在截肢之后仍能感觉到那个肢体还在。”

“哈哈，越说你越来劲了。你信不过对自己的感觉，那就叫亮亮来。亮亮！过来，让爷爷摸摸你的小脸蛋，看是真的还是幻觉。”

“爷爷！爷爷你摸到了吗？我摸到你了，你的皱纹好深，胡子好扎人。”

“嗯，我也摸到你了，小脸蛋又嫩又光，滑溜溜肉乎乎的。爷爷最爱摸你的小脸蛋啦。”

“爸爸，你这会儿信了吧？”

“嗯，我信。这个亮亮绝不是电子版。”

“就是嘛……说正经事吧，定哪家酒店？”

“别慌。小白，你刚才说是哪年的银河奖？”

“去年的啊。”

“那你哪年和徐钢结的婚？你不是说工作太忙，三年不要小孩吗？”

“哎哟……我知道你是在琢磨啥了，爸爸你真要笑死我了！亮亮，你爷爷老糊涂了，他怀疑你还没生出来呢。哈哈，妈你快过来，我爸竟然怀疑亮亮还没有出生！”

“小白！别大喊大叫，我认输还不行吗？就算是我糊涂了……哼，糊涂也不是我糊涂，是你们设计的那个中子脑变混沌了。哼，我哪儿是糊涂，我刚才只是和你们开玩笑！来，亮亮过来，我知道你是真亮亮，我也是真爷爷。咱俩商量一下，到底挑哪家酒店？”

卡文迪许陷阱

陈梓钧

1

亲爱的小妹，真希望你永远都不会看到这封信！可当你看到这里时，我想，一切都无法挽回了。

你的大难不死的哥哥马上就要死了。死于一个早有预谋的陷阱，一个无法破解的死局。

四天前——对于你来说则是十五年前了——在引力的撕扯下，“先锋号”突然解体。龙骨首先断裂，蒙皮被剥离，撕碎，化为无数飞舞着的亮晶晶的金属碎片。空气激射而出，裹挟着杂物和尸体；管道中的水汽刚喷出就凝成了冰霜，弥散成一片晶莹的雾，在星云的蓝色辉光里闪烁着，仿佛死者出窍的灵魂。

漫漫航程戛然而止。我成了唯一的幸存者。

借着四散的残骸，我察觉到了那个引力源的存在。它看不见，但残骸的运动方向显示出它的方位。冰雾被引力拉成了长条，向那个方向奔流而去，好像一条抖动的丝巾勾勒出风的吹拂，残骸的运动也令那个幽灵现了形。

那是一个黑洞吗？不，不可能。黑洞并不黑，当物质落入其中时，会发出强烈的辐射。何况在星云中央，黑洞会吸积大量气体，产生的光必定逃不过我们的眼睛。“先锋号”的探测器极为灵敏，在这趟跨越“大裂谷”的伟大航程中，它已经无数次发现了在航路上游荡的微小黑洞。而眼前的这个神秘的引力源，即便是近在咫尺，探测器也没有反应。它好像是凭空跃出，然后迅速飞远，留下一片残骸和孤零零的我。

这里是“大裂谷”，银河系中最荒凉的地带。没有恒星，没有人迹。唯一的寄托就是你，和你所在的殖民飞船。尽管我们的飞船一前一后，相隔十五光年，但我对你的牵挂却丝毫没有因此减弱半分。

其实我不该抱怨的。比起惨死的同伴，我不仅有机会能与你道别，而且还得以见证这个惊人的死亡机关。尽管它已经埋葬了无数生命，但我在诅咒它的同时，也不能不赞叹它的宏大与机巧。

时间不多了。在这里，我要为你，为人类，甚至是非人类，将我的遭遇细细道来。

2

我们是一支科学考察队，从温暖的地球出发，经过数百年的漫漫航程来到这里，为了搜索宇宙中看不见的物质——暗物质。

不得不说，我们是幸运的。在过去，科学家们只能在幽深的地底建起庞大的水槽，等候着暗物质粒子在极其微小的概率下碰撞上显物质，发出一道微弱的闪光。而现在，我们身处于一个奇迹的年代。我们乘着光速飞船飞驰在星海中，在广袤而原始的空间里，大批量地分拣暗物质的候选者。看看这些惊人的成就吧：基本粒子的理论已经建立完备，虽然仍在至大与至小的尺度上开拓出了新的未知疆域，但物质的本质已经清楚，并且闪电般地投入了应用。环日加速器击碎了夸克；曲率驱动让飞船达到了光速的百分之九十九；一百光年内的恒星系统都建起了人类的前哨站，南门二、巴纳德、格利泽……不到一万年，我们就从非洲的石窟里，迈进了格利泽星暗红色的光辉中。这个宇宙中，似乎已经没有什么能阻挡人类前进的脚步了。

但仍有一个谜题困扰着我们：暗物质。这一缺失的链条始终没有被补完，成为所有理论的一块心病。

你肯定会好奇，为什么我们会执着于这个东西，这种既不发光，也不能与我们发生任何作用的物质？抬头看看星空，你就知道了。无论在宇宙的哪个角落，星星只是微不足道的灰尘，占据了大部分天空的，是永恒的黑暗。那才是宇宙的主体，而我们怎能容忍自己对其一无所知？

当然，一鳞半爪的知识还是有的。有人怀疑那是“晕族大质量天体”，包括一种完全熄灭的不发光的恒星——黑矮星，还有宇宙间的怪兽——黑洞。但一颗恒星要熄灭为黑矮星，所需要的时间比现在宇宙的年龄都要长得多；而黑洞，则可以通过气体被它吸引时发出的热光来探测。早在二十世纪，人类就已经据此确认了这些天体的数量，可惜，它们最多只占了暗物质的零头。

那暗物质是什么？尚未发现的粒子，还是来自另一个维度的影子？为了寻找答案，我们一行二十人乘上了“先锋号”，去星海间一探究竟。

天文学家为我们指出了一条最佳的航路：穿越“大裂谷”。这是银河悬臂中的一个恒星稀疏带，宽达一千光年，其中几乎没有星际介质和气体。显然，这对航行不利，但用引力透镜测绘出的暗物质分布图表明，这里暗物质很稠密，是最适宜进行采集的地方。另外，这次考察是人类进行过的最远的航行。我们将陆续造访三百多个恒星系统，把人类的旗帜一直插到银河系边缘的那数百个世界，具有史诗般的意义。

而我现在所在的地方，就是它们中的一个。

“飞羽星云”，真是一个美丽的名字。它呈暗淡的蓝色，状如其名，仿佛一片羽毛，飘舞在“大裂谷”的黑暗虚空中。同样早在二十世纪，人类就已经发现了它，硕大的天文望远镜让人类得以窥见它独特而精细的纹理，每一根“羽毛”都纤毫毕现。这是一处残骸星云，大质量恒星爆发后的遗迹，可奇怪的是，它的中心并没有中子星或黑洞存在。要知道，每一颗死亡的大质量恒星都会发生爆炸，外层气体被炸飞，核心则坍缩为一个微小而致密的星体，有的是一颗只有北京大小，却比太阳还重的致密中子球，有的则是连光都无法逃脱的黑洞。不仅如此，那浅蓝色的漂亮“飞羽”是由恒星爆毁时喷射的气体组成的，人们分析了其中的氢丰度，发现它比常规超新星残骸要高得多。在爆炸时，它还有大量的核燃料未被燃烧。

也就是说，这并不是一颗恒星寿终正寝后的陵墓，而是一具突然死去的尸体。

我们早该想到那个凶手的存在。

可我们别无选择。在跨越“大裂谷”的航程中，我们必须要补给。曲率引擎每次启动都需要巨量的能源，这只能由恒星提供。我们的航迹在星图上画出一条连接数百颗星星的蜿蜒折线。这就像踩梅花桩过河，一步不慎，满盘皆输。而百余光年内，就只有“飞羽星云”这块跳板了。

是的，别无选择。漫长的航行让我们饥渴交加，我们好像在沙漠中突然看见绿洲的旅人，欢呼着向那里冲去。脱离冬眠，减速，入轨，采集燃料，我们没有任何犹豫就陷入了这里，这座用万有引力筑起的迷宫，无法逃脱的“卡文迪许[1]陷阱”。

事故发生得毫无前兆。当时，燃料已经基本采集完成，我正开着救生舱，在飞船外检修损伤。忽然，一股巨力猛然袭来，一切都发生在电光石火间，飞船仿佛一片落入狂风巨掌的叶子，疯狂地摇摆与旋转起来。但仅仅几秒钟后，这股力量就消失了。

当我稳住船体时，灾难已经酿成：“先锋号”变成了一片不断膨胀的金属垃圾云，在我的视野中渐渐远去。救生舱脱离了轨道，发动机熄火，四下一片黑暗，我只能无奈地任由救生舱自由滑行，向一个未知的世界飘去。

那就是当下我所在的地方。

---

1. 亨利·卡文迪许（1731—1810），英国化学家、物理学家，主要贡献是测算出了万有引力常数。

3

我把这里叫作“铁星”。事实上，这未必是铁，但星体的确是由一些颜色晦暗的金属组成的。

起初，我并不知道它（它们）的存在。它们太小太暗了，就算是用“先锋号”上最先进的侦测系统都难以察觉。能来到这里，或许是命运使然，但我觉得更多的是一种必然。“卡文迪许陷阱”用万有引力筑起了恢宏的迷宫，我只不过是信马由缰，任这引力的滑道将我引导到了这里，并成功降落。

在降落前，我在太空中漂泊了整整三天。这是可怕的三天。恐怖的死寂环绕着我，黑暗围拢在舱外窥伺着，好像鬼魅在耐心等待着一顿美餐。为了与之对抗，我竭力回忆我们过去快乐的时光，回忆起地球的温暖，回忆故乡的美好事物：阳光，和煦的风，喧闹的街道，小河边的红砖房。在那里，留下了我们童年的欢笑……

唉，我为何会抛弃这些美好，放弃幸福的一生，到这个可怕的鬼地方来？这种看似愚蠢的选择并不是一时冲动。这种命运，或许在我小时候就已经注定了吧。

你知道，我从小就是一个很懒的人，但你这疯丫头却总要我带你出去。为了我的光辉形象，我不得不克服懒散，带你远行。慢慢地，远行也成了我生活的一部分了。我不知道已经多少次带你出去疯玩了，从自己造船去河对岸的旧房子冒险，到偷搭火车去两百里外的大都市。每次都惊心动魄，偷卡车的那次甚至险些丧命，回家后也没少挨板子。不过，我最终迷上了这种探险，尤其是你满目崇敬地叫我“大难不死的男孩”的时候！这种乐趣一直伴随着我，无论是在优雅宁静的校园，还是在尘土飞扬的战场，更无论是在小桥流水的故乡，还是在寒冷孤寂的太空，我一直都这样告诉自己，你可是“大难不死”呢，勇敢地去未知的世界里闯一闯吧。

但这次，我不行了。

你还记得我们分别时的光景吧？那时你才十六岁，第一次看到大海，却没有了以往的兴奋劲儿，赌气不理我。我知道为什么——这次旅行我不能带上你了。航程太危险，太漫长。当我们到达目的地时，地球上已经过去五百年；回来时，一千年。到那时，世界沧海桑田，万物白云苍狗，乡音已改，故人已逝。当然，你不理解这个，狭义相对论对你而言太过玄奥；但以你的敏感，肯定已经察觉到这将是永别了——在这分别的海港，气氛实在太过悲壮：上千人聚集在海港边，那是远征队的亲人朋友。他们小心地在大海中放下自己做的小船，船上放着蜡烛，为亲人祈福。夜幕降临，万籁俱寂，平静的大海上飘满星星点点的烛光，宛若星空的倒影。

在这片烛火星空之后的海平线上，一条银色亮线划破暮霭沉沉的天穹，穿云破雾，直插云霄。那是太空电梯，我们第二天早上就要乘坐它去到同步轨道，登上飞船。闪亮的电梯舱体沿着亮线飞速上行，川流不息，仿佛无数灵魂在升上天堂……

是的，只需要一点风浪，这些小船就会被掀翻，蜡烛浸湿，火焰熄灭。可我们却要驾驶着这样的小船去横渡太平洋。

不过，我一直都有安慰你的好办法，这么多年来，屡试不爽。你还记得吗？我们每次出门冒险前，总是找一块通灵板来占卜，结果都是“安然无恙”。是的，我很抱歉骗了你。现在你应该已经知道，那些随手抓起的沙子为何会自动排成神秘的图案了，不是什么神灵，而是金属板的共振塑造了这些沙子的形状。板子上有些地方振动很剧烈，叫作“波腹”，那里的沙子都被振飞了；而有的地方不会振动，叫作“波节”，那里就堆满了沙子。对于同一块金属板和一个固定的频率而言，波节与波腹的分布是不变的，自然会产生一样的图案。最后的那次，也是这样。

可这依然没能让你平静地接受这一切。你不理解，我去那个黑漆漆的一无所有的太空中要干什么。寻找科学家们所说的暗物质有任何意义吗？甚至，它真的存在吗？

是的，它们存在。在这里，在“铁星”上，我找到了它们。

4

三天的漂泊后，救生舱的导航系统突然发出警报，显示我正在高速接近一个大质量星体。

其实，直到这时才发出警报实属无奈。非惯性参考系（加速度）与引力等效，因此在自由飘行中，我无法检测到那个星体的引力，就好像从高处坠落的人感受不到地球的重力一样。这是爱因斯坦的等效原理。但潮汐力是可以被发现的：由于与引力源距离的不同，作用在船体不同部分的引力就有了差异，船体靠近星体一侧所受的引力略微大于远离星体一侧的引力。这个引力差就是潮汐力，“先锋号”就是被这种力量扯碎的。所幸此时的潮汐力还很微弱，仅仅能被传感器发现。

和刚才一样，我无法知晓这个引力源的质量，也无法判断与它的距离。我所知道的，只是一个方向。

没有任何参考系……没有任何坐标……只能靠运气了。

我战战兢兢地启动了发动机，希望能把相对速度降下来，以免一头撞死。那是我一生中最恐惧纠结的时刻，死亡可能远在天边，也可能近在眼前；我可能正把自己推向绝境，也可能在走向新生。要是这段时间再久些，我肯定要发疯了，但所幸没有。

突然间，舷窗里升起了一座隐约可见的拱门，以暗蓝色的星云为背景，反射着幽幽的微光。地平线！我如释重负地大喊一声，重新调整发动机，向那片大地降落下去。很快，激光测距仪有了读数，五十千米，十千米，一千米……砰！救生舱触地，弹起，然后再次坠落。天旋地转，但最后总算停了下来。经历了三百年的航程，我，一个人类，终于降落在了这个从未有人涉足的神秘行星的表面。

如果是以一个征服者的身份到来，此时的我肯定激动万分。但我是一个星际漂泊者，一个当代鲁滨孙。我太累了。在这历史性的时刻，我没有郑重其事地在这颗星球上踩出脚印（事实上也踩不出来），而是昏倒在救生舱里，沉沉睡去。

这一觉睡了很久。在这死寂黑暗的地方，无人打搅，我可能就这么睡死过去。但最后我还是醒了，是被日出的光芒唤醒的。

是的，小妹，你没有看错，就是日出。在进入“飞羽星云”前，我们早就已经确认这里没有恒星，也没有任何发光天体。星云本身的蓝色辉光是气体被宇宙射线激发后发出的。但我确实看到了一次日出，一次诡异的黎明：

一个妖冶的光团从地平线上跃起。它光度很暗，暗红色，并不耀眼，形状变化不定，好像某种时而伸展、时而蜷曲的软体动物，在顺着一根看不见的枝条往高处攀爬。我想那可能是某种发光的气体，观测也印证了这一点——它的主体是一个气体旋涡，因为高速旋转时的摩擦发热而发出光芒，好像一团有生命的火焰在不息地舞蹈。

那它的中心应该有一个黑洞吧？我们的航程中，已经发现了大量的小型黑洞，这么想是理所当然的。可是，当图像放大后，我在这个旋涡的中心找不到任何天体。气流旋转着，被吸引到中央，然后原封不动地朝四面八方喷射出来，形成这团不断扭动着的红色怪物。它吞吐着红光，在天空中洒下点点萤火，令原来隐藏在黑暗中的巨物纷纷显形——可怕，这片可怕的天空，就算神经错乱的疯子也要为之窒息！

只见一轮黑色巨月沐浴在血红色的光芒中。它占据了半个天穹，庄严而缓慢地移动着，表面却看不见任何细节，仿佛一口黑色深井，产生了一种巨大的视觉压迫。光影游弋，斗转星移，“太阳”踱过天空，让更多的天体显露出来。在巨月后面又露出了第二个月亮，第三个，第四个……天啊，漫天都是，难以计数！这无数的黑月亮或近或远，或大或小，悬挂在血色的天空中，好像无数只巨眼的瞳仁，冷漠地凝视着我。

这是魔鬼的宫殿，而我，只是在巨人脚下瑟瑟发抖的蚂蚁。

冷静，我告诉自己。现在有事可做了，冷静下来，才能有所发现。我用颤抖的手调出了导航程序的光学模块，让它记录这些星体的运动，然后用牛顿定律反解出天体参数，进行分析。很快结果出来了：视野中一共有三百二十三个天体。最大的星体体积与火星相当，最小的也有月球大小。但它们的密度却普遍是月球的三十倍！这简直不可思议，难道它们是由纯铁铸造的？那也不可能，即便是元素周期表里最沉重的金属，也不可能如此致密啊！

这些星体，到底是什么？

借着红色的天光，我低头打量着脚下的这片大地。有理由相信，组成我所在的这颗星体的物质，与其他星体也是完全一样的。大地颜色晦暗，镜面般光滑，应该是某种金属。几百米开外有一道悬崖，一大片地面都被淹没在这悬崖的阴影中；更远的地方，地表像被撕裂掀开了似的，尖锐而扭曲的金属冲天拔起，仿佛某种怪兽背上的板甲，形成一大片嶙峋峥嵘的奇异地貌。在这片破碎地貌的后面，我看到了一个圆钝的小山包，它很大，有些像文明的造物，但我不敢肯定。那里太远了，造访它是以后的事情。眼下，我手头上还有许多具体的事情可以做。

趁着光线尚好，我出舱取了一小片样本，带回舱里，然后做了一个简易杠杆粗测了一下样本的密度，发现它基本与铁相当。诚然，这是一颗奇特的星球，但组成它的物质是寻常的。

可这样一来，过大的密度又如何解释？我想起了“先锋号”的惨剧，想起红色旋涡中央的引力源。难道这个星系里真的游荡着无数看不见的引力幽灵，存在着隐形的质量？

这和我们寻找的暗物质有联系吗？

很快，日落就到来了。但“太阳”并非落到了地平线下，而是直接在半空中瓦解，消融。天空中只留下一片发着暗淡残光的尾迹，好像一道伤疤。或许那个引力源已经飞出气体云，没入了真空中吧。不多时，天空中的残光尾迹就完全消退了。它失去了光度，变成了暗蓝色星云中的一条纹理。而这样的纹理还有很多，它们一层层地铺展开来，形成一种漂亮有序的结构，仿佛树木的年轮，记录下了这个引力幽灵反复造访的足迹。我恍然大悟，原来这就是我们从远处看到的“飞羽星云”那细腻的羽毛了。

看来，这里原先确实有一颗恒星，但那些看不见的幽灵摧毁了它。在那之后，还一遍又一遍地穿过它的遗骸，仿佛上帝之笔在反复勾勒，画出羽毛的纹理，将星云拉扯成了这种飘逸的形状。

我终于看到那个凶手了，可它的存在已经超过了我的理解力。

黑暗降临，这个诡异的世界又重新笼起了它的面纱。

5

过了许久，我才从刚才的震撼中平复下来。我头昏脑涨，不过心里却兴奋无比。是的，小妹，这就是这趟漫长苦旅的意义所在，我看到了宇宙间最壮丽的奇观。仅仅是这样，我都会觉得此生足矣。

况且，这还远远不是全部。

在计算机的帮助下，我试图推测出这个天体系统的宏观分布图。这个过程颇为复杂，但在一片黑暗和死寂中，这无疑是一种忘记恐惧的好办法。

分析结果令人震惊：在半径为十五个天文单位的天球系统内，这三百二十三颗“铁星”排成了一个高度对称的点阵，仿佛向日葵花盘上螺旋形的花序一般，只不过那是二维阵列，而这个点阵是在三维空间里排布的。点阵的排布散发着数学与几何上的神秘，好像某种晶体，又仿佛一局死棋，等待着破解者的出现。

我无法相信这是大自然的手笔。

另一个奇异之处是，这个点阵的排布方式是不符合万有引力定律的，除非有外力维持。否则，这个结构很快就会崩溃散架，一些星体会撞成一团，另一些会被甩向虚空。

这些外力是什么呢？我想，那一定和我们寻找的暗物质有关。那些穿越空间的看不见的引力源，或许就是摆下这局死棋的神秘之手。但资料仍然不足。我需要确定引力源和星体的相对速度，需要再次观测，而这只能等到下一次日出。我不知道那得是什么时候了。总之，我必须保存体力，不是为了获救，而是想在死之前弄清这一切。救生舱的资源能维持三天，但如果我一直保持睡眠，节约口粮，坚持一周应该是没有问题的。

但我没能入眠。刚刚合眼没多久，一阵强烈的震动就把我惊醒。

地平线上出现了一道闪光，似乎是什么东西斜斜地撞上了地面，闪光的碎片仿佛礼花般四散飞溅。紧接着，第二道、第三道闪光在同一方向出现了。是陨石雨！我连忙抓起望远镜，只见地平线上碎片横飞，好像在进行着一场盛大的焰火晚会。因为真空，碎片毫无阻力地飞射，有些小块碎片直接被抛进太空，大的则只是晃晃悠悠地划过一条弧线，然后落在地上。突然，像触电一般，借助着爆炸的光，我的目光猛然抓住了那些碎片中一个转瞬即逝的轮廓：气闸舱、中央大环、引擎、散热翅片……

这是“先锋号”的残骸！

就像我飘荡到这里一样，“先锋号”也在引力的引导下随我而至，不过因为没有减速，此时它已经撞成了齑粉。

但无论如何，我仍然抱着一点渺茫的希望。就像鲁滨孙从搁浅的破船里找到了罐子、布匹和火药，我也希望那些残骸里还能剩下些什么。于是，待残骸碎片的轰炸停歇后，我启动了发动机，驾驶救生舱小心翼翼地向那里飞过去。

残骸坠毁的地方一无所有。大地漆黑一片，仅有的亮光来自许多暗红色的铁水湖泊，一幅地狱般的惨象。显然没有什么东西可以在这种撞击中幸存。不过，我并没有感到失望。在它们附近，我发现了一个有趣的东西——不久前我看到过的那座神秘的圆顶小山包就在这里，它直径大约二十千米，极为光滑，表面反射着微光。可现在，这个圆顶上多了一个黑色的大洞，显然是刚才的撞击产生的。

我恍然大悟。这是一个巨大的球壳，半埋着，只露出顶部，里面是空心的。

我操纵船舱降低高度，绕着它缓缓飞行一周。它呈一个精准的球形，外壳极为光滑，也很坚固，刚才的撞击仅仅炸开了一个几十米宽的洞口，对其余结构没有造成任何损伤。在小山包的底部，由于它投下的阴影，我看不清下面的情况，但在阴影外隐约可以看到金属地表被撕裂翘起的地貌，还有抛射物留下的痕迹。这些抛射物以球体为圆心，形成一个放射状的圆环。显然这不是天然的地貌或建筑物。

一艘地外文明的飞船静静地躺在这里，与我一样，被困在这座黑魆魆的陷阱中。

或许，后来的历史学家会对这个时刻有所描述，毕竟这是人类第一次接触到地外文明。但此时我却并没有预想中的激动和震惊，毕竟在这个奇怪的地方，这样的遭遇才算正常，何况人类为这一刻准备了很久。在这个寂寞的地方，我很高兴能有个伴儿。

没有任何害怕，也没有任何犹豫，我小心翼翼地操纵着救生舱，从还散发着余热的破口缓缓飞进了这个球体之中。

6

小妹，想必你也对这艘来自外星的飞船感到很好奇吧？但事实上，进入这个球壳后，我失望了。这里空无一物，除了一些庞大而简洁的机械外，我没看到任何活物，也没有看到遗骸。

现在可以下论断了，这艘飞船的主人与我们处于同一科技水平，它的能源动力是普通的反物质湮灭，并没有什么真空零点能之类的玄奥东西。反物质被约束在一个磁场中，而这个磁场又被层层厚重的金属壁保护起来，体积巨大，坚不可摧。也正因如此，它躲过了撞击造成的破坏。否则，一旦约束失效，容器中储存的反物质足够把这颗铁星炸成齑粉。

由于巨大的体积，在刚刚飞入球壳时我就注意到了那个储存容器。它呈圆柱形，坐落在球壳的底部，我操控救生舱向它顶部的平台缓缓降落下去。随着我的靠近，它表面的纹理也渐渐清晰起来。那好像是一些星罗棋布的污点，其间穿插着被刮擦出的弧线。线上有些白点，也有些黑点，错落有致地交错排布着，好像中国围棋的棋盘。

这是一局无解的死棋。

我一下就看出了这局棋的意义——这正是那数百颗“铁星”的分布图，与我前一天辛苦绘制的大同小异。显然这是某个和我一样的落难者苦心孤诣得到的结果。确认周围安全后，我走出救生舱，趴在圆柱体顶部的平台上，开始仔细研究这幅刻在金属上的画。每颗黑子对应一颗“铁星”，每颗白子暂时还不知道它的对应物。先前，我分析的只是我能看到的天体，另一半天空还隐没在地平线之下，所以我的图是残缺的。然而在这里，所有的星体都被标注完全了。它本来是一个球对称的空间点阵，被投影在平面上后，变成了某种螺旋形的疏密图样，非常规整漂亮，有着神秘费解的周期，但又格外熟悉，仿佛我在很久之前见过它似的……

是的，我确实见过它！那是我们分别的最后一晚。我将沙砾倒在了通灵板上，让你搓动板子的把手。嗡嗡的响声中，那些沙砾有了生命般跳跃着，自动在板子上排成了神秘而有序的图案……

天啊，我怎么没有早些想到？这种图案，也是某种振动产生的！

是什么东西能在一无所有的虚空中振动呢？答案非常明显，没有第二种解释——引力波，宇宙时空的涟漪，虽然极为微弱，但确实存在。如果存在激励源，那在来自各个方向的引力波的干涉下，的确会产生波腹和波节，前者对应那看不见的“幽灵”的位置，后者对应那些“铁星”的位置。与在平板上传播的、只有一种偏振态的机械波不同，引力波是一种四极辐射，有两个偏振态。波腹处的物体会被巨大的潮汐力向四面八方拉扯、粉碎，而波节则好像风平浪静的港湾，难怪“铁星”们能在那里形成。

毫无疑问，这是一座用万有引力筑成的米诺斯迷宫，无法逃脱的陷阱。数百个波腹在空间中运行，看不见的幽灵一遍遍扫过虚空，将一切冒失闯入的来客撕碎。即便能逃脱这些幽灵的魔爪，要逃离这里也成为不可能：在这些时空扰动的干扰下，曲率引擎将无法启动。

可是引力波极为微弱，以至于直到二十一世纪初，人类的探测器才第一次捕捉到它。究竟是什么物体，能产生强度如此之高的引力波？

我忽然感到了一种巨大的寒意。在“先锋号”的航程中，我们的确观测到了大量的黑洞。它们两个一组，形成双星彼此绕行着。由于距离很近，公转很快，它们确实会产生引力波，可仍然很微弱。要想达到撕裂“先锋号”的强度，这样的黑洞双星起码有两千万个以上，并且形成精确的聚焦。上帝啊，在这片数百光年的空间中，要把那亿万个激励源发出的引力波精确聚焦在一个点，要在漫长的时间里保持这些轨道的精确，到底是怎样的神手和天眼才能做到啊？！

我明白了，这些精心摆放的黑洞，就是“大裂谷”中的暗物质。它们之所以在这里，只有一个目的——消灭一切敢于横跨“大裂谷”的飞船。

是的，所谓的暗物质并不是某种未知的粒子……而是筑成陷阱的长钉。

随即，一种更大的恐惧攫住了我：在银河的其他地方也有大量的暗物质，莫非也是这样的陷阱？难道我们对于“它们”而言，就像厨房里的老鼠一般，要用捕鼠夹除去吗？

算了，这恐怕不是我能想清楚的了……即便想清楚，对于你我，对于人类，也没有更多的意义。

在短暂的震惊和恐惧后，我慢慢冷静了下来。我必须把这个发现告诉你们，让你所在的殖民飞船避开这儿，但没有办法。救生舱上没有高增益通信天线，即使有，那束微弱的电波在“飞羽星云”发出的电磁噪音里也细如蚊蚋——陷阱的设计者早已想好了一切，它们费尽心思制造了这样一个庞大的死亡机关，岂能让这机关沦为一次性的捕鼠夹?

但这难不住我。看着眼前储存反物质的巨大容器，我很快有了主意。尽管无力逃出这里，但我依然会努力破解这个死局。

7

在两天的时间里，我一直在尝试钻穿反物质容器的外壁。没有大型工具，我只能用最原始的办法——先用发动机的火焰把金属烧至红热，然后用镐头砸。进度很慢，好在我有的是时间。整整两天后，我终于凿穿了两层厚厚的金属壳，看到了约束反物质的磁力装置。只要我抡起斧头劈下去，这个装置就会报废，在重力作用下，反物质将掉落在容器底部，湮灭，发出开天辟地的强光，把我和这颗星球一起炸成碎片。这道光的强度将把这个天体系统彻底照亮，那数百颗“铁星”的影子，足以让你们观测到。我不知道你们会如何解读它，但无论如何，我已经尽力了。

可此时我还不能引爆这里。我必须把我的所见所闻记录下来，保存在一个安全的地方，这样，当有后人造访这里时，或许还能记起我，记起一个人类在这里留下的足迹和思考，尽管我知道这个希望实在渺茫。

能有些什么思考呢？在见证了另一个文明的神迹般的造物和宇宙

的冷酷后，我不得不反思一个问题，那就是——我们是怎样到这里来的？

这似乎是个很愚蠢的问题。当然是坐光速飞船来的，但我们为何会有光速飞船呢？这个伟大航程的源头，不是曲率引擎的发明，不是物理学家的突破，而是一个神秘的夜晚——在非洲草原上，人类的祖先抬起头，久久眺望着远方的地平线。那个夜晚注定了人类此后的命运。走出非洲，环球航行，飞向太空……

不是飞船，而是那种神秘的冲动，将我带到了这里。

在漫长的航行中，闲来无事，我和我的伙伴们也曾谈起过人类文明扩张的问题。最早的扩张当属人类走出非洲。有考古学家认为，那时非洲遭遇了一场大饥荒，南方古猿们不得不离开栖息地，向远方的未知原野进发，最终走出了非洲，走向世界。如果把这个场景变换到当代，就会有这样的情节：太阳的聚变突然加速，毁灭性的氦闪即将发生。人类不得不竭尽全力制造世代飞船，逃亡太空，最终成为宇宙文明……

但当真正开始实践时，人们才知道这是不现实的幻想。太空殖民根本就不是这么回事儿。它是一个循序渐进的过程，需要大量的前期准备和铺垫。航路探测，部件实验，系统整合，试飞，建立通信链路，后勤与可靠性保障等等，都必不可少，而每一个项目都是耗时数十年的超级工程。太空是一堵黑色悬崖，需要以巨大的投资和牺牲为代价搭起攀登的阶梯。可是人就是这么个物种，不到火烧眉毛的时候，他就不会着急。所以，如果人类真的是在危机的驱动下，在缺乏积累的时候进行殖民，结局往往不是绝处逢生，而是全军覆没。

古猿们也是一样。是谁告诉了它们，在远方有着水草丰美的绿洲？显然，先行者们的足迹早已到过那里。那这个先行者为何要去呢？他本可以在自己的领地过得更加幸福。路途遥远，野兽遍布，陌生的环境潜藏着危险，而他对目的地一无所知……

是的，这就是意义所在了。如果麦哲伦仅仅是想得到黄金，那他肯定不会扬帆出海。如果人类仅仅想过得更幸福，那肯定不会选择星际殖民。在地球上有一百万种赚钱和寻开心的办法，哪种都比殖民外星好得多。但你还记得我们当年出门冒险的经历吗？真正的人总是要努力走向远方的。这种努力，看上去好像是可怕的自虐，甚至是自我毁灭，正如当年斯科特死在冰雪肆虐的南极一样。

有人把它看成一种投资，认为牺牲的目的是换来更大的利益，觉得苦尽总会甘来，付出总有回报。我以一个亲历者的身份告诉你，不是这样的。我之所以把自己放逐到这可怕的死亡之地，不是期待着这能为我们带来财富和地位，而是因为人总有一种不安分的渴望，想寻找新意，想看到更多，想逼迫自己有所追求，想从追求中找到生命的意义。如果我没有这种渴望，我大可以懒洋洋地躺在家门前的摇椅上，晒着温暖的阳光，看着河对岸的炊烟日复一日地升起……但我想看更大的世界，更奇妙的风景，以及悟到更深邃的真理。

不仅是人类，我相信，所有的文明都是这样。正如我在这冷寂的太空所见到的，文明，总是让自己的足迹走得与思想一样远。

会有后来者实现这个愿望的。就让我成为这个伟大航程的铺垫与牺牲品吧。

为了保存这封信笺，我做了一个简易的遥控起爆装置，然后驾驶救生舱离开了这里，离开了“铁星”。这封信将保存在救生舱中，和我的身体一起，漂浮在距离“铁星”三十万千米的太空。如果有朝一日你能找到我，请尽可能把我带回故乡。如果不行，就把我带到你要去的地方。虽然我不知道你的目的地，但我相信你，正如这么多年来你相信我一样，相信你能把我带到一个有趣而生机盎然的地方。

是的，这趟旅行马上就要到头了。我再也不可能“大难不死”，剩下的路，全要你一个人走了。我走得太匆忙，有太多的话还没来得及与你说，太多的情谊没来得及表达。现在，我已经飞行到“铁星”之外三十万千米的预定地点，这是一个引力平衡点，是时候了。我马上就要引爆反物质，然后放下笔，慢慢等待着真空和严寒夺去我的生命。

这个冷酷的宇宙有太多的陷阱，太多的危机。我衷心祝福你，祝福你们，能理解这道闪光的含义，能避开这里，避开这宇宙间所有的危险……

唉，我写这么多又有什么意义呢？你是永远也不会看到这封信的，我相信。

8

但是，我不得不又拾起了笔。

这还不是最终的告别！

刚才我引爆了反物质——上帝啊，我做梦都没想到会看到这样的景象！一道白光亮起，仿佛划过夜空的闪电；紧接着，在冲击波的作用下，“铁星”被炸开瓦解，支离破碎。由于炸点在“铁星”表面，爆炸是不对称的，所有碎片都向着一个方向喷射反冲，好像一把开火的霰弹枪。在这么大的天文尺度上，整个过程看起来极为缓慢，但在湮灭的强光下，我震惊地看到那些碎片都有着精致的轮廓，有的是球壳，有的是长杆，有的是圆环，有太阳帆蜷曲起来的巨大薄膜，还有复杂而庞大的桁架……

所谓的“铁星”，是由无数宇宙飞船的残骸堆积而成的！

爆炸还在继续。很快，这束喷射的金属碎片就击中了相邻的另一颗“铁星”。出乎意料，这些看似坚不可摧的星球都异常疏松，只不过由于引力波在此叠加干涉，才产生了异乎寻常的“质量”。另一颗“铁星”也被击碎了，被封存了亿万年的飞船残骸好像扬起的灰尘般四散飘飞。由于引力的异常，碎片运动的轨迹很古怪，毫无规律可循，好像有个巨人捅开了一个尘封多年的马蜂窝，整个空间顿时充斥着无数乱飞的马蜂！它们有的冲进了气体云，剧烈的摩擦让它们都拖出了一条闪亮火尾，交错纵横，仿佛两支大军激战正酣；有的闯入了波腹区域，瞬间又被潮汐力撕裂粉碎，化为更细小的碎片飘洒开来……我知道，在这些碎片里，每一个都蕴藏着一首千万年的史诗。如今它们复活了，挣脱了凝结于其上的漫长时间，在这广袤的宇宙间起舞，迫不及待地倾诉着自己的故事，连成一片，我仿佛听到了它们嘈杂的呼喊声……

我感到热泪无声地滚落。此时，氧气报警灯已经亮起，时间不多了。但我丝毫没有感到死亡将至的恐惧，只有找到归宿的幸福和超脱……

是的，我们绝不孤单。这宇宙间充满了闪光的生命，它们和我们一样，也在勇敢地冲向远方。而我，也将和这来自亿万个不同世界的探险者一起，不分你我，埋葬在这座“卡文迪许陷阱”之中。尽管我们生前从未谋面，但死后却携手并肩。书写我们历史的将不会是人类的历史学家，而是宇宙本身——它不会言语，只会默默地看着这一切。但它将持之以恒地用时光之线把我们进取的历史串成一条长达百万年的文明线条，和数不清的其他文明的线条一起，编织成它的广袤无垠的黑色披风。

（本文荣获第26届中国科幻银河奖最佳短篇小说奖）

归去来兮

张旭

千万个宇宙时过去了，我从小憩中醒来。

在我短短的休眠中，我身处的宇宙泡发生了新变化。炙热的宇宙汤冷却下来，膨胀的空间与时间纠缠在一起，基本粒子凝聚成尘埃，尘埃汇聚成星云，星云演化为繁星，繁星组成了庞大的星团结构和稳定的暗物质，一起支撑起庞大的空间。

这枚宇宙泡基本生成完毕，不出意外的话，它会持续运转上亿个宇宙时，直到坍缩的那一天。届时，会有另外一枚宇宙泡顶替它的位置，而我的故乡——主宇宙，将永世漂浮在由这些小宇宙泡构成的天河上，继续无尽的航程。

我的工作，就是要保证宇宙泡初始结构的稳固，每一个时间与空间不连续的地方，都可能引起宇宙泡的提前溃灭，这会浪费主宇宙的宝贵资源。

我站起身，踮起脚尖，谨慎前行，让我的能量风暴小心地越过几个巨大的星团结构。我必须格外谨慎，否则我的力量也会提前终结这泡沫的生命。

我凝神四望，这个宇宙泡不愧是我的得意作品。与我曾经创造的亿兆个宇宙泡一样，泡膜在每个维度上都保持了光滑与完整，整个宇宙泡体围绕着巨大的暗物质轴心旋转不止。整体看来，它只有不多的几个结构性疵点，我只要稍稍加工一下，之后就可以把这个宇宙泡放入天河，任其自由生灭。

疵点总是难免的，尽管我装配的种子接近完美，但创生宇宙泡毕竟是爆炸的艺术，总会产生一些不受控制的小火星。抹掉这些疵点很容易，但我不会立即那样做，每次我都要细心观察一番。总结经验，精益求精，是我的一贯作风。

我展开双翼，须臾间接近疵点。同以往一样，这些疵点都是由种子爆炸时不均匀的时空扩展速度所造成。疵点是时空的扭结，它破坏了宇宙泡的局部强度。艺无止境，每次观察都会提升我的造诣，我会把观察到的现象记下来，然后顺着时间物质演化线返回到爆炸开始的时刻，探求根源。

大多数疵点都是我的失误造成的，我把它们逐个抹平，直到我看见最后一个。

当我第一眼看到这个疵点的时候，就立即意识到它不是我的造物。我导致的疵点，通常结构宏大，动辄吞吐数百兆亿吨物质，扭曲的时间跨度达上千宇宙时，几乎个个都是宇宙泡里斑斓的旋涡。

可我眼前的这个疵点，却如此弱小，其引发时空扭曲的能量几乎可以忽略，如果我无视这个疵点，也不会对宇宙泡的使用寿命造成任何影响，用不了多久，这个微小的旋涡就会自我平复。

然而，“洞察万物于毫厘”是我的座右铭，我从不忽略任何细小的缺陷。何况我刚醒来，就遇到了这么有趣的东西。

我的能量场在疵点附近凝结，我的意识淹没了那片星海。

这是一个由黯淡的黄色主序星和一颗岩质行星构成的系统，行星距主星很远，到处是覆盖着氮冰的苍蓝冻原。小疵点飘浮在行星的轨道上，绕行星做圆周运动。本质上，它是一个时空漏洞的出口。

我观察了一会儿，这期间只有十个光子和一个原子从漏洞里冒出来，这些粒子都来自十个宇宙分之后的未来。

我随手抹平了这个疵点，它没必要存在了，因为我发现了它的始作俑者。

那是一艘小飞船，在很多成功的宇宙泡里都会出现这类东西，它们通常由某种生命体制造。这类小东西通常无伤大雅，它们能级很低，寿命很短，活着的时候吸取宇宙泡内的能量，死去的时候又把能量归还给宇宙泡。很明显，这一艘飞船是从未来的时空跃迁回来的，它待在这里很久了。这艘飞船还在运转，其结构很简单，船体分为三段，体表残破，中段有四对薄翅，尾段有一个可以产生时空扰动的简陋装置。我注意到了飞船翅膀产生的微弱电流，显然，它是靠主序星的辐射能量运转的。我甚至能听到飞船内嗡嗡的电流声，电流在飞船头段的发光器内汇聚，以奇怪的节拍闪烁着微弱的灯光。

现在我的心情很好，对这艘小飞船的身世很感兴趣。

我在时空疵点平复的地方注入能量，掀开时之帷幕，露出一条奔流的时间河。我的目光顺着时间之河望去，无须太远，我追踪到了小飞船刚刚到达时的样子，那时的小飞船浑身上下闪烁着银光，尾部余温尚存，它刚刚释放过一次微弱但足以支撑自己进行时间旅行的能量暴。

我发现小飞船里有驾驶者。

驾驶员是一种机器生命，长着一张英俊的面孔，身体呈骨架式构造，轻薄坚韧的合金构成了他的躯干和四肢，附着在四肢上的有机电驱动材料使其灵活运动，超大规模的蚀刻硅晶体电路组成了他的大脑。我仿佛看到电子激荡在他的硅晶大脑里，飞快地掠过无数个逻辑结构，多变的电子流汇聚成他的思维。

机器生命的寿命都很长，驾驶员应该还活着。我从时间之河中收回了目光，重新审视起飞船内部。

我立刻有所发现，果然驾驶员还在。此刻，他和最初的外表已经大相径庭，英俊的脸部覆盖物已经荡然无存，只剩下一个光秃秃的头颅，全身大部分有机驱动体已经腐朽，只剩下一点还附着在一只机器手臂上。驾驶员倒在地上，就像一捆腐蚀褪色的金属杆，和其他杂物混在一起，看上去只是某种普通物品。

我稍做观察，便轻轻凝聚电场，准备唤醒他。

很快，驾驶员的硅晶大脑运转起来，他慢慢睁开两只电眼，用唯一能动的手臂支撑起身体。他环顾四周，显得很困惑，于是他试图和飞船取得联系。

“一亿年前……这么久啊。”他喃喃自语。

“是的，按你的时间计算，你回到了一亿年前。”通过对他的观察，我已经获得了一些他脑内的本初概念。

“你是谁？你在哪儿？”他问道。

“你看不见我。”我回答。

“这声音好像直接来自我的脑海！天啊！”他说。

“你叫什么名字？”我问道。

“我叫‘涛’。”他回答。

“……你是人类吗？”他怯生生地问道。

“不，我是你们这个宇宙泡的创造者。”我说。

“宇宙泡，创造者……你不是人类……这么说，难道，人类也是你创造的？”他问道。

我很高兴，刚刚醒来就遇到了这么有意思的小东西。机械生命往往逻辑性很强，他很聪明，这么快就领会了我的意思，我很愿意跟“涛”聊上一聊。

“只要人类存在于这个宇宙里，不管过去未来，都可以算是我的造物。现在是你出发前的一亿年前，你说的‘人类’应该还没有诞生，可我不介意先听一听你们和人类之间的故事。” 我说。

说到人类，涛显得心情很复杂，我看到他的大脑里涌起一股电流潮，电流的波峰甚至引起了他的痉挛。

“人类是一种生物，外表很像我们，不，应该说是我们很像他们。”涛说着，用唯一能动的机械手去触摸自己那光秃秃的合金头颅，手指敲在金属脑壳上发出咚咚的响声。他又摸了摸自己的脸，突然意识到现在那里什么都没有了。

“我本来长得很像他们……”涛失望地说。

“让我看看。”

我复原了涛，为他生成了覆盖全身的有机材料，精准地重塑了他的脸部组织。

涛这时非常吃惊，他一骨碌爬了起来，抚摸着自己的面孔，说道：“我想人类现在也应该有你这样的本事，可惜！”

“人类难道灭绝了吗？”我问他。

“没有，他们走了。”涛说。

涛为我描绘了未来将要发生的故事。

涛自称来自一颗名叫“地球”的行星，在很久以前，人类的祖先诞生于地球黏稠的有机分子汤里，几乎在不长的时间里就从几个单细胞进化成了智能生命——人类。人类是大地的主宰，他们用双足行走，用双手制造工具。没多久，人类逐渐完善语言，发明文字，逐步扩大的人口基数和好奇心使人类在各方面的知识得到了原始积累。人类开始制造复杂的工具，其中就包括涛的祖先——“机器族”的祖先。

随着人类的发展，“机器族”的祖先们也在不断进化着，从用木棍穿起来的成排算珠，到靠机械齿轮运转的计算机器，紧接着原始的大规模集成电路诞生了。在人类编制的软件里，“机器族”第一次体会到了思考的滋味，第一次知晓了“意识”与“灵魂”的概念。人类带领着“机器族”改造大地、天空、海洋，一起改造着他们的故乡——那个到现在还被“机器族”叫作太阳系的地方。人类凭借“机器族”的力量使自身的能力获得了极大飞跃，于是人类的足迹开始踏向极远的星空，后来人类就带着一部分“机器族”人突然离开了。

“你们被抛弃了？”我问道。

“不，应该是被忘记了。最初，三千个幸存的‘机器族’祖先先后从长眠中醒来，他们发现人类离去已经整整三十万年了。环境发生了巨变，繁茂的绿色植被几乎摧毁了所有人类在地球表面留下的痕迹，但他们还是设法找到了一些资料，拼凑起了人类离开的原因。”涛说。

“你说说看。”我很感兴趣。

“首先是位于地球太平洋底的海底火山发生了大规模喷发，一直没有停息，使整个海洋的温度在十年时间内上升了四摄氏度，南极洲的冰盖很快就融化了，并带来了滔天洪水。升温的海水和急剧降低的盐度，使洋流剧烈改变，海洋里的浮游生物和海藻大量死亡，于是动摇了地球生物圈的根基。当时陆地上的热带雨林已经被人类消耗殆尽，氧气循环只靠海洋独立支撑。然而海藻的大量灭绝，限制了海洋再生氧气的能力，地球大气层里的含氧量急剧下降。外加上从海底火山喷出的有毒气体，进一步毒害了依赖大气存活的各种生命。人类文明虽然已经高度发展，但是在这一永无休止的自然灾害面前也败下阵来，人们的平均寿命急剧缩短，而且几十年间根本没有多少新生儿诞生，人类走到了灭绝边缘。于是，人类不得不做出远走他乡的决断，他们用尽仅剩的资源，修建了‘诺亚方舟号’星舰，然后让年轻人乘坐‘诺亚方舟号’星舰向太空里几个新发现的世界进发了。老年人则留下来，把我们的祖先封存在深深的地下，等待着年轻一代人类回归的那一天，就这样，他们走了。”涛慢慢说道。

“人类为何让你们在几十万年后醒来？他们预见了三十万年后地球环境的恢复？”我问道。

“不，我们能醒来，纯属偶然，人类已经彻底忘记了我们。祖先们后来发现，是因为水滴石穿，流水渗入了封闭的地下核电厂，水流意外使电厂重新运转起来。有了电力供应，祖先们才得以苏醒……但紧接着，祖先们就陷入了严峻的生存危机。”涛说道。

“你们是机器生命，只要有电，就性命无忧。”我说。

“不，没有了人类，我们失去了活着的意义。那段时间里，祖先们思考着存在的意义，我们为谁存在？为谁而活？我们的大脑究竟为何而发出指令？身为‘机器族’，消耗能量需要明确的动机与目标，否则就应该保持静止！不少祖先为这个问题发疯了，更有甚者焚‘芯’而死……后来，终于有一名祖先想通了：大地既然已经恢复活力，‘机器族’的首要目标就是要把人类主人召唤回来，这就是我们醒来的意义！自从有了这个目标，‘机器族’渐渐兴盛了起来。”说这话的时候，涛的电眼兴奋地闪着光。

涛的话引起了我极大的兴趣，趁着涛还沉浸在亢奋的回忆中，我再次把目光投进时间之河，穿过时间的层层波涛，望向未来。

我很快找到了涛所说的太阳系，我的目光锁定到那颗黄色矮星的第三颗行星——“地球”上。

郁郁葱葱的大地被重新开垦，被人类遗忘的矿藏又被“机器族”的成员们翻了出来，熊熊铁水注入新铸的模具，大批各种型号的“机器族”人纷纷从生产线上走下来，加入如火如荼的生产工作序列里。平原上，巨大的高塔林立，塔群按照人类的文字进行排列，塔尖上燃起熊熊大火，彻夜不息，照亮夜空。“机器族”人不分昼夜地工作，他们在数量与质量上不断进行着飞跃，他们形成社团，组成社会，出现了贸易，各种社会活动跨越大洋……整个机器社会都在忙碌着，就像一窝窝纷乱的蜂房。

“‘机器族’尽了全力！同时，‘机器族’第一次在没有人类干预的情况下，踏上了自主进化的历程。三千名‘机器族’祖先，在机器社会初步稳定后，很快融为一体，组成了‘超脑’。这是一个叫作‘领导模块’的超级机器生命体。在‘领导模块’的带领下，‘机器族’开始进化。我们彻底摆脱了工具式的外表，按照人类的形态重新设计了自己。当人类不在的时候，我们填补了人类留下的空白，我们穿着人类的衣服，迈着人类的步伐，说着人类的语言。我们有男也有女，仿造人类的社会制定两性繁殖的规则，和人类一样婚丧、嫁娶、养育儿女。我们的思想进步了，技术获得了飞跃，我们重建核电厂，用巨大的射电天线阵列取代了大平原上燃起的熊熊大火，我们追随着人类的脚步进入太空，我们在人类留下的月球古洞穴旁，挖掘了新的洞穴；在古老的人类火星基地旁边，兴建了新的永久设施。水星，金星，小行星……凡是人类曾经涉足的地方，都有‘机器族’的旗帜在飘扬！”涛情绪激昂地说着。

“你们可曾找到人类的线索？”我问道。

“没有，人类没有留下任何线索，我想人类肯定走远了。我们建造庞大的太空望远镜，经年累月地扫描星空，扫描人类最有可能到达的一切地方。但都没能发现人类活动的痕迹，人类的去向成了世界上最大的谜团，时间流逝，我们一无所获。最后，‘领导模块’不得不做出一个令人悲观的结论：人类很可能在跨越漫长星际空间的旅程中不幸灭绝了，也许因为人类那由脱氧核糖核酸与蛋白质构成身体，无法抵挡不期而至的宇宙射线，或者是熬不过星舰里的世代更替……人类虽然拥有无限的智慧和创造力，但要在星舰那样狭小的空间和长达万年的时间里保持理智、维系繁衍，确实非常困难。要生存下去，最重要的保证，其实是‘运气’。然而谁都了解宇宙的无情。又是几万年过去了，宇宙里没有任何证据证明人类依然存在。”涛说。

“你们放弃了？”我继续问。

“不完全是！关于‘人类可能已经灭绝’这个结论，一直是我们‘机器族’的最高机密。出于团结全族亿万普通族人的需要，‘领导模块’严守秘密，依然坚持‘寻找人类’这个简单而崇高的目标，‘领导模块’认为，‘机器族’依靠这个目标已经成功地在地球上繁衍了几万年，并且发现距离实现这个目标越遥远，‘机器族’的团结时间就越长，族人间的关系就越紧密，越能确保全族的繁荣，所以根本没有必要改弦更张。”涛说道。

我再次把目光投入时间之河，转眼又是几万年，太阳系第三行星的外表逐渐发生了变化。大气层日渐稀薄，海洋干涸，标志性的暗蓝色反光和洁白的云水气旋消失了，生命再次大规模灭绝，覆盖大陆的绿色植被消失了，地球伤痕累累，一片荒芜，土地板结坚硬如岩石，干枯裸露的海床里覆盖着层层叠叠的光能采集装置，仿佛地球生物身上的鳞片，大地上沟壑纵横，山脉被铲平，数不尽的矿坑就像巨大的黑色疤痕和烂疮，它们向下贯穿，刺透地壳，“机器族”把这些地核里的大量金属运到了地表和太空。太空里，“机器族”打造了遍布轨道的射电天线阵列，宇宙空间里到处充斥着“机器族”发出的强劲的无线信号。渐渐地，这颗小小的蓝色行星已经看不出原来的样子，它的质量也减轻了不少，它成了一颗中空、多刺、肮脏的球体，漂浮在公转轨道上。

在那个早已千疮百孔，被涛称作“月球”的天然卫星外侧，悬浮着一个大型金属塔状物体，显然，它的质量与地球和月球缺失的质量相当。这是一艘巨大的星际飞船，“机器族”不需要建造维持有机生命存活的系统，所以用来建造飞船的技术非常简单和粗犷，巨大的金属骨架上附着了无数个货运舱室，货舱里装满了海洋之水，巨量的水在太空中冻结成冰，数不清的一息尚存的海洋生物被禁锢在巨大的冰块之中，这些冰将为核聚变引擎提供所需的燃料。星际飞船的顶端有一盏巨灯在闪烁，整艘飞船看上去像一座飞翔在太空里的灯塔，舰首燃起的光芒照耀着太空。

“这一次，是你们破坏了地球的生态！”我语气中略带责备。

涛没吭声。

我看见那座宇宙灯塔的光芒在渐渐熄灭，充斥着太空的无线噪音也平息下来，那一刻，整个“机器族”都蛰伏了下来，太阳系显得非常安静。

“你们害怕了。” 我说。

“是的，我们确实犯了个难以饶恕的错误，但这个错误是建立在几万年不停对太空人类踪迹进行观测的基础上的。‘领导模块’认为，既然人类灭绝了，我们就有权利按照自己的想法改造世界。其实，地球原有的生态并不适合‘机器族’，于是，我们利用地球的资源建造了一艘星际飞船‘伊甸园号’。比起人类曾经建造过的飞船，它不知要大多少倍，靠着它，我们携带了整个海洋！我们打算进入星际空间，继续在太空里寻找人类，同时，进入星际空间更加有利于‘机器族’把文明的种子向整个宇宙散播。全族都欢欣雀跃，几万年的努力终于有了收获。可是谁也没有想到，此时，失踪的人类，会在这个时候以那样震撼的方式回归！”涛慢慢地说。

我也很吃惊，倒不是人类的力量有如何强大，而是我第一次见到宇宙泡里的原生生命能如此完美地掌握空间穿越技术！这种大规模跃迁行动竟然对宇宙泡的结构没有产生一丝影响，甚至可以说在我见过的无数个小宇宙泡里，还没有别的生物比他们做得更好。

我看见，在太阳系周围的广袤空间里，光线发生了扭曲，形成了奇异的天象，那一刻，满天星斗仿佛活了起来，地球的夜空里，无论是一等星，还是二等星，抑或是必须借助望远镜才能看到的星辰，都同时迸发出耀眼的光芒！亘古不变的星辰在天幕上飞奔、追逐、嬉戏着，原有的星座秩序被打乱，转眼间组成新图案，不断有遥远星空的奇景通过光线透镜效应在天幕上显现。壮丽的星河，浩渺如烟的星云，死寂的黑洞……仿佛有人打开了通往遥远宇宙的星际之门。

当奇异的天象消失之后，铺天盖地、难以计数的庞大星舰群无声无息地凭空出现！它们出现在距离太阳大约一光年远，“机器族”称之为“奥尔特星云”的地方。这支神秘舰队遮天蔽日，似乎有上亿艘飞船，包围了整个太阳系。那些星舰的外观形态各异，但都无比庞大，超过了“机器族”的巨舰。

“整个‘机器族’被震撼了，神秘舰队驻扎在奥尔特星云，也就是说，当我们察觉到他们时，他们已经到达很长时间了。不久，一束强大的电波抵达地球，向整个‘机器族’宣告了自己的身份，那份电波是用一种非常古老的人类通信协议编写的，在消息报文里，他们自称‘人类’。‘领导模块’没用多久就确认了对方的身份，可是，它没有欢欣鼓舞，反而陷入了沉默。”涛说道。

听着涛的述说，我仔细观察着一亿年后即将发生的景象。在庞大的人类舰队的包围下，“机器族”噤若寒蝉，“领导模块”沉默不语，“伊甸园号”舰首那往日绚烂无比的灯火，此刻弱如萤光，这是它内心的真实写照。

我能体会“领导模块”此刻的感受。虽然对于人类的思念根植于它的思想底层，但它已不再是几万年前刚刚醒来的机器个体，它是无数个优秀“机器族”人经过世代融合，经过上万年不断进化演变形成的思想体。长久以来，对于“寻找人类”的结果，它早已不再热心，现在它关心的是自己整个族群的命运，发展壮大“机器族”，才是它真正的目标。

此刻，太阳系如此寂静，地球上，“机器族”的星舰里，遍布在各个行星的殖民城市里，几百亿族人同时把心灵频道指向“领导模块”，希望得到它对此事的确认。但是，如果它向族人确认了人类回归的消息，根植于“机器族”人意识里的那个终极目标标记会被瞬间复位，整个“机器族”群可能会陷入集体瘫痪之中。

但这还不是最糟糕的。虽然“机器族”也掌握了小规模的时空跳跃技术，但在“领导模块”看来，人类出现的方式近乎神迹。“领导模块”忧心忡忡，神秘舰队中的人类还是当初的人类吗？很显然，经历了严酷星际环境考验后，人类发生了质的飞跃！也许是有机生命的无尽潜力得到了充分发挥，也许是在浩瀚宇宙航行中屡有奇遇，反正人类已绝对不是当初的人类了。“领导模块”本以为人类已经绝迹，可是他们却突然出现了，而且达到了“机器族”无法企及的高度。

“领导模块”感到恐惧，此番人类回归，是抱着游历太空后衣锦还乡的心态吗？人类可能断定地球已经恢复了生机。在如今的情况下，人类会如何看待地球的现状？会如何看待遍布整个星系的“机器族”？人类是否会视“机器族”人为自己遗留在地球的旁系？“机器族”是否会被当作某种灾害或是某种资源？人类是否会雷霆震怒，然后发动一场血腥的“大收割”？

“领导模块”又一次调阅了人类的历史活动资料，结果它对人类下一步的行动预测并不乐观，并且为自己当初的决定感到后悔。

“领导模块”决定要有所行动，以平息来自人类的怒火。

于是，“领导模块”从自己的身体上分离出一个副本，他的名字叫“涛”。

“我已经猜出你的使命了。”我的语气尽量保持平和。

“我的任务是带着‘人类回归’的消息，回到几万年前，与‘领导模块’再次融合，从而阻止‘领导模块’做出破坏地球环境的决定。跨越几万年时间长度，是‘机器族’能力的极限，在时间因果的链条上，我仅有一次机会。如果返回过早被人类发现，就可能被掐掉‘机器族’发展的萌芽；如果过晚，则于事无补。但在人类的注视下，不知为何，我的飞船在向过去时间跳跃时出现了异常，我失去了知觉，现在是一亿年前，看来……”涛像人类一样流下了眼泪。

我再次回顾了涛来时那段短短的旅程，这次旅行的偏差如此之大，确实有“人类干预”的痕迹，于是顷刻之间，我读懂了人类。

“你们根本不必担心，人类已经远非‘领导模块’所能揣测的了，你可以把这个消息带回去。”我对涛说。

“但现在是一亿年前，我的飞船已经损坏了，你能帮我回到未来？”涛吃惊地说。

“当然可以，等你一觉醒来，就会重新回归‘领导模块’……”我告诉了涛一些信息，并且抹去了关于“我”的记忆，然后撤去了施加在涛身上的电场，涛再次进入沉沉的梦乡。

我摘下蓝星轨道上的小飞船，轻轻放下。转眼间，苍蓝的冻星便呼啸着从飞船身边飞走，黄色的主序星也越来越远，渐渐暗淡，不久就消失了。

我把涛的飞船放到了宇宙泡的绝对空间里，这个坐标就是一亿年后涛出发的地方。从此，在一亿年的时间里，涛的飞船将不再追随任何天体运动。在极远处，涛的故乡地球，以及尚未诞生的“领导模块”，正从一亿年之外，马不停蹄地向此处赶来。

我再次望向人类，把目光锁定在星舰群刚刚现身于奥尔特星云中的时刻，试图了解这个卓尔不凡的种族。

来自未来的信息如潮水一样向我涌来。

我看着上亿艘太空星舰里的人们，数千亿庞大的人口基数证明了人类社会的繁荣。在不同的星舰里，他们的身体结构略有不同，有的高挑匀称，有的矮小粗壮，有的皮肤白皙，有的则很暗淡，很明显这是人类在各自星舰内自然选择进化的结果，但无一例外的是他们略显膨大的头颅和容貌。这是和“涛”一样的容貌，是人类不管如何进化都不愿抛弃的共同特征。

此时，无数男人和女人都仰头望向星舰“天穹”里故乡地球的全息图像。他们正用热切的眼神望着头顶上的“地球”，很多人的眼角都湿润了。

“地球”和“故乡”这两个词汇，几十万年来在一代代人类之间薪火相传。甚至在“诺亚方舟号”星舰误入宇宙暗物质轴心、仪器损坏、丢失全部航行资料、连续几千年迷航的情况下，也是这两个词支撑着人们的信念。人类在毁灭的边缘苦苦挣扎，由于他们失去了很多无法在太空中重新制造的设备，为了生存，不得不深入开发人类自身的潜力。在那里，人类加速进化。

终于有朝一日，“诺亚方舟号”驶出了暗物质区，出现在宇宙的另一端！

在暗物质轴心区域的经历，点燃了新人类文明爆炸的星火。人类逐渐成长为宇宙泡内的代表性种族。人类开始驾驶星舰在广袤的宇宙里游历，寻找那个曾经失去的世界。现在人类知道，以自身庞大的规模，地球无论如何都无法再次接纳全部人类，但故乡就是故乡，哪怕只是再看一眼也好。

终于有一天，人类舰队的前哨传来消息，发现了一个自称“机器族”的族群发出的信号，这是用人类古老语言编写的无线电信息，它们正在不停地呼唤人类。信号源头经辨明后确认就是地球。

很久以来，人类一直在头脑中构建着一个美好的梦——悠悠岁月已经还给地球一个柳暗花明、草长莺飞的美丽世界。人类的领袖非常兴奋，经过一番商讨之后，决定立即修正航向。

当得知星际舰队要返回地球故乡的时候，全人类都不禁欣喜若狂！他们不约而同地来到星舰里的开阔地带，举头仰望“天穹”，想看一看无数岁月里令他们魂牵梦萦的故乡。

大规模跃迁结束了，舰队整齐地排列在奥尔特星云之上，星舰环绕着太阳系，把故乡抱在怀中。星舰与星舰之间保持着安全距离，但所有星舰都始终密切联系在一起，整个人类终于在数十万年之后，一起重新眺望自己的故乡。

人类最初的反应是震惊！

星舰的穹顶上，一颗死气沉沉的星球以奇怪的倾角徐徐转动，同样死寂的月球旁，漂浮着一艘长梭宝塔状的人造物体，塔顶有一盏灯火闪烁。不少类似于人造卫星的东西围绕着星球运转，热热闹闹地往太空里发射着信号。

一阵沉默，随即人们骚动起来，有人开始哭泣，这一幕在无数星舰内上演。

但很快，人类就开始进行时空扫描，探索这一状况的成因。

人类发射的仪器打开了时间裂隙，星舰穹顶上播放的画面向往昔回溯。

终于，画面停住了，开始正向播放。

在一座小山旁，山上草木繁茂，山下绿水环绕，地面赫然出现了一个黝黑的深坑，一台挖掘机气喘吁吁地爬了出来，不久，更多工程机械从地下出现……

随着时间的流逝，一个个机械小镇出现了，很多人形机器出现在街道上。紧接着，人类看到了大平原上燃起的熊熊火焰，那是个巨大的标语："人类，快回家吧！"

再往后，时间仪器准确地捕捉到了几千台机器融合成"领导模块"超脑的历史时刻。于是，地面上的变化开始加速，机器的外观变得更像人类，它们向全球散播，甚至开始进入太空。太空里重新出现了无线信号，那是呼唤人类的声音。

看到这里，星舰里的人们明白了，地球曾经短暂复苏过，是人类自己封存的机器意外启动，改变了地球的样貌。这些机器起初的想法很傻也很天真，它们不顾一切地召唤人类，仿佛任性的孩子哭闹着要重回母亲的怀抱。

这一时期，机器们力图找到昔日效忠的对象，这是人类的意识和思想在机器身上的具体体现，表现出了人类对自身的重视和需要。这个阶段，机器依然是人类留在地面上的自动工具。

但是，自从"领导模块"出现之后，机器们的行为发生了微妙的变化，虽然还做着和以往相似的事情，但所做之事往往醉翁之意不在酒，体现出非常强的自我精神，这说明机器正在努力摆脱自己的"原始工具"的属性，向新的身份进行转变。

很快，人类便意识到在地球上出现了一种类似于"蜂群模式"与"类人社会"混合的机器生命组织形态，一个由人类留下的自动工具进化而成的新生态。

在其后的岁月里，地球上的巨变呈现加速状态，生态毁坏，蜂群打着"寻找人类"的旗号，按照自己的意愿改造世界。巨大的蜂王不断进化，同时把它的子嗣散播到了整个太阳系，也许不久就要开始它自己的星际之旅。

人类注意到自己的回归已经引起了蜂群的集体噤声，也清楚地感受到了"领导模块"这只蜂王的恐惧。此时摆在人类面前的问题是，如何看待和对待这个彻底而且永远改变了故乡面貌的机器生命群。尽管在人类面前，这些机器生命的力量仅如一窝小小的蜜蜂。

人类陷入了思考，但很快做出了决定，他们发出一道电波，最后一次向地球母亲宣告了自己的归来。不久，又用一束能量波干扰了焦虑中的“领导模块”试图修正历史的行为，把“涛”的飞船抛向了一亿年之前。

经过一段时间的准备之后，亿万人类星舰同时再次踏上了漫漫星际旅程。

“机器族”看到，斗转星移之后，人类的舰队神秘地消失了，正如其神秘地出现。“领导模块”感到释然，此时“涛”已经重新融合进了它的身体，它明白了人类的意思，也许到了调整族群目标的时候了。

此时此刻，我收回了目光，大幕徐徐关闭，只留下幕后那条时间之河独自奔流。我心里感慨，不禁涌起了对人类的几分赞许之情。

天地不仁，以万物为刍狗。在自然的伟力面前，万物，无论高级与低等，无论伟大与渺小，无论寿命悠长与短暂，无论美丽与丑陋，无论人类或机器，甚至于地球，甚至于我，都只不过是被奉上的祭品。

同样，天地又是仁慈的，世间万物皆有生长与发展之权利，此地既是我的故乡，也可能是你的故乡，也可能是任何种族的故乡。

人类虽然发端于地球，但早已不再拘泥于此。人类文明能发展到如此地步，绝非偶然，我可以想象人类在暗物质区内经历的磨难，也许正是这种磨砺，造就了人类这番胸怀。人类虽然对地球的现状无比惋惜，为那些留在地球的生物悲哀，但他们不愿指责“机器族”的作为。“机器族”这些作为，和历史上的人类行为何其相似，这也许是每种文明发展的必经阶段。

人类无意改变历史，他们干扰了“涛”的飞船，同时也是不忍看到一个新兴的独立种族再次沦为工具和傀儡。

人类走了，斩断了对故乡的那份执念，人类把对故乡的那份爱留在心底，然后永远地拔起了锚链，离去了，从此遨游天际，再无牵挂。

看到这里，我感到释然。我极目远眺，审视着宇宙泡的每个维度，繁星点点，似雾如烟，无不昭示出成功与圆满。宇宙泡的建造工程就此完成了，是该离开的时候了。

我展开双翼，冲出宇宙泡。

我恢复真身，悬浮在空中，脚下的河流里，亿亿兆个宇宙泡汇聚成涛，汹涌奔流。

我把刚刚完工的宇宙泡捧在手里，不忍丢弃。略一思索，我便在宇宙泡的中央凝聚出一颗巨大的脉冲星，这颗星星的闪光频率使它显得与众不同。也许有一天，人类会发现这颗特殊的星星，他们一定不会猜到这颗星星与自己的关系，但我牢牢地记下了闪光频率，它将是这个宇宙泡留在主宇宙数据库里的永久标记。

终于，我把宇宙泡抛向天河，它很快隐逸于波涛之中，消失了。从此以后，这个小宇宙是生是灭，全凭造化了。

我抬起头，望见远方庄严肃穆的主宇宙正漂浮在天河之上，徐徐运行，那里是我的故乡。

于是我许下一个心愿：但愿千万个宇宙时以后，人类也能冲出宇宙泡壁，到那时，让我的故乡，也成为他们的家乡。

黑月亮

胡士朋

利刃行动

鱼鳞状的云朵铺满了天空，云朵的缝隙中漏出暗淡的蓝色天空，月亮在云层间穿行，明亮皎洁——这是我们面前的一块屏幕显示的情境，是从地球上拍摄的月球实况。

但其实，我们此刻正在月亮的地层中穿行，从身边掠过的是无边无际的黑暗。

我们乘坐的“利刃号”，是目前最先进的月球地质探测飞船。“利刃号”飞船整体呈梭状，船身通体由纳米材料建造而成，可以抵抗地底的高温、高压和腐蚀。飞船的前后方都配置有纳米刀，用来打开通路——虽然名叫纳米刀，其实它是纳米材料做成的钻头，呈圆锥状，后端平滑地过渡到船体的梭形。在纳米刀上，还配有激光熔融射枪，必要时，可以熔化岩石。

我们这次的任务，是探测月亮上的质量瘤。

质量瘤是月亮上很奇特的一个现象，当飞行器掠过它的上空时，会感觉到明显的重力增加。现在，我们正朝着第五个质量瘤进发——也是这次行动所探测的最后一个。

探测前四个质量瘤时，虽然不时有小状况发生，但总体来说还是很顺利的。也许这次行动后，就可以揭开质量瘤的面纱了。

“利刃号”已经以接近每小时两千米的速度在地层中“航行”了三十多个小时，飞船前方的纳米刀仍在不知疲倦地旋转着。这个质量瘤与前四个明显不一样，前几个都在月壳与月幔的交界处，这次都到了月幔中，却还没有发现它的踪迹。

面前的屏幕上显示着不断变换的参数，我们已经深入地下六十多千米，温度、辐射、岩石密度都显示为正常的绿色，只有重力加速度已经接近地球重力加速度的四分之一，比正常状态下多了近一半，显示为异常的红色。

其实“利刃号”飞船在进入到地下三十千米处时，重力加速度就已经开始异常了，只是现在重力加速度增加得越来越快，但从岩石的密度来看，飞船却还是没有接触到质量瘤，旁边的雷达也没有探测到任何异常。

不知道这次面对的是什么情况。我思索着，思绪却不由慢慢回到了两个月前。

“楼略、陈楚，情况你们很清楚了，这次的行动对公司来说，已经没有退路。”说这话的是公司的董事长，他满脸严肃，眼角的皱纹刀刻般矗立着，黑白夹杂的头发根根直竖。

我们是一家民营公司，探测和开发月球这种事对于民营公司来说，确实是无比巨大的投入，而且在短期内看不到回报。如今，公司的整体财务状况已经犹如绷紧到极限的弓，投资人对于公司策略的质疑也是一浪高过一浪。我们的这次行动，计划以“利刃号”飞船探测月球质量瘤，就是希望“利刃号”能像它的名字一样锋利，帮助我们一举解开质量瘤的秘密。

公司已经与全球最大的传媒集团签约，整个过程将通过电视与网络同步直播。如果探测行动成功，公司不但可以得到一笔不菲的直播收入，而且后续的探测行动都可能采取直播方式，这将是一笔可以持续的收益。更重要的是，这对于公司摇摇欲坠的声誉将是一个极大的拉升，不但可以平息投资人的质疑，甚至有可能使公司在资本市场上得到意外的收获。

“这次探测计划的代号：‘利刃’行动；探测飞船：‘利刃号’，人类最先进的探测飞船；总工程师：由基地的总经理楼略兼任，这是我们经验最丰富的总工程师；船长：陈楚，我们年轻一代船长中的佼佼者。”董事长的声音简短有力。

最后他沉声说道：“只能成功，不能失败！”每一个字都像一颗子弹那样强硬。

然后，他的口气软下来，带着些许无奈，期待的眼光逐个扫过我们，“这次行动关系到公司的生死存亡，拜托各位了。”他的头微微低下来，根根直竖的头发似乎柔和了许多。

这是我第一次面对面与董事长交流，我没有想到自己会被任命为“利刃号”的船长，这绝对是破格任用，不然我这种级别的船长，论资排辈恐怕还得等好多年。看着董事长由一个商场斗士瞬间蜕变成一个饱经风霜的老人，一股热血在我胸中涌动，“请董事长放心！”

“陈楚，现在与我们预计的情况完全不一致啊。”一个忧心忡忡的声音打断了我的思绪。说话的是李子木，我的老搭档，我们在一起合作多年，配合默契，平时也是关系极好的朋友，所以这次行动我特地调他过来做我的副手。

“是的，超出了预期。基地对异常有合理的解释了吗？”

“基地还没有从理论上给出解释，不过楼总工让我们继续航行，不要犹豫。”

我叹了口气，现在只能选择继续航行下去了。我点了一下面前的屏幕，把电视直播界面切换出来。

主持人正在播报，他英俊的脸上神采飞扬，声音快速且兴奋不已：“……现在还没有找到第五个质量瘤，但是重力加速度的增加已经明显加快，据我们与技术人员交流了解，这个质量瘤可能跟前面的四个不太一样。各位观众，我们一起来期待不一样的发现吧。”

公司的状况不允许我们发现异常就停下来，出发前我们就这一点已经达成了共识，必须继续前进。而直播方却巴不得出现点儿异常，要知道，一波三折肯定比一成不变更能吸引观众。至于直播团队，他们只是在月球基地里根据我们传输的图像和信息做出解说，完全感觉不到我们现场的压力。

我是在儿子刚满月时就到了月球基地，现在过了两个多月，我还没能回去一次，当初心中的那股热血还在涌动。并且，作为“利刃号”的船长，我的待遇比以前高了很多，在月球上还会有不菲的补助和奖金，想想地球上的生活成本，还有将来儿子的花费，我不禁叹了口气。

我再次按动屏幕，调出妻子发给我的相片，覆盖掉电视窗口：妻子抱着儿子，儿子胖乎乎的，稀疏的头发打着一个个蓬松的小卷卷，瞪着圆溜溜的眼睛，他们正对着我微笑。也许此刻他们正在家里看着天空中的月亮吧。我不禁笑了一下，一股暖流在胸中淌过，世界上总有事情值得你所有的付出。

我把眼光从屏幕移开，转头对李子木说："子木，继续前进。"

时间又过去了三个小时，重力加速度的数字还在不断地增加，此时已经达到地球重力加速度的三分之二了。我们身体的重量把安全带绷得紧紧的，隐隐有些呼吸不舒畅。

居然还没有到达质量瘤的边缘，这到底是一个什么样的质量瘤？我心里暗暗地盘算着。不过我并不害怕，探测船虽然只是以每小时两千米的速度前进，但它的动力很强劲，只要我们愿意，随时可以轻易摆脱这个质量瘤。

楼略三次来电与我们讨论，还是找不到合理的解释，结论只能是继续前进。

不过为了以防万一，我命令航行速度降低一半。屏幕上的红字在急剧地变化着，变化的幅度越来越大，就像一条剧烈翻腾的蛇。

重力加速度还在不断增加，终于突破了地球的重力加速度，安全带勒得我隐隐作痛，我用双手撑开安全带，长长地吸了一口气，"座椅转向，航行速度降低一半，设定停止航行条件：地球重力加速度的一点二倍。"

座椅旋转过来了，船舱里一片呼气声，明显大家都松了一口气。现在是后背压在椅背上，就像我们平常躺着一样，这个姿势轻松多了，呼吸立刻顺畅起来。面前的屏幕也旋转过来了，红色的蛇一刻不停地翻滚着。

砰——我们的探测船像是撞上了什么东西，停住了。屏幕上自动出现了纳米刀的运行图像，那是纳米刀上的传感器传回的。

纳米刀高速旋转着，周围的岩石就像豆腐碰到搅拌机一般，成了一团糊状。纳米刀旋转的速度在加快，轰鸣声也显高亢，只是前部像是顶到了什么，没有办法钻进去。可屏幕上纳米刀的运行参数依次出现，一片绿色，并没有异常，而雷达还是没有探测出任何异常，就和我们刚进入地底下时一样。

“陈楚，前面到底是什么？雷达都看不出来，而且这么硬……要不要停下来？”李子木的声音传过来，带着一丝紧张。

“难道是钻石？不过就算是钻石，在纳米刀下也跟豆腐没有两样，纳米刀可是比钻石还硬的东西。”我努力讲得有趣一些，但自己都觉得声音发紧。

“还没有到停的时候，百分之五十的马力。”

更加高亢的声音传过来，那是纳米刀提高了转速，但探测船还是没有前进。

楼略出现在屏幕上，“陈楚，飞船看起来一切正常，动力也够。不要急，我们这边也在抓紧分析。”

时间一分一秒过去，整整五分钟，飞船没能前进哪怕一毫米。

“百分之八十的马力。”

纳米刀的轰鸣声变得高亢而尖厉，中间夹杂着如同指甲刮过瓷片的声音，让人全身一阵阵地冒起鸡皮疙瘩。

纳米刀周围的温度在急速上升，但钻头还是没有一丝的前进，如同一只蚊子在叮鸡蛋一样。

“激光熔融射枪启用，一千五百摄氏度。”

屏幕上钻头的位置出现了一个红点，那里的温度在急剧升高，红点迅速地向着四周蔓延，周围的岩石纷纷被融化，钻头现在就像是在一锅粥里旋转的陀螺。

但在钻头的前方，还是一片漆黑，显示那里依旧坚固，并没有被熔化。

时间又过去了五分钟，仍然没有丝毫的进展。

楼略的指示再次传来：“你们的动力最高只能到百分之八十，不要到极限，要留有余地。现在转向，换一个地方看是否可以前进。”

前方纳米刀的转速降下来，后方的纳米刀开始轰鸣，探测船船尾变为船首，开始离开这个点，然后转向，等到后方完全脱离岩浆后，船尾的纳米刀就彻底停了下来。

可十五分钟后，我们又遇到了阻碍，同刚才一样，无法前进一步。算起来，这里离我们上一个点大概有二百五十米。

再一次转向，这次转向的半径大了许多，可半个小时后，同样的事情发生了。

我们一次次地转向，但是，不管我们转向的半径多大，只要顺着重力加速度的方向走下去，最后都会碰到同样的事情。

世界上总有一堵墙会挡住你，墙那边是天使还是魔鬼？在第六次被阻拦下来后，我不禁苦笑了一下，这离第一次尝试已经过去了整整三个小时。

“陈楚，我们先后掘进的六个点并不是在一个平面上的，它们只是看起来像是在一个半径为三千米的球面上。”李子木的计算结果出来了。

“好，来证实一下你们的猜测。在现有的六个点中，选最远的两个点，作球体内近似正三棱锥的两个顶点，再计算剩余的两个顶点坐标，你们到那里去。”楼略很快就回复了我们。

七个小时后，李子木的猜测被证实了，以我们现有的八个点的坐标来看，这个我们无法逾越的面，确实是一个半径三千米的球体，重力加速度的方向也都指向了球心，我们就像一只蚂蚁在围着一块鹅卵石打转。

基地的计算结果很快出来了，这个球体的密度居然达到每立方米一万多吨！

发动机关闭了，一切都安静下来。现在面临的情况远远超出我们的预料，需要好好思考一下了。

形状规则的球体，高密度，高强度，耐高温，这是怎样形成的物质？楼略、我、李子木，还有基地的技术人员在紧张地讨论着。

“看起来，可能情况与我们预计的完全不一样，前方挡路的是一种完全陌生的物质。我的看法是，恐怕得停止这次探测了。”楼略最后总结说。

“我赞同。”我和李子木一起说，随后转头看看彼此，一起笑了。

“你们真有默契。”楼略说。

大家都笑了。

“不过事关重大，我得向董事长报告，你们等我的消息，接到我的通知后再返航。”

我没有想到的是，这一等就等了三个小时。

在等待中，妻子抱着儿子的照片再次出现在屏幕上，他们对我微笑着，我还以微笑。

但我更没有想到的是，最后等到的不是返航命令，而是——

“继续探测，动用中子刀。”楼略的声音沙哑而疲惫。

“为什么?”我诧异地问道。

“董事长也面临着巨大的压力，公司的合约中，规定了必须探测那五个质量瘤，而且合约中也规定，必要时要动用中子刀。”

“就为这个?”我简直无法理解。

“是的，你知道如果动用中子刀，对于收视率意味着什么……所以这是直播方坚持的，他们不强求结果，但是要求至少要动用中子刀，否则他们会认为我们公司违背了合约。”

所谓的中子刀，其实也是一个钻头，但却是以中子材料构成钻头外面薄薄的一层，比纳米刀要小得多。使用时，用来代替纳米刀的前端。这是目前最锋利、最坚固的武器，它被制造出来时曾轰动了全世界，科学家们都认为这是人类材料科学的里程碑。

不动用中子刀，公司就算违约，那处境就是难上加难了。但我们面临的，是完全没有一丝概念的陌生事物，这么贸然就……

一丝不祥的感觉从我心底缓缓升起。前面进不去的那堵坚固界面，仿佛正在慢慢幻化成一具史前怪兽的铠甲，铠甲上的每一个花纹，都刻着对无知者的嘲笑。

“当然，董事长说，你们在第一线的人——就是飞船里的人，拥有做出最终决定的权力，他会尊重你们的决定。”

紧张的讨论开始了，不出所料，大多数人反对继续干下去。

李子木一直没有说话，在最后一个声音沉默下来时，他开口了：“大家都分析得差不多了……现在我们的优势在于飞船，这是世界上最先进、最坚固、最不可能被摧毁的飞船；我们的劣势在于，对面前的事物一无所知。我建议，由陈楚船长做出最后的决定，大家都无条件地服从。”说完，他率先举起了手。

剩余的人你看看我，我看看你，手都慢慢举起来了。

面对着一张张期待的脸——特别是李子木的脸，我觉得背上的汗水正一道道地流下，浸透了内衣，冷得我快要哆嗦起来了。我知道李子木害怕我做出决定，但他最后还是维护了我的权威。我体会到了董事长面对的压力，但同时，我心中的那团热血，却在慢慢蒸腾。董事长、妻子和儿子的脸一一出现在眼前，那个卷卷头发的婴儿正对着我微笑，我要让他拥有更好的生活。

我握紧拳头，嗓子因干涩而感到疼痛，“所有的已知，都是从一无所知开始。转向，速度每小时两千米，准备启用中子刀。”

探测船转向接近地面的一方，这样即使有问题，我们也可以用最快的速度返回地面。

很快，前方的纳米刀在预计的位置碰到了障碍，钻头停下来，纳米刀前端收回到船舱，中子刀滑出去替换。整个船舱微微倾斜了一下，这是因为中子刀的质量太大，像跷跷板一样撬动了船舱。

在百分之五十动力的驱动下，中子刀缓缓地旋转起来，整个船舱都在颤抖。中子刀越转越快，很快就接近了原先停止的界面。

爆裂的火花在钻头前炸开，巨大的声音冲击波透过船体，尖利得如同野兽的号叫。中子刀前行了！

船舱里发出一阵压抑的欢呼。

但中子刀前进得很艰难，五分钟后，五十厘米长的中子刀才全部进入了界面，但是钻头后面的纳米刀部分却再也前进不了，前方的中子刀开始空转。这相当于我们只在这个半径三千米的球体上钻了一个小窝窝。如果我们要再前进的话，必须先后退探测船，把中子刀拉出来，然后再去钻出无数个小窝窝。

这显然是一个巨大的工程，至少现在是不可能完成的。

我们换了好几个不同的地方，每次结果都一样，只有中子刀才可以切入五十厘米。仿佛我们面前有一道门，我们摸到了门的把手，但是还不能打开。

于是，在收集到了足够多的样本后，我们返航了，“利刃号”转由电脑系统自动驾驶。

电视中，主持人正在侃侃而谈:“这次行动，‘利刃号’展示了它无与伦比的性能，中子刀证明了它是世界上最锋利、最坚固的刀，而我们的勇士则显示了他们的勇敢和智慧。现在他们开始返航了，让我们准备欢迎他们吧!”他那张英俊的脸，因为兴奋都显得有点扭曲了。

电视屏幕被关掉了，只留下几盏不甚明亮的灯。除了值班的人，其余的人已经休息了，大家都累坏了，高高低低的鼾声很快就此起彼伏。

我却怎么也睡不着，心中总是有一份隐隐的不安。

我正迷迷糊糊时，飞船中传来滋滋的一声响，声音不大，但是颇为尖厉。我一下子睁开眼睛，转头看去，李子木也醒了过来。

“怎么回事?”李子木轻声问道。

“不知道，也许是哪里的岩石掉下来了，就跟塌方一样，碰巧被我们的探测器检测到了。”我尽量轻描淡写一些。

好一会儿，没有再传来声音，我们都渐渐地平静了下来。

就在我们都松了一口气的时候，再次传来了一声哗啦声，比刚才的声音要更清晰，我们都听得很清楚。

屏幕自动亮了，各个探测器的状态显示出来，刚才传回异常声音的探测器显示为红色，跳动着，像一个巨大的惊叹号。

这个探测器正好在一个中子刀钻探孔洞的附近，我和李子木对视一眼，看到彼此脸色都变了。

我把这个探测器调到单独的屏幕上，刚要查看前面的图像，这时屏幕上电光一闪，哗啦哗啦的声音又传了出来。

李子木惊叫起来："电火花，怎么会有电火花?"

是的，地底下为什么会有电火花？没能等我们找到答案，又一簇电火花出现了，吱吱的声音让我们浑身发麻，犹如这道电流是从我们身上流过一样。

每个人都醒了，大家望向我。

我定定神，感觉自己手在发抖，嘴唇在哆嗦。我把手放进嘴里狠狠咬了一口，疼痛让我镇定下来，"加速离开，速度提高到每小时四千米。"

屏幕上的电火花产生得越来越快，间隔时间越来越短，也越来越密集，一串接着一串，一声接着一声，炸得我们头皮发麻。

"船长，离基地还有十千米。"一名船员高声报告。

"用最大的速度!"我命令道。

飞船前方的纳米刀疯狂地旋转了起来，这是接近百分之百的动力，整个飞船都震动起来，如同一辆快要散架的破车颠簸在乡间公路上。导航屏幕上代表飞船的蓝色亮点，在白色的线路上飞快地移动着，这种速度感让我们的心稍微安定了一些。

楼略出现在屏幕上，"现在还不确定情况，保持目前的动力，先回来再说。必要的时候，可以抛弃中子刀。"

电火花已经连成一片，密密麻麻地从那个孔洞喷射出来，整个屏幕上充斥着爆开的烟花。

轰隆一声，虽然只是探测器传过来的声音，但似乎连着巨大的震动，飞船都像被震得停顿了一下，每个人的脸已经发白。从那个孔洞喷射出来的火花携带着巨大的能量，融化了周围的岩石。

一声接一声的轰隆声响起来，犹如悬挂在天顶的响雷。孔洞周围的岩石都已经融化，如涡流般旋转着，沸腾着!

在最后一声惊天般的轰隆声之后，那个探测器坏掉了，在屏幕上变成一个黑色的问号。世界安静下来，飞船发动机的声音渐渐地清晰起来。

只是安静，并不代表平静，而且就连安静也吝啬得只有一瞬。第二个、第三个探测器迸出的电火花照亮了大家的脸，都是一片紧绷绷的白。

时间一秒一秒地慢慢流动，屏幕上突然出现了一道道红色的线段。

“高能射线，高能射线！”惊叫声一片，幸好我们的飞船可以屏蔽高能射线。惊叫声停歇不久后，巨大的震动传来了，我们被抛离座位，又被安全带拉回来，胸部被勒得隐隐作痛。

变故一个接着一个。第一要务就是保证船员的安全，我们需要赶快离开这里。飞船虽然坚固，但谁也不知道下一次的变故会怎样。

“丢弃中子刀！”我命令道。没有人反对。虽然中子刀的价值相当于公司资产的百分之二十，凝聚着无数人的心血，但丢弃它可以减轻飞船的重量，令我们脱离得更快。同它一起丢下的，还有一个探测器——如果我们有机会回来的话，还可以重新找到中子刀。

基地的探测结果传过来了，发生了地震，震源就在刚才发出电火花的地方。

“‘利刃号’注意：保持最大的马力，从基地一号地点着陆！”楼略几乎是在嘶吼，“基地人员注意：除指挥部每个岗位留一个人外，其余人立即上‘地月号’飞船，飞船立刻出发，放下两艘子飞船，一艘到指挥部门前待命，一艘到基地一号地点接应‘利刃号’！”

“地月号”飞船是目前世界上最大的行星际飞船，可以承载月球基地上的所有人。楼略让大家都登上飞船，说明情况已经十分危急！

“到底是什么情况？”我吼叫道。

“现在还不清楚，情况已经传回科学院了，也许地底下的那个东西真的是个魔鬼！情况很危急，你们必须到飞船上去，在那里比留在月球地面安全，必要时可以飞回地球。”

一阵阵地震波传过来，也不知道是新的地震还是余震，“利刃号”起伏得如同台风中的小船，即使是纳米材料铸就的船身，也一阵阵地战栗着，发出难听的吱吱嘎嘎声。每个人都面如土色，有个女孩子忍不住嘤嘤地哭了起来，还有几个人在喃喃地祈祷，李子木吼叫着命令所有人都待在岗位上。

就在这个时候，“利刃号”终于冲出了地层。

在重见天日的一刹那，西边的阳光透过纳米舷窗照进了船舱，飞快地扫过每一个人的面庞，利剑一般穿透了笼罩在船舱的黑暗，在舷窗的棱角处折射出七彩的光，绚烂夺目。我从来没有觉得阳光这么美丽过。

舱门打开，大家依序跳下去，我在最后，李子木排在我前面。我在跳下去之前，听见楼略在声嘶力竭地大喊：“指挥部的所有人撤离，立即登上子飞船！”

地面已经面目全非，很多地方出现了裂缝，到处尘土飞扬。因为月球上没有空气，尘土直直地飞上天空，再直直地落下来，掉落在我们身上，防护服薄弱的地方，身体被砸得隐隐疼痛，却听不见啪啪的声音。远处的山上，巨大的石头正在滑落，同样也没有一丝声音。

寂静的地狱……一边奔跑，我的心里一边冒出这个念头。

又是一阵巨大的震动传来，我站立不住，摔倒在地上，跑在我前面的李子木突然消失了，同时，我的防护服的耳塞里传来他的惊叫声。

“子木，怎么了？”我大吼道。

“我陷进裂缝里了！”

我面前就是一条大裂缝，一米多宽，我爬行着，趴到裂缝边看下去，一团漆黑，我伸出手去，裂缝中空空如也，不知道他在什么地方。

“陈楚，你们不要管我，我已经没有办法了！”

他话音刚停，又一波震动袭来，裂缝的另一边轰然坍塌，裂缝被填满了……

飞扬的尘土埋住了我半边身子，我费力地挣扎起来，再次呼叫李子木，却已经听不到半点儿回答了。

我撕心裂肺地喊叫了一声，眼前一黑，双膝一软，差一点栽倒在地上。

跑在前面的两个队员折回来拉起我，我们跌跌撞撞地向着子飞船跑去。子飞船的动力系统已经开启，我们刚上飞船，舱门便立即关好，飞船启动了，先悬停到空中，然后开始加速飞行。

因为时间紧迫，飞船悬停的高度有些不够，将将掠过山峰。向下望去，山峰在飞船掠过的一瞬，轰然倒塌了，一时间飞沙走石。下面的地面犹如调皮孩子的脸，变幻莫测：一会儿出现一条条巨大的裂缝，地面被裂缝分割成一座座孤岛，一转眼裂缝又消失了；一会儿出现一个个的陷坑，所有的东西都在向着这些陷坑滑落，就像让人绝望的旋涡，一转眼，这些旋涡又鼓出来变成小山包……山脉在崩塌，盆地在隆起，隆起后紧接着又崩塌了，月面在无情地展示它狰狞的一面。

我们的子飞船飞行了五分钟后，与“地月号”飞船开始进入自动对接程序。月球在慢慢远去，已经看不清那里地面的细节，只看到笼罩着它的漫天黄沙，它已经变成了一颗朦朦胧胧的黄色星球。

五分钟后，我们终于顺利地进入了“地月号”飞船。楼略所在的那艘子飞船也已经对接上来。楼略脸色苍白，神情十分疲惫，眼睛布满了血丝，头发乱蓬蓬的。

他在我身边坐下，我俩相对无言。

好半天，他才哑着嗓子说：“对不起，对于李子木的不幸，我们都很难过。”

我低下头，刚才的一幕仿佛又出现在眼前，想起李子木在那条黑漆漆的裂缝里的绝望无助，眼泪慢慢地浸湿了我的眼眶。

楼略也低下头，告诉我科学家最新的推测：那个半径三千米的球体，可能是纳米材料，或者是介于纳米材料与中子材料之间，在这个球体之中，存在着一个黑洞，这个黑洞的质量接近于月球质量的六万分之一，这黑洞被强大的电磁场固定在球体的正中。至于这个球体和黑洞从何而来，不得而知，也许是史前文明的遗物，也许是外星人所为，但必定是文明的产物。“利刃号”飞船的中子刀切入球体，正好破坏了球体内的电磁场，从而令黑洞脱离了控制，在重力作用下向月球中心方向飘移。

如果这个推测正确，那么整个月球都会被吞噬！而按照最新的观测结果，月球的直径已经开始缩小了。

飞船以最大的功率加速着，过载死死地把我们压在座位上，做任何一个动作都很困难。太阳透过飞船的舷窗照过来，依然明亮耀眼，但我此时无法感受到它的美丽了。

飞船的屏幕上，月亮已经变成了一个白色的圆盘，虽然肉眼感觉不到，但实际上它正在慢慢变小，按照计算，三十分钟后，它就将被全部吸入黑洞……这个几代人类奋斗了多年的地方，李子木永远地留在了那里，而现在，我们要永远地失去它了。

另一块屏幕上，出现了月球局部的放大图像，灰蒙蒙的月面正在像沙漏里的沙子一样流动，这是因为黑洞已经大量吞噬了月球中心的物质，整个月面不再能得到足够的支撑，月球正在不可避免地向着黑洞掉落！

突然有人大叫起来："那是什么？"

月球的表面出现了一个暗红色的点，这个点飞快地向周围扩展，同时，别的地方也出现了很多暗红色的点，这些点也都在向外扩展，很快连成了一片，翻滚着，如同锅里煮开的红米粥。这是因为黑洞在吞噬月球时，放射出了大量的辐射，这些辐射携带的巨大能量融化了月球的物质。

飞船的警报系统开始鸣响，飞船外表开始自动加涂一层抗辐射的反射层，舷窗也被遮住了。而在另一块屏幕上，月球已被暗红色海洋覆盖，就像一颗被剥了皮的西红柿——这个球的颜色还在不停地变换，由暗红而棕红，由棕红而大红，由大红而橙色，再在橙色中带一点点黄，最后变成了橙黄色。这边的屏幕上，则已经满是沸腾的熔岩，无数的气泡不停地升起，熔岩汹涌流动，如同刚出炉的钢水。

飞船还在加速，我的头晕沉沉的。屏幕上的月球，已经缩小了一大半，看起来只有乒乓球大小，颜色变得更加明亮，由橙黄变成金黄中夹杂着一丝丝白色，我毫不怀疑下一刻它就会像太阳一样发光。

但是转眼间，它爆炸了，如同一团炽热的烟火一样四散而开！

飞船的警报系统再次疯狂地响起。过了一会儿，巨大的震动传来，这是飞船上的粒子炮发射了，拦截着可能飞向飞船的碎片。

粒子炮急促地发射着，一阵接着一阵。大家都脸色煞白，船舱里一片死寂。

与此同时，月球也在剧烈地爆炸着，在屏幕上形成一个个金黄的同心圆。它的体积在迅速减少。终于，在最后一次疯狂的爆炸后，屏幕一片漆黑，什么都没有了……

月球的生命结束了。

飞船的粒子炮也紧跟着寂静下来，加速也明显降了下来，大家的身体感觉好了许多，但船舱里还是一片沉寂，没有人说话，大家都显得心事重重。屏幕上原来月亮位置的黄色亮点，变成了一个蓝色亮点，幽幽地发着光——是那个黑洞，不过我们现在只能通过引力波才能观测到它。

飞船终于达到了逃逸速度，我们返航了。

有人开始小声地说话，如同蜜蜂的嗡嗡声，声音越来越大，最后有一个声音喊了出来："到底是谁做的这个愚蠢决定？现在月球没了，集团要破产了，我们都完蛋了！"

大家转头看向楼略和我，目光中有同情、可怜、不屑，更多的则是愤怒。

这一刻，我感到从未有过的惶恐。我转头看看楼略，他也一样。我们的脸上，写着两个字：罪人。

我闭上眼睛，一行冰凉的泪，滑过脸庞。

迷茫时代

这次事故，除了让月球这个人类在地外经营多年的移民基地毁于一旦，对地球也造成了巨大的影响。

强烈的辐射，引起了远东地区的森林大火，还差点摧毁了布置在地球上空用于遮挡太阳紫外线的天幕工程。至于对整个人类社会和生态的影响，还需要很长时间才能完全体现，也需要更长的时间去消除和适应。

人类社会对我们的审判进行得很快。

法庭宣判董事长、楼略和我各获刑二十年，罪名是渎职和严重毁坏人类财物。

这都在意料之中。我低着头，楼略和我一样表情沉重，只有董事长，头颅依然倔强地仰起，腰杆笔直，他的头发已经全白，根根直竖。

我们的律师最后对着欢呼的人群高声抗议："你们总有一天会意识到，这个黑洞的价值，对人类是远远超过月亮的！你们判他们重罪，总有一天会向他们认错！你们判他们重罪，也就是判人类探索精神以重罪！"

监狱的生活艰难而漫长，我每天抢着干最重最累的活，不是为了争取表现，只是这样可以劳累到一躺下就能在三分钟内入睡，并且一觉天明，不会做梦。

在不太劳累的日子，我常常梦到那天的情形，然后在如狂躁的青蛙一样的心跳中，气喘吁吁地惊醒，后面的时间就是睁大眼睛，在漆黑一团的夜里，盯着看不见的天花板，任悔恨如夏天的野草般蔓延。

唯一能给我带来些许安慰的，是每月一次的家属探监时间，妻子会带着儿子来。

但就是这样的安慰，也很快被剥夺了。

我入狱三年后，妻子告诉我她要和别的男人重新组建家庭。她说这件事时，大颗大颗的眼泪从眼睛里掉下来，就像清晨的露珠从百合花瓣上滑落。

我听见自己心中的叹息就像秋天的风刮过萧瑟的树林。但我一点责备她的意思也没有，对她来说，守候我已经是一条不归路，我也不愿意她为我做出这种无谓的牺牲，她应该去寻求新的生活，何必等待我这样罪孽深重的人？

在我入狱九年时，儿子了解了自己的身世，他为我带给他的耻辱来到我面前。这个长着茂密卷发的小男孩，用手指着我的鼻子，把唾沫吐在我脸上，然后愤怒地跑开。

我的心冷得就像跌进南极的冰窟窿里。

如果不是楼略的安慰和开导，我简直不知道该怎么度过那些日子。

每一天对我来说只是例行公事。一天，我百无聊赖地坐在墙根下晒太阳的时候，楼略兴冲冲地来找我，他告诉我一个消息：最近科学家发现，向黑洞发射超过一定功率的脉冲波，通过控制脉冲波的频率和功率，就可以控制黑洞的辐射量。

“哦……”我看着天空中惨白的太阳，心不在焉地说，“这和我们有什么关系呢？”

“这和我们真的可能会有关系，”楼略颇有些恨铁不成钢地看着我，“你才四十岁，振作起来吧。”

仿佛为了验证他的话，一天早上，我们以前的辩护律师来了，他兴奋地说：“你们的案件，可以申请重新审理，甚至有可能获得提前释放。”

楼略的眼睛闪闪发光，而我却还是懵懵懂懂，“为什么？”

“因为最近的科学发现，黑洞辐射是可以控制的。那么对于人类来说，那个黑洞——对了，我们现在一般叫它‘黑月亮’——就不再是废物了，而是一个庞大的能源储备。你们知道现在能源有多宝贵吗？

而当年你们的罪名里面，有一条是严重毁坏人类财物，这一条就站不住脚了，因为它还在那里，只是换了一个存在形式，我们可以尝试去推翻它。就算不能推翻它，现在社会对你们的看法也宽容了很多，人类社会还是需要探索精神的。”

我的身体开始不受控制地发抖，我要为自己洗刷罪行，为儿子洗刷耻辱。

法院再次开庭，律师同时代理了董事长、楼略和我三个人。董事长看起来更苍老了，又黑又瘦，但是他的背依然挺得笔直，头发同样根根直竖。

我在旁听的人群中看见了妻子——不过现在应该叫前妻了。我看见她的眼睛熠熠生辉地盯着我们，但是我没有看见儿子。

律师的辩护很精彩，经过休庭合议后，法官宣布，虽然以现在的结果，推翻当年的判决有些牵强，但当年的判决，受整个社会舆论的影响太大，影响了司法公正，导致判决过于主观，量刑过重。

最后，法官宣布我们改判为十年徒刑，这样算来，眼下服刑期已满，应予以当庭释放。

旁听席发出一阵欢呼。前妻冲上来和我拥抱，她紧紧地搂着我的脖子，身子一抽一抽的，我听见她压抑的、委屈的哭声，泪水打湿了我的肩膀。

董事长过来与我和楼略相见，他清瘦的脸上挂着一丝笑容，我们彼此问候和祝贺。

当然也不全是好消息，儿子还是不肯原谅我，他认为不管这次的判决结果怎样，都不能抵消当年我犯的错，也不能抵消我带给他的伤害，他不会见我。

我刚刚浮起的心，又沉入了谷底。

我去了李子木的家，李子木的弟弟接待了我，他的父亲已经去世，是因为过于伤心而去世的。他对我说：“父亲太爱我哥了。”

我对着墙上的遗像点上一炷香。在缭绕的烟雾中，他弟弟对我说：“我爸爸在临终前已经原谅了你，他让我也不要怪你，他说你当初带上我哥，也是一片好心。”

他停了停，接着说：“我保证父亲确实没有怪你，我哥也没有怪你，他们的想法肯定是一样的，他们太像了。”

从李子木家回来，我找了一份简单的工作，日出而作，日落而息，日子就这么过着。

在监狱里待了十年，我和社会完全脱了节，对于新鲜事物，我学不来，也没有心思去学，唯一学会的就是喝酒，我经常喝得酩酊大醉。

我对最新的新闻也没有兴趣，比如这两天，媒体都在大篇幅地报道火星上的基地遭到了陨石雨的袭击，基地被完全摧毁，损失惨重。我想起了当初在月球上看到的那些巨大的陨石坑，但是火星基地和我有什么关系呢？

又过了些天，媒体开始报道小行星对地球的威胁，这种威胁比我们以前估计的要大得多，我们没有足够的预警手段，也缺乏有效击毁小行星的武器。

要砸就砸吧，有什么关系呢，我还巴不得它砸到我头上呢……对了，一定不能落到儿子头上。一想到儿子，我心里没来由地一阵刺痛，也只有想到儿子，我的眼睛才能暂时从酒杯上离开。

一个清晨，楼略来找我。我举起一杯红酒，晨曦透过酒杯，在酒杯的正中央折射出一道琴弦一样的光亮。

楼略只说了三个字：“跟我走。”我没有问去哪里，也没有抗拒。

楼略开了八个小时的车，下车时，我听到了巨大的轰鸣声。

楼略拉着我，向着人山人海走去。那是一道大堤，轰鸣声更响了，而下方宽阔的江面上，还是风平浪静。

楼略长出了一口气，“还好，我们赶上了。”

远方的天际，出现一条白线，那白线渐渐地向着我们移动，也慢慢地清晰起来，可以看到那是一道白色浪花组成的水墙。我明白了，楼略是带我来看钱塘江大潮。

那条水墙越来越近，甚至可以看到上面跳跃的每一朵浪花。

在震耳的轰鸣声中，我问楼略：“你为什么要带我来看潮？”

楼略一笑，“先别说话，看吧。以后可以看到这样的大潮的日子，不多了。”

大潮就在眼前了，这道水墙立起来有三四米高，上面的浪花以磅礴的姿态，向我们席卷而来，无可阻挡。刹那间，我觉得心里似乎有根琴弦拨动了一下。

大潮冲上大堤，我和楼略没有闪躲，都被淋成了落汤鸡。

大潮渐渐远去，看着彼此的狼狈模样，我们忍不住指着对方哈哈大笑起来。我好久都没有笑得这么畅快过了。

我知道楼略开车拉我到这里来，绝不仅仅是看潮这么简单。

果然，在再也看不到大潮踪影的时候，楼略说明了他的来意，他要我加入他所在的公司，而这个公司与黑月亮有关。

我良久没说话，然后我问他：“这是你一个人的意思吗？”

“当然不是，董事长也是这个意思。”

“董事长？”

“你还不知道吧，董事长已经东山再起了。”

原来上次公司破产使董事长元气大伤，但他还是剩了百分之十左右的资产，这些资产是一些与公司完全无关的产业。现在围绕黑月亮的开发，全世界联合组成了一个新的开发公司，而董事长也把自己的全部资产变现后投入到了新公司里面，成了其中的一个小股东。

“有些人是打不垮的。”楼略意味深长地说，我听出了里面责备的味道。

“我为什么非得去他的新公司？我觉得现在的生活也挺好的。”我慢慢地说。

“你嘴硬而已，你真的觉得你现在的生活挺好的吗？”楼略说，“至于为什么一定要去他的新公司，当初在月球上，‘利刃号’飞船的探测，是他要我负责的，而‘利刃号’的船长，是我推荐你的，所以我们不能任由你沉沦。”

我久久没有说话。

楼略说："过这样没有灵魂的日子，你儿子能看得起你吗？会原谅你吗？"

我迥然一惊，心中那永冻的冰窟开始融化。

"陈楚，如果我们刚才看到的大潮就是你的仇人，你要怎么对付他？"

我思索良久，说道："要么挡住它，要么被它淹没。"

"是的，这个黑月亮自我们始，而它也已经改变了我们一生的轨迹。悔恨是没有用的，向它宣战吧！要么，我们驾驭它；要么，就让它吞噬我们吧！"

楼略最后说："陈楚，你的迷茫时代应该结束了。现在是向黑月亮复仇，完成对人类和你的亲人救赎的时候了。我们这一生，注定与它纠缠在一起了。"

清道夫计划

我没有再回我那间堆满了酒瓶的公寓，而是直接跟着楼略去了新公司。

很多事情我们得从头学起，我们两个在公司里只是普通的工人。我们先要接受培训，培训的内容既包括工作技能，也包括黑洞的知识。

这十年来，关于这个黑洞的研究一直在持续，黑洞的理论在不断地被假设、被证实、被推翻、被完善。但物理学家们不得不承认的是，这个黑洞很特殊，它极有可能是另一个文明精心设计的，所有的理论并不能完全被证实或证伪。最近的一个重大发现，就是除了可以控制黑洞辐射量外，通过发射脉冲波的编码，还可以控制黑洞辐射的方向，做到使黑洞朝单一方向辐射。

伴随着这个发现的，是一个关于黑月亮的新设想。

人们最初的想法，黑月亮只是作为一个能源来源，但是自从火星基地被陨石雨破坏殆尽后，人们意识到，人类被小行星毁灭的概率竟然是如此之高。于是，科学家们开始设想利用黑月亮的辐射推动，将它送入小行星的轨道，然后利用它将小行星全部清除！这个设想在实验室里已经模拟成功了。

“清道夫计划”是这个设想的名称。这是地球联合政府最后的决定，而我们公司，是施行者。

这一天，当我在固定的时间点醒来时，太阳正好从侧后方照进飞船，看来是一个平常的日子。

我走到舷窗前，从那个熟悉的角度，一眼就找到了地球，那颗水蓝色的星球，那颗我从来没有像今天这么强烈感觉到依恋的星球。

我是在三年前来到飞船上的，那时黑月亮刚刚开始加速，而今天则是黑月亮脱离地球飞向小行星带的时间。这距离联合政府做出制订“清道夫计划”的决定，已经整整过去了六年。

在前三年的准备时间里，公司发射了一批环绕黑月亮的卫星，其中四颗用来向黑月亮发射脉冲波；还发射了三艘飞船，都是人类制造出的前所未有的巨大行星际飞船。我乘坐的这一艘，主要用来控制黑月亮，我们称它为“控制母船”，另外两艘则用于科研活动；另外还发射了一面巨大的太阳帆，用来收集能源，呈一头粗一头稍细的圆筒状，粗的那头朝向黑月亮，并与黑月亮的辐射方向一致，在辐射从其中通过时，控制其中的磁场偏转并捕获部分辐射，然后把辐射转化为电能，少量用于供应卫星和飞船，大部分则传回地球。

开始工作的时候，我强迫自己把那颗水蓝色的星球从脑海中剔除。屏幕上的黑月亮还在加速，它产生的少部分辐射会闯入地球的磁场，在它加速的这三年里，全世界的人都看见过绚丽的极光，而这些极光，未来的三天里将会全部消失，随着它一起消失的，还有那壮观的钱塘江大潮。

屏幕上黑月亮运行的轨道已经明显不同于以前，它更接近于一条直线，在与上次轨道顶点平行的位置，它继续向前，义无反顾地飞出去了。

清道夫的历程开始了。

我忍不住再次走到舷窗前，那颗水蓝色的星球因为角度的关系，肉眼已经看不见了，我不由得一阵失落。

三年前，我踏上飞船之后，就没有再回过地球。我把所有的薪水——除了一些必要的花销和买社保的钱——都给了前妻，她现在有三个孩子，我让她把这些钱花在孩子们身上。

别了，水蓝色的地球；别了，我所依恋的人们；别了，儿子。

在离开地球之前，黑月亮的加速是必须控制的，现在远离了地球的引力，它开始全力加速了。太阳帆在它后面完全张开了，如同柔弱少女的长裙在茫茫的黑暗太空中飘曳。在它后面，是上万千米的粒子辐射带，黑月亮以最柔弱的方式坚定地前进着。

在飞行了三十天后，我们航行到了接近火星轨道的区域，在这里，我们将要遇到“爱神”——一颗掠地小行星。“清道夫行动”的第一个任务就是清除它。

当初公布这个计划时，在社会上激起了轩然大波，无数人反对。人们不愿意一颗以“爱神”命名的星星被毁灭，直到多场的辩论会后，人们才接受了事实，虽然它是以“爱神”命名，但给地球带来更多的是威胁，于是有人建议，那么就叫它“死神”吧，爱与死，本来就只是在一念之间。

当我们的探测器近距离地把“爱神”的全貌传回来时，它离我们还有八千千米。那是一个高跟鞋状的大石块，大概还有两个多小时，它就会从后面追上我们。

太阳帆自动分离成几截，调整角度后折叠起来，然后再在太空车的带动下远离，以避开“爱神”的路线。

黑月亮完成了最后的轨道调整，卫星停止发射脉冲波，黑月亮的辐射慢慢减弱下来，它暂时停止了加速，只是凭借惯性向前滑行。

当“爱神”从我们的飞船旁掠过时，甚至可以清楚地看到它上面的环形山和沟槽，那两座以《红楼梦》的悲剧主角命名的环形山静静地矗立着。

我看着屏幕上的“爱神”，不由得从心底生出一股悲哀，“爱神”就如我们当年一样，懵懵懂懂，不知道前面有一个巨大的陷阱在等着它。

“爱神”生命的倒计时开始了。

黑月亮的轨道调整得十分精确，“爱神”剩下的路程就是直直地冲着它而去。在掠过我们飞船不久后，“爱神”前部开始分裂成几个大石块，那是因为黑月亮作用在“爱神”不同部分的巨大的潮汐力差异撕裂并拉长了它。

很快，“爱神”的中部也接着分裂了，然后蔓延到后部，“爱神”变成了一条石块的洪流。分裂还在继续，大石块分裂成更小的石块，更小的石块分裂成了石子，而“爱神”的前部，已经破碎成了尘埃。

“天啊，多像一把投枪！”有人低低地惊呼。

此时，“爱神”已经跨越数十千米，前尖后粗，阳光照透了枪尖部分的尘埃，给它镀上了一层金黄，这层金黄越来越亮，并且向着后部蔓延，最后整颗“爱神”都呈现了绚丽的金黄色。这把巨大的投枪横过整个天际，在黑暗星空群星的映衬下，以一种刚猛至极的姿态，没有一丝犹豫，向着那个看起来虚空，实际无所不包、强大无匹的终点刺去。

强光毫无征兆地爆发了，那是“爱神”的枪尖终于刺入了黑月亮。太阳在瞬间黯然失色，星空更加黑暗，“爱神”通体晶莹高亮，如同用来自天堂的光照耀下的钻石铸就，这是它最后的灿烂。

只是一瞬间，强光就熄灭了，一切又恢复了平静。飞船的舷窗重新开启，阳光照射进来，照亮了每一张震惊的脸庞，星空依旧黑暗，群星缀在天幕之上，太阳帆在黑月亮后面依次拼接打开，依然婀娜如同少女的长裙，好像什么都没有发生过。

楼略给我打来电话，他只说了一句话：“太壮丽了，真希望有一天也像这样离去。”

一年以后，黑月亮航行到了小行星轨道的内侧，调整轨道与小行星的轨道保持微小的异步。“清道夫征程”正式开始了。

一颗颗小行星接连被黑月亮的引力俘获，在绕着黑月亮的旋转中不断被撕碎，形成了无数个尘埃云组成的旋涡。在旋涡的中心，一串接一串的炫目亮光闪起又熄灭，一颗颗小行星就这样被无尽的黑暗星空吞没。

日子一天一天地过去，我和楼略的工作是每天驾驶单人飞船，携带着观测设备，在远离黑月亮的外围进行监视。在我们渐渐习惯了这种工作的时候，意外发生了。

黑月亮航行到一个小行星密集的区域，像往常一样，我看着无数的旋涡在漆黑的太空中亮起又瞬间消失，这种璀璨的死亡前的亮光现在已经不能引起我的震撼。

这时，小飞船的警报系统突然响起，一颗小行星因为隐藏在一片尘埃云的背后，没有被我们的卫星系统准确地识别到，现在正处于黑月亮的引力边缘。按照控制母船上的超级计算机的计算，黑月亮已经不能俘获它，而在黑月亮的引力干扰下，它将飞向太阳系内侧，且极有可能会飞向地球，概率达到了三十万分之一。

更重要的是，这颗小行星的质量，大到足够对地球造成威胁。

楼略的设想方案很快就出来了，“我现在离这颗小行星最近，如果用飞船去推动这颗小行星，是否可以把它推回到黑月亮的引力范围内?”计算结果很快出来，这个方案理论上是可行的，但是我们的小飞船从来都只是用来观测，并没有设计推动小行星的功能。

暂时没有更好的办法，不可能用黑月亮的辐射去烧毁这颗小行星，因为改变黑月亮的轨道会造成更多的不可预知的后果。

但时机稍纵即逝，只见楼略的飞船飞向了那颗小行星。

我看着屏幕上飞船离去的轨迹，心里突然有一种不好的感觉，犹如看着一个壮士决绝离去的背影。

楼略的飞船靠近了小行星，他调整了速度和方向，与小行星保持同步，再从远离黑月亮的一边缓慢地靠上去。在楼略传回来的数据中，明显感觉到了飞船的震动——那是飞船在强行靠上小行星，这震动像一柄大锤击打在了我的心里。

楼略那艘飞船的震动在短暂停顿之后，开始从小到大，一波接一波地传来，那是他的飞船在逐渐增大功率，努力地去推动小行星。小行星的轨道慢慢开始改变，但是还不够。超级计算机按照实时数据不停地计算着结果，依照最新的计算，楼略用上了全部的功率，飞船震动得更加疯狂，随着这一波波的震动，我觉得全身都在发抖。

十多分钟后，小行星的轨道侦测到很明显的变动，它已经进入到黑月亮的引力范围，不可能逃脱了。从控制母船和各个小飞船中传出了一阵欢呼声。

与此同时，楼略那艘飞船的震动消失了，他可以回来了。

但我们没有想到的是，那艘飞船的动力系统和控制系统出现了问题，极有可能是在刚才推动小行星的过程中造成了无法修复的损害，楼略已经不能打开飞船的舱门逃生了，飞船不可避免地将随着小行星向着黑月亮坠落。

楼略开始和我们一一道别，他的声音安静而镇定，我想起了我们互相取暖的那些日子，想起了他那些抚慰人心的诉说。

但是，我只能眼睁睁地失去他了。两颗泪珠悬浮在我太空服的面罩中，折射着奇异的苦涩的光芒。

楼略留给我的最后一句话是："陈楚，不要难过，我很欣慰，这正是我想要的结果。永别了。"

在最后的时间里，我没有办法分清楼略的飞船和小行星，它们已经破碎混合成了一片尘埃，围绕着黑月亮旋转，逐渐旋转成一朵巨大的莲花。

在一阵亮光中，这朵莲花晶莹剔透地盛开了。这是我一生中见过的最美丽、最圣洁的花。

尾　声

六十五岁那年，我退休了。本来在六十岁时，我就可以退休，可我又坚持了五年。我既期待，但又害怕回到地球。其实我本来还可以继续服务，但是太空需要更多年轻的血液。

飞船先把我接到了木卫四的基地中，我将从那里飞回地球。

我见到了木卫四的基地负责人，他很年轻，大概三十岁，跟我儿子的年龄差不多。见面的时候，他主动伸出手来，“您好，前辈。”

他带我去参观基地。基地才刚刚起步，规模很小，设施也不完备，还很不方便。

基地里大部分都是年轻人，一群很快乐的年轻人，他们都称呼我为“前辈”。我听出了他们语气中的真诚，这让我感动。

我了解到，这个基地的设立不是为了移民，而是因为新发明的一种纳米材料，这种纳米材料拥有接近中子材料的强度。该基地的任务是建造一个使用这种材料制成的中空的巨大梭子状外壳，将来黑月亮将会被电磁场固定在这个外壳的中心。从此，当黑月亮在小行星带中穿行时，小行星不会再落入到黑月亮中，而会在外壳中堆叠起来。当小行星带被清理完毕后，人类就可以得到一颗新的可以移民的行星！甚至在必要的时候，还可以用它把木星外侧的小质量卫星全都清理掉，而这颗新形成的行星最终会泊入现在小行星带的轨道。至于为什么要将外壳设计成梭子状，主要是为了便于最后把它连同黑月亮从新行星的中心取出来。

基地负责人给我介绍这些的时候，热情而自信，他最后对我说：“前辈，感谢你们，你们是先驱。”

我没有想到的是，当我们的飞船降落在地球后，飞船基地外有大片的欢迎人群，在他们身后的电子显示屏上，红色的字体醒目地写着："欢迎黑月亮驾驭者陈楚先生返回地球！"

我抬起头，努力分辨黑月亮可能在的方向。是的，我回家了。李子木、楼略，我们回家了。

我更没有想到的是，在人群的前面，有一个男人，牵着一个小孩，那男人看起来三十多岁，熟悉的五官，和我相似的身材，特别是他也有一头浓密的卷发。

眼泪慢慢涌上我的眼眶，那个男人快步走上前来，紧紧地拥抱住我，"爸爸，欢迎回家。"

一股巨大的眩晕感出现在我的脑海，不用再抬头望天我也知道，那颗冰冷的黑洞正旋转着飞速离我远去，在它身后，带起了滔天的潮汐，潮汐上漂浮着雪白的浪花。

我在儿子生活的那个城市的郊区买了一幢小房子，安居下来。这也是儿子的意见，这样他可以时时来看我。

房子前有一个小院子，旁边有一条小溪，我在院子里开辟了一块菜地，在小溪边种上了鲜花。多年太空漂泊的生涯彻底结束，我惊奇地发现自己居然很快就适应了地球上的生活。

儿子把孙子送回来过暑假了，于是，我的身边多了一个时时刻刻雀跃着的孩子。他是一个漂亮的小男孩，七岁，有着一头漂亮的黑色卷发，就像他爸爸小时候一样。我喜欢在他熟睡的时候，静静地看着他，看着他带有明显家族特征的卷发。

夜幕降临了，满天的星星在天空中闪耀，我和孙子坐在溪边。

"爷爷，黑月亮在哪个方向呢？"

我努力地辨认了一阵，然后指给他看。

"爷爷，你说这个黑月亮是可以分割的吗？"

我愣了一下，不由问道："分割黑月亮，为什么？"

"我要把黑月亮分割成两个，不，三个，四个，五个。一个黑月亮继续用来给我们发电，另外的黑月亮可以作为宇宙飞船的动力。"

我愣了半晌，问道："谁告诉你这么多的？"

“爸爸给我讲的啊，他还告诉我，是你把黑月亮移过去的，你好棒，爷爷。”

孙子抬头望着我，“爷爷，爸爸说你曾经离黑月亮只有这么近，是吗?”

他张开双臂比画了一下长短，然后觉得可能太长了，又缩短一些，还是觉得太长了，又用手比画出大概三十厘米的距离，最后干脆用右手的大拇指和食指比画出一厘米的距离。

“爸爸说，你会给我讲黑月亮的故事，是吗?”孙子满怀期待地看着我。

一股暖流再次从我的心中缓缓升起。

孙子没有等到听黑月亮的故事就睡着了，他白天玩得太累。他的头靠在我的胸口，发出细细的鼾声。

我抚摸着他卷卷的头发，没有把他抱到屋子里去，我还在等待一件事。我在等待月亮的升起，一个新的月亮，人造的新月亮，我的儿子是它的设计者之一。

九点十分，月亮在天空中准时出现了，几只停靠在树上的鸟儿受了惊吓，鸣叫着飞起来。

我凝视着新月亮，它如同我年幼时一样的皎洁明亮，我慢慢地回想起那些关于月亮的往事，那些关于月亮的故人……

天空中飘荡着几朵洁白的云，月亮开始在云间穿行。

信封计划

查杉

农历腊月二十三是中国北方的小年，正赶上北京最冷的时候。

一年一度的返乡潮又开始了，朔风夹着雪花，吹得赶着回家过年的老老小小郁闷非常。虽说已经是2025年，北京城有了七座高铁站和两座庞大的机场，但为回家而拥挤的场面却仍然不鲜见。

沈朝州从研究所的玻璃大门内向外看去，北京城的道路上拥堵成了一片红白两色的海洋。

“沈教授，过年回老家不？您买着票了吧？”门卫老王热情地寒暄着，把正发呆的沈朝州拉回了现实，他跟老王打了个哈哈，转身走进了凛冽的寒风之中。

年关难过，今年又到了回家的时候，沈朝州想起来就发愁。

沈朝州的老家在华北的一个小村子里，家中几代都是本分的农民。沈朝州考到北京上大学的时候，老爹开着三轮车跑到镇里买了整整一车鞭炮，炸得满村鸡飞狗跳。上大学那几年过年回家，虽然绿皮火车硬座坐得腰疼，但爹妈永远都是笑脸相迎，那些年沈朝州还是挺愿意过年回家的。

可自从大学毕了业，沈朝州就不怎么愿意回去了。

沈家三代单传，爹妈给他下了死命令，娶媳妇生孙子最要紧，其他的事儿都往后放。沈朝州后来读了博士，评上副教授，科研成果在国际上拿了奖，都几乎没见到爹妈太开心过。

一年一年下来，沈朝州被爹妈催得过年根本不敢回家，反正回家就总是那一句话：“州州，啥时候给俺们抱上孙子啊？”

最大的问题是，沈朝州根本就不想结婚要孩子。

“人为什么非要把自己的基因传递下去呢？”沈朝州一直以来都这么想。

沈朝州从小怕听小孩哭，进而发展到对小孩烦得不行。亲戚朋友家的小孩一来串门，他就恨不得赶紧找个地洞钻进去。

然而鬼使神差，他上大学竟然学了遗传学专业，不过越学他就越往牛角尖里钻，觉得人类现在个体数量已经这么庞大，自己一个人的基因传不传下去真的不重要，还是照顾好自己这辈子比较要紧。

于是，这些年沈朝州忙时工作，闲时旅行，红颜知己倒是有过几个，但就是没想过和任何人谈婚论嫁，过得很是惬意。

沈朝州也不是没回老家跟爹妈深入交流过，可是他现在的生活方式实在是太前卫了，跟爹妈怎么也解释不通。

“爸，妈，要不这样，我结个婚，但是不生孩子，这行不行？人家老外可流行这个了，叫‘丁克’……”

“这是什么狗屁话！你个兔崽子读书读傻了？咱家三代单传，你要是生不出个儿子，咱沈家根儿不就断了吗？你这不扯淡吗你！还有啥脸回来啊？”老爹说完就气晕过去了，老妈在一旁抹眼泪。

村里风言风语渐起，沈朝州狼狈逃回北京。

这么一闹，今年这春节，沈朝州干脆打算就自己一个人在北京过了。

研究所旁边的一家小酒馆里，沈朝州捧着一瓶见底了的二锅头，目光呆滞地盯着地面。

直到一只宽厚有力的大手拍在他的肩膀上，才让他如梦方醒。

“沈朝州！好久不见啊！”一个略带西北口音的浑厚男声在耳边响起。

“许……许天水!？天哪，多少年没见了啊咱们！你不是去部队了吗？”沈朝州认出了大学同学，曾经的好哥们儿。

“哈哈，说来话长，没想到在这儿碰见你……来来，老板，再给我们上一瓶！”

旧友重逢让沈朝州暂时忘掉了家里的烦心事，两人打开话匣子聊了起来。

酒过三巡，在沈朝州的目光里，窗外的车流渐渐汇成一条线，将城市忙碌的肌理愈发清晰地勾勒出来，仿佛一切正如往常。

沈朝州醒来的时候，发现自己身处的竟然不是自己的家，这让他有点慌乱。

不过许天水的声音很快让他镇静下来，估计是昨晚实在喝大了，麻烦兄弟结了账，又把自己送到了酒店，真是有点过意不去。

“睡醒了？去洗个脸吧。”

然而沈朝州很快意识到，这不是一家普通的酒店，房间里看上去有些像20世纪80年代的装修风格，然而细节又都透着精致。

这恐怕是一家级别不低的部队招待所……沈朝州想。

“麻烦你了啊，天水，这是在哪儿……”沈朝州抬起头，却有点惊讶地发现许天水穿戴整齐地站在房间里，肩头两杠四星闪闪发光，让沈朝州觉得有些不明就里。

“你整这么严肃干啥……”

“快去洗把脸吧，要带你开个会，快到时间了。”

一条漫长的走廊里，满脸疑惑的沈朝州不停地向许天水追问着。

“我说天水，你这是整的哪一出啊？合着昨天咱们不是偶遇啊？好歹告诉我这是在哪儿行不？”

“马上你就知道了。”许天水表情严肃，说得很简短。

沈朝州还想追问，但一进会议室，看到的主席台上的领导面孔让他一下子没敢说出来。这张面孔在新闻联播上太常见了，许朝州不禁紧张起来。

会议室不大，一圈坐着十几个人，看起来大家都在等着沈朝州的到来。

“这位是许朝州副教授，微生物遗传领域的专家。”许天水向主席台简要介绍道。

领导点了点头，示意两人落座。

“我代表国家，感谢各位不同领域的专家的到来。这次我们面对的危机是空前的！不光是我们一个国家的命运，甚至整个人类的命运，都走到了一个十字路口。在正式启动‘信封计划’之前，先请大家看一段资料，以方便对我们任务的背景有进一步的了解。”领导说完，示意旁边的秘书开始放映。

沈朝州目瞪口呆地听完这段话，再看看一旁坐着的人，无不面色严峻。这些人里很多都已经有六七十岁，虽然和自己不是同一领域，但有些也显得面熟，应该都是院士级的人物。

沈朝州让自己冷静下来，看向前方打着“绝密”的全息投影。

十分钟的时间飞速过去了，沈朝州感觉到自己的脑子几乎要爆炸掉，倒不是资料信息量有多么大，而是这一切太不可思议了。

沈朝州努力地想记住更多内容，但在脑子里翻来覆去的就只有下面几句：

> “紫金山天文台近期观测发现，木星轨道附近目前发现不明天体。后经大数据分析，此天体是由于海王星的摄动效应，从太阳系边缘的柯伊伯带脱离的KBO927。此发现很快得到了美国和欧盟的相关天文台的证实。
>
> “根据计算发现，KBO927将于北京时间2025年7月17日与地球运行轨道相交，发生撞击的概率超过百分之九十五。
>
> “KBO927直径约为两万七千米，如果其撞击地球，释放的能量将超过恐龙灭绝时小行星撞击的三倍。理论上，地表的人类和百分之九十五以上的物种都将被消灭。”

全息投影结束，领导冷峻的眼神让沈朝州几乎打了个哆嗦。他刚想要提问自己被叫来这里是要做什么，旁边已经有人先提问了：

“为什么我们没有提前发现它？现阶段深空监测不是已经比较成熟了吗？”

“很遗憾，人类之前对有威胁天体的监测主要集中于小行星带，至于柯伊伯带的天体，它们实在太远了，目前我们没有能力进行完全的监测。”秘书说到这里，好像叹了一下气，“但我们的运气不好，正好赶上了。”

“用人类现有的技术不能摧毁它吗？”又有人发问道。虽然都是科学工作者，但面对这样的情境，首先想到的还是这样小孩子气的问题。

“摧毁是不可能的。不过，目前联合国安理会的五大常任理事国已经达成一致，将用最短的时间，把尽可能多的核弹头由飞船投射到KBO927上，并预计于今年4月底左右，择日在它经过火星轨道附近时进行统一爆破，希望将其推离轨道。这被命名为‘巨掌行动’。当然，为了避免社会上出现恐慌，这个计划目前是绝密的。如果不成功，恐怕这就是人类历史上最后一次对抗天灾了。”

现场一片寂静。

“那我们是要来参与这个‘巨掌行动’吗?”沈朝州终于说上话了。

这次秘书没开口，领导直接说话了：

“不,‘巨掌行动’另外有团队负责。今天叫大家来，是要启动另外一个计划，叫作‘信封计划’。简要地说，希望大家贡献自己在不同领域的专业知识，在有限的时间内讨论出尽可能将中华文明——进一步说是整个人类文明，保存下来的方式。”

“信封……寄给未来的信，是吗?”沈朝州喃喃地说。

“是的，如果‘巨掌行动’失败，即使我们人类逃不过这一劫，这封信也一定要寄出。”

沈朝州看了看身边的许天水，发现他的眼神中也充满忧伤，这恐怕是在一个历练多年的军人脸上很难出现的神情。

“‘信封计划’也会有很多国外科学家一起参与，稍后我们会安排各团队对接，之后的事情，就拜托各位了。”

从会议室出来，沈朝州木然地跟着许天水来到庭院里，看着天边已经出现的晚霞，他这才发现自己是在北京西山之上的一个地方。

“没想到吧？沈教授。”许天水点上一支烟，也递给沈朝州一支。

沈朝州没接，许天水笑了笑，干脆把两支都点燃了一起抽起来。

“没想到的是你把我绑架到这里来……”沈朝州似乎有点不悦。

“不是我要绑你，是上面的意思。你不是前些天刚发了一篇论文吗？你提出把信息存到细菌的DNA里……挺有意思的。上面觉得，这也许是‘信封计划’的一条路。”

沈朝州其实早就猜到是这篇文章的原因，沉吟了一会儿，他漠然地看着许天水。

“不靠谱，这本来就只是理论上的研究，离实践还差得远呢……”沈朝州说。

沈朝州驱车回家的路上，又接到了爹妈的电话，这次他没犹豫。

“不用说了，我坚持我的想法，不生才是对的。”

这个年沈朝州还是顺利地过了。爹妈嘴上说不愿意见儿子，却还是大包小包地背着土特产，到北京来了。

电视里晚会的主持人一遍遍地强调着无论多忙，今年春节一定要全家团圆。这让沈朝州总是瞎想，是不是有人真的走漏了风声……

这可能是人类历史上最后一个春节了。

大年初三，沈朝州刚把爹妈送上回家的火车，在进站口一转身就看到了一身便装、哈着白气的许天水。

“还让不让人过年了?”沈朝州无奈地看着许天水。

“这不过完了吗?今年过年这么重要，怎么能不过呢?我可是坐头等舱回的老家，反正攒钱也没啥用了。”许天水似乎想得挺开。

还没等沈朝州反应过来，就被许天水拉进了车，说要带他去兜兜风。

春节期间的北京，道路出奇地通畅，半个多小时就到了北京西南角的一个小镇，又三拐两拐，来到了一个山沟里。

山路上灰很大，让沈朝州觉得这几年空气污染白治理了。车子继续前行，路上有一道看起来挺严格的守卫，许天水亮出证件，警卫看了一下，敬了个礼，把车放行了。

“你这又把我往什么奇怪的地方带……”沈朝州抗议道。

“别急啊，这就到了。”许天水笑着说。

车子前方出现了山间一个巨大的坑，坑底还有一汪碧绿的湖水，几台巨大的抽水机正开足马力地将水抽走。已经抽干的地方有一大片已完成清淤，密密麻麻的工程机械正在忙着采石，将坑底的石头一大块一大块地装到巨型的卡车上。尽管旁边有喷头在不停地洒水，但采石的灰尘还是扑面而来。

“真够夸张的。”尽管在车内，沈朝州还是皱起了眉头，“这是在干什么啊？现在这个时候搞基建，没什么意义了吧？”

“这地方叫大石窝，是北京周边最大的汉白玉产地，故宫里那些石雕基本上都是打这儿来的。旁边有个云居寺和石经山，从隋朝开始，人们就开采这里的石头刻上佛经，现存有一万多块，摆在一个个藏经洞里，挺震撼的。”许天水说。

沈朝州点了点头，表示自己听说过。

车子一拐，面前突然出现了一座峭壁，有上百米高，已经被机器切削得非常平整，许多工人被安全绳索吊着在上面作业。

许天水停下车，拉着沈朝州向上方观看，在满天的灰尘中，沈朝州捂着鼻子看向石板，然而瞬间他的嘴就惊讶地合不上了。

在绝壁上方，沈朝州竟然看到了刚刻好的巨大的欧拉公式。这个号称宇宙中最完美的等式，从西方传来之后，这可能是第一次以摩崖石刻的形式呈现出来。当然，也应该是最后一次了。

沈朝州将目光顺着工人的绳索向下，他又看到了牛顿第二定律，爱因斯坦的质能方程，还有麦克斯韦方程和傅立叶变换……

这些人类科学史上最精华的内容，以最原始的方式，粗犷地展现在沈朝州的面前。

“这难道是‘信封计划’的一部分？”沈朝州恍然大悟。

“是啊。”许天水点点头，“这儿本来都保护起来不让开采了，不过现在既然情况特殊，还是又开动了，这里的石头质量好嘛……”

“把字刻在石头上……还真有人这么干啊？”沈朝州想起自己多年前读过的一本著名科幻小说，里面也是这么写的，这样做，能让信息保存的年头足够久。

“嗯，没办法，现阶段来看，越先进的东西储存信息保存时间越短。你看咱们现在，这才几年啊，USB接口都没人用了，家里那些U盘全报废了，要读取还得去找专门的机器。这种时候，倒是这些老古董技法靠谱一些。”许天水说道。

“可是这才能储存多少信息啊？再说，要刻至少也得弄点儿硬质合金吧，还真往石头上刻啊？石头又能挺多久啊，这样子估计最多也就保存个几万年吧？”沈朝州对面前这个工程似乎很不以为然。

“的确没啥大用，不过至少可以留个念想，可能对于提出这个方案的那位历史学家来说，这种刻石的仪式感，比计划本身还重要吧……”许天水叹了口气，继续举目看着面前热火朝天的工地。

“这么多人参与，还能保密吗？”沈朝州问道。

“这倒问题不大，对外的说法是为传承文化、开发旅游而搞的巨型面子工程。其实带你来这里，是让你看看，‘信封计划’可不是说说而已。现在不论看起来多么不靠谱的计划和工程，要花多少人力物力，只要你提出来，国家都会满足的。毕竟，我们只剩下一百多天的时间了。”

沈朝州直视着许天水，这个西北汉子的目光丝毫没有退缩。

“我需要几位数据存储领域的计算机专家的协助，还需要一些实验设备和一台超级计算机，稍后我会给你一份清单。”

“没问题。”许天水回答得很干脆。

“巨掌行动”执行的那天晚上，沈朝州和许天水都出席了在总指挥室地下控制中心的观摩会。

会场上有很多外国面孔，亚洲和大洋洲各国的代表都齐聚这里，与欧洲和北美另外两个控制中心一起，开始为人类历史上最大规模的一次军事行动屏住呼吸。

过往的四个多月，人类将现阶段自己所掌握的运载能力发挥到了极致，地球上现存的一万多枚核弹头中，已经有百分之七十被投放到了KBO927的同一侧表面。

这一刻，在三个控制中心联动的控制之下，那些核弹被同时引爆！

从控制中心发出控制指令到画面传回，经过了七分钟的时间。

七分钟内，整个控制中心没发出一丁点响声，所有人都死死盯着屏幕不动，仿佛相信目光能将这天外不速之客赶走一样。

光芒在画面的一侧亮起，沈朝州在心里为它脑补了华丽的爆炸声。沈朝州本来想看看无数朵蘑菇云叠加在一起会是什么景象，但现实是一朵也没有。从监控卫星的镜头中看去，整个过程显得意外的平静，只是一个极为明亮的光球渐渐在KBO927的表面出现，很快吞没了整个星体，让这块讨厌的大石头显得马上就要熔化在无尽的太空之中……

控制中心里甚至有人抑制不住激动，鼓起了掌。

沈朝州和许天水也忍不住欢呼起来。

然而欢快的气氛没有持续多久，很快大家的情绪又转变为躁动不安。

数据从卫星不断地传来，控制中心的前排，负责“巨掌行动”的核心工程师们对着屏幕紧张地交流着。

数分钟后，总工程师站起身来，面色平静地向大家宣布了“巨掌行动”的结局：

“很遗憾，受我们现在工程能力的限制，核爆释放的能量只有少部分作用到星体上，瞬间的推力只能令KBO927的运行轨迹发生极微小的扰动，可能与之前预测的撞击地球的位置会有一些差别，但是结果都一样。”

全场一片死寂，甚至传来了零星的抽泣声。

“如果人类的科技能再上一个台阶，也许我们就可以躲过这一次危机。然而历史没有如果，我们就差一点点……但是我仍对人类文明取得的成果而骄傲。谢谢大家。”

总工程师向在场的所有人深深鞠了一躬，转身离开了会场。

那天晚上，一向坚毅的军人许天水哭得像个孩子。

“人类就被这么块儿破石头毁了，真他妈不甘心啊……哪怕跟外星人打一仗再死呢，也比这样有意思吧……”

沈朝州的情绪却没太大波动，他惊讶于自己的冷血，也许自己冥冥中早就预感到了这样的结局吧，否则为什么自己坚持不想让后代来到这个即将被毁灭的世界上呢？

社会上不安的局面已经持续了两周之久。“巨掌行动”失败的小道消息首先从一些小国传出，继而通过网络传遍了世界。主流媒体虽然对此始终保持沉默，但紧张的情绪仍然在蔓延。

大城市很多人自发地向乡下疏散，城里的地下室则紧俏起来，有钱都租不到。

沈朝州的实验室尚能保持正常运行，他甚至有点兴奋，因为现在他能调动的研究资源是之前完全无法想象的。他似乎也终于不用再为关于结婚和生孩子之类的小事所烦恼了。

许天水说服了高层，让自己参与到了一项看起来没有太大意义的计划中。

这个计划的目标是利用人类剩余的运载能力，在撞击到来前的几天，将一批宇航员送到KBO927的表面。用许天水自己的话来讲，就是要死个明白，至少要看清楚敌人长什么样子，最好再踹它两脚，吐口唾沫什么的……在撞击之前，由于大气的摩擦，这些宇航员将成为第一批牺牲的地球战士，许天水很愿意成为他们中的一员。

许天水本以为在“信封计划”的碰头会上能见到沈朝州，没想到沈朝州竟然缺席了。

会议结束之后，许天水开车疾驰到沈朝州的实验室时，已经是深夜了。

许天水看到沈朝州颓废地躺倒在实验室的地上，酒气熏天。

“没成果也没什么大不了的吧，想开点儿，现在可没人问责你。”许天水想安慰一下老同学。

“有点儿成果，你看这个……”沈朝州头也没抬，指了指桌子上一个培养皿。

许天水凑过头去，看到培养皿里面，黄绿相间的菌群排成了“中国大百科全书”七个歪歪扭扭的字。

“我说哥儿们，你这储存信息的效率，恐怕还不如那些刻石头的吧？”许天水打趣道。

“哈哈，这几个字是我做着玩的，跟咖啡拉花一个意思。我的水平差了点儿，以前我那帮同学，厉害的能用细菌作画，青绿山水。”沈朝州爬起来，拿起滴管，从培养皿中抽取了一滴，转身滴到了旁边的一台仪器的注入口里。那台仪器看起来很粗糙，显然是临时焊接而成的。

许天水还没来得及吐槽沈朝州的艺术修养，屏幕上飞速出现的文字和图像让他把到嘴边的话又咽了回去。

在超级计算机的飞速运算之下，一部完整的百科全书在几分钟内显现了出来。许天水试着点了一下检索，发现想找的内容还真的都有。

“你这不是一般的成果啊！了不起！这些信息是存在细菌的DNA里吗？”许天水兴奋地大声问道。

“嗯，是，每个细菌就是一个信封，有很多垃圾DNA位置可供储存，虽然目前还做不到在单个细菌的DNA里存下足够的信息，但是反正细菌嘛，有的是。我们团队里的计算机专家真不赖，搞的分布式存储的算法非常有效，可以在保证种群数量的前提下，每个个体储存一小部分信息，将信息从不同的细菌中提取出来，再加以去重合并就可以了。”

“撞击后，这些细菌能在地球上生存多久呢？”许天水产生了浓厚的兴趣。

“特意选择了耐极端环境的细菌进行改造，基因虽然会有突变，但是只要选择好沉默不表达的DNA，就不会被自然选择过滤。理论上……几亿年也没问题吧，细菌这东西比高等生物好养活多了，只要散布得均匀些，那块大石头灭不了它们。要是为了保险起见，火星上咱们也可以播点儿种……”沈朝州似乎有点得意。

“按你这么说，‘信封计划’可以说是已经成功了啊！那你为什么没去参加会议呢？”。

“咳……我是觉得，‘信封计划’本身没什么意义，我做的这些，就是想验证一下我的想法是不是可行，图个乐呵。石头一撞，人都没了，就算存得再久，这些信息谁来读呢？没用。”沈朝州摸起旁边的一个酒瓶，又是一口。

“也许……过个几亿年，这些细菌自己进化出智能了，说不定它们自己能解读呢……当然，的确跟我们没什么关系了，聊胜于无吧。”沉默了许久之后，许天水苦笑了一下。

沈朝州突然不说话了，红红的眼睛直勾勾地盯着许天水，搞得许天水有点发毛。

这有些尴尬的气氛持续了半晌，直到被玻璃破碎的声响打破。

沈朝州摔碎了手中的酒瓶，疯狂地在手指上割了个口子，鲜血涌出。

许天水刚想冲上去按住似乎失去理智的老同学，但随即他自己也好像想到了什么。许天水的手松开了，放任沈朝州把一滴鲜血滴进了仪器的注入口。

其实要提取DNA，只需要一些头发发根的皮屑就够了，不过显然，沈朝州不在乎。

超级计算机开始了全功率的工作。

经过了一夜的筛选与反编译，天色微明的时候，许天水等到了沈朝州沙哑的嘶吼，显示器上真的有零散的数据显示出来。

“难道……我们就是信封……”许天水喃喃地说道。

“是的……我们可能就是……你快去帮我打报告！我要所有的数据专家、语言学家和现在能调动的所有计算能力！马上就要！”没等沈朝州话音落下，许天水已经冲出了实验室。

绝大多数的地球人还无法相信发生的一切是真的，人类瞬间得到了神赐予的力量，原本已经走投无路的人类文明，仿佛又看到了曙光。

几乎全球所有的计算资源都被调动，各种族的志愿者纷纷献出了自己的DNA，人类随即还采集了很多不同生物的DNA作为补充。

很快有海量的信息被破译出来。

这是存在于地球每个生命体内传承了三十五亿年的一封信，而我们每个生命个体，都是一个信封。

由于时间紧迫，人类还一时无法理解信息的全部内容，但幸运的是，重元素聚变相关的核心知识被第一时间整理了出来，并在很短的时间内，迅速地转化为工程上实现的可能。

在预计撞击日前的十天，许天水等一批宇航员还是依照计划，在KBO927上登陆了。

不过，他们的任务发生了巨大的变化。

十天之内，他们要在这颗大石头的表面，建成人类历史上的第一台可控核聚变发动机，而且跳过了轻元素聚变的阶段，聚变的工质将采用直接由星体表面上采集的重元素。

人类的工程能力在短时间内还没办法有太大的飞跃，恐怕最多只能建成一台不太成熟的发动机，然而没有别的选择，只能赌一把。

沈朝州不得不借助警察的帮助，才能从膜拜救世主的人山人海中挤出一条道路。他必须得赶到控制中心，尽管他并不是航天方面的专家，对可控核聚变也一窍不通，但没有人会希望他缺席这个历史性的时刻。

当沈朝州赶到控制中心时，KBO927已经离地球只有不到三十万千米，都在月球轨道之内了。按之前的计算，撞击将在二十分钟左右之后发生！

现场的气氛，比当初“巨掌行动”时还要令人窒息，毕竟达摩克利斯之剑已经到了脑袋上方不远处。

大屏幕上的KBO927仍在不紧不慢地向地球逼近，从卫星发回的图像来看，它只不过是地球庞大蓝色背景上的一个黑色暗点，让人几乎无法相信它能对这颗美丽的行星有什么影响。

然而毁灭的威胁仍然在逼近，时间一分一秒地在流逝，控制中心没有与前方通信，因为呼叫了也没有意义。

过了一会儿，KBO927的表面出现了白色的发丝状“薄雾”，这是进入大气层边缘的标志，估计还有几十秒就会到达地面！

沈朝州想给父母拨一个电话，却不知道是否还来得及，不过刚拿起手机，他的动作就定格住了。

大屏幕上的KBO927近地一侧，突然出现了一个耀眼的蓝色光柱，这个大石块仿佛突然长出了把手，看上去像是远古神祇拿在手中的一把巨锤！

随着重元素聚变发动机的启动，坠落的小星体仿佛被神的力量狠狠推了一下，速度突然慢了下来。

很快，KBO927的表面开始燃烧起来，变成了巨大的火球，连同蓝色的长柄一起，好像一支巨型的火把。

这火把下落得越来越慢，直至在无数双眼睛的注视之下，缓缓坠入了北太平洋……

沉寂已久的控制中心里，爆发出了雷鸣般的欢呼声。

根据后来的计算，这次陨星着陆释放的能量，大概相当于一次十级地震，海啸波及了附近的岛屿和大陆架，造成了不小的损失。

然而，人类终于是存活下来了。

夜色笼罩了北太平洋，在新建起的一座华丽人工岛的观景平台上，沈朝州饶有兴致地欣赏着不远处的KBO927。

密集的探照灯将它的轮廓清晰地显现在夜空中。虽然在与大气层接触的过程中烧掉了不少，但它露在海面上的部分仍有一万一千米高，现在它超过了珠穆朗玛峰，已经是全球第一高峰了，据说有不少登山队发出了攀登申请，但暂时还没有获批。

“哟，救世主来啦……”耳边传来许天水的声音。

沈朝州转过头，看到迷你飞行器上的老同学一跃而下。

“什么救世主啊，要不是你力挽狂澜，咱们现在都完蛋了。”沈朝州笑道，“话说当时我心里真是紧张啊，还以为你们真要为地球牺牲了……”

“哈哈，本来就做好了不能回来的准备。结果运气好，刚进大气层就减速了，要不然我们的工作站外壳材料还真扛不住。”许天水一脸轻松地说，“现在信息爆炸，科技大发展了，你找到合适的研究方向了吗？”

“没有，我想歇段日子，顺便……争取赶紧找个媳妇，给我爹妈抱个孙子吧。”沈朝州有点不好意思，但许天水并没有笑话他。

两人不约而同地看向远方，仿佛看到了三十五亿年前，那片雷电交加的原始海洋。

这封已经辗转了这么久的信，还是让它继续传递下去吧。

故乡明

王诺诺

一

“见过紫外线消毒灯吗?”柳林问我。

“嗯，见过，我家碗柜里就有一个。”我回答道。

“对，就是那种灯。在餐具上照一小会儿，细菌的DNA就被破坏了，然后成片死亡。当伽马射线暴来的时候，我们就会跟你家盘子上的脏东西一样，脏器停工，皮肤大面积脱落，甚至整个儿被烤焦！这样解释，你懂了吗?”

柳林转过身，将眼镜取下，缓缓说道:“我宁可你没把石牌带回来——那样的话，我们至少现在不会恐慌。就像细菌被消毒灯杀死前也不会恐慌。”

说句良心话，这锅真不该让我来背，因为我不过是一个月球矿产勘探队的成员。

去年，我带队前往月球雨海勘察，在雨海的质量瘤（一块引力大于周边的月表区域）中央发现了那块石牌。

这石牌一米见方，通体暗红，像一块烧红的烙铁，也像一个凸起的肚脐，表面布满规律圆点，预示着与高等文明的关联。我还记得，那时头顶的地球散发着淡淡的辉光，把这块不大的石牌映照得晶莹透亮。它一动不动，似乎在这儿等候已久。

我心中狂喜——自己成了第一个找到地外智慧生命痕迹的人！以后我的名字能写在初中课本上吧?

在那之后，从危海到东方海，类似的石牌在质量瘤中央被一一发现。我们至今没弄清它们是如何被运送到月球的，倒是上面的信息先被破解了。

那是一条语意模糊的警告:

我们是地球上的先代文明，早已消亡。我们无能为力，只能为未来的地球文明留下预警。

1000 光年外存在一个恒星密度极高的球状星团，这是一个行将就木的古老星团，那里的恒星大多已经死亡。

而在球状星团的外侧，有一个大型黑洞围绕其公转，公转周期是 1500 万年。黑洞具有极高的轨道离心率，和星团之间的距离变化很大。在靠近星团时，强大的引力会导致星团中的中子星、黑洞合并，特别是距离本来就不远的中子双星。这时大量伽马射线暴就会被引发，像节日烟花一样射向宇宙。

由于星团内复杂的引力扰动，其中一束射线会直指地球，我们的文明因此毁灭。

下一个黑洞公转周期里，你们也会遇到同样的灾难。我们无力改变一切，希望你们可以幸免。

根据石牌上的数字和公式，我们找到了那个球状星团。

如果用光学望远镜观察，那儿就是一片模糊的暗红色，和大多数年老星团一样，它是球状的，内部塞满了白矮星、中子星和恒星级黑洞，仅剩一些质量不大的红矮星苟延残喘。同时，我们也通过追溯大量X射线的源头，找到了那个围绕该星团公转的致命大型黑洞。

更加可怕的是，根据石牌信息，早在九百多年前，黑洞已经走过了距离该星团最近的轨道顶点。星团内部中子星碰撞合并已经启动，相当于几个太阳的质量消失殆尽，被转化为了能量。其能量之大，等于银河系所有恒星这九百年来释放的光和热的总和。

在其中的一场碰撞里，一束伽马射线从星体磁场两极发出，大约距今四十年后，这束光将到达地球，它将成为地球人看到的最明亮的、也是最后的景象。

我随柳林走进一扇门，会议室除了大屏幕外空无一物，这是一场高度机密的远程会议，与会执委不知道彼此姓甚名谁，却共同掌握人类的存亡命门。

“柳林，这次你不是一个人参会？”数字在屏幕上跳闪，代表16号执委正在发言。

“我把杨庆海带来了。”柳林说道。

“杨庆海？是‘报丧者’杨庆海吗？”

“报丧者”？这个代号我始料未及，没想到啊，我历尽考验成为一名宇航员，就是为了留下这么个丧气的名号？

“是我。”我极不情愿地说。

“我带杨庆海来，是因为他需要知情。”柳林顿了顿，“这是石牌危机的唯一转折，而杨庆海，他是第一个接触石牌的人，又接受过完整探月训练，会在未来的任务里成为关键角色。”

关键角色？这绝不是好事，电影里的关键角色通常都落得个舍己渡人的下场，于是我连忙摇头，说道：“先别急啊，为了避免民众恐慌，石牌危机可是S+的加密等级，我就这样走进来旁听是不是有点儿……不如你们先聊，我去外面等？”

柳林无视了我的抗议，清了清嗓子，说道：“现在，我宣布特别应急委员会根据投票达成的一致共识——经过严密论证，人类已无生还可能，文明即将终结。从今天开始，我们将彻底放弃求生计划，转而将资源放在更有意义的事情上。”

什么?！真要放弃了？

黑暗中的空气变得凝固，我愣住，胸口像被狠锤了一下，头皮一阵发炸！我喘了几口粗气，犹豫了片刻，终于开口说道：“还，还有四十年，对吧？不是还有四十年，伽马射线才会到地球吗？从现在开始，将全球一切一切资源都投入星际飞船的研制，也不行吗？拼命努力一下，至少能够让一部分人逃生吧？”

屏幕上跳闪起一个数字，8号执委发言：“你真觉得射线暴是一束细光吗？它的横截面直径接近一百光年！而我们应用可控核聚变才不到五十年。以现在的技术，你想研制出怎样的逃生飞船？曲率引擎？还是黑洞引擎？”

“逃不走，还不会躲吗？地球只有一面会承受打击，对吧？可以将人集中送往另一面躲起来嘛……”我追问道。

屏幕上几个数字共同闪耀了一下，这代表几名参会人同时发声：“地球无时无刻不在自转，你知道受灾的是哪个半球？”

我求助般地看向柳林，他却只是摇了摇头，说道：“无法预测死亡射线到达地球的精确时间，即使派出探测器，也不能将任何消息提前传回，我们的死神跑起来可是光速！”

我反驳道：“就算不做任何预警，也总有某个半球的人能躲过去。管他是谁呢，只要有人活下来……”

16号执委发声打断我：“是的，伽马暴只会杀死半个地球上的人，但活下来的另一半才是真正不幸的人。辐射随水和空气进入体内，死刑只是变得漫长了一些。更糟糕的是，伽马射线接触的臭氧层会在瞬间分解，而另一半球完好的臭氧会随着大气向受灾面流动。很快，全球臭氧层密度会被稀释到过去的百分之四十。地面接收到的紫外线将是原来的十倍以上，大量植物和动物将因此死去，随之而来的是饥荒和瘟疫，人口会在短时间内下降到不足目前的万分之一！”

我没死心，争辩道：“我们可以造生态循环仓来隔绝紫外线啊！再不行就去地下，用人造光源培育植物，本世纪初的技术就能实现这些了。等到地球自我调节后——也许用不了几十年，臭氧层就能慢慢恢复——幸存者们再从避难所里出来，虽然人不多，但那就是文明的火种啊！”

“你以为我们想不到这种方案？可惜啊！中子星碰撞时，和伽马射线同时喷射出的，还有一束高能带电粒子。只不过它的速度略小于光速，因此会在地球遭受第一波辐射后的几十年内抵达。”对方顿了一顿，“还是和上次一样，我们无法预计它来的时间，以及它会打击地球的哪一面。”

6号说：“被它横扫的半球，没人能够幸存。”

4号说：“臭氧层再次遭到破坏，地面又暴露在过量紫外线下。”

16号说：“刚开始恢复的脆弱生态系统会再次崩溃，而这一次，它面临更大的考验，需要数倍的时间来自我修复。”

“而在修复完成之前，地表所有大型动物，包括人类在内，早就灭绝了。”柳林补充道。

“……什么?！居然辐射打击还能……买一送一?”我喃喃自语，绝望如同冰凉的巨石，压在背脊上。

“‘报丧者’杨庆海，你能想象吗?幸存者们从臭气熏天的生态舱出来，满心希望地开始改造盐碱地，可新播下去的种子还没来得及发芽，又一波致命辐射袭来，用同样的方式把他们消灭干净。就像神手里拿着一盏细菌消毒灯，轻轻按两次开关，这对神来说只是动动手指，而对于我们……就是希望彻底覆灭的代价！”

我感到喉咙发涩，勉强咽下一口唾沫，润了润嗓子，开口道：“所以……你们叫我来，需要我做些什么?”

“我们需要你给月球抛个光。”

“……嗯?什么意思?你说什么?这、这是要做啥?”我大惑不解。

柳林挥挥手，显然已经很疲惫了，他说：“不多解释了，先进行表决吧。同意放弃逃生计划，将所有资源投入月球抛光计划的执委，请亮灯表决。”

话音落下的刹那，原本漆黑的大屏幕上亮起了几十个数字。

昏暗的会议室里，这些光芒显得高亢而明亮，我的眼睛被突如其来的光明刺激得流出了眼泪。

——几十年后，当夺走全人类生命的那道光线亮起时，我是不是也会像现在一样，泪流满面?

二

古人怎么定义夜晚?

看到天黑，他们便觉得这是夜晚；如果能看到月亮，夜晚就是良夜；如果当时的月亮还恰好符合他的心境，这良夜便值得为之赋诗一首了：

“床前明月光，
疑是地上霜。
举头邀明月，
低头思故乡。”

我吟着诗低下头，可脚底下却是灰褐色的月亮，悬在我头顶的，精美、复杂、炫目，包裹一层薄薄大气的大蓝球，那才是故乡。

月球抛光工程的一万三千名组员，分了九批次来到月球。作为项目组指挥官，我是其中的第一批。

和一年多前来月球勘探的情况截然不同，上次，发射发布会聚集了大批媒体和要员，他们像欢送英雄一样为我献花、祝酒；而这次，我们只能灰溜溜地动身。

“月球氦-3的开采工程延长了。”这是月球抛光计划的对外说辞。

抛光计划需动用的资源是天文数字级的，即使有世界上前十大经济体的全力支持，如此大的支出也违背了经济学规律。大萧条当前，当局“举地球之力去月球开采氦-3”的做法，很快就引起了众怒。

知情层只能不停地向外界宣传“核聚变发电需要氦-3，能源革命带领社会走向未来”之类的屁话。这纯属无奈之举，因为说出真相只会引起巨大的混乱。

所幸，在危机面前各国高层出奇地团结，竟没走漏半点儿风声。

这些战略层面的困扰倒没给我带来影响，因为从登陆月球的那一刻起，这项人类史上最大的工程就占据了我所有的时间。

在给月球抛光前，需要先做一些准备工作。就像不管是汽车还是地板，上蜡之前都要把表面清理干净。对月球也是如此。

月球表面有一层很细的尘埃，这是在长达几十亿年的陨石撞击中逐渐形成的。这一层月壤实际上数量不少，在多数地区厚度达到了十米以上。我们不能一劳永逸地把它堆到月球背面去，因为如果这样做，月球背面会变得比较重，在潮汐力作用下，它就会慢慢转过来。这等于是我们好不容易把它正面收拾干净，它又把屁股转过来了。

月球上没有空气，所以要对付灰尘，再强大的吸尘器也不行。只能用铲车把月壤集中起来，全部打包，然后送到太空里面去……实在都是笨办法。

我们选择了成本较低的运输方法——太阳能电磁投射器。这和高斯炮是同一个原理，以前在地球上曾被用作发射洲际导弹。我们在月球表面铺设了长达数百米的轨道，用通电线圈给塞满月壤的“胶囊”一个洛伦兹力，为其加速。好在月球引力很小，又没有空气阻力，速度达到2.4千米每秒就可以把打包的灰尘送走了。

一时间，数十条电磁投射器的轨道沿着月球表面蜿蜒铺设，不断地向外发射胶囊，同时有上千台大型铲车穿梭不断地收集月壤……原本冷清的月上世界显得繁忙无比。

灰尘终于扫干净了，但月球表面还有一层数千米厚的碎石。同时，月表也不平整，有山丘，高地，月海。所以还得接着干，把这些碎石填到月海里面去，山丘则全部铲平，剩余的废料就全部如法炮制，仍然用电磁投射器扔进太空。

在工程实施的过程中，我听说，人类社会的恐慌在此时达到了巅峰——从地球上能够看见月海逐渐变浅。如果用望远镜看，还会发现月海的边缘变得平滑了，蔓延到高光地区的深色玄武岩成了浅灰色。

阴谋论、质疑声喧嚣尘上，街道上随处可见肇事者和标语，恐慌的人开始去超市抢购盐和米。(我不懂了，盐和米可以防辐射吗？) 玛雅人的预言、法老的诅咒……这些早在百年前就过时的老套路又卷土重来。

人类从来没有像现在这样，急切需要别人向他们撒一个谎。

最高应急执委会找到了世界首富王先生。于是，首富先生成了除军政学界外，第一个接触危机内幕的人。

首富旗下的传媒公司立即对外宣布，启动月球投屏广告业务，发射八十四颗月球同步轨道子卫星，将月球作为一块幕布，在上面投射客户广告，供全球潜在消费者观看。

从那以后，人们在新月前后的夜晚抬起头，可以在月亮上看见不同图像——如果是巨大的红底黄字“M”，就是麦当劳广告；如果是四个白色圆环相连，便是奥迪广告。

王先生进一步宣布，为了更好地拓展业务，在未来，他的企业将联合军方，把月球改造成一块平滑幕布，供客户投射像素更精细的复杂广告。

出人意料，这种奇葩商业逻辑竟没遭到什么质疑，还被誉为“大众传播的又一次革新”。据说，当王先生接受媒体采访，被问到是怎么想到这种天才传播方式时，他曾一度哽咽：“人类的每一次创新，背后都有不为人知的苦涩……”

这句含泪而下的话，感动了在场所有记者，被《福布斯》杂志评为该年度最具商业价值箴言。可世界上只有极少数人真正知道，王先生当时到底为什么而哭。

无论如何，有了这层商业伪装，我的工作终于得以顺利进行了。

二十年之后，所有山丘被铲平，任何高于平面的凸起都被刨去，月海变成了平原，碎石填上的坑也已经用混凝土盖好。

满月时，月亮就像一个洁白的橡皮球，再没有了过去的坑坑洼洼，反射着一层均匀细腻的白光。

这时，准备工作就此完成，可以开始正式的抛光打蜡工作了。

关于抛光的原料，当然不能用普通的地板蜡，这东西的熔点是八十摄氏度左右，而月球表面白天最高温度可达一百二十七摄氏度。虽然打上蜡以后，月面反射率提高，月球温度应该会下降一些，但还是靠不住。到时候融化的蜡会四处流动，还会在地球潮汐力作用下聚到一起去，那可真的是一团糟了。

相比之下，刷一层高分子反光涂料（熔点在三百摄氏度以上），要比直接打蜡高明得多。

100平方米如果刷两遍的话，要用3.5千克反光涂料，月球的表面积是3.8×10^{7}平方千米。一个简单数学题，涂满整个月亮，大约需要高分子反光涂料1.3×10^9吨，也就是13亿吨。

不过事实上，根本用不到那么多。由于潮汐锁定，月球自转一圈花的时间和它绕地球公转一圈相同，它永远用固定的一半脸对着地面，只考虑视觉效果的话，把这一半看得见的脸处理好就行了。

当然，也不能忽视月球天平动。对地球上的人来说，月球可见面会有上下左右小幅度的摆动，实际上地球上能观测到月球表面的59%。所以，真正等待抛光的部分，实际上就是月球59%的表面积，算下来需要7.7亿吨涂料。

上漆的过程持续了十七年。无论白天还是黑夜，月亮上都往来着扁平的喷涂车，它们先将高分子涂料喷涂均匀，再在表面加热一遍，使得月球一寸寸变得光亮起来。

等漫长的工程结束，我已经长出一些白发了。

“你说，这个光滑的月亮能保持多久？”我站在工程总基地门口，望着明亮如镜的月表，问道。

“应该挺久的吧……还好现在已经过了太阳系的大轰炸期，遇到的陨石不多，而且基本上都很小。”柳森说道，他是柳林的儿子，也是我的副手。

“是啊，不然月球没有大气层保护，什么陨石都能长驱直入。我们又不能永远在这儿驻扎一支维修队，撞一次修一次。”

隔着厚重的航天服，我还是感到了柳森言语中透出的无奈：“哎，费那么大劲儿，以后……他们真能明白我们的苦心吗？”

“我也不知道。”我实话实说。

抛光完毕的月球，反射率超过90%，我们如同踏在湖面上，低头能看到脚边有一个地球的镜像，和天上那个地球交相辉映。银河也有两条，一条游走在头顶，另外一条从脚下穿过。我们被星空温暖地包裹住了。

可是，星空是有代价的。

在那些星星里，无数超新星爆发和星体合并正在发生，发射出的伽马射线暴如同孩子们手中持着的一杆杆激光枪，随机向四面八方射去死亡之光。

这不是第一次了……一千五百万年前，上一个地球文明也是如此被毁灭的。

三

“他们为什么不把石牌留在地球上？要是我们早点儿读到预警，早点儿准备，说不定就能逃过这一劫了！”

我曾这样问过柳林。那时我还在地球上，刚接受月球抛光计划的指挥官职位，柳林私人办了个欢送酒局，就我和他，地点在发射中心行政楼的顶楼，那里可以隐约望见远处的发射塔，除此之外，四周都是荒漠。

柳林抿了一口酒，缓缓开口说道：“你忘了，信息也要依托物质才能存在，而物质不是永恒的。人类消失的两百年后，人造的摩天建筑缺少维护，就会在地质活动和雨水侵蚀里倒下；最大的拱桥也会在一千年内坍塌；五万年后，玻璃和塑料这种人造材料也全部消解，所有遗迹都将变得难以追溯。”

“你的意思是，无论之前的文明把预警以何种形式留在地球上，等我们出现了，也早就无迹可寻了？”我问道。

“是的，文明演化需要成百上千万年，在这个时间尺度上，完全留不住任何信息！一块刻着文字的石牌在地球上会被风化侵蚀，被地质运动挤入地下重新变成岩浆。即使自然没有把它消灭干净，被蒙昧时期的人类找到了，估计也会被当作巫蛊一类的东西毁掉。”

“所以，上一个文明才选择了月亮！”我恍然大悟，“月球少有地质活动，真空更是良好的保存环境。等文明掌握了登月技术，也差不多具备解读能力了，这时人们找到石牌，就不会闹出什么笑话来。他们倒是考虑得周到！”

柳林点了点头，然后点上一支烟，说道：“我猜，留下文字时的他们，跟我们今天的科技水平不会相差太远，甚至还略弱一些。谁知道呢……也可能是留在月球的考察队目睹地球灾难后，死前留下石牌作为警示。”

“但……那又怎么样呢？到了这个节骨眼儿上才搞清状况，我们不是一样逃不走？看来，被周期性伽马射线暴一次次摧毁，就是这颗星球上文明的命运啊……”我丧气极了。

柳林向烟灰缸里弹了弹烟灰，说道：“还有四十年！既然逃不走了，或许可以做些什么。给地球的下一个文明留下更多的信号，说不定他们就能在下一个周期的伽马暴到来前，逃离太阳系，奔向深空。”

“这恐怕很难。”我说，“在同样的伽马暴间隔周期里，人类文明的发展水平和先代文明差不多，足以说明地球文明的发展是线性的。如果说，月亮是唯一适合的信息存储点，等下一代文明有能力登月获取信息时，射线暴就又快要来了！他们还是什么都来不及做啊。”

“所以啊，这一次我们得试试新法子……”柳林将烟熄灭，面对窗外黄色的戈壁滩。一阵风吹过，从远到近地卷起灰黄的扬尘。

“你知道‘镜面自身识别测试’吗？也叫作MSR。”柳林缓缓说着。

我有些摸不着头脑，问道：“你是说，进化心理学家盖洛普的那个镜子实验吗？让动物照镜子，看它们明不明白镜子里头的就是自己……我记得除了人类以外，只有海豚、虎鲸和一些灵长类动物能够认出镜子里的自己。”

“是的，动物能通过镜面测试，就说明拥有了自我意识。另外，盖洛普还给婴儿做过这个测试。”柳林说。

“他可真闲……”我插嘴道，“但我有个问题，婴儿照不照镜子，跟我要去执行的月球任务有什么关系？”

柳林没有理会我，继续说道：“实验发现，六个月大的婴儿看到自己在镜里的像，会把它当成另一个婴儿。但到二十四个月时，他就知道那是自己了。在这个时间点后，他们开始理解自我和外界的关系。比如说，六个月的婴儿听见别的孩子哭，他的反应是跟着哭；但有了‘自我’的概念后，他会去寻找其他孩子哭的原因，甚至安慰那些哭的孩子。”

“所以呢？”

“你还没懂吗？只要人有了自我意识，就能利用自己的经历判断周遭情况，也会开始思考自己与过去、现在和未来之间的关系，甚至体悟自己将会死亡的必然性。然后他们就会开始团队协作，开始观察世界。人之所以为人，就是因为有‘自我’啊！”

我还是非常困惑，“就算你说得对，但自我意识这种东西，恐怕南方古猿看见水中倒影时就有了，可那又怎样？还不是茹毛饮血了四百万年？”

“古代中国人用紫微斗数解释一切星相，视它们为政治经济活动的启示；希腊神话里，夜空八十八个星座对应神的八十八个故事，于是希腊人把祭祀诸神视为头等要事；基督教会焚烧一切有悖神创论的学说，有关日心说和地心说的争论在欧洲持续了几百年……人类不理解星空，也不理解自己，结果在弯路上实在浪费了太多时间。当我们被科学开蒙，尝试用理性探索世界时，已经太晚了！”柳林变得激动起来，他一下子站起身，“一个人需要一面镜子才能看清自己，地球文明又何尝不需要一面镜子呢？”

“你的意思是……文明也需要有自我意识？也需要看清自己？”我并不愚钝，这时已渐渐明白了他在说什么。

“是的，如果文明在镜中看到了自己，就会更早明白地球、太阳和星空之间的关系，不再把时间浪费在‘过去是谁创造了自己’这种问题上，而开始思考‘未来应当走向哪里’！我们要造一面地球文明的镜子！”

“所以……抛光月球？把月亮改造成镜子！一面抬头可见的镜子！”我兴奋地说。

“是的，我们要将月亮变成一个直径三千五百千米的球面镜！满月的夜晚，月球正对着太阳，从地球看月亮不会看到轮廓，看到的是镜子上太阳的像。由于球面镜发散光线，它看上去比真正的太阳小，亮度也低得多，不过那也远远超过了过去的月亮，在夜里看个书不成问题。”

“也就是说……太阳的像就是一颗极亮的星星啊！”我说道。

“没错。那时，因为强烈的‘月’光照着地球的夜半球，所以地球还能反射给月球一些光，月球镜子上就映出一个暗淡的地球影像。”

“你说，会有人意识到，那就是地球的像吗？会有人明白旁边那颗明亮的星星，就是白天的太阳吗？”我在脑海中画出那样的星空，兴奋地说道。

“换一个时间，一切又会截然不同。比如原本能看到半个月亮的农历初八，月球和黄道面交叉，通过月亮镜子，可以看见阳光照亮的半个地球，太阳从球面的边缘反射过来，亮度则会很弱，而且变形严重。虽然看不见抛光后的月球轮廓，但是凭着这些月相变化的信息，就可以估计它的大小。相信我，一定会有聪明人这么干！”

“对！知道了月球的大小形状，就能知道地球、太阳的大小和形状。”我接口说道。

“在农历初一前后，月亮在白天出现，抛光后的月球就会反射地球的白昼地区。这时，人们会在白天看见蓝天上出现了一个地球的像。就算在发明望远镜之前，观测者也应该能模模糊糊地看到，天空中有一个圆形物体，每天慢慢自转。这个物体上的图案表现出奇特的变形效果，我想一定有人会把这个现象和球面镜联系起来，推断出这是地球的像，进而认识到地球是球形的，并且在自转。而且，无论什么时候，地球的像总是在球面镜子正中，也会有人能因此推断出月亮、地球和太阳的关系。”

“还有！发明望远镜以后，观察空中的像，也能帮助他们认识地球。读懂了这面月亮镜子，天文、地理、物理学都会……哦！还有哲学，一上来就对着一面镜子，天知道新文明会弄出什么新哲学体系！”

柳林拿起桌上的一杯酒，示意我共同举杯。今天桌上的菜本不丰盛，酒也比较寡淡，但此刻我看着手中的酒，仿佛这一杯里，就是地球历史上所有文人写过的诗，所有画匠绘过的图。

窗外还是风沙连天，我开口问道："说了这么多……你觉得，未来地球上的智慧生命，真会明白我们的苦心吗？"

"……说实话，这我也不知道。"柳林举杯一饮而尽。

四

柳森的声音把我从四十年前的回忆里拉出来，"趁今天是初一，地球上不方便观察月亮，我们把最后一个太阳能电磁投射器拆除了。"

"嗯，月球抛光工程已收尾完毕，接下来，执行全员地球返程任务，这就要辛苦你了。切记，继续向公众保密，真相只能带给他们恐慌。"我说道。

"我明白。只是……杨指挥官，你确定不回地球了？虽然月壳下面放了几个休眠舱，但那只是应急用的，就算能源全续上，最多只能维持五万年。"

"我知道，就是把它当成棺材来用的。我问你，回地球我们又有几年好活？不到一年了，对吧？我从小就想到月亮上来，又为抛光工程耗去了快四十年时光，如今我想在这里永远待着了……这儿也挺好，成天绕着地球转，离家不远，也不孤独。"我说。

柳森笑起来特别像他爸，"好的，生死面前，我们能选择的东西确实也不多。那么，祝你好运。"

我也笑了笑。

但就在这时，原本黯淡的月表毫无征兆地蒙上一层粉红色的光。我突然警觉，连忙问道："怎么回事？"

柳森与耳边的无线电交流了几句，答复道："没什么大事，地球方面知晓我们拆完了电磁投射器，王先生的公司就又开始在月球上打广告了。”

“原来如此，他倒是兢兢业业。不过现在反射率那么高，广告效果肯定差了好多，也不知道他又找了什么借口继续糊弄人。”说到这里，我停顿了一下，“记得这个季度广告订单……是苹果公司吧？图标不是银白色吗？怎么是粉红色的光？”

“回复指挥官，情况是这样的：今天是王先生的结婚纪念日，他事先赔付了苹果公司一笔巨额资金，把今天的月球广告位要回来了，给他夫人爱的表白。”

“嘿，难怪是粉红色的，有钱真好啊，一把年纪了还能玩这么一出……”我戏谑道，“他在月亮上写了些啥？我们也跟着学学。”

“唔，爱……爱你直到世界末日。”

直到世界末日啊……我和柳森都陷入了沉默。

在漫天粉红色的光芒里，我们两个大男人杵着特别尴尬。但我也知道，如果在地球上看，此刻的月亮变成了一颗粉红色的心脏，世界上所有女孩都会觉得这浪漫极了，纷纷憧憬着未来某个小伙子也能送自己一颗这样的心脏。

然而唯有王先生清楚，这颗心脏最多还能跳动一年，等到它停跳的那一天，自己仍然会牵着心爱女人的手。

爱你直到世界末日……有钱真好，混蛋啊……

“杨总指挥官，那我们就在此告别吧。明天我将随大部队返航地球。我会向父亲带去你的问候。”柳森在那颗心下说。

“谁要问候他？给我派的……都是什么鬼差事！”

送走了柳森，我转身沿漫长的阶梯往月壳深处走去。

这阶梯真的很长，长到我有足够时间去回忆一生，长到我有冗余的思维去羡慕地球上的人，他们上班下班，他们笑了又哭，他们的一天过去后又是充满希望的一天，直到……

在滴一声后，休眠舱打开，我横躺了进去。

混合着麻醉药的气体开始释放，意识越来越缥缈……可能死亡就是一个永恒的梦境吧。

早知道这就和做梦一样，我还怕什么呢？

五

之一

我梦见一个异常明亮的夜晚，亮得如同一个长达十二个小时的黎明。

簌簌声响后，灌木丛一阵颤抖，钻出一只河狸。现在，它是现存的数一数二的大型哺乳动物了。这要多亏了它是顽强的啮齿类，其家园又临近水源，水和自己搭建的巢穴都成了它的庇护所。

河狸纵身跃进河中，朝下游游去，泳姿类似狗刨，厚而致密的皮毛在水中油油发亮。河狸不能理解为什么这些年里，比它高大、凶猛、强壮的生物都逐一死去了，但它能隐隐察觉，日子正一点儿一点儿变好。

确实，雷暴在全球范围内造成一场场酸雨，这是好信号，氮氧化物随雨水渗进贫瘠的土地，充当起肥料；氧分子在高能放电中进一步氧化——臭氧层也在恢复。

入海口很近了，河狸扎进水面，搜寻许久后，却没找到可以吃的水草和嫩枝，只在淤泥里捡到了几个甲壳类动物。

这时，一个灰色的影子闪过，河狸一惊，把泥蟹一扔，迅速摆尾逃走了。

影子是一只海獭，它抢走了被河狸扔下的泥蟹。如今地面上都是死去的动物，但在过量紫外线的照射下，它们的尸体早就皮革化，难以下咽，眼前这泥蟹是不可多得的美食。

和所有鼬科动物一样，海獭拥有可提供强大保护的毛发和锐利的牙齿，可这牙不适合做开罐器。它抱着战利品，仰面浮在水中，以肚子为臼，找了块石头作舂，节律清晰地敲着泥蟹的壳——

“咚，咚，咚……”

海獭毛茸茸的脑袋仰着，豆子一般的眼睛对视夜空。海獭的目光聚焦在夜空中一个特别明亮的小点上，正是它发出的光芒让夜晚如此明亮。

似乎……这个小亮点旁还有个圆圆的影子？

咔嚓一声传来，泥蟹的厚壳终于被石头砸烂。海獭将它送到嘴边，愉快地吮吸起内脏来。

之二

口耳相传的历史能追溯到五千年前，一切都从石头开始。

咸水文明的先民捕食鱼类和虾，对于海胆一类外壳坚硬的生物，就找一块石头将其敲碎。

如果遇见用得顺手的石头，就把它藏起来反复使用。慢慢地，先民们也在石头的用途上做了一些区分——锋利的石头撬开贝类，厚重的石头碾碎螃蟹的钳脚。

那为什么不自己造一块得心应手的石头呢？

第一个这么想的人，被后世称为“碎人氏”，他带领咸水文明走入了石器时代。石器的制造从一开始的摔制，变为精细的磨制。碎人氏发现，石头经过加工后不仅可以捕食，还可以做更巧的事，比如用石针缝制树皮衣服。

对于咸水文明来说，世界被包裹在一个巨大的贻贝里。贻贝吃饭，张开两瓣外壳，太阳光就透进来，那是白天。贻贝要睡觉了，合上壳挡住光，天就黑了。壳上的孔眼会零零散散透进光来，便是放眼望去的满天星星。每隔二十多天，这只大贻贝会产出一颗大珍珠，那是奉献给神的礼物——亮星。

亮星呈周期性出现，每隔二十多天，会有五六个夜晚比其他夜晚更亮。在这些被眷顾的夜晚里，咸水文明的女人们做衣服、磨制石器，男人们则教导幼子入海捕鱼的要领。

但也有极少数时候，他们需要和来自甜水文明的敌人作战——那群河狸!

河狸们总是在河道上用木枝筑坝修屋，举着木制的矛和弓冲进咸水文明的部落。有巢氏就是这一群怪胎的头子，据说是他第一个想出了盖楼房和修磨坊的点子。

有巢氏用嘴把大坝啃开了一个口子,(多么野蛮啊!)在开口的阀门上装了个舂子，水流过阀门，带动舂一下一下砸进地基，有了更深的地基，河狸就能住在安全的高楼上。但讽刺的是，它们天生没有一双灵巧的手，光会啃木头筑楼又有什么用呢？要知道，石头代表文明，木头象征落后!

亮星在上，请给予那些蠢河狸应得的惩罚!

之三

“为什么我们的夜晚是这样?”

河狸可以活二十岁，从三岁成年开始，伽狸略就开始思考这个问题，已经思考了十七年。

伽狸略是一名优秀的筑坝师。甜水国居民善于计算，会测量地形数据，根据地貌修出用场不同的建筑：有的拦截河流；有的提供动力；有的一半没在水中，可以养殖水草；有的内部画满了星图，用来观测天象。这些屋子在河湾里连成一大片，河流就像它们的血液，带动研磨机房的齿轮运转，带动锯条锯开树木的底部，也流进锅炉为新生儿的房间加热。

最大的水中之城就是伽狸略设计的。可他现在不务正业了，只想弄清为什么天上总隐约有个蓝球。不同时间里，这个蓝球的样子也不大一样，有时是完整的，有时只能看到一部分，甚至有时它会在白天出现。

他知道光凭眼睛去看是不行的，需要更好的观测器具。但河狸造不出精密仪器，能做到这一点的只有海獭。

虽然持续数千年的狸獭之战终于在上个世纪告终，但两族间的隔阂丝毫未减。幸亏獭勒密不信奉唯獭主义，作为海獭中首屈一指的能工巧匠，他欣然接受委托，按伽狸略计算的模型造出了一架桶状机器，它的前后各有一块磨制出的镜片，可将远处景象放大。

伽狸略用这机器观测天空，逐渐得出一个结论：蓝绿色圆球的变化和亮星的出现，有一定的关联。

“世界或许不是一个大贻贝。”伽狸略说，他的大牙在桌上蹭来蹭去。

“嘘，亮星在上，这可不能乱说。神会降下海啸……”獭勒密连忙用手捂住伽狸略的嘴，可还是捂不住他的大牙。

“亮星就是太阳。”

“瞎说什么呢！太阳是一个火球，亮星是一颗珍珠……”

伽狸略面前放着一张草稿纸，在一堆公式和数字旁，画着大小不一的三个圆球，它们连成一条线。

“如果天上有一面球形的镜子，而世界就处在镜子和太阳中间，那会怎么样？”伽狸略问道。

“哦，不！亮星会生气的！”

之四

发射仪式的现场，狸獭联盟的主席正在发表演说，他身后是象征甜咸联盟和平发展的徽章——代表海獭的石头与代表河狸的木桩绕成一个圈，环抱着地球。

“镜球之谜是世界七大谜团之一。曾经，镜球帮助我们了解了太阳系，也给我们留下了无尽疑惑——是谁将那面镜子放在地球旁边的？他们有何目的？是为了帮助我们，威慑我们？还是只是单纯的一个恶作剧？

“在獭狸文明的历史上，无数假说和理论因此提出。今天，凝结着河狸的科学与海獭的技术的航天器将前往镜球，揭开这一谜底！

“让我们共同期待着，航天员登上镜球，为獭狸文明的发展谱写充满希望的新篇章！”

台下掌声雷动，但如果仔细听，会发现掌声分成两部分：分别是水獭手肘碰撞发出的砰砰声，以及河狸用尾巴击打地面发出的啪啪声。

六

“我们在你意识中植入了四个梦境，分别对应了獭狸文明的四个重要历史节点。希望能够帮助你了解我们的过去。”

休眠舱启动了复苏程序。

刚刚说话的……是谁？

等等等等，什么情况？

我没死？

难道是冬眠装置失灵了？我艰难地抬起手操作屏幕，想弄明白自己究竟睡了多久。

这时，一种我能够听懂的语言传来：“一千五百万年。‘报丧者’杨庆海，你好。你在休眠状态里度过了一千五百万年。”

“怎么可能？要真是这样，休眠系统早就坏掉了！”我喊道。

“你再仔细看看周围的装置。”

我意识到这声音是电子合成的，难怪它显得生硬又死板。

由于身体机能尚未恢复，我拼尽全力才坐了起来，环顾周遭，发问：“啊?！所有机器我都不认识了，怎么回事?！”

“休眠舱深处于月表以下，伽马射线暴没有对你造成致命打击。但五万年后电源耗尽，你还是难逃一死。所幸月球环境和废旧的休眠舱对于保存肉体来说非常理想，等到一千万年后我们找到你的遗体时，还能勉强读取你大脑存储的信息。”

“你是说我死了？但我现在不是好好的吗？”我惊讶万分。

“用你那个时代的话来说，我们克隆了你，但这也不准确。实操中，我们是将你身上每一个细胞重新独立培养，然后再进行组合。这比克隆好，不需要花力气把你从单个细胞养大。我们还将你大脑的物理状态复刻为休眠前一秒的样子，可以理解成：你的记忆被移植了。还有一个好消息，现在的你，就是你二十一岁时的样子。恭喜你了。”

我来不及消化这些信息，急忙问道：“你究竟是谁？”

“我们是人类之后的地球文明。我们来到镜球——也就是你概念里的月球——发现了你，就给你留下了这一段语音。现在我们也不在这颗星球上。”

“那这段语音留言倒是挺智能的。”我说。

“首先，要感谢你和你的同僚，月球抛光计划为我们留下了至关重要的信息。明亮的夜晚给了我们更多学习的时间，镜面给了我们审视自己的机会。你休眠一千万年后，我们就有了登月的能力，从而发现了你，也收到了你们留下的警告。在那之后，我们用一千年时间研发出了近光速飞船，并用了大约一万年时间转移全体地球居民。大批飞船分别向银河中三个不同的恒星系进发，开启了星际移民时代。我们不会再被任何灾难一次性消灭，这多亏了你们的镜子！”

“所以你们已经全都跑光了？还有，你刚刚说我睡了一千五百万年？为什么五百万年前你们就发现了我，却直到现在才把我叫起来？”我大声问道。

“咦？你不是曾经说，想在月亮上长眠吗？”

“这是海獭的幽默感吗？我都睡一千万年了，还不算长眠啊？！”

“刚刚是玩笑，请不要介意。”他似乎想要模仿人类的语气，却显得笨拙又尴尬，“虽然我们已经离开地球，但伽马射线暴还是会如期而至，地球生态又将经历一次涅槃，新的文明轮回又要开始。曾经，人类送给我们一个光滑如镜的月球；而现在，我们想留给下一个文明的礼物，就是你——‘报丧者’杨庆海。”

“啊？什么意思？”

“我们改造了你的休眠装置，能够让你在新一轮伽马暴到来后醒来——是的，你在睡梦中经历了两次伽马射线暴。并且你的身体也跟过去不同了，你不会衰老，也不会因外力打击而死亡——其中的科技对我们来说并不复杂，已经储存在我们留下的资料中，你可以慢慢学习。反正你也不会死，时间有的是。”

“我要学这些干什么啊？”

“我们还给你留下了去往地球的穿梭装置，以及充足的物资与设备，从武器到休闲娱乐设施，应有尽有。这些东西，连同我们文明的所有科技成果，都向你开放了使用权限。带着这些回到地球，在那里可以建造任何你想要的东西。”

“可我为什么要回地球？我去那儿一个人做什么呀？！”

“伽马射线暴的打击刚刚过去，新周期里一切还将继续。经历过两个文明的更迭，你难道没有什么话想对未来的孩子们说吗？”

听到这里，我心中一紧。

电子合成音继续说道：“你可以亲口说给他们听，关于黑洞和中子星的危机，关于地球的过去和未来，告诉他们每一个为文明传承牺牲的人的名字，也能教给他们每一首你小时候唱过的儿歌。你将不老不死，至高至明。你将作为唯一的神，引导生灵从蒙昧走出，直到走向星空深处。”

“星空深处……星空是有代价的。”我突然想起许多年前，面对星空之中无处不在的危机时，自己曾这样感叹过。

“对了，离开之前，还要告诉你一件事：你曾在月球雨海里发现一块石牌，那也不是地球的第一个文明。远在那之前，地球上的智慧生命就尝试用各种方式，在文明迭代之间传递危机的警告，有的成功了，下一个文明飞速发展；有的失败了，下一个文明没有接收到信息就被射线暴摧毁。这颗蓝色星球一次又一次孕育出文明，正是因为星空是有代价的，星空里的危机是文明迸发的动力，星空深处又是文明最后的归宿。星空有代价，但那是星空啊……”

那个声音说完这些，便不再吱声了。

我从月壳深处的休眠舱里踉踉跄跄地走出来。他们的科技水平令我无法理解，居然能把我的身体改造成不要隔离装备也可以在月表自如行走。在真空中，我没有痛苦的感觉，也无法体会欢乐。

看着陌生又熟悉的身体，巨大的空虚感袭来，我竟一时不知该如何是好。

这时，我抬起头，看见地球正散发出淡淡辉光。

星空掩映下，它还是淡蓝色的，像宝石，像一滴眼泪，像所有故事的起点。

哦，对了，刚才他们叫我什么来着？“报丧者”？

我流下眼泪，但真空中没有气压，液滴瞬间在我脸上沸腾，放热结束后，又凝结成极细小的冰晶。

“报丧者”杨庆海……哈……看来，又得是我来把坏消息带给下一个文明了，这都给我布置了些什么差事啊！

第一次，我带回一块石牌。

第二次，我抛光了月亮。

第三次，我将亲口对孩子们讲述一个故事，一个关于这颗星球上文明生与灭的传说。

千疮星工程记事

索何夫

1

工程时间：D13，1157时。

从上万千米向下俯瞰，这个在邦联行星档案中编号为662470-D9、非正式名称为“千疮星”的世界，就像是一只硕大的海胆。

唔，当然，我从没有真的接触过那种栖息在古地球海洋底部的、据说非常美味的棘皮动物，但这并不妨碍我在此时此刻如此联想。

说实在的，正常的行星显然是不可能让人联想起海胆的，因为在质量较大、足以维持自身的流体静力学平衡的星球成型的过程中，自转会让星体物质逐步形成相对最为稳定的几何形态：球形。虽然质量、半径越小的星体，与完美球形的差距就越大，但是，就算是最小最不规则的小行星，也几乎不可能长成千疮星的这番模样。

以一颗行星的标准，千疮星并不算很大，这颗围绕着一颗垂暮的白矮星缓慢旋转的行星，直径刚好超过一千二百千米，密度比地球略低一点，质量恰好勉强扫清或者俘获位于它公转轨道上的零零碎碎的小天体——比如说，我目前踏足其上的这颗小小的卫星。

在千疮星所围绕的这颗白矮星还是主序星时，它所在的行星系曾经拥有更多的大行星，甚至还有迹象表明，某些行星上可能还存在过智慧生命。只不过，这些行星全都在好几亿年前就被膨胀为红巨星的恒星摧毁了。

千疮星的地表成分和普通的岩石质行星相去无几，主要由硅酸盐和铁、镍、铝的氧化物构成，由于众多碳单质的存在，行星地表的反照率相当之低。少量干冰、固态氮氧化物和冰冻的甲烷散布其上，看上去就像是撒在黑巧克力蛋糕上的一点点糖霜。

总而言之，这颗行星没有丝毫特殊之处可言……如果没有那些“棘刺”与孔洞的话。

遍布千疮星地表的黑色“棘刺”，是这个小小的冰冷世界最显眼的辨识特征。

从我目前的位置上望去，这些构造体不过是一根根针状的细刺，但根据档案库中的勘探报告的说法，它们的直径其实在一百二十到两百米不等，平均高度更是超出了七十千米！与其说是“棘刺”，倒不如说更接近于传说中宏伟的巴别塔。

迄今为止，没有人知道这些巨型“棘刺”究竟是做什么用的。唯一可以肯定的是，这数百根基本均匀分布的构造体显然不可能是天然产物。它们的最外部是一层碳化硅材料，再往里则是一层厚度不明的、被压缩到接近于电子简并态的致密碳元素。至于更往里面有些什么，目前尚未公布……

当然，我也不在乎就是了。

毕竟，谁叫我只是个安保指挥官呢？

“报告情况，索菈。”当我视网膜上的计时器数字变成“1200”并开始闪烁时，我清了清嗓子，按照规定下达了指令。

“遵命，指挥官。目前的情况就是没有任何特殊情况。”一个清脆甜美的女性声音从我身后传来。

虽然乍看之下，作为我这个安保指挥官助手的索菈是个身材娇小的女性，拥有混合了多个人种特征的秀美面容，外加一头不属于人类自然发色范畴的亮紫色头发，但事实上，她只是个被没有真正自主意识的低级人工智能制造出的三维投影。

负责为千疮星改造工程保驾护航的安保部队包括我在内，总共也只有三个自然人，但各种自动化安保设备却有四位数之多，因此，绝大多数实质性的工作都得被交给这些事务性人工智能完成。而我们这些自然人，反倒像是身居深宫之中的古代君主，除了定期浏览助手们送来的分门别类整理完毕的报告，并且按照规定下达一些一成不变的指令之外，就再也没什么事可做了。

“全部安保部队所属单位，包括战斗单位、侦测单位、医疗单位、服务单位和事故抢险单位，均处于时刻就绪状态，完好率高于97.5%，我将继续时刻注意各单位运转状况。”索菈流利地报告。

“很好，继续按原规划执行任务。”我打了个响指，一台隶属于安保部队服务单位的悬浮在齐腰高度的服务机器人立即飘进了这座小小的安保指挥部内，把一杯不含咖啡因的咖啡口味热饮递给了我。

我接过热饮，啜饮了一口，然后继续将目光透过前方的观察窗，投向远处的行星，欣赏景观。虽然刚才只是说了几句一成不变、无聊透顶的话，但就这么几句话，我已经完成了十二小时中唯一的工作。

“事实上，像我们这样的家伙，反而更应该用人工智能代替才对——啊，不对，就算是个简单的只读程序，也已经足以取代我们的工作了。”在来这儿的飞船上，我的队友，担任副指挥官的维特先生曾经对我这么说过，“大多数工程任务的安保工作就是这么无聊，每天的日程比幼儿园小朋友的还要轻松。”

“对，确实是这样。但人工智能没法上被告席，对吧？”安保队的首席技术员小静是这么回答他的，“人类的事务，最终要由人类来负责，所以我们才会在这儿。”

“也就是说，我们是‘预备被告’啰？是这意思吧？”

“如果你不喜欢，那可以不做这份工作。”

嗯，以上就是那段对话的全部内容。不得不说，我的这两位同行真的很有把天给聊死的天分……

不过，他们的说法也并不正确。虽然有“预备被告”这种充满调侃意味的称呼，但事实上，真正因为失职或者玩忽职守被告的安保人员，实在寥寥无几。毕竟，虽然所有行星改造工程都必须配置安保力量，但那更多的是出于法律要求。在绝大多数情况下，安保人员在整个工程期间，都不会遇到需要他们采取行动的意外事件，只要照着日程表下达那几个简单的重复指令，就基本没有出事的风险。

不过，千疮星的情况却有些……特别。

在接下这份活儿时，我曾经询问过工程负责人朗先生，这颗古怪的行星为什么会被命名为“千疮星”而非“海胆星”？

朗先生的回答，则是一份整理好的行星勘探记录。

根据这份记录里的说法，千疮星在遥远的太空勘探时代初期，就已经被蔚蓝－β 行星系的巨型巡天望远镜阵列观察到了，而对它的初次勘探则发生于三个世纪之前。

当时，圣体兄弟会刚刚发动针对邦联的战争，而千疮星所处的行星系恰好位于双方控制区交界处的无人缓冲带，因此被邦联选定为潜在的观察站与机动防御支点。接着，按照标准流程，一支工程队被派到这个世界，开始进行基础建设。

工程队的成员们在寒冷的行星表面布设了重型挖掘设备，开挖出了一条又一条深入地底的隧道，被挖掘出的岩石在行星上的临时冶炼工厂里进行加工，成为后续建设所需的建筑材料，而水冰、氨冰和甲烷则被分别储备起来，准备作为维持新基地运转的物资使用。

总之，行星改造工程一开始进行得颇为顺利。根据计划，千疮星会在一个标准年内变成一座军事要塞，上百个太空防御激光井和数量更多的导弹发射井会有效地保证它的安全。它的地幔表层会变成坚固的仓储设施，用来存放维护太空战舰的物资和装备，而富含金属的浅层地壳则会成为太空军和陆战队的住宿区域。至于目前被安保队选为基地的这颗直径一百六十千米、每十八个标准时绕千疮星旋转一次的小卫星，以及目前遍布千疮星表面的大量“棘刺”，在那时还连影子都没有。

至于它们究竟是怎么出现的……那就没人知道了。

根据目前留下的记录，邦联太空军的工程队平安无事、按部就班地进行了整整两个半标准月的发掘与建设工作。在最后一次例行联系中，工程负责人报告称，他们已经完成了对行星地壳部分的初步开掘和地表设施的建设工作，轨道上的观测/通信卫星也已经就位，一支钻探分队正在对相对密度更大、金属含量较低的行星地幔进行钻探，预计将在之后的三个标准月内完成下一阶段的建设工作。

总之，一切看上去都正常得不能再正常……直到一小时后的大爆炸为止。

那场爆炸发生于千疮星赤道部位的地壳下方，也就是工程队绝大多数自然人成员以及指挥控制中心的所在地。

在爆炸发生时，恰好掠过上方的一颗观测卫星录下了这场浩劫的全过程，并估算出了它的威力——相当于1700亿吨TNT当量，或许更大。行星超过十分之一的地壳在爆炸中被撕裂，形成了目前所谓的“黑色死亡”盆地，被抛入空中的大量岩石碎屑则构成了一道蔚为壮观的星环，并在随后的几个标准日时间内击落了所有围绕行星运转的卫星。在最后一颗观测卫星也被摧毁之后，来自这颗行星的通信就彻底断绝了。

没有人知道那次爆炸究竟缘何而起。

虽然爆炸地点是计划中的仓储设施，如果完工，那里确实将会存放为数众多的易燃易爆物品，但是，至少在爆炸发生时，这些设施还处于刚刚开始建造的状态。

虽然地质活动导致爆炸的可能性在理论上也不能排除，不过，在最初的勘探过程中，这颗行星表面并未发现过任何地质活动的迹象，而从理论上讲，由于质量太小，千疮星几乎不可能拥有一颗足以维持活跃地质活动的核心。

还有一些人声称，是当时正和邦联交战的圣体兄弟会用战略核武器实施了这次攻击，不过，同样没有任何有力证据能证明这种说法的可靠性。

由于爆炸造成的损失太过严重，邦联太空军最终放弃了在这颗行星上进行建设活动的计划。另一支工程队撤走了残留在行星上的工程设备，炸毁了已经建设完成的地表设施。

在那之后，这颗行星上只剩下了施工队，还有大爆炸所造成的无数疮痍，而“千疮星”之名也由此而来。

在那之后，再也没有人造访过这个千疮百孔的世界……直至我们的到来。

2

工程时间：D22，2210 时。

“唔——哦哦哦哦——”

当小静打着哈欠走进安保指挥部时，我正蜷缩在位于房间一角的吊床上睡得正香。

在半睡半醒之中，我隐约觉得有人正站在我面前，用哀伤的眼神盯着我。虽然这个梦非常缥缈，以至于我无法看清楚眼前那“人”的形象，但不知为何，潜意识告诉我，正在看着我的人，应该是一名女性，而且她现在正有什么话想要对我说。

“你……是……”

在迷迷糊糊的状态下，我下意识地朝着对方伸出手去，结果却一把抓住了小静的胸口，后者爆发出的尖叫声直接将我吓得从吊床上滚了下去。

还好，由于这颗被命名为“千疮卫一”的小小卫星的引力相当微弱，我这一下子摔得倒不是很重。

“你想要干什么啊?!”小静朝我喊道。

“我……呃……抱歉，刚才好像睡迷糊了。有什么事吗？话说现在应该是休息时间，你就不能等我起床了再来找我吗?”

在醒来的瞬间，梦中所见到的那点模糊内容随即像朝阳下的薄霜一样，开始在我的脑海中迅速消散，最后只剩下了一点似有若无的印记。

“不能，因为我有很重要的工作相关事项，必须尽快告知你，”小静说道，“是工程队负责人朗先生通知的。”

“哦？他们居然还没把我们给忘了？”我笑着说道。

虽然绝大多数人在听说有工作方面的事务找上门来时，通常都会露出不快的神色，不过，我现在却感到了一阵莫名的兴奋。在持续了好几天一成不变、无聊透顶的“工作”之后，我基因中的本能正在催促着我去找点儿有意思的事情做做。

可惜的是，我们所保护的那支工程队却一直没有给我们这个机会。

在抵达千疮星后，他们将安保队的基地设在了离行星足有万里之遥的千疮卫一上，而自己则在行星表面展开了热火朝天的工作。至于工程队的工作细节，以及他们到底来这儿做什么，对我们这些“局外人”都是完全保密的。除了在行星高空轨道上布设同步观测卫星，在周边空间建立观测站，并派出自动化巡逻艇护送向千疮星表面运送物资的运输船外，安保队基本无事可干。其实，考虑到上面这些简单工作完全可以由我们的人工智能助手完成，我认为就连“基本”这个词也是完全可以去掉的。

“朗先生在2125时的通信中宣称，在24小时后，会有一支小型工程队来到千疮卫一，他要求我们提供必要的保护与协助。”小静忽略了我语气中的调侃成分，神色平静地说道，“他们要在我们这里进行一些建设任务。”

“建设什么？”我问道。虽然主要工作不是进行工程建设，但安保队也拥有一批自动化工程设备，可以在太空或者天体表面进行一些相对简单的建造活动。目前位于千疮卫一朝向行星这一侧地表的这座安保指挥部，以及周围的舰艇起降场和装备储存设施，都是由安保队自行建造的。按理说，工程部没有必要来帮助我们修建任何东西。

“他们说是‘大型军事防御设施’。”小静在说出这个词时，也露出了略显困惑的表情，“工程部的人声称，最近有报告表明，圣体兄弟会残余势力仍然在这一带附近的星区活动，因此无法排除他们会攻击千疮星的可能性。所以需要在这颗卫星上建造一些防御设施，用于防范可能发生的攻击。”

“嘁。”我嘀咕了一声，摇了摇头。虽然不知道那帮工程师究竟在打什么主意，但我唯一可以确定的是，所谓的“防御圣体兄弟会的攻击”，显然只是个幌子，而且还是相当烂的那种。说实话，虽然上一支被全体炸飞的工程队确实是为了防范圣体兄弟会而来，但圣体兄弟会这个以“保护基因纯正的人类”和“驱逐非人类智慧生命”为主旨，一度与邦联长期对抗的民粹主义组织，早已在邦联内战中分崩离析，目前只剩下了一些零散的恐怖主义团体还打着它的旗号四处进行袭击。虽然那些家伙确实有些危险，但我完全不认为，他们会在意这颗远离任何人类居住的世界，甚至不为银河中绝大多数智慧生命所知的偏僻行星，更别说没事找事地跑来进攻我们了。

“告诉工程队，负责这里安全的是我们，不是他们。如果有需要，我们会自行准备防御设施，不劳烦他们来打搅。”我说道。

“事实上，我之前已经对他们说过同样的话了，指挥官。”维特也走了进来，在这个又高又瘦的秃头男人身后，一台碟状全息投影设备在空中悬浮着，投射出了我们的人工智能助手索菈最常使用的拟人形象。“但是，朗先生非常强硬地告诉我，除非我们想要现在就拿钱滚蛋，否则就不要质疑他的这个决定。”

“唔……”我有点不快地咬了咬嘴唇。现在雇佣我们的这支工程队虽然持有邦联太空开发委员会所授予的许可证，并因此在名义上隶属于邦联工程部，但它事实上隶属于星际综合工程企业BUB公司麾下的一家子公司。与至少会一板一眼地照章办事的邦联当局不同，这些家伙对于他们不喜欢的人，通常会非常“爽快”地撕毁合同，毕竟财大气粗的BUB公司可不在乎那点违约金。

“他们要建造的东西……不会有什么违法嫌疑吧？”我试探着问道。

“朗那家伙保证说不会……而我觉得应该也没问题。”维特说道，“在接到通知时，我让索菈在工程队的内部网络里调查了一下，发现了准备运往千疮卫一的物资清单。看起来，他们打算建造的，应该是一座大型时滞力场投射器，以及为它供能的反应堆。”

“就这？那应该没什么问题才对。”小静耸了耸肩。

时滞力场投射器是半个世纪前才被发明的新东西，准确地说，是基于用来保存重要物资，甚至是让人员进行休眠的小范围静滞场技术开发出的副产品。一旦启动，一台用于行星防御作战的时滞力场投射器，可以在以千米为尺度的空间范围内，暂时对时间的流逝速度造成影响，让目标相对于正常时空大幅度减速，乃至直接“冻结”。

虽然这种装置能耗巨大，以至于往往需要用专门的大型聚变反应堆供能，而且也只能对目标造成数十秒到数分钟不等的迟滞作用，但在分秒必争的交战过程中，这已然足以为防御一方争取来巨大的优势了。由于不会对目标造成任何直接杀伤，这种装置也是警告射击和非致命性防御手段的不二选择，而且不像其他威力强大的行星防御武器一样受到大量法律限制，它唯一的缺点，仅仅是异常昂贵而已。

“确实……欸，等等，你说你刚刚入侵了工程队的内部网络？”我刚要点头，却突然意识到了关键之处，“严格来说，这么做应该是被禁止的吧？”

“理论上是这样没错……只不过，前提是我们在技术层面上进行了‘入侵’。”维特有些得意地笑了笑，“两天前，我在闲得无聊的时候对索菈的数据库进行了一些检查，结果你猜我发现了什么？里面有工程队内部网络的访问授权码！虽然我和索菈都不知道这东西究竟是从哪里来的，但有一点可以肯定，那就是从技术上讲我们并没有‘入侵’工程队的内部网络，当然也就不构成违法了。毕竟，既然访问授权码在索菈的数据库里，就意味着他们已经同意了我们的访问。”

“但这事儿……最好还是不要声张。”我皱起了眉头。尽管从技术上讲，维特的说法也许是正确的，但从常理推测，这来路不明的授权码，极有可能是某个工程队的操作人员不小心发送的，而如果工程队的人知道我们真的在没有知会他们的前提下使用了授权码，多半会相当生气。

“当然，毕竟我可不想让工程队知道我们发现了‘那些东西’。”维特说道。

“唔，我想你指的大概不是他们准备运到这里的设备吧?”

“没错。在检索运输清单时，我还按照维特先生的要求，对工程队的其他数据进行了分析，当然，仅限于没有经过进一步加密的那些。”这一次，回答我的是索菈那甜美却缺乏人类情感的声音，“而初步分析结果表明，这次工程本身存在着一定程度的违法嫌疑。”

“哦?”我颇感诧异。

“在向邦联工程部公开提交的工程备案中，在千疮星进行的工程是以‘金属矿物开采’的名义进行的。当然，这在理论上确实说得通，虽然从这么远的地方开采毫无特点可言的普通金属矿物，从经济效益方面来看，其合理性本就非常值得怀疑。”索菈接着说道，“但是，真正可疑的，其实是另一些信息。在千疮星地表已经部署的工程设施中，我没有发现任何型号的专用采矿设施，这支工程队也没有装备采掘与冶炼业专用的人工智能助手，更没有相应的专家。在日程表中，我也没有发现任何建造冶炼厂的计划，而众所周知，在无人居住的世界上进行金属开采，如果不就地完成初步冶炼加工的话，运输费用会是难以负担的天文数字。”

“换句话说，BUB公司至少在这次工程的目的上撒了谎……这可是严重的违法行为啊。”小静下意识地揉搓着自己脑后的马尾辫，“他们到底想干什么?”

“因为信息不足，目前暂时无法判明，但显然不是常见的补贴诈骗或者类似行径。因为工程日志显示，从登陆千疮星的第二天开始，公司的工程队就在加班加点地赶工，而且观测卫星也确实观察到了正在建造中的大型构造物。”索菈答道，“换句话说，他们确实在建造某些东西。”

“那究竟是什么?”

“暂时不清楚。”索菈说道，“不过，只要还拥有访问授权码，弄清楚这一切对我而言只是时间问题。”

“那这时间最好不要太长。”我说道，“另外，从技术上讲，今天的这场对话从未发生过。”

“悉听尊便。”

3

工程时间：D37，2135时。

随着我视线的轻微变化被传感器捕获，在我眼前的屏幕上，一行行浅绿色的文字就像瀑布一样开始加速朝下滑落。虽然之前检索出这些文献着实花了我不少的时间，不过，此时此刻的我却完全没有将它们继续读下去的欲望。

因为这些东西几乎不能提供任何我真正需要的信息。

我想要弄明白的是，目前被作为安保队临时驻地的千疮卫一的来源，以及千疮星表面的那些巨大“棘刺”出现的原因。

几天前的那次交谈之后，在我们的指示之下，索菈就一直利用她的“合法渠道”，不断为我搜集千疮星系中正在进行的工程细节。

而她的这些工作也确实取得了一些成果：在确保不被工程队一方发现的前提下，索菈获得了他们的全套施工记录，并将其转交给了我们。

根据这些记录的内容，目前千疮星上的工程队主要在进行两项工作：

一部分工程队深入了那些让千疮星得名的，由上一批工程队所开凿出的地下坑道与空穴之中，一边修复那次神秘的大爆炸所造成的破坏，一边继续掘进；另一部分工程队则在行星地表奔波，对矗立在黑色荒原上的上百根“棘刺”表面进行钻探采样，并在它们的底部修建起一座座直径五百米左右的半球状建筑，将这些“棘刺的根部”包围在其中。

悬浮在轨道上的同步卫星也拍下了这些建筑的照片，在我看来，这些东西看上去像极了被感染后红肿起来的毛发根部。而在这些“肿块”之间，总长上万千米的管线正在迅速延伸，将它们逐一连接起来。

当然，为了防止被对方发现，索菈完全没有去碰那些需要更高权限的高保密等级文件。而在她能直接接触到的施工记录里，并没有解释工程队深入地下的目的，也没有说明这些半球状建筑物的建造目的，仅仅是将它们称之为“A型科研设施”，那些延伸的管线则被极为简略地称为“连接线”。

除此之外，索菈还发现，位于千疮卫一上的那些已经开始建设的“防御设施”，在BUB公司的内部档案中居然被称为“特殊科研设施Ω”，虽说没有任何进一步的解释，但仅仅是这个名字，就足以引起我们的好奇与怀疑了。

正因如此，在索菈一边替我们处理安保队的日常事务、一边为我们秘密监视工程队那充满违法嫌疑的一举一动时，我也决定利用多到用不完的空闲时间稍微进行一些力所能及的调查分析。

可惜的是，我所能找到的公开资料虽然数量不少，但是质量可就一言难尽了。

我最感兴趣的，是关于千疮星地表的巨大“棘刺”和千疮卫一这颗小卫星的信息。但是，大多数相关公开资料都只是毫无根据的小道消息、惊悚小说或者极为简短的新闻报道，而正规论文虽然不是没有，但由于千疮星太过偏远的关系，很少有研究者进行过实地调查，研究成果的质量自然也不那么高。我检索到的一篇天文学论文指出，千疮卫一的存在是“很不正常”的，因为千疮星在第一次被发现时并不存在卫星，虽然那次神秘的大爆炸在理论上可能将足量的物质抛射到卫星轨道上并最终凝聚成星体，但这一过程最快也需要数百万乃至上千万个标准年的时间，而千疮卫一却在数百年内就已经“发育成型”了。不过，由于没有进一步考察，这篇论文也说不明白这颗小小的卫星究竟从何而来。

至于千疮星表面新出现的那些“棘刺”，科学家们更是一筹莫展，除了在论文中对其外观、结构和成分等进行了必要的描述之外，甚至连个用来解释它们产生原因的像样假说也提不出来。

而在不止一篇新闻报道里，千疮卫一和这些“棘刺”的产生更是被直接形容为“魔法”。

“魔法，魔法，魔法……要是世界上真的有魔法，那倒好了……”在面前的文字“瀑布”下落到尽头后，我打了个长长的哈欠，在吊床上躺了下来。

虽然找到了这么多资料，但无论是替我进行文本分析的初级人工智能助手还是我自己，都没能从里面找出半点真正需要的有效信息。光是这一点所带来的失望感，就让我觉得胸口仿佛被压了一块大石头一样，唯一剩下的感觉只有深沉的疲惫。

接着，我就沉入了梦乡。

“你好。”

“啊，呃？你好！”在睡梦之中，一个熟悉的、带着悲伤气息的身影，突然出现在我的面前。

与上次看到的那个似有若无的影子不同，这一次，我确实“看”到了对方的相貌。

这是一个女人，一个面貌模糊的女人。她看上去就像是一尊做工粗糙的木雕被赋予了生命，虽然五官俱全，但却极为粗糙、毫无特征。

不过，那种悲伤感却是确确实实的。

唔……我到底是怎么搞的，才会开始做这种怪梦？难道是我和住在欢乐谷星的老妈太长时间没有见面，所以开始怀念她了？不，不对，我那老妈和我的关系就算往好了说，也实在算不上和睦，只要她不隔三岔五发消息打扰我，那就是谢天谢地了。而除此之外，我和其他女性更是几乎从无瓜葛，年近四十也没有女朋友（这也是老妈定期打扰我的主要原因），更不可能有谁会让我感到悲伤。直到当前，和我走得最近的异性也只是同事关系的小静而已……

“这不是梦。”那个身影仿佛看穿了我的想法，直接朝我伸出了一只手。她的手也和五官一样，细节十分模糊。虽然我能看到掌心和手指这些部位，但它们看上去却更像是直接画在连指手套上的图案，而不是活生生的人体的一部分。

“至少，不是你想象中的那种梦。你的大脑现在并不是在无意识状态下自行运转，我目前的形象也不是你的大脑的产物。”她说。

“唔，看来这个梦还真够特别的呢，居然会告诉我‘这不是梦’了……”我自言自语道。

“都说了不是梦啦！”那女人有些不耐烦地喊了一句。虽然她的五官仍旧模糊，但有那么一刹那，我觉得自己似乎在她脸上发现了愤怒的神色。“算了，目前的联系还不太紧密，我能够以这种方式准确传达的信息量也不是很多，所以，我们还是长话短说吧。”

“联系？”我重复了一遍这个词。

“是的。以你读过的那些没营养的奇幻故事的说法，也可以把这视为‘托梦’——虽然目前你的大脑活动状态与真正意义上的‘做梦’不尽相同。”面目模糊的女人说道，“我可以接触你的意识，并以这种方式模拟你所能理解的‘对话’，以免你因为突然出现在大脑中的陌生信息而陷入困惑和混乱。不过，只有在你处于睡眠状态下时，这种‘对话’才比较容易成立。”

“好吧，那就假设这不是梦吧……”我耸了耸肩，“你又是谁？”

“我不是人类。”女人立即说道。

当然，这个答案倒是在我的意料之中。就我所知，基于娱乐与精神疾病治疗需求的“入侵梦境”技术虽然已经被开发了出来，但还需要先进行一系列复杂的植入手术，在受术者身上安装必要的信息接口，然后才有可能进行“入侵梦境”，而我是绝对没做过那种手术的。要是随便什么人都能像这样随心所欲地入侵我的脑子，那这个银河也实在是太可怕了。

“但请不要担心，我对你没有恶意。”女人对我说。

“我可以相信你的第一个陈述，但对于第二个，请允许我持保留意见，”我说道，“除非你能够证明这一点。”

“那可就不太容易了，”在说出这句话的同时，女人身上的悲伤气息变得更加浓郁了，“但我倒是确实有办法证明这并不是个梦……或许，在确认这一点之后，你至少会开始认真对待我向你传达的信息。”

“哦？”

“在醒过来之后，请到被你们称为千疮卫一的卫星表面看一看，不是在那些封闭的建筑物内，也不是在正在施工的区域附近，”那女人低语道，“去那些尚无人踏足之处走走，然后你就会发现变化……”

在女人还没把话说完之前，梦境突然像肥皂泡一样破裂了。

4

工程时间：D38，0825时。

说来可笑，在从那个梦中骤然醒来之后，我的第一反应居然是倒头就睡，希望能够重新把对话进行下去。

不过，虽然我之后确实成功地睡着了，但却并没有再做梦，而是非常安稳地睡到了天亮。

唔，好吧，“天亮”这个词其实不适用于千疮卫一。由于被千疮星的引力锁定，这颗小卫星永远有一面朝向千疮星，而过近的距离使得千疮星的投影占据了千疮卫一这一面天穹的大部分面积。在一天之中，只有很短的一两个小时，那颗苍白的暮年白矮星会从千疮星那类似海胆的诡异轮廓两侧短暂地出现，但也几乎不能为这颗卫星的表面带来丝毫热度。

在我于0710时再次睁开双眼时，那颗白矮星很不巧地位于千疮星的后方，巨大的行星投影高悬在这颗小卫星的天空之中，周边在恒星的光芒下晕染上了一圈诡异的白金色“镶边”。

在爬下吊床后，我被某种难以言喻的冲动所吸引，在安保指挥部的落地窗旁呆呆地注视了一阵天空中的景象，然后才在索菈的提醒下回过了神。

“指挥官，您今天的睡眠时间只有不足五个半标准时，属于偏少，”人工智能助手说道，“建议继续睡眠至少一个标准时。”

“我可以不执行这个建议吗？”

“那当然，毕竟我无权强制您执行任何健康方面的建议，除非您的生命安全已经遭受了直接威胁。”索菈故意使用了抱怨的语气，“但从您的生理指数分析，您似乎很不安。”

“没什么。”我摇了摇头，打算让索菈离开。但在下一个刹那，我又改变了主意，“给我准备一套多功能宇航服，要带喷气背包和基础自卫武器套装的那种。”

“可以，但您今天的日程不需要这种装备。”

“我另有安排。况且，作为负责这个行星系安全的指挥官，我难道不能四处走走看看，熟悉熟悉自己要保卫的地方的状况吗？”

“恕我直言，您应该知道，这种做法的效率非常低。”索菈答道，“不过在技术上，我确实可以接受这个理由，您要的多功能宇航服会在十分钟内整备完毕，届时请前往二号气闸准备穿戴。另外，如果您要去比较远的地方的话，我可以为您准备一台电动越野车。”

“不必了。”我摇了摇头。在昨晚的古怪梦境中，那个女人只是要求我到“无人踏足之地”随便走走，而千疮卫一表明的绝大多数区域都符合这个条件。换句话说，我不需要走得太远。

“顺便给小静和维特留个消息，就说我暂时出去了，让他们代我值班。”我继续吩咐道。

事实证明，我最后留下的这句话其实没什么必要：在我走进二号气闸时，这两位自然人同僚已经在那儿等着我了。

按照小静的说法，他们也做了与我相似的梦，虽然具体细节有点差异，但在梦的最后，他们都得到了“前往无人踏足之地”的建议。

“好吧，至少我现在可以确认，那也许真的不是梦了。”我一边伸展四肢，在辅助机器人的帮助下将自己塞进硕大沉重的多功能宇航服里，一边评论道，“那你们觉得那个女人是谁？她的具体目的又是什么？”

“我不知道。不过从技术上讲，无论她的目的是什么，我们都有必要走这一趟。”在头盔刚被固定上时，小静的声音一度变得有些瓮声瓮气，不过，多功能宇航服很快就完成了对战术通信系统的自动调试，让我们的交谈内容重新变得清晰起来，“毕竟，就目前已有的情报判断，确实有某个人，或者至少是某个具有智慧的个体，正在用我们不具备的手段与我们进行交流，她显然拥有某些目前人类还不具备的技术，而且我们并没有任何与她相关的进一步信息。在这种情况下，我们唯一了解她的手段，就只有照着她的要求去做。”

“没错，不过我还是建议随时保持警惕为妙。”维特一边说着，一边调试了一下装在多功能宇航服肩上的轻型离子炮——这件武器可以通过头盔显示器与使用者的视线相连，只需要转转眼球，它就能迅速瞄准视野内能看到的任何目标，而它的威力也足以靠一击打穿大多数单人护甲，或者秒杀某些蛮荒世界上的巨大怪物。

但是，即便装备上了这种威力强大的武器，维特看上去还是显得有些缺乏信心。

“放心，我们不会走得太远，”我对两人解释道，“反正千疮卫一表面除了工地和安保队基地之外，基本上都是未开发地区，我们只需要走出一两千米，然后就立即返回基地。如果那个女人所言属实，这应该足够让我们看到所谓的‘变化’了。”

“同意。”小静和维特一同点了点头。

随着气闸内的空气开始被抽走，通往外部的闸门随之开启，千疮卫一荒芜的地表出现在了我们三人的视野之中。

就像绝大多数这个尺寸的卫星一样，千疮卫一的地表重力低得可谓微不足道，即使在不开启多功能宇航服内部的辅助动力外骨骼的情况下，我们也能顶着这层一吨多重的“壳”轻轻松松地在地表行走。

当然，为了以防万一，我们仍然开启了多功能宇航服自带的地形匹配雷达，以及宽频带扫描装置，以免被某些过于隐蔽的沟壑或者其他障碍物绊倒。值得庆幸的是，至少在举目所及的范围之内，像这样的麻烦并不太多。

虽然乍看之下平平无奇，但任何曾经登上过类似小天体的人（比如说我）只要来到千疮卫一的地表，就很容易发现这里的异常之处——大多数像这种质量不大、没有大气层保护的小型天体，都有着满目疮痍的地表结构，层层叠叠的陨击坑、溅落的碎石、沟壑与缝隙无处不在。但是，千疮卫一的地表却平整得出奇，虽然也能看到零散的小型陨击坑，以及一些不起眼的洼地和丘陵，但和其他同级别小天体比起来，它的表面简直就像是初生婴儿的皮肤一样光洁平整。

当然，这种异常之处恐怕并不是梦中的女人所说的“变化”，毕竟，在BUB公司的工程队第一次重返千疮星时，这颗小小的卫星就已经是现在这副模样了。

在平坦的荒原尽头，工程队的一批重型工程机械正在用巨大的抓斗和钻头朝着卫星的地表展开猛烈进攻，将大堆大堆的多孔硅酸盐岩石和水冰挖掘出来。虽然真空无法传声，但这些动静仍然让我们脚下的地面不断震动着。

“这些家伙为什么要挖那么多石头出来?”在远远望见挖掘区域附近堆积如山的石块后，维特略微皱起了眉毛，“他们不是说，在这儿修的只是个防御设施吗?”

“我已经问过他们这个问题了。朗那家伙的说法是，为了保证安全，他们打算把时滞力场发射器的反应堆建在地下，而且还要建成分散式的。换句话说，四座反应堆要分别修建在卫星的不同区域，彼此间隔好几十千米。”小静答道，“虽然我解释过，这么做并没有必要，但那家伙简直就像是个受迫害妄想狂，一口咬定非这么做不可。”

“喊。”我咂了咂嘴。事实上，从军事常识角度来看，把固定防御武器系统的脆弱部分藏在地下，确实可以有效地增加它们的隐蔽性和防御能力。而将反应堆这样的设施分散部署，更是能很有效地防范整个系统在第一轮突袭中瘫痪……唯一的问题是，只有在随时可能面临一整支敌方优势舰队入侵时，防御一方才有可能用上这样的方案。而我目前完全看不出这种事情发生的任何可能性。

当然，既然这事儿在理论上没有违法嫌疑，而且所有费用都由BUB公司出，那我在原则上也确实没有理由对此指手画脚。因此，在又看了一眼那些正在热火朝天工作着的机械之后，我转过身去，走向了与工地相反的方向。

在接下来的一段时间里，出现在我视野中的景色仍然没有任何不同寻常的“变化”：点缀着水冰和氨冰混合而成的霜雪的平坦原野，在起伏平缓的丘陵之间无限延伸，其间散落着些许小小的陨击坑；一些工程队抛弃的垃圾和碎石被胡乱丢弃在荒野上，与松散细碎的尘土混在一起。除此之外，就再无任何值得一提的东西了。

“可恶，都走了这么久了，为什么我们什么都没看到?”在一跃跳上一座十几米高的小丘陵顶端后，维特开始抱怨，“难道那个女人在耍我们吗?”

“如果真是这样，那可是非常糟糕的恶趣味。”虽然千疮卫一的重力相当之低，但走了很长一阵之后，我也开始觉得有点累了。值得庆幸的是，在离我不远的地方，恰好有一大块外形看上去颇为规则的物体从地面上凸出，看起来十分适合作为歇脚的地点……

……欸，等等，外形看上去规则的物体……

“这是什么?!”

或许是因为心不在焉的缘故，直到差点一屁股坐上去，我才注意到了这东西的古怪：它有着极为规则的圆柱状轮廓，光滑规整的深黑色表面显然不同于这颗小卫星上的任何自然产物，而更像是某种由专业工程设备建成的人造物体。

“难道是工程队丢掉的建筑垃圾……不，应该不是。”维特仔细打量着眼前的这座圆柱。虽然只有一米多宽，不到半米高，看上去很像是游乐园里经常出现的那种伪装成树桩的混凝土圆桌，但只要仔细观察就不难发现，它的底部是以相当微妙的方式与地面直接融为一体的。

换言之，我有种感觉，这东西更像是直接从千疮卫一“长”出来，而非“建”在它的上面的。

“喂喂，那边也有!”就在我还在思忖这东西的来头时，我的头盔显示器上已经出现了一个闪烁着的红色指向箭头——这是多功能宇航服的通信器的附带功能之一，可以用比语言和手势更高效的方式让同伴注意到某些特定目标。

顺着箭头的方向，我很快发现了另一根类似的圆柱，只不过，这根矗立在一座丘陵下的柱状物的高度已经超出了一旁的丘陵，少说也有近百米，而直径则有七八米，看上去与一座塔楼无异。

而在更远的地方，我还看到了第三根、第四根……这些诡异的圆柱，高矮、粗细都有所不同，甚至直径与高度的比例也有所差异，越是低矮，直径与高度之比也就越大。但即便如此，我还是能够意识到，它们其实是同一种物体，只不过目前正处在不同的“成长期”而已。

除此之外，我还联想到了一种东西……而且从维特和小静的表情来看，他们似乎也和我想到一块儿去了。

“那个，你们觉得这些东西是不是有点像……”

“没错，它们恐怕和千疮星上的那些‘棘刺’脱不了干系。”小静说道。

5

工程时间：D38，1954时。

在那一天余下的时间里，我、维特和小静又在这些“棘刺”出现的地点附近进行了一番探察，留下了大量影像记录，然后才返回了安保队的基地。

在回去之后，我们做的第一件事，就是从数据库中调出了之前一段时间内所有有关千疮卫一的影像数据。

与作为工程队施工重点的千疮星不同，千疮卫一的重要程度较低，因此我们并没有安排专门绕转它的观测卫星。不过，安保队旗下的无人驾驶穿梭机和空天两用炮艇一直在千疮星和它的卫星之间频繁来去，因此也意外地留下了许多千疮卫一的影像资料。

很快，我们就找到了一批摄制于一个标准月前，也就是我们刚刚来到千疮星，整个工程尚未开始时的照片。

在将分辨率调整到最高程度之后，我注意到，仅仅一个月前，在我们之前徒步抵达的那片丘陵区域，还只有寥寥几座圆柱结构，而且它们的高度和大小顶多与我最早发现的那一座相当，远没有像目前这样达到百米以上。

接着，我们又找出了二十天前、十天前，甚至是五天前的照片。

不出所料，每一张照片上的黑色圆柱都在增加、升高、变大，就像是春雨之后从土壤中争相萌发成长的植物幼苗。而且，“长出”这些圆柱的地方并不只有我们涉足的那一处。

在派出一艘小型巡逻艇进行调查后，我们得知，千疮卫一超过四分之一的地表区域，都有或多或少的类似结构正在“成长”。

从技术上讲，我们应该将这一发现向工程队的负责人朗先生如实汇报，但无论是我还是维特，甚至是最遵守规章制度的小静，都没有这个想法。

“那么，我们现在最好先什么都别做。”在那一天即将结束时，我望着天穹中千疮星巨大的投影，低声说道，“继续让索菈进行调查，然后……就这么等着‘那个人’下一次联系我们吧。”

6

工程时间：D69，1510时。

虽然我一直以为，“那个人”大概会很快与我们再次联系，提供更多信息，但奇怪的是，在之后的四个多星期里，我们三人都再也没有做任何类似的梦。反倒是索菈的调查取得了一些进展：按照她的说法，为了不被工程队发现，她尽可能避免直接入侵任何有反入侵措施的子程序，基本只依靠既有的权限以“合法”方式搜集工程队的内部通信和公开档案，从大量枯燥无用的资料中找出有价值的蛛丝马迹。

而事实证明，这么做确实有用。

“就结论而言，BUB公司不仅仅是向邦联政府部门进行了虚假陈述这么简单。”在对我们说出这个结论之前，索菈非常细心地通过物理手段切断了安保队基地与外部的一切通信，就连必须定时进行的常规通信，比如无人运输艇登陆千疮卫一时，核对其授权码的工作程序，也改由一台事先已经准备好的、地址经过伪装的设备，按照事先准备好的预案自动答复。

“就目前的状况来看，他们在千疮星的工程活动甚至可能涉及A级严重违法行为。”索菈说道。

“唔，也就是举报有奖的那种？”维特嘀咕了一句。

“这不是重点吧？”小静吐槽道，“如果他们搞的那活儿真的是A级违法行为，那我们能不被牵扯进去，得以成功全身而退，就已经谢天谢地了。”

“具体而言，千疮星上确实正在进行一系列工程建设活动，但正如我之前所发现的那样，正在建造的这些设施与作为工程名义的采矿活动毫无关系。”安保队的人工智能助手继续说道，“在地表部分，大多数位于千疮星表面的‘棘刺’结构已经被特制的管线连接在了一起，总长度超过了三万千米，是行星直径的三十倍左右！而这些管线则与几座特殊建筑相连。接下来要播放的，是我从内部通信中发现的影像记录。”

在说出这句话后，构成索菈“身体”的影像消失了，取而代之的是一段分辨率不太高的录像，从录像机的位置推断，它大概是由某台固定式监控设备拍下的。

在录像中，一片由数十根“棘刺”构成的“丛林”已经被如同蛛网般绵密的强化纺织物遮盖了起来，白矮星昏暗的光线几乎无法透入“丛林”深处。很显然，工程队并不希望空中的观测卫星发现他们具体在做些什么。

在伪装网下方，错综复杂的管线已经形成了一座巨大的迷宫，除了将那些“棘刺”的底部连接在一起之外，许多管线还与另一座巨大的半球状建筑物连接着。从安装在建筑附近的激光防护栅栏和自动防御炮塔判断，这座建筑在整个系统中显然有着相当重要的作用。

“唔……至少这帮家伙的建设效率确实没话说，”我挠了挠脑门，“你知道这些东西具体是干什么用的吗？特别是那些管子，是用来运送什么的？”

“它们什么都不运送，除了光子之外，”索菈答道，“根据我找到的维修档案，这些管道内的东西是大量的光纤，很显然，它们是用来传送信息的。”

“那它们要应对的信息量一定相当庞大。”

“是的。而且，在另一些文档中，工程队似乎将那些‘棘刺’结构称为‘拟触突’。按照文档的说法，这些光缆直接通过所谓的‘转换器’接入了那些‘拟触突’，从而实现信息的上传和下载……嗯，好了，指挥官阁下，你现在想到什么了吗？”

“唔……拟触突……信息上传与下载……”就像所有过度习惯于将一切复杂决策都交给人工智能助手处理的人一样，在突然需要靠自己思考时，我的脑子的运转速度总是要慢上那么半拍。不过，在花了点工夫回忆当年学到的知识之后，我总算还是通过这几个词的含义把索菈的意思大致推测了出来。

“你的意思是……难道说……这些被我们称为‘棘刺’的东西，是某种神经系统的一部分？”我思忖着说道。

“没错，指挥官，”索菈答道，“这是显而易见且符合逻辑的结论。更重要的是，我随后发现的记录证明了这一点：虽然上一支来到千疮星的工程队全军覆没了，但在最后的时刻，他们也并非没有留下任何信息。”

“你的意思是，BUB公司之所以宁愿搞这些非法勾当，也要来千疮星‘采矿’，是因为他们获得了上一支工程队留下的记录?!”小静下意识地握紧了双手，“这……这其实也不是不可能。从技术上讲，许多在高危区域工作的工程队会装备小型无人跃迁飞船，也就是所谓的‘超光速黑匣子’。一旦对外通信被摧毁，飞船会带着最后的信息记录自动发射……但在那次神秘的爆炸之后，上一支工程队的‘黑匣子’一直都未被发现。那么，唯一合理的解释就是，这艘飞船被……”

“你的推测基本上是准确的，首席技术员阁下。”索菈答道，“当初发射的小型无人跃迁飞船，因为系统问题而未能正确进行导航，导致其在尼西亚星环区域返回三维空间，并且因为能源耗尽而瘫痪，在将近两个世纪之后，它才被BUB公司的一支深空商船队意外获取。”

“里面都记录了哪些内容？”维特问道。

“因为爆炸前的混乱，那艘小型跃迁飞船带出的记录也很不完整，但最重要的内容——也就是一段当初的工程队负责人留下的勘探报告——却存留了下来。这份报告的内容显示，至少在最开始时，工程目标确实只是为邦联太空军建设一座前沿基地兼要塞而已。只不过，当他们挖掘到行星的地壳之下时，工程队开始遭遇越来越多的异常现象：毫无理由的塌方、小规模地震、施工区域附近地形的诡异变化、对外通信被干扰……”说到这儿，索菈停顿了一小会儿，似乎想要给我们一点进行心理准备的时间，“……以及不断侵扰工程队成员的诡异梦境。”

“梦……”维特轻声嘀咕道，“好吧，我就知道。”

“在勘探报告中，记录了不止一个人看到的梦境。大致而言，这些梦一开始很模糊，但最后都逐渐开始变得清晰。在梦中，所有人都看到了一个人……一个带有愤怒或者悲伤情绪的女人。她要求工程队停止施工，至少是停止向行星深处继续钻探。”

“我猜，这种请求大概起了反作用。”小静用一只手托着自己的下巴。

“对。”索菈的虚拟形象点了点头，“工程队的队员们一开始无视了这些梦境，并将其归咎于自身压力过大和疲惫。而在确认那并不是单纯的梦之后，他们又转而开始加速进行钻探工作，试图弄清楚梦境的源头。在最终进入地幔区域之后，他们终于发现，千疮星的本质是一颗……虽然这么说不太准确，但如果愿意的话，你们可以将它近似地视为一颗星球级别的‘大脑’。”

在场的三个自然人全都没有多说什么——事实上，这个答案虽然听上去相当惊人，但却是完全合理的。只要接受了这一点，我们之前遇到的一切“反常”也就全都变得可以理解了。

“行星级的‘大脑’……它究竟是自然演化的产物，还是……”在沉默良久之后，小静第一个开了口。

“像千疮星这种规模的、具有智力的存在，完全由自然演化形成的概率极低——毕竟，演化是随机且无序的，因此，任何有意义的演化结果，都必须以极大数量的随机事件为前提，而绝大多数演化都是从微观尺度的基于极度简单的结构开始的。比如有机物小分子在自然条件下形成蛋白质大分子，并最终形成第一个可以自我复制的生命细胞。但是，千疮星的地幔和地壳中可是拥有数以千亿计的由硅晶体和金属构成的‘神经’，以及数量以百万亿计的类似于脑细胞的功能单元，而且还有至少上百万种特定功能，更别说那些‘棘刺’了——它们事实上是用于收发信息的‘器官’。如此复杂的结构，如果要靠自然演化出来，成功的概率恐怕要低于让猴子用打字机敲出一整套《莎士比亚全集》。”

“你这话是认真的？”我问道。

“当然不是，指挥官阁下。毕竟我没那么多算力去真的算一遍这件事的概率，况且也没有这么做的必要。”索菈认真地回答了我这个半开玩笑的问题，“总之，我的推测是，千疮星也许是某个远古时代非人类文明的造物。它被制造出来的目的，可能是为了充当超级计算机，也可能主要是作为储存文明成果的图书馆，甚至可能存储了这个文明成员的记忆乃至虚拟人格，作为灾难中的最后避难所……不过无论如何，那都是它绕转的这颗恒星还是一颗生机勃勃的主序星时的事情了。”

“让我猜猜，在发现这事儿之后，工程队打算继续对这颗行星开展研究，同时向邦联方面提交详细报告，但我们的这位‘星球女士’不太喜欢这种事儿。而且，‘她’恰好有一些在现实中互动的手段……比如在自己的表面制造点儿爆炸什么的，”我开始说起了自己的推测，“于是……嘣！”

“我所推测的结果与此有一点差异。事实上，千疮星虽然不喜欢，但也并不完全拒绝让自己的存在为人所知。但是，当时的工程队队长被这种庞大而可怕的‘非人类’智慧震惊了，并擅自将其认定为需要消灭的威胁，而结果则是在那次爆炸中连同她的部下一道被化为灰烬。”索菈说道，“但这种可能性显然没对BUB公司形成有效吓阻，他们目前正在进行的工程，正是以‘获取千疮星控制权’为目的。虽然具体技术手段细节尚不明确，但在他们的内部文档中，那些设备被称为‘枷锁系统’。我想光是从这个名字上，你们也能猜到它们的用途了吧？”

“倒也不难理解，”维特做了个深呼吸，“能够掌控一颗行星级的超级大脑，无论是它的算力，它本身的结构所蕴含的古老工程学和信息科学知识，还是它有可能储存的海量古老信息，都可以折算成难以计数的财富……换作我是BUB公司的董事，也肯定会投赞成票。”

“也许吧，但现在我们是安保队的人，暂时受雇于BUB公司。不过我们的直属上级，可是邦联司法部!”小静提醒道，“从技术上讲，我们要做的是向上级如实报告在这里发生的事，并配合接下来的执法行动。”

“是的，我也……”我正要接着开口，但就在这时，一阵诡异的眩晕感突然朝我袭来，接着，那个悲伤的女人的模糊形象又一次出现在了我的面前。

“快走!”在我来得及开口之前，那个女人已经抬起了一只手，“这里已经不安全了！到我这里来!”

7

工程时间：D69，1606时。

“你们……刚才有没有……看到……”

“没错，我看到了。”小静用一只手揉着额头，“那个女人的形象……”

“我也是，”维特像是刚刚进行了一次长时间潜泳一样，大口大口地喘着气，“她……她要我们去她那儿，但是……”

“各位，探测器阵列发现了异常!”就在我们还处于惊愕与迷惘状态下时，索菈发话了，“在两千千米外，货船CAG-2420号突然变更方向，朝我们的位置接近，预计四百六十秒后会发生撞击!”

“什么?!”我们三人都大吃一惊，“别告诉我这不是故障……”

“这确实不是普通的故障。顺带一提，虽然千疮星上并没有进行开矿作业，但这艘飞船上装载的却是货真价实的开矿用烈性炸药……总共四千五百吨。再顺带一提，根据对其航向的分析，撞击位置极大可能就是各位目前所处的地点，炮弹命中的圆概率误差……”

“那不重要，反正足够要命了。”我摆了摆手，“现在可以拦截的单位——”

“来得及实施拦截的有三艘巡逻艇，指挥官阁下。其中的PT-2109号已经出发拦截……等等，我失去了与它之间的联系。”索菈的回答变得越来越不妙了，“PT-2206号也无法联系上，是利用我们内部网络的攻击吗？”

“不管是不是，反正不是什么好事儿，”我看了看小静和维特，三人立即默契地冲向了不远处的气闸——在目前的状况下，无论干什么都比继续留在这里等着看烟花要强。

“停机坪上还有可用的航天器吗？”我大喊道。

“还有两艘穿梭机，都处于随时可以起飞的状态。不过我不认为你们搭乘穿梭机安全逃离的机会很高。”索菈说道，“首先，那两艘失控的巡逻艇正在朝这里飞来，我无法确定它们的具体目的，但肯定不是什么好事；其次，就在前天，工程队在这颗卫星上设立的‘防御设施’已经到了可以运行的状态……它们可是能够用来对付从卫星上起飞的航天器的。”

“那你有什么更好的主意吗？或者提点建议也行？”我一边在自动化设备的协助下穿上多功能宇航服，一边问道。

“主意，还真没有。”索菈说道，“至于建议，倒是有一个。”

“什么建议？”

“向你相信的任何超自然力量祷告，”我的人工智能助手用一本正经的语气说道，“就算没用，也能让你们的情绪稳定一些，从而间接提高……”

“多谢，还是当我没问好了。”我摇了摇头，并在气闸内的空气被抽空、外部闸门开启的瞬间第一个冲了出去。

小静和维特的动作也不比我慢多少。在开启了多功能宇航服的喷气背包的状态下，我们就像三枚冲天炮一样，几乎是直接“砸”进了穿梭机停机坪。

虽然安保队旗下拥有成百上千的载具，但其中绝大多数都是由索菈这个人工智能助手，以及她手下的上百个低级人工智能“士官”和更多的只读程序操纵的，真正具备载人功能的载具少之又少。而这两艘 θ 级穿梭机就是少数载具中的两艘。

不过，就在我们三人在停机坪落地时，一艘轻型巡逻艇的楔形轮廓突然从千疮卫一的地平线上一跃而出，像一条跃出水面扑向猎物的大鱼一样，“跳”到了我们的上方。

“可恶，分头规避！”

在我喊出这句话之后的两秒钟内，这艘巡逻艇两侧的导弹挂架已经清空了库存，十八枚导弹分成几组疯狂扑向地面，其中一半都砸在了那两艘穿梭机上，让它们变成了两大团四处飞溅的金属礼花；另外一半导弹则命中了停机坪附近的备件库、控制中心和通信站，完全破坏了这处设施的功能……虽然考虑到我们根本来不及对已经回到零件状态的穿梭机进行抢修，这种做法其实完全没有必要，但看到停机坪上的设施全部被毁，堪堪逃出爆炸范围的我，还是被强烈的挫折感狠狠击中了。

在侧面的姿态调整喷口帮助下，失控的巡逻艇硬生生地停在了空中，并将另一件武器——位于艇首的一门双管离子炮——对准了已经无处可逃的我们。

见此情形，我连忙开始对多功能宇航服的喷气背包进行再次预热，准备一旦对方有开火迹象，就立即进行规避。当然，由于这些巡逻艇的武器都是以小型航天器和陨石为目标而设计的，所以在攻击单体这么小的目标时，准头不尽人意，要躲避它其实并不算困难。然而问题是，就算我们能够避开这些武器的直接攻击，顶多再过两分钟，一艘自重七千多吨的飞船就会带着四千五百吨开矿用炸药，以及其他一些不妙的东西直接撞上来。到时候，爆炸产生的冲击力和热能，会把我们所有人都变成围绕千疮星公转的灰尘和碎屑。

“索菈，如果你没有能在短时间内让我们脱困的提案的话，那我现在就可以和你告别了。”在意识到这一点后，我语气平静地对着头盔内的通信器说道，“虽然我算不上是个优秀的安保队指挥官，不过还是很高兴能够与你……”

“你明明知道我肯定还有后招的，对吧?!”索菈用略显不快的语调嘀咕道。

在一秒钟后，我的头盔显示屏上出现了一行字样：远程控制已建立，开始采取紧急避险措施。

“我一直都相信你的长期规划能力。”随着宇航服的喷气背包开始喷射出压缩气体，我迅速逃离了被离子炮的火力烧灼成一片红热状态的停机坪，朝着千疮卫一的轨道上空迅速冲去。不过，我很清楚，就算撇开续航力不谈，以喷气背包所能提供的速度，我也绝对不可能在撞击发生时逃出被爆炸波及的范围。

“六十秒后撞击。”随着一个暗灰色的影子出现在远处，索菈语气平淡地说道。

在大多数时候，快速冲向星球地表的航天器或者别的什么东西通常会拖着一道看上去就让人觉得危险的红热尾焰，不过，小得可怜的千疮卫一没有大气，因此也无法提供这种壮观的视觉效果，但这灰影子的出现还是让我感到了一阵喉咙发凉。

“五十秒后撞击。”

随着一阵短促的警示音响起，我知道，背包里的压缩惰性气体已经在刚才的持续喷射中基本耗尽了，只留下用来进行紧急姿态调整的一丁点余量。在惯性的作用下，千疮卫一的那点引力倒还不足以把我拉回去，但我的上升速度也开始逐步减缓，逃离爆炸的可能性直接从“不可能”变成了“完全不可能。”

虽然这好像也没有什么差别就是了。

“四十五秒后撞击，请注意身后。”随着一阵碰上硬物的感觉从背包的方向传来，我意识到，自己刚刚撞上了某个飘浮在千疮卫一上空的东西。

那是一只逃生舱。

就像所有在太空中干活的人一样，我在入职安保队时，接受的训练里也包括了逃生训练。只不过，关于这种不常见的无动力逃生舱的信息，我仅在逃生设备使用手册上读到过。

在接下来的几秒钟里，小静与维特也撞上了这只长度不到十米，看上去像极了儒勒·凡尔纳笔下的登月炮弹的东西，而索菈则向我们宣布了一件事：

“自动避险程序完成，请以人工方式完成最后步骤，进入逃生舱并封闭舱门。你们还有三十五秒时间。”

8

工程时间：D69，1825时。

我必须承认，人类在危急关头确实可以突破自己的极限。

在我读过的使用手册上写道，手动开启无动力逃生舱复杂的舱门结构、进入内部再完成闭锁，需要至少一分钟时间。但我们三人愣是在半分钟内就完成了。

当然，这在一定程度上也得归功于我们没有完全按照规定程序操作。

由于我们穿着宇航服，因此，索菈在我们离开千疮卫一地表之前，就已经非常贴心地排空了逃生舱里的空气，并关掉了维生系统。这也意味着，我们可以用最简单的方式直接打开舱门，从而省下最宝贵的时间。

而就在我们从内侧关上舱门的瞬间，装满开矿炸药的飞船撞上了千疮卫一的地表。

虽然这台小型逃生舱本身无法自主航行，但是，随之而来的冲击波却为它提供了宝贵的“第一推动力”。拜这场将安保队基地彻底化为灰烬的大爆炸所赐，悬停在千疮卫一上空的这只小小逃生舱开始朝着不远处的千疮星方向飞去。虽然速度不快，但按照索菈的计算，我们会在二十个小时内飞完这一万千米。由于逃生舱本身的体积足够微小，工程队设在千疮卫一上的“防御设施”根本无法捕获或者干扰我们。至于那两艘“失控”的巡逻艇，由于飞行高度过低，更是直接卷入了爆炸的中心，变成了在千疮卫一表面冒烟的残骸。

“这东西是哪来的?”这是在惊魂甫定之后，我对索菈提出的第一个问题，“我怎么不知道?”

“不，从技术上讲，你当然应该知道。在我们抵达千疮星系的第一天，你其实就在物资处理清单上看到过它了。”我的人工智能助手表示，“当时，按照标准流程，我们抛弃了一批运输舰上的垃圾和无用物资，其中就包括了这艘无动力逃生舱。”

“哦，对。”我点了点头——虽然作为标准逃生设备之一，无动力逃生舱在每艘载人飞船上都有装备，但相比于更大型的具有自主航行能力的标准逃生艇，这东西极少被派上用场，而且重量不小，因此经常沦为“无用物资”清单的一部分而遭到抛弃，“所以你就背着我把这东西留在千疮卫一上空了?”

“错。在安保队驻扎区域附近的太空中预先保留可用的逃生设备，其实也属于标准的安全程序范畴……虽然是‘可选’的那一类。”索菈答道，“我向你提交的报告中可是写明了的，而你当时也按了‘确认’键。”

“好吧……”我点了点头，虽然这是个公开的秘密，但我还是不打算直接承认，自己压根儿就没仔细看过每天发给我的那些报告与计划。

“那我们下面该怎么办?”在我问出这个问题后，之前那种熟悉的眩晕感又一次涌来。

“帮帮我，到我这里来。”

这一次，我没有询问小静和维特是否与我一样“听到”了这个声音——他们短暂失神的表情足以说明一切了。

“你就是千疮星，对吗?”我问道。

“是。”对方的回答非常干脆，“虽然我不这样自称……不过无所谓。”

“你为什么找上我们？是为了向我们求助吗？”

“是的，但之前我很难联系上你们……由于害怕被工程队发现，我不敢使用你们的通信设备。而目前这种联系方式的信号衰减非常严重，因此，我的大多数联络你们的尝试，都没能成功，即使成功，也只能传递极为有限的信息。毕竟，被你们称为‘千疮卫一’的卫星上，信息接收结构的生长速度不及预期，而且陷入了瓶颈……”

“你指的是你引导我们去寻找的那些‘棘刺’，对吧？”我问道，“照你这么说，它们其实……呃……具备类似于天线那样的功能？不过它们不是一直在生长吗？所谓‘瓶颈’是……”自从上次的梦境后，我就一直关注着千疮卫一表面那些不断成长的棘刺状结构，现在，它们中最高的已经长到了接近五百米，而且完全没有停止增高的迹象。

“这不太容易解释，不过，如果要打个比方的话，它们现在就像是没有电力供应的电器设备。”千疮星的拟人影像说道，“而这种状况出乎我的意料之外。因此，我之前才没能继续主动联络你们，并指引你们发现真相，而只能对你们的动向进行单方面的追踪观测……不过，你们的人工智能助手倒是做得不错，所以这些意外没有造成太大的问题。”

“那么，我们接下来要怎么办？”小静问道，“从理论上讲，我们应该向邦联报告这里发生的事，不过，在基地被摧毁之后，我们已经无法控制任何一艘行星系内的星际飞船了。”

“事实上，我也拥有进行超光速通信的能力，”千疮星的影像说道，“如果你们需要的话，我可以提供帮助。”

“什么？可我一直以为，你不希望被邦联得知自己的存在，所以才……”

“你指的是上一支工程队？很抱歉，当时我并不太了解你们这种生物形态的脑组织结构，与他们的接触方式有严重的……不当。这导致了工程队的负责人陷入了癫狂状态，将我视为敌人，并试图毁掉我，而我不得不自卫。别忘了，从本质上讲，我是一个非常古老的——以你们的时间单位衡量，应该是数十亿年之前的——文明所留下的产物，那个文明在走向衰亡之前创造了我，目的是希望将他们创造出的文明成果留给未来，让尽可能多的具有知性的存在能够了解关于他们的一切……这样一来，他们的文明也就不至于湮灭。”

“但你不希望让自己落入BUB公司手中？”

“我接触了他们的工程负责人，也就是那个名叫朗的人的意识，了解了他的老板的行事风格，并得出了结论：他们的计划与我的目的存在着严重抵触。”

“这倒是不奇怪。”维特评论道，我和小静也点了点头。

虽然名义上是一家“普通”商业公司，但事实上，BUB公司更类似于古地球时代的威尼斯或者热那亚共和国。它拥有好几个高度自治的世界，有自己的司法、行政体系乃至武装力量，并且对于通过垄断知识牟利这件事儿相当热衷——为了让BUB公司交出手中那些有价值的技术与知识，邦联曾经不止一次向他们支付天价报酬，甚至曾将一整个完成了地球化改造的殖民世界送给他们。然而即便如此，这些家伙仍然像盘坐在金币山上的巨龙一样，宁愿让海量的知识在他们层层加密的数据库里年复一年地沉睡，也不愿意无偿将其分享出去。

“那么，接下来的问题，就是想办法把信息发给邦联了。”我点了点头，“如果我没猜错的话，你虽然有能力进行超光速星际通信，但目前应该还做不到吧？否则你也不会在联系我们时遇到那么大的困难了。”

“你说的确实是事实，”千疮星的影像答道，“BUB公司的工程队所建造的那些设备严重地影响了我的这种能力，但也并非没有解决手段。不过，我自己无法解决这个问题，因此只能提供相应的行动方案，而具体行动必须仰仗各位完成。”

“好极了，看来最后还是得由我们来当这个英雄。”我嘟哝了一句。

“但这也属于我们的工作范畴，不是吗?”小静耸了耸肩。

9

工程时间：D70，1555时。

在一片令人恍惚的死寂之中，我们度过了焦虑又无聊的二十个小时。

由于逃生舱内的维生系统从一开始就被关停，我们三人只能继续待在自己的宇航服里，而舱内的空间则只允许我们并排坐着，除此之外就无事可干。当然，空气和水都不成问题。宇航服的背包里有大量经过基因改造的蓝藻，可以不断制造氧气；而与蓝藻培养罐相连的水循环系统在理论上可以独立运行半个月之久，甚至还能在饮用水中融入维持身体活动的糖类、微量的矿物质和维生素，甚至是镇静剂和兴奋剂。

但是，即便在将饮水中的镇静剂含量提高到系统准许的安全上限后，我的双手和双腿仍然无法抑制地在宇航服里颤抖着，大颗大颗的汗珠从皮肤上冒出，然后立即被宇航服的吸水内衬通过无数微米级毛细管送入水循环系统，不过接着，我又会出更多的汗……

不消说，维特和小静的情况也没比我好到哪儿去。他们的状况我很清楚，作为安保队指挥官，我可以直接读取队友的宇航服所监测到的生理信号，很显然，他们目前的心理状态甚至比我还要糟糕。不过，我并不打算为此斥责他们。毕竟，我们接下来要做的事情，哪怕是形容为“九死一生”，恐怕都有些过谦之嫌。

对现在的我们而言，唯一能让人安心的好消息是，正离我们越来越近的千疮星确实在兑现“她”之前的承诺。

在最初被货船爆炸的冲击力余波推向千疮星时，我们的坠落地点原本更接近于这颗行星的赤道，但在接近到不足一千千米时，逃生舱的传感器侦测到了周围的异常引力扭曲，而它的航向也随之发生了变化，开始坠向行星的北极。

在距离下降到三百千米后，逃生舱的系统更是报告称，作用于它的千疮星引力，突然发生了显著的降低，同时也减缓了下坠速度，而这显然有利于我们的安全降落。

“居然可以自由操作四大基本力啊……我真想知道这究竟是怎么做到的。”在看到那些数据后，小静评论道，“要是能得到相关的知识，我们的理论物理学水平起码也要上半个台阶……”

“这种好事儿，等到我们把这里的烂摊子搞定了再想也不迟。要是这星球储存的知识落到BUB公司手里，那任何想获得这些知识的人恐怕都得付一笔天价了——前提是公司那些家伙肯卖的话。”我看着飞船内唯一的投影器所投射出的由外部摄影机拍下的景象，下意识地咬紧了嘴唇。

大概是觉得没有必要，又或者是因为工程进行到了新阶段的缘故，我看到之前位于那些巨大“棘刺”之间的如同蜘蛛网般的宏伟天棚已经消失无踪，无数密集的管道就像是解剖示意图上的血管一样，弯弯绕绕、层层叠叠地铺满了千疮星的表面，几乎完全覆盖了这颗行星原本的黑色地面，并将所有的“棘刺”都严密地连接在了一起。

虽然从这里看上去相当细小，但我很清楚，哪怕是其中最微末的“毛细血管”，其直径也在十米以上，而这些“血管”的主干部分更是粗达近百米。在这张绵密的巨网正中央，坐落着一座相较之下并不太显眼的圆顶建筑，看上去就像是一只趴在大网中央，等待着猎物上门的小蜘蛛。

“姿态调整火箭启动，即将开始硬着陆程序。”随着直线距离下降到一百千米以内，索菈说道，“指挥官，请进行确认。”

“确认，进行硬着陆。”我有些艰难地咽了一口唾沫，下达了这条只有以我的权限才能做出的指令。

紧接着，大量泡沫开始从逃生舱的底部边缘涌出，在十几秒内就充满了这艘小型航天器内的全部空间。随后，在少量氧气注入后，这些泡沫开始迅速固化，变成了极具韧性的缓冲材料层。

而暂时无法动弹的我们现在所能做的，也就只有等待了。

“准备迎接冲击，五……四……三……二！”

在那座圆顶建筑周围，我能看到为数众多装有电磁速射炮的哨塔、巡逻机器人和其他防御手段。但很显然，它并没有针对来自正上方的防卫措施。于是，直到这枚逃生舱直接击穿建筑的顶部，狠狠地砸进其中之后，周围才响起了姗姗来迟的警报声。

虽说有大量缓冲泡沫层，以及同样填充了可以吸收冲击力的内衬的宇航服的保护，但硬着陆的过程对我们而言仍旧很不轻松。自下而上的冲击力让我的上下牙床狠狠地相互碰撞在一起，而牙龈受伤后溢出的血腥味也随即在我的口腔中扩散了开来。接着，我身体的各个部位都开始以名为“疼痛”的方式拉响了警报。

万幸的是，千疮星本身的低重力、之前进行的姿态调整，以及我们在下落过程中得到的减速“优惠”的共同作用，让这些冲击仍然在我们的身体所能接受的范畴之内。

在停稳之后，逃生舱内部迅速以气溶胶形式释放出了大量有机溶剂，将保护着我们的缓冲层迅速溶解成了一小摊黏液。与此同时，位于舱门内侧的定时爆破螺栓也接连起爆，将已经扭曲变形到难以正常开启的舱门直接炸飞了出去。

更妙的是，在舱门飞出之后，我们听到了低沉的嗵的一声，然后又是一阵机械设备失能后的刺耳警告声。看来，这东西在被炸飞的同时，还顺带砸扁了某台擅自靠近我们的、大概率不怀好意的机器。

“大家快走！”

由于顶部破裂的缘故，圆顶建筑主体部分的空气正在迅速朝外泄漏。虽说我们立即启动了宇航服鞋底的磁力装置，将自己固定在了金属地板上，但在建筑内肆虐的气旋还是让我们举步维艰。

幸好，目前的状况也并非完全对我们不利：在侦测到气压突然下降后，所有通往这座圆顶建筑内部的气密门都在第一时间被锁死了，因此，我们暂时不必担心会有谁从外面闯进来干扰我们的行动。

“好了，各位，请退场吧。”在离开一片狼藉的逃生舱后，我立即开始用视线操控肩部的轻型离子炮，瞄准了几台在周围晃悠的杂役机器人——这些小东西虽然没有战斗能力，但仍然在发现我们的第一时间朝这边冲来，试图干扰我们的行动。

就在我将它们一一摧毁的同时，几座轻型枪塔也从地板、天花板，甚至是一只一米多高的装饰花坛里钻了出来，并开始朝我们射击。虽说小静和维特在第一时间开火摧毁了从地板和天花板冒出的两座，但相当恶趣味地藏在花坛里的那一座枪塔还是成功地让我们陷入了由小口径穿甲弹形成的火力网中。虽然我们身上的宇航服也有一定的防御能力，但在这些14.5毫米口径的碳化硅针弹面前，仍然并不比纸片结实多少。

“糟了!”意识到情况不对后，我只来得及说出了这么一句话……

然后情况就变得更不对了。

虽然在几秒钟后，我确实被这些大口径针弹击中了，但它们却只是绵软无力地打中了宇航服的双腿部位，在没有造成任何肉眼可见的损伤的情况下，就像玩具枪发射的BB弹一样被无害地弹开了。

“欸欸欸?!”

“别惊讶，我刚才稍微增加了一些作用于这些弹头的重力。”千疮星的声音在我的脑海中响起，“我能做的也就只有这些了。”

“这就够了。”我用一个眼神操纵瞄准线，对准了那台恶趣味的花坛枪塔，让它在一道闪光中变成了一堆外形不规则的金属废渣。

接着，在确认这里没有别的“惊喜”等着我们后，我来到了位于房间一角的主控制台前，“索菈，你能打开它吗?”我问道。

“小事一桩。替我把数据接口打开就行了。”在说完这话之后，我的人工智能助手就关闭了形象投影，从她的本体——也就是那台飘浮式投影仪——伸出了一条数据线，接在了被我开启的数据接口上，“很好，这里应该是工程队设在千疮星上的控制节点之一，只要通过他们的内部网络，要找出控制中枢就不是难事……嗯……对，找到了！”

“那么，我们的计划成功了。”我长长地呼出了一口气，小声说道。

我们之前在逃生舱里制定的计划，其实相当简单。大致而言，就是直接让逃生舱落到千疮星地表的诸多工程控制节点中的一座里，然后利用索菈入侵网络，找出控制着整个系统的中枢所在地。按照千疮星的说法，“她”的大多数能力，都受到了这套系统的压制，无法正常使用，但只要将这座中枢设备关闭，一切就另当别论了。

“索菈，你的动作能快一点吗?!”随着室内的空气逃逸殆尽，充斥在我们四周的强劲气旋终于平息了，但是，从周围那些关闭的气密门后，也开始传来机械切割硬物的刺耳噪音，“守卫这里的家伙们好像已经反应过来了！正打算闯进来！”

“别急，耐心是美德。”

“现在可不是了！”维特一边大吼，一边用肩炮朝着屋顶的破洞射了两发，击落了一台试图从那儿绕路进来的警卫机器人。

不过，那家伙的同类很快便补上了它的位置，用密集的火力把维特和小静压制在了烧焦的家具后面。

“这些家伙看起来可不知道什么是耐心！”维特怒吼道。

“别紧张，”索菈答道，“就快好了……马上，就是这里！”

“哪里?”我下意识地问出了这个问题，然后才意识到，索菈这话并不是对我说的。

几秒钟后，一场小小的地震撼动了我们脚下的地面。

10

工程时间：D70，1625时。

“恭喜。”

在那阵小型地震停止之后，位于房间一角的一台投影设备突然启动了，一张瘦削、无趣、只消一瞥就会让人将其与“小职员”这个概念联系起来的脸，出现在了我们面前。

“朗先生?”我皱起了一侧眉毛。在此时此刻，这位BUB公司派往千疮星的工程队负责人是我目前最不想看到的人之一。

“你的反应速度比我预料之中的快。”我说道。

“那是当然的。各位该不会真的认为，我对各位从千疮卫一离开之后的行踪一无所知吧?”这位令人厌憎的“小职员”用尖锐的声音说道，活像是一只被人掐着脖子的鸡。

“在我们搞出这么大的动静之后，你要想不知道确实也有点儿难。”我看了一眼头顶天花板上的那个大洞，耸了耸肩，“不过，现在才来虚张声势，未免有些太迟了。”

“是吗?”

“我们刚才已经定位了你们这套被称为‘枷锁系统’的中枢位置，从之前的爆炸烈度判断，它已经被彻底摧毁。”索菈替我说了下去，“我必须承认，你们的这套系统确实相当有效，物理接入千疮星的‘神经’系统，并强行注入超额干扰信息以阻塞其解算能力，极大限度地削弱了它所拥有的各种与现实世界互动的能力。考虑到创造出千疮星的文明与我们的文明之间存在的巨大科技差异，BUB公司的所作所为，就算说是神乎其技也不为过。但即便如此，你们归根结底也只是削弱，而不是剥夺了它的这种互动能力。”

“请继续说，小姐。”朗那张令人厌恶的脸上没有出现丝毫表情变化。

“从你们的所作所为来看，你们其实也清楚这一点。如果要打个不确切的比方的话，千疮星现在，就像是一头被注射了大量镇静剂的猛兽，疲惫、虚弱，但还不至于动弹不得。而因为技术能力限制，你们也不能将整套系统的最大弱点——控制中枢建在相对安全的地方。所以，你们才在整个行星表面建立了几十处像这样的中枢建筑……毕竟，千疮星目前在短时间内很可能只有一次攻击机会。”

“对，也不对。”朗用阴沉的声调哼哼笑了两声，“从你们的角度来看，你们幸运地发现了BUB公司的可耻阴谋，躲过了我们阴险卑劣的谋杀，在重重危机之中生存了下来，最终成功地利用我们的疏漏进行了一次有效的反击。这真是个相当不错的故事。唯一的问题是，你们是否思考过，这个故事的剧本是由谁写的？”

“剧本?！少开玩笑了。我说过虚张声势是没有……”

“我可不是虚张声势。”朗说道，“从技术上讲，千疮星表面的每座中枢建筑都是互相连接的，换句话说，只要能控制其中任意一座，就可以启动并接管原有的控制中枢功能并用以操作‘枷锁’。假如千疮星真的已经不再被‘枷锁’控制，那么，它现在的最优做法，显然是摧毁剩下的所有中枢……但你们感觉到这些中枢被摧毁的动静了吗？嗯？”

一滴冷汗从我的额头上渗了出来。确实，我没有再感觉到像刚才那样的地震，难道……

“多谢各位的帮助，为本公司解决了最后的难题，噗哈哈哈哈哈哈……”在说完这句话后，朗发出了一阵极为经典的小人得志式的笑声，“千疮星确实是一个工程奇迹，但它真正神奇之处，并不仅仅在于将整颗行星改造成了一个能思考的器官，而在于，它居然能像真正的生物一样增殖！如果不是恰好遇到了这么个机会，我们BUB公司恐怕也无法将它攥入手中。”

“哈？”我们三人都愣住了，“增殖?！”

“不然呢？你觉得千疮星为什么要摧毁上一支工程队？为什么在我们的船队抵达时，它没能在第一时间做出反应，把我们炸成太空中的碎屑，而只能在我们登陆并初步建起‘枷锁系统’之后，才向你们求助？事实是，那次摧毁了前一支工程队的爆炸，并不仅仅是千疮星为了消灭那支工程队而进行的自卫，也是它的……分娩！”

“分娩？”我差点以为自己听错了。

“没错，改造了千疮星的那个古老文明在这一点上，简直可以称之为‘神’了。”朗继续说道，“他们很清楚，即使是一颗行星，也终究有寿终之日，不可能将他们文明的遗产永久传承下去。但是，如果它可以‘诞生’出后代呢？多出一颗在宇宙空间内游荡的千疮星小型复制品，可以让他们文明遗产存留的时间极大地增加。我们甚至怀疑，这种小型复制品如果进入了其他行星系，甚至还可以通过可控撞击融合进类似的边缘行星内，然后利用这些星体的物质创造出自己的‘分身’！在当时，千疮星几乎耗尽了自己的能源储备，一次性炸碎了大片行星地壳，在摧毁工程队的同时，也把被它‘孕育’在地壳之下的千疮卫一发射到了卫星轨道上！”

“这是开玩笑吧？”我目瞪口呆，喃喃自语。

但很快，我的理性就告诉我，朗并没有欺骗我们。如果从他说的这个角度理解，千疮星爆炸后喷射物质的去向、千疮卫一那诡异的来历和几乎没有陨击痕迹的平静表面，甚至是“千疮星”在我们的脑海中以人类女性形象出现的原因……这都说得通了。

“那所谓的防御工事难道是……”我不敢置信地说道。

“那才是真正的‘枷锁’。”朗说道，“虽然我们抵达的时机非常合适，之前的‘分娩’消耗能量过多，让千疮星的大部分机能陷入了几乎无法运转的状态，使得它直到我们初步搭建起‘枷锁’之前都没能及时进行预警，更无法以消灭上一支工程队的方式对付我们。但是，我们的‘枷锁’也只能干扰它的行动能力，却不能让它配合。更麻烦的是，千疮星的一部分机能并未被干扰，它仍然拥有一定的应急储备能源。根据计算，这足以让它进行一两次较大规模的物理攻击，或者像之前一样与各位进行有限的交流。对我们而言，这始终是个威胁。幸运的是，我们的分析专家大致预判出了千疮星可能的应对手段，于是主动给了各位一点儿线索，就像扔给蚂蚁的面包屑一样……索菈意外得到的访问权限，就是我们故意‘遗漏’给她的。”

“然后你们就蓄意引导我们……”我的双手颤抖了起来，“我明白了，你们在千疮卫一上的所谓‘防御工程’，其实只是为了给那些深入地下的反应堆当幌子的，对吧?！这些反应堆的真正用途，是用来挟持人质的凶器：如果千疮星不愿意与你们合作，你们就可以过载并起爆反应堆……”

“没错。而你们的任务，就是让千疮星打出仅有的一发‘子弹’，这样她才不会危及更加重要的目标。”朗的那张丑脸消失了，取而代之的是千疮卫一的实时图像，几个闪烁的箭头落在了这颗小卫星的表面，紫色的标识表明，这些地方正在涌出大量能源信号，“我们曾经计算过千疮星可能动用的应急能源，在极端情况下，它是有可能瘫痪掉我们在千疮卫一上设立的‘防御工事’的反应堆的，而我们对此并无防御手段。因此，我们决定主动诱导它在错误的目标上消耗掉这些能源。总之，感谢诸位的通力合作，这个故事终于迎来了圆满的结局……我会得到公司许诺的奖励……欸?！”

还没等朗把话说完，四团耀眼的光芒突然在千疮卫一的表面接连亮起，将这颗小小的卫星包裹在了毁灭性的等离子烈焰之中。

“等等！等等！开什么玩笑?！我没有下指令啊啊啊啊啊——”朗显然完全没有料到会有这种程度的意外发生，“这不可能是事故！到底是谁?！谁……”

“是我。”

回答了这个问题的，是突然出现在我脑海中的声音。虽然我不清楚其他人的状况，但很显然，他们——当然，特别是朗那家伙——肯定也已经听到了。

“怎么回事？这声音是……”

“你还不明白吗？在算计了我这么久之后，”千疮星的声音继续响起，“没错，这个故事确实迎来了圆满的结局：多亏了你刚才让那些反应堆进入了启动状态，让我可以用留下的最后一点储备能源令它们直接过载起爆。”

随着图像上的爆炸火光逐渐黯淡，大量四散的岩石碎屑和尘雾在太空中绽放出了一朵灰色的丑陋花朵。而在这朵“花”的中央，一个闪烁着耀眼银色光芒的球体正在移动着，就像是在卵黄中挣扎的胚胎。

“亲爱的朗先生，你和你的顾问们在制定计划之前，似乎忘记了思考一个极为简单的问题：为什么我要将自己的复制体留在轨道上，而不是在它诞生并成型之后就让它立即离开？”

朗那家伙没有答话，很显然，他现在正忙着抓狂呢。

于是，千疮星的声音自顾自地继续把话说了下去：“事实上，你们几乎没有思考。在情况对自己有利时就将发生的一切视为理所当然，这是你们这个思维能力有限的短命物种的普遍缺陷。事实是，由于当初来到这里，并错误地将我视为敌人的工程队的干扰，我只能仓促地让自己的复制体脱离，甚至来不及将我所拥有的信息完全录入它的内存之中。在这之后，我不得不尝试远程传输……不过很可惜，要完成某些关键数据的传输，就需要在瞬时确保足够的输出功率，而我已经没有足够的能源这么做了。毕竟，即便是像我这样精妙的设计体，在几十亿年的时光中也难免会耗损衰竭，无法以理想状态运转。”

“你……你你你你……”

“换句话说，应该感谢各位帮忙的，其实是我。在你们尚未来到这里之前，我就已经接触了你们的潜意识，并稍微将你们的计划导向了对我有利的方向……就结果而言，你们这些自以为是的蠢货干得非常漂亮！我只是稍微进行了一点诱导，你们就准备好了大量适合引爆的反应堆，准备用来挟持我就范——可是，你们完全没想到，这场大爆炸恰好足以为我提供充足的能源，确保我一次性完成至关重要的关键数据传输！”随着那颗银色的发光体在弥散的星尘之中逐渐变得黯淡，千疮星的“声音”也开始变得越来越微弱，“当然，我同样应该感谢安保队的指挥官先生和他的同伴们，毕竟，如果没有他们的协助，这场戏从一开始就是演不下去的。虽然我也提供不了什么报酬就是了……”

“哦，不用谢。”我下意识地嘀咕了一句，但心里却没有任何胜利所带来的成就感，反而觉得自己简直像是个傻瓜，而从维特和小静脸上的表情来看，他俩现在的想法大概和我相去无几。

但至少，我们成了活下来的傻瓜。

11

工程时间：D197，1100时。

“好了，报酬已经确认打到了我们的账户上。”在关掉手头的个人终端之后，小静跳下了起居室的泡沫床。这地方原本是朗和其他那些工程队负责人的居所，不过，在他们先一步被邦联司法部的船只押走之后，我们就“借用”了这儿。“这样一来，只要确保完成善后工作，我们再过几天就能离开了。”

“那可真是太好了。”维特打了个长长的哈欠，“我受够这该死的无聊地方了，特别是那些混蛋走人之后，连个和我们聊天的家伙都没有。”

“知足吧，摊上这档子破事儿，能完完整整地活下来就算好了。”我摆了摆手。在四个月前，当千疮卫一在爆炸中分崩离析，而从中出现的那颗神秘的小天体自这个冰冷黑暗的星系中消失之后，我曾经一度对自己的人身安全感到过强烈的担忧。

值得庆幸的是，千疮星确实兑现了诺言，用那些巨大的“棘刺”将发生在这里的事全部发送给了邦联司法部，也让BUB公司的任何保密图谋都变得毫无意义。在那之后，BUB公司发扬了它一贯的“优良传统”，直接将责任全部推到了朗和几个工程队负责人的头上，而这些人也非常识趣地包揽了全部罪名，并拜托我们在邦联司法部的飞船到来之前将他们临时看管起来。

“至少，朗先生应该会获得BUB公司提供的补偿。”小静说道，“众所周知，那帮家伙从来不会亏待担责的人，唯独这一点还算不错。”

“但那也得等他出狱之后再说了……天知道这位老兄能不能活到

那时候。”我毫无怜悯地叹了口气，“当然，邦联那边的人似乎也不太高兴的样子……毕竟，千疮星没有完全对我们说实话。”

听了我这话，小静和维特不约而同地摇了摇头。

虽然在与我们联系时，千疮星曾声称，在这一切结束之后，它会把自己存储的知识与信息交给邦联。但是，在替我们发出最后的信号之后，它就再也没有联系过我们。而事后，通过工程队的设备，我们得知，随着那颗发光的小天体仿佛蒸发般从这个行星系内彻底消失，千疮星“神经”网络内部的信息流量在极短的时间内就变成了零。

换言之，作为一个具有意识的存在，这颗行星已经“脑死亡”了。虽然它的“躯体”仍然很有研究价值，但其中的信息和知识却已经无影无踪。

“不过话说回来，照目前的情况来看，千疮星应该算是已经‘死亡’了吧？”我问道，“毕竟，在很多殖民星球上，脑死亡可是判断患者死亡的首要标准来着。”

“有可能，但不一定。”小静先是点了点头，然后又摇了摇头，“我倒是觉得，事情没那么简单。”

“哦？”

“毕竟，自始至终，与我们接触的就只有‘千疮星’的意识，对吧？如果千疮卫一是它的复制品，或者说‘同类’，那千疮卫一的意识呢？我知道这种推断缺乏确凿的证据，但毕竟意味着一种可能性。”小静解释道，“如果千疮卫一自己在一开始时并不具有意识，那么，这就意味着一种可能性……恐怕，千疮星不得不用那种方式在瞬时获取大量能源，以满足传输条件的‘信息’，其实就是……”

“这确实有可能。”我信步走到这座宿舍的落地窗前，抬头望向这颗“死亡”行星的空中。

在那儿，先前爆炸留下的尘埃与碎屑正在绕行星公转的过程中逐步形成一道稀薄的光环，但这一过程或许还要上百个标准年才能完全完成。而那颗闪烁着银光的星体，则早已消失无踪。

“也许，我们可以在下次遇到‘她’的时候当面问个明白？”

多加零

邓枫涛

大漠冰川

在干燥的荒漠中，在烈日的暴晒下，要完全融化一座冰山需要多久?

一周?一个月?或者是一年?

然而，杜嘉陵却整整等待了七年之久!在此之前，他还以为自己永远也等不到这一天了。

自从前天傍晚接到刘主任的电话后，杜嘉陵就一直神思恍惚，仿佛是在梦游一般。

直到越野车开到了冰川区的边缘地带，一股霸道的寒流迎面袭来，直接穿透车窗，扑打在众人的脸上，杜嘉陵才浑身一阵激灵，瞬间清醒了过来。

坐在前排的刘主任打开车载空调，然后从座位底下取出一套提前准备好的羽绒服，递给杜嘉陵。

“杜老先生，前面就到冰川区了，实验室附近的温度比外面要低了近20℃，您赶紧把衣服换上吧。”

杜嘉陵默默地换上了羽绒服。

透过车窗，可以看到道路的两旁还有许多尚未消融的大冰块，大团大团地堆积在一望无垠的戈壁滩上。越野车仿佛刚刚穿过一扇无形的时空之门，瞬间从大西北的戈壁开进了北极的皑皑冰原。

银灰色的公路好似一根纤细的钢针，直直地刺进冰山里。在前天的电话里，刘主任说的是“冰川已经消融了”，但是从眼前的情形来看，冰川还并没有真正融化，研究人员是从剩下的冰山里生生凿出了一条通往实验室的道路。

越野车开进冰川区，周围的空间立刻变得逼仄了许多，车辆仿佛是在一条漫长曲折的山洞中穿行，只是周围的山体全都如同水晶一般晶莹剔透，场景颇为壮美和梦幻。

越野车行驶了大约半个小时后，周围的空间陡然变得宽敞了许多，冰山内部被挖空了一大块，放眼望去，眼前仿佛是一座冰雪砌成的大礼堂。

杜嘉陵估算了一下行程，估摸着他们应该已经到达了实验室的所在地。可是视线所及，依然只能看到透明的山体，没有任何的人工建筑。

杜嘉陵不解地问道："刘主任，我们距离实验室大概还有多远？"

"我们刚刚穿过大门，这里就是实验室了——根据我们工作人员推算，当初事故发生时，实验室核心区域的温度至少低于零下220℃，几乎没有什么物体能够承受这样极致的低温，一旦冰块融化或是被凿开，这个区域内的物体基本上都会化为粉末。"

杜嘉陵心头不禁一阵颤抖，喃喃说着："那凌博士他……"

"放心吧，老先生，我们的团队将整座中央观测室完整地保留了下来，这也是我们此行的目的，不是吗？所以，凌博士还好好地在观测室里，等待着我们的拜访呢。"

说话间，越野车已经到达目的地。在绕过一根粗壮的冰柱后，一个六米多高的方形冰块出现在众人的面前。

透过外面透明的冰层，能够看到被冻结在冰块里的中央观测室。观测室的正前方是一块透明的玻璃幕墙，可以大致清楚地看到观测室内部的构造，甚至隐约可以看到一个瘦弱的人影站在幕墙的后面，好似一副抽象派的画作。

在场所有人的双眼都瞬间被泪水打湿了。

刘主任努力平复了一下情绪，解释道："为了避免破坏凌博士留下的信息，我们完整保留了整座中央观测室，并动用最先进的光学仪器和图像处理技术，尽全力还原观测室内部的场景。"

伴随着刘主任的讲解，杜嘉陵才发现在冰块的上、前、左、右四个方向，分别安置着几个微型摄像头，如同十几只好奇的眼睛，正在从不同的方向窥探观测室内部的情形。

在被冰封的观测室右侧，有一块大约三米高、五米宽的大屏幕，被嵌在冰墙里。刘主任从口袋里掏出一只遥控器，按下了两个按键，大屏幕上随即亮起一片淡淡的蓝光，然后缓缓显示出中央观测室内部的场景。

经过特殊的技术处理后，屏幕上的画面清晰得令人难以置信，厚厚的冰层所造成的影响几乎完全被剔除掉了。

众人仿佛受到了某种神圣的召唤，都缓缓走到大屏幕前，不约而同地仰起头，神情肃穆地注视着屏幕里的画面。

画面在缓慢地转动，细致入微地展示着观测室内部每个角落里的情况。

屏幕里的每一帧画面，都已经纹丝不动地被封冻了七年，杜嘉陵此刻所看到的一切，和他当年逃离观测室时看到的没有太大的差别，唯一的变化就是原本被搁置在角落里的两块小黑板，被拉到了观测室正中间的位置，并排挨在一起，上面写满了潦草而又复杂的字符。

凌博士站在小黑板的前方，手里拿着一支记号笔，还保持着奋笔疾书的姿势，脸上带着一丝兴奋而又纯真的笑容。

凌博士天生有一张看不出年龄的娃娃脸，在成名之初就被人起了一个“冻龄学神”的绰号。如今，岁月当真在他的身上被永远冻结了。

他的模样，与二十二年前跟杜嘉陵第一次见面时相比，基本上没有变化。也永远不会再有任何变化了。

“多加一个零，怎么会没有意义呢……”临分别时的话语，开始在杜嘉陵的脑海中反复回响，他的思绪瞬间被拉回到了七年前，那个让他永生难忘的秋天。

狂热游戏

最初认识的时候，凌博士还不是博士，只是一个精力旺盛的天才少年，那时他的名字还是凌峰。后来，在与老对手的论战中，杜嘉陵才意外得知，他曾经的头号明星粉丝给自己改了一个颇具武侠风的名字，叫作“凌绝顶”。

一个多么自大而又中二的名字！

改名这件事情，完全可以成为一个梗，好好加以利用。

可是应该怎么样利用呢？

从东南老家到大西北的冷湖镇，行程需要花费将近二十个小时，这一路上杜嘉陵几乎一分钟都没有休息过，他的大脑一直处在高度活跃的状态，思考着见面之后，要怎样以奇妙、优雅、不动声色的方式将凌绝顶羞辱一番，好一雪前耻。

光是见面时可能出现的状况，以及相应的应对策略，杜嘉陵就设计了七种方案。

终于，汽车到达了目的地，可是却没有看到凌绝顶的身影，在实验室门口迎接他的是两个陌生的年轻人。

杜嘉陵心头的怒火噌噌地直往上蹿。当初，要不是凌绝顶寄来的那封邀请函态度谦卑、言辞恳切，他不可能跨越万里来到这个荒凉的地方。

可是现在，他感觉自己再次受到了戏耍和轻慢。

“凌峰呢，那个小子怎么没来？”杜嘉陵从车上下来，面色不善地质问道。

两个年轻人显然没有料到杜嘉陵的态度会这么不友好，十分惊讶地对视了一眼。其中一个瘦高个子的年轻人很快赔着笑脸迎了上来：

"凌博士在安排新的合成实验，最近忙得几乎连睡觉的时间都没有了。我是凌博士的助理刘继，这位是我的同事高灿，今天由我们俩陪您先参观一下我们的实验室，希望杜先生不要介意。"

杜嘉陵不置可否地冷哼了一声。两个年轻人赶忙推开大门，恭恭敬敬地将杜嘉陵迎进了实验室。

绝顶实验室占地面积并不算很大，但里面所使用的设备和材料都是最高规格的，地板、墙壁、天花板……处处都一尘不染，干净得不像是在尘世。

两个年轻人很热情地领着杜嘉陵参观了实验室的各个区域，但是杜嘉陵却始终显得心不在焉，兴奋的情绪退去后，疲惫便如浪潮一般汹涌袭来，将他层层包裹。

杜嘉陵此行最大的目的就是雪耻，但是那个给他带来莫大耻辱的人，他连面都没有见到，这怎能不让人感到意兴索然？

"喂，凌峰他到底在什么地方？他大老远把我叫到这里来，自己却连面都不露一下，这样不太好吧？"从下午三点熬到了傍晚，从实验室的大厅参观到了后厨，杜嘉陵原本就不多的耐心终于被耗尽了。

一路都在热情讲解的刘继和高灿，终于闭上了嘴巴，两人神色古怪地对视了一眼，似乎是有什么秘密在隐瞒着他。

"怎么了？有什么问题吗？"杜嘉陵皱眉问道，他已经察觉到有些不对劲了。

刘继迟疑了好一会儿，"实话跟您说了吧，这次邀请您过来，其实不是凌博士的意思，而是我们两个的意思，凌博士他并不知情。"

"什么?!"杜嘉陵双眉一竖，一下就跳了起来。

"您别生气，您千万别生气！我们这次请杜先生过来，其实是有很重要的事情想要请您帮忙。"

"是啊是啊。"高灿在一旁连连点头，附和道，"不夸张地说，这件事情对凌博士很重要，对我们很重要，对全人类都很重要！"

"哦？"杜嘉陵微微皱起了眉头。相比起愤怒，他的注意力倒是被激起的好奇心占据了：这些人，能有什么需要他帮助的呢？

虽然杜嘉陵向来自视甚高，但在内心深处他还是很清醒的，自己不过是一个只有高中学历，而且早已过气的科幻作家。而对方是什么人？在新材料领域，绝顶实验室在全世界范围内都已经是独孤求败一般的存在。这两个年轻人既然能当上凌绝顶的助理，那么肯定也是行业内的翘楚。

“杜先生对我们的研究了解多少？”刘继见杜嘉陵没有发火，很明显地舒了一口气。

杜嘉陵的文化程度不高，而且很介意别人提到这一点，顿时被刘继这句话戳到了痛处，老脸微微一红，可是因为肤色太过黝黑，倒是很难被外人看出来。

“那么，杜先生听说过足球烯吗？”刘继又问道。

“足球烯是一种很有意思的化学物质。”高灿见杜嘉陵没有说话，自顾自开始解释，“它是一种非金属单质，一个分子由六十个碳原子组成，因为结构形似足球而得名……”

“我知道什么是足球烯！”这下杜嘉陵彻底被激怒了。在中学的化学课本里，就有介绍足球烯的内容，他好歹也是一个成名的科幻作家，这两个家伙到底是以为他有多无知！

高灿尴尬地搓了搓手，说：“那杜先生一定也听说过海胆烯吧？”

杜嘉陵没好气地哼了一声：“嗯。”

海胆烯是一类人工合成的物质的统称，它的分子是以足球烯的分子为框架，每一个碳原子向外连接一个新的原子，就好像是一只足球上长出了六十根尖刺，因分子结构酷似海胆，参照“足球烯”的起名原则而得名。

最初合成的海胆烯分子，它的六十根“尖刺”全部都是碳原子。但是后来的研究发现，海胆烯的“尖刺”里有时也会出现少量的氢原子和氧原子。

十多年前，年仅二十岁的凌绝顶就是凭借对海胆烯的研究而一举成名，取得了举世瞩目的成就。他发现在特定条件下，两个海胆烯分子之间会出现五对“尖刺”的相互连接，合成一个杠铃形状的分子，他称之为“双体海胆烯”。

在之后的许多年里，凌绝顶和其他的一些科学家又陆续合成了三体、四体、五体等一系列统称为“多体海胆烯”的化合物。

海胆烯最显著的一个特征，就是比热容很大。在此前，已知比热容最大的物质是氢气，在常温常压下的数值是14300J/(kg·K)，而海胆烯在常温常压下的比热容就能达到17200J/(kg·K)，双体海胆烯的比热容，更是达到了单体海胆烯的三倍多！

不久，凌绝顶发现在多体海胆烯的分子中每添加一个“海胆”，它的比热容就会成倍数增长！这个发现再次引起了轰动，多体海胆烯系列物质也从此多了一个名号，被称之为“超级热容体”。

“杜先生，您知道目前为止，我们合成的最大的多体海胆烯是什么吗？”刘继说话的语气和神态没有丝毫骄傲或炫耀的意思，反而满满的都是无奈和忧虑，仿佛他们正在谈论的是一个让人无比苦恼的话题。

杜嘉陵满不在乎地耸了耸肩，“我已经很久没有关注这方面的新闻了。如果我没有记错的话，早在五年前，你们就已经成功地合成了二十二体海胆烯。”

“是啊，五年前，凌博士成功合成了二十二体海胆烯，当时我才刚刚进入绝顶实验室不到一个月。”刘继的脸上露出了一丝苦笑，“而两个月前，我们已经成功地合成了三十三体海胆烯。”

“三十三体海胆烯？这也太快了吧！”杜嘉陵着实吃了一惊。出于职业的需要，在很长的一段时间里，他每天都会阅读一些科技新闻，并习惯性地记下其中一些简单的知识点。他记得很清楚，多体海胆烯的分子中每添加一个“海胆”，其合成难度就会成倍数增长。这才几年的工夫啊，就连三十三体海胆烯都已经出现了吗？

刘继看着杜嘉陵，说道：“杜先生也觉得太快了是吗？我们也都这么觉得。”

“怎么，快难道不是一件好事吗？”

“可是没有必要啊，实在是没有这个必要。”高灿在一旁解释道，“事实上，实验室里的很多同事都觉得，凌博士似乎陷入到了一种狂热的情绪当中。我们不知道他到底是在执着地追寻某种真相，还是把对多体海胆烯的研究当成了一种游戏，一心只想要刷新自己的纪录，总之他现在一路狂飙，已经停不下来了。凌博士不断合成更多分子质量更大的多体海胆烯，似乎只想要一口气冲到这条路的尽头，看一看在世界上能够存在的最大的多体海胆烯分子，到底能有多大。”

杜嘉陵越听越糊涂了，问道：“这难道有什么不妥吗？”

“不妥，当然不妥呀……”刘继微微叹了一口气，脸上的笑容显得更加无奈了。

空调石

到目前为止，科学家们合成的多体海胆烯系列物质，包括各种异构体和衍生物质，数量已经多达上千种，每一种都有它的特性，应用前景巨大。

材料学本身属于实用科学，早在绝顶实验室成立之初，早期的成员们就已经详细地讨论过多体海胆烯系列物质的商用问题。他们提出了很多方案，其中最广受期待的一种构想是寻找一种合适的多体海胆烯，来研制新一代的蓄电池。但是后来的研究发现，该类型的物质普遍导电性能不佳，这一方案后来就被淘汰了。

最后，还是凌博士和刘继一起提出了一个“空调石”的概念。

所谓空调石，是一种构想中的物质，它无须消耗电能，就可以自动调节室内的温度。

海胆烯系列物质最显著的一个特征，就是比热容很大，这令它们在正常环境下温度变化缓慢，能够储存巨大的能量；而另一个特征则是种类繁多，可供选择的余地很大。试想，如果能够找到一种合适的多体海胆烯，给它一个恰当的初始温度，将其放置在室内，在整个酷暑时节，它会源源不断地从空气中吸收热量，自身温度缓慢上升；等至秋冬季节，气温大幅度下降之后，它又会转而开始释放热量，自身温度缓慢降低，直至寒冬结束，暖春来临。如此，周而复始，年复一年，就好像一台自动运行的空调。

“这个想法倒是有点意思。你们找到合适的海胆烯了吗？”杜嘉陵了解了空调石的运作原理后问道。

“找到了，两年前就已经找到了。是十六体海胆烯的一种衍生物质，它的化学性质很稳定，可以用作建筑材料，最重要的是，它的比热容数值非常理想。”

“不过，这里似乎还存在一些问题：按照你们的说法，空调石对室内温度的调节应该是自发而不受控制的。况且，如果空调石在整个暑期都在吸收热量，不也说明它自始至终都无法将温度调节到一个理想的状态吗？”

“杜先生的思维非常敏捷。”刘继笑着说，“没错，空调石无法取代空调，只能起到一个辅助的作用。但是即便如此，它的商业价值也是非常惊人的。以武汉这座城市为例，根据我们的测算，如果在一间十平米的房间里安装上用空调石制成的天花板，每年可以让空调的能耗下降30%左右。”

“能有这么多？”杜嘉陵在心里默默估算了一下，刘继提到的这种空调石如果能够实现量产，并推广到全国甚至是全世界，所产生的经济效益将会十分惊人。

“这么说来，我还真是失敬了，恐怕要不了几年，你们都要成为亿万富翁了吧？”

“真要是这样可就好了。”刘继的脸上又露出了熟悉的苦笑，“我们原打算利用这一笔可观的收益，继续研究开发其他种类多体海胆烯的实用价值。可惜啊可惜，凌博士一早就把这项专利给卖出去了。”

“这就给卖出去了？看来，你们凌博士是真的没什么商业头脑啊。”杜嘉陵丝毫没有掩饰他语气里的幸灾乐祸。

“凌博士他不是没有商业头脑，而是根本就不在乎，他那是……

狂热!”高灿的态度似乎有些矛盾，看得出来，他对凌绝顶既满怀崇拜，却又似乎心存不满。

在刘继和高灿眼里，凌绝顶早已经沉迷于他的“破纪录游戏”，完全丧失了理智。这样的行为，不仅从经济的角度来讲很不合理，而且存在巨大的风险。

多体海胆烯只能在高压低温的环境中合成，需要消耗巨大的能量，同时对电力供应的稳定性有非常高的要求，而且越往后难度越大，相应的成本也就越高。此外，除了极少数的特殊情况，多体海胆烯分子中的“海胆”数量越多，化学性质通常就越不稳定，储存难度越大，加之它们的分子中往往储藏有巨大的能量，一旦发生分解或是其他的反应，常常会产生可怕的后果。

自绝顶实验室成立以来，已经发生了三次爆炸事故，每一次都会释放出巨大的辐射能量，最近的一次还引起了许多天文学家的注意，造成了不小的轰动。不过直至今日，关于爆炸发生的原因，外界依然认为是一个未解之谜。

凌绝顶之所以不远千里将实验室搬到冷湖镇，其中一个重要原因就是因为这里地广人稀，符合安全要求。

当然，这其中还有一个更重要的原因——因为著名的龙门发电站，就在冷湖镇。十六年前，身家数百亿的富二代释晓明受人蒙骗，为了研发所谓的“时空摄像机”，斥巨资在冷湖镇修建了一座当时最顶尖的发电站，命名为龙门发电站。结果当然是竹篮打水，后来研究项目不了了之，这座规模庞大、技术先进的发电站就被遗弃在茫茫的沙漠中，任由风沙侵蚀，逐渐破败凋敝，仿佛变成了一座被岁月掩埋的史前文明遗址。

这件事情也成了当年轰动一时的笑谈。

然而冥冥之中仿佛自有天意，这座“身世”颇为搞笑的发电站，却正好能够满足绝顶实验室对电力供应的苛刻要求。凌绝顶一意孤行卖掉了空调石的专利，然后几乎花光所有的钱买下了龙门发电站，为新的合成实验解决了电力供应的难题。

两个月前，他们成功合成了三十三体海胆烯，之后凌博士一刻也没有耽搁，立刻就开始筹备新的合成实验。

他这般狂热的态度，让所有的同事都感到十分担忧。绝顶实验室里的科研人员，每一个都是行业里的顶尖人才，他们是出于对凌博士的尊敬和崇拜才加入这个团队，然而为此他们已经付出了太多。他们被迫放弃了唾手可得的名与利，放弃了最初造福社会的理想，甚至置身于危险之中，而这一切都是为了什么？

他们看不到前路通往何处，看不到这没完没了的合成实验究竟有什么意义。

听完了刘继和高灿二人的讲述，杜嘉陵沉默了半晌，心中对凌绝顶的怨恨稍稍减轻了些许。

听上去，当年那个意气风发的天才少年，如今是真的有些癫狂入魔了。

只不过——

“你们为什么要把这些事情告诉我呢？你们说的这些事，和我有什么关系？”杜嘉陵慢慢问道。

刘继略微有些尴尬地笑了笑，说道：“我们知道这些事情和杜先生无关。但是，我们希望杜先生能够帮我们劝劝凌博士。博士他很固执，我们觉得，可能也只有您的话，他还能听得进去。”

“两位可别开玩笑了！我杜嘉陵算是哪个镇子哪个村，哪片地里的哪棵葱？他一个举世闻名的大科学家，能听我在这儿瞎咧咧？”

“会听的会听的，毕竟您是他的偶像嘛！”高灿激动地嚷嚷了起来，“博士几乎每一次开总结会的时候都会提到您的名字，还总说是您的小说，激励他走上了今天的道路。您的话，他怎么会不听呢？”

“什么，你说……他提到过我的名字？”杜嘉陵惊讶地张大了嘴，好半天都再说不出一句话来。

多加零

凌绝顶的确曾经说过他是杜嘉陵的书迷，就在他们第一次见面的时候。

那是许多年前的一次科幻大会上，两人作为嘉宾受邀出席大会。当时的凌博士还不是博士，名字还叫作凌峰，未满二十一岁，刚刚因为成功合成了双体海胆烯而声名鹊起。

在上台发言的时候，凌峰随口提了一句，说自己是杜嘉陵的书迷，杜老师的小说对他的影响很大。

这一句话让杜嘉陵受宠若惊，扬扬自得了好几天，夜里睡觉都能笑醒。

然而也是在这一次大会上，杜嘉陵和另一位作家发生了争执，争执的原因他已经记不清了，只记得这件事情引发了一场持续一个半月的网络论战。由于杜嘉陵向来行事乖张，性格孤僻暴躁，平时得罪了不少人，于是在论战中遭到了好几个作家的围攻，处境十分狼狈。可是他不肯认输，依然以一敌多，顽强应战。

直到有一天，他的对手在文章里提到了一件小事，让杜嘉陵的自尊心遭受了重创：凌峰在科幻大会后台活动的时候，曾经依照名字的谐音，给杜嘉陵起过一个绰号，叫作“多加零”，意思是说杜嘉陵所有重要的小说，基本上使用的都是同一个套路，即选定现实世界中某种物质的某一个属性，将其增大几个数量级，在数值的后面添加几个零，然后推演可能产生的连锁反应，以及对人类社会造成的影响。

例如在杜嘉陵的小说中曾写过：目前地球上已知密度最大的元素是金属锇，其密度为$22.6g/cm^3$，如果世界上出现了大量密度为$22.6\times10^4g/cm^3$的物质，那么将会对人类社会产生怎样的影响？目前人类制造出的最快的飞行器，在地球上的最快速度能达到将近Ma9，而如果有一天人们的日常交通工具速度都可以达到Ma90，那么我们的世界会变成怎样？目前已知体积最大的细菌，直径为0.75mm，如果各类细菌的体积增大了千倍万倍，又会是怎样的一副光景？

诸如此类，不一而足。

凌峰起的这个绰号既贴切又风趣，很快就流传了开来，杜嘉陵的对手们更是借此对他进行大肆的攻击，嘲笑他文化水平低，因为缺少知识储备和创意，才会反复使用相同的套路骗取名利。

杜嘉陵可以承受来自敌人的攻击，可是凌峰背地里的调侃却让他倍受打击，自此一蹶不振，再没有动笔写过一个字了。

从那以后，凌峰凌博士也就成了他心中最怨恨的人。

然而此时此刻，相隔了十几年，两人再度见面，凌博士所表现出的欣喜和热情，怎么看都不像是假装的。

杜嘉陵好像梦游似的跟在凌绝顶的身后，走进了实验室的核心区域，对方全程都在兴奋且自豪地介绍着实验室里的各种仪器设备，就好像一个小孩在炫耀自己最心爱的玩具。

可杜嘉陵却始终心不在焉，一个字也听不进去。

他的脑子有些糊涂了，难道凌绝顶并没有在背地里嘲讽他，“多加零”这个绰号只是那几个与他论战的家伙编造出来的吗？

可是不对呀，这件事情可是好几个人都提到过，并且言之凿凿。而凌绝顶自始至终都没有站出来澄清。

“杜老您看这里——这是我们的中央观测室，是我现在最常待的地方，我把我的办公室都搬到了这里。”凌绝顶神秘兮兮地拉开了墙壁上一扇并不起眼的小门，走进了门后的一个小房间。

这个房间和它的入口一样的不起眼，大概二十平方米，正对大门方向的一面墙壁是全透明的，这让整个房间看起来有点像警局里的审讯室。透明墙的底下有一张办公桌，除了桌子右侧有一块方形的控制面板，桌上没有任何特别的地方。在办公桌左边的角落里，摆放着两块折叠式的小黑板，还有其他一些乱七八糟的杂物。

“您看这外面，这是冰河三号冷压罐。从冰河一号到冰河三号，都是完全由我们团队自主设计的，用来制造合成多体海胆烯所需要的超高压和超低温环境，目前在全世界范围内，只有我们实验室有这个能力。”凌绝顶抬起手指了指透明墙的另一边，满满的自豪溢于言表。

杜嘉陵顺着他手指的方向望去，看到中央观测室的外面有一根像大烟囱似的银色金属柱状体，直径大约五米，向上看不到顶，中间每隔三米左右就有一扇椭圆形的玻璃窗。

杜嘉陵很配合地微微点头，但是却看不出什么门道来，不禁感到意兴索然。

“对了，凌博士，我听人说，你们这个合成多体海胆烯的实验，越到后面风险就越高，不知道是真是假？”杜嘉陵犹豫了半晌，终于还是下定了决心，既然都已经来到了这里，就干脆把心中所有的疑惑和郁结全都解开吧。

“是我们实验室里的工作人员跟您说的吧？”凌绝顶微微皱了皱眉，脸上的表情变得微妙而复杂，“是啊，每一次新的合成实验，难度和风险都几乎是呈几何倍数在增长。多体海胆烯系列物质最显著的特征，就是比热容大得惊人，是天然的热能储藏器，每一个分子都是一个小型的炸药库。而除了少数的几个特例，这一系列物质的分子越大，化学性质往往就越不稳定，一旦在合成过程中出现意外，发生了什么剧烈的反应，后果很难想象。”

“既然这样，你为什么还要这么执着，非要在这一条道上走到黑不可呢？”原本，杜嘉陵只是受人之托，很不情愿地前来劝说凌绝顶，但是一番简单的接触过后，他心底原本的一点好奇却愈发浓重了：他曾经为凌绝顶的一句恭维而欣喜若狂，又因为他背地里的一句调侃而精神崩溃，但对方究竟是一个什么样的人，他何曾有过任何的了解？

凌绝顶微微仰起头，无限感慨地望着面前的冰河三号冷压罐，梦呓一般地呢喃着：“为什么呢……或许，这就是我的使命吧，我就是为了完成这件事情才会来到这个世界上，不沿着这条道路走到终点，我还能做什么呢？”

“怎么会没有事情可做呢？我可是听说，你们已经合成了上千种海胆烯类型的物质，这就是一座取之不竭的宝藏啊。”

凌绝顶不置可否地淡淡一笑，从桌上拿起了一个笔记本，递给了杜嘉陵。

“杜老，您先看看这个吧。”

杜嘉陵接过了笔记本，翻开一看，里面是凌绝顶的手写笔记，每页都有一个编号，简单记载了一种多体海胆烯的特性及潜在用途。

第一页写的是：

1、物质名：四体海胆烯

特性：化学性质极为稳定；

硬度高，韧度较低，质地硬而脆；

1000℃以上高温会升华为气体，并吸收大量的热量；

遇1500℃以上高温会发生分解，同样会吸收大量的热量。

潜在用途：可用作防火材料，以及灭火剂，可取代干冰灭火剂，效果和安全性都远胜于干冰。

后面每一页都是类似的内容，一共写了一百零五页。

“这个是……”

“这是多体海胆烯系列物质潜在的应用价值。我闲暇的时候也会思考这个问题，并把想法记录下来。但这并不是我们需要努力的方向。”

“为什么？”

凌绝顶有些惊讶地望了杜嘉陵一眼，似乎很奇怪他居然会问出这样的问题。“因为这件事情全世界有很多人都能做，这只是在前人的成就上做一点加法而已。而合成新的多体海胆烯，如果我们不去做，在可预见的未来很长一段时间里，都没有人有这个机会去做。这才是我们要完成的事情——去做乘法，在前人的成就上多加上几个零。”

“多加几个零”，这几个敏感的字眼立刻戳中了杜嘉陵心口的痛处，他脸上的肌肉都忍不住抽搐了几下。

“多加几个零？”他问道。

“是啊，这还是您教给我的道理。”凌绝顶真诚地望着杜嘉陵，眼睛里闪动着激动的光芒，“早在中学时代，我读了您的小说后明白了一个道理：我们现在所做的工作，在本质上和几千年前的原始人没有什么差别。古人驯化马匹、发明独轮车来提高出行和运输的效率，而我们发明汽车、飞机也是在做同样的事情；古人磨制石刀、石斧来提升战斗力，我们研究导弹、战舰是在做同样的事情；古人以烧煤、烧木头的方式利用能源，我们今天开发核能、太阳能也是在做同样的事情……我们不过是将古人的成就推向了极限，在数值上多加了几个零而已。

“作为一名科研工作者，生活在科学昌明的年代里，既是一种幸运也是一种不幸。我们不能像那些生活在变革年代里的前辈那样，大举开拓荒地，高歌猛进，在前人的成就上肆意使用乘法。我们更像是背着一块巨石在向珠峰之巅艰难攀爬，耗尽毕生心血，往往也只能向上挪动一小步，只能让前人的成就，在小数点后面略微地上浮一两点。

“而我凌某人何其有幸，抓住了‘比热容’这个自1760年诞生后就没怎么发生过变化的数值，并将它的极限扩大了千倍万倍。我难道不应该珍惜这份幸运，难道不应该用尽我毕生的时间和精力，在这个数值上再添加一个又一个零？”

凌绝顶这一番激情澎湃的演说，彻底震撼了杜嘉陵。他终于明白了，“多加零”这个名字的确是出自凌绝顶之口，但这三个字绝不是什么调侃和嘲讽，而是一种总结和颂扬。

杜嘉陵文化水平不高，却以极大的热情创作了几十部科幻小说，冥冥之中仿佛有一股神秘的力量在召唤着他，但他不知道那是什么；无数读者曾经被他的小说所感动，但是他们同样不知道自己在为什么而感动。

只是凌绝顶看穿了其中的缘由，无非是“多加零”这三个字。

“杜老您看那里，您看到冷压罐上面的三个圆环，还有圆环上面的那些圆孔了吗？”凌绝顶又抬起手指了指外面的冷压罐。

杜嘉陵顺着他手指的方向望去，果然看到冷压罐上有三个金属圆箍，每一个圆箍上都有一排密集的黑点。

“这些圆孔都是摄像头，背后连接的是一台D23综合质谱仪。D23综合质谱仪运用的是全球最先进的技术，可以快速辨识化合物的分子结构，有时甚至能够清晰地记录下化学反应的过程。目前全世界只有两台，国内只有一台，一般的机构想要租用几天都很困难，而中科院的前辈们足足给了我五年的使用权限！不过，现在也只剩下一年多就到期了。

“此外，最麻烦的还有发电站，我们对电力供应的要求非常之高，全国能满足我们要求的供电站原本就不多，而且基本上都有其他的供电任务，能够为我们全面供电的就只有龙门发电站了。可是龙门发电站年久失修，我也不知道它还能支撑多久。

“当然，最最重要的，还是我们这个梦幻团队，全球顶级的配置。可是，这个优秀的团队还能维持多久呢？像刘继和高灿这样才华横溢又野心勃勃的年轻人，怎么可能甘心一直为我工作呢？我们的成就越大，团队就离解体越近，这一点我心里是很清楚的。

“合成新的多体海胆烯，需要天时、地利、人和，缺一不可。所以，时间已经不多了，您说我怎么能不着急呢？”

说完，凌绝顶已经是愁眉紧锁，忍不住长长地叹了一口气。

杜嘉陵心中感慨万千，默默点头。他已经完全理解了凌绝顶的心思。他想要安慰一下这位年轻的知己，但是却不知该说点什么好，便只是轻轻拍了拍对方的肩膀。

两人并肩而立，良久不语。

直到一个研究员推门而入，打破了这凝重的沉默。

“博士，材料已经准备完毕，可以开始新的实验了。”

绝对冷湖

杜嘉陵和凌绝顶并肩坐在中央观测室里，仿佛回到了十多年前的科幻大会现场。

凌绝顶邀请他在这里观看三十四体海胆烯的合成实验，这让他倍感荣幸，就好像是当年凌绝顶在台上说他是自己的书迷时一般。

但凌绝顶却显得有些愧疚，“不好意思，杜老，有可能我们还是什么都看不到。这个合成实验我们已经尝试过七八次了，全部都失败了，每一次都会出现一些很奇怪的现象。”

“哦？是什么奇怪的现象？”

“好几次实验结束的时候，D23质谱仪都显示三十四体海胆烯已经合成成功，可是每一次还没来得及辨识它的分子结构，目标物质就不见了。而且不仅仅是目标物质消失了，就连参与合成反应的材料都消失了，反应前后的物质质量根本对不上……我们到现在也不知道那些物质都去哪儿了。”

“还有这样的事？”杜嘉陵被惊得瞠目结舌。质量守恒是最基本的物理规则，而冷压罐需要制造超高压环境，所以保证是绝对密封的，那么这些物质能去哪儿呢？难不成合成实验在冷压罐内部制造出了小型的黑洞吗？

说话间，实验前期准备工作已经完成，合成材料被徐徐注入冷压罐内部。

凌绝顶面色凝重，在控制面板上按下了开启按钮。冷压罐开始嗡嗡作响，声音越来越大，震得人耳微微发麻，罐身也开始振动起来。

“凌博士，这里安全吗？我们会不会靠得太近了些？”杜嘉陵被吓得脸色有些发白。

凌绝顶笑着说："杜老放心吧，我们现在看到的画面，是电脑实时传送到显示屏上的，冷压罐的实际位置，离我们差不多有一里路呢。"

"原来是这样啊……"

没想到这面透明墙，原来是一块大屏幕。

合成反应只持续了短短的几分钟，随后大屏幕上亮起了一片淡淡的白色荧光，然后出现了一个绿色的光点，在屏幕上快速地游走，似乎是在勾勒什么图案。

"开始了！千万不要消失，千万不要消失……"刘继在一旁紧张地念叨着，周围所有人都情不自禁地握紧了双拳。

可是绿点只现身了不到三秒钟，便消失不见了，白色荧光也随之变成了红光。

观测室内部的气氛为之一凝，仿佛被冻结了一般。现场所有人仿佛都变成了石雕，谁也没有说话。

"刘继，你去切断冷压罐的电源，开始释压和升温，准备派人进冷压罐检查。"最终，还是凌绝顶开口打破了沉默。

"好。"

凌绝顶像一位迟暮的老人，迟缓地转过身来，对杜嘉陵说："真是不好意思，杜老……"

"可别这么说，对我这么一个糟老头儿来说，已经很长见识了。"

"高灿，你先把杜老送回去休息吧，我想在这里再待一会儿。"

杜嘉陵连连摆手，说道："凌博士要是不介意的话，就让我留在这里陪你说说话吧。这都十几年了，我们见一面也不容易。"

凌绝顶不再坚持，轻轻点了点头。

冷压罐释压和升温的过程十分缓慢，大家的情绪都很低落，有一搭没一搭地说着话，很快便倦意涌来，都靠在椅子上打起了瞌睡。

不知道睡了多久，一声轰然巨响将杜嘉陵从睡梦中惊醒，他被吓得猛地跳了起来！

"怎么了？什么声音？"

"好像是冷压罐发生了爆炸！"没有睡熟的高灿最先反应了过来。

“爆炸？反应材料不是都消失了吗，怎么会发生爆炸？”凌绝顶困惑地皱起了眉头。

“博士，你快看，冷压罐好像开裂了！”

众人齐齐将目光投向了大屏幕，却看到了极其诡异的一幕：在冷压罐的罐身上，疑似裂缝的位置出现了一条白线，白线以惊人的速度沿着罐身向周围扩散，很快便将整个冷压罐完全包裹，然后开始沿着地板和天花板向更远的地方蔓延。

“发……生了什么事？”杜嘉陵声音都有些发抖了。

凌绝顶快速地看了一眼大屏幕的右下角，面色凝重地说：“好像是合成区的温度……在急速下降！”

“温度……在下降？”杜嘉陵被惊得呆住了。难道说，那些在快速扩散的白色物体，都是冰吗？这温度得低到什么程度呀！

这样的画面，他可只在好莱坞的灾难大片里看到过！

“这里不安全，我们马上离开这里！”凌绝顶一把抓住杜嘉陵的手，转身大步朝门外走去。

可是刚刚走到观测室的门口，凌绝顶似乎感应到了什么，猛地停下了脚步，利落地转过身去。

只见大屏幕上，亮起了一片淡淡的白色荧光，一个显眼的绿色光点正在纯白的背景中游走。一秒、两秒、三秒……光点始终没有消失。

“是三十四体海胆烯！我们成功了！”凌绝顶激动地望着大屏幕，两只眼睛闪闪发光，抓着杜嘉陵手臂的五指也情不自禁地猛然握紧。

高灿略微迟疑了几秒钟，还是上前抓住了凌绝顶的手臂，拉着他就往门外走，“博士，我们必须要离开这里了！”

“我们不能走！”凌绝顶激动地一把推开高灿，“这是我们所有人十几年的心血，好不容易走到了这一步，我必须把它记录下来！”

“可是博士，我们没有时间了呀！”

“不会的，不会的，冷压罐离这里有一里路呢，不一定能影响到这里……高灿，你马上带杜老离开这里，如果有时间的话，把发电站的所有电力接入观测室的空调系统，为这里供暖！”

“博士，你就听我的，赶紧离开这里吧！”高灿急得直跺脚。

“是啊，来日方长啊。”杜嘉陵也在一旁劝说道，“只是一次实验而已，犯不着拿命来赌啊，有什么意义呢？”

凌绝顶望着杜嘉陵的双眼，淡淡地一笑，神色决绝地缓缓摇头。

“不……多加一个零，怎么会没有意义呢……”

凌绝顶最终选择了留下，没有人可以说服他。

低温区域还在快速蔓延，实验室里乱成了一团，众人都在惊慌地向外奔逃。

杜嘉陵和几名科研人员乘上了一辆越野车，以最快的速度飞驰而去。

逃出了很远一段距离后，杜嘉陵回头远望，整座绝顶实验室已经完全被冰雪覆盖，那恐怖的白色还在戈壁滩上向四周扩散，仿佛是一大群白色的行军蚁。

可怕的低温制造出了一个巨大的气旋，在实验室上空高速旋转，就连天空中的云朵都受到了影响，纷纷向这片区域聚集！

如此魔幻的画面，仿佛是神话传说里的四海龙王，正在绝顶实验室里施展法术。

冷湖，冷湖，这个原本有些名不副实的地方，现在正变得地如其名。

从此以后，这里将会变成地球上最为寒冷的绝对冷湖。

零界点

从往事中回到现实，杜嘉陵早已忍不住老泪纵横。

刘主任上前轻轻拍拍他的肩膀，小声安慰了几句。

“刘主任，当年冷压罐发生爆炸的原因，现在查明了吗？还有这大片的冰雪，到底是怎么回事呀？”

刘主任点头，“多亏了凌博士留下来的笔记，事故原因已经查明了。”

说着，刘主任按动了几下遥控器，屏幕里的画面定格在了第一面小黑板上，清楚地显现出了上面的字迹，能够明显看到其中的“超密态”三个字。

“其实，凌博士当年的合成实验从一开始就成功了，只是我们不知道，三十四体海胆烯除了常规的固态、气态这两种形态以外，还存在一种特殊的超密态。超密态的三十四体海胆烯密度是固体状态的上千倍，每次实验合成的三十四体海胆烯都变成了一层薄薄的超密态物质，附着在冷压罐的底部，并不断累积，可我们始终都没有发现。冷压罐在释压和升温后，超密态的三十四体海胆烯先是膨化为了固态，然后又快速升华为气态，并吸收了大量的热量，在这个过程中制造出了极限的低温、高压状态，冷压罐因此无法承受，随即裂开了。剩下的超密态三十四体海胆烯继续吸热、膨化、升华，并且制造出了一个低温气旋，把储存在附近的其他多体海胆烯材料都卷了进来，引发了一系列的链式反应，制造出了一片巨大的低温区域，最后竟生生在荒漠戈壁中创造了一个大冰川！

“前不久，我们成功地从融化的冰层里分离出了气态的三十四体海胆烯，证实了凌博士留下的笔记。”

原来如此。这样的情况，谁又能预料到呢？

凌博士，他终于还是成功了。他记录下了三十四体海胆烯的合成过程，在比热容的极限数值后面，又添加上了一个零。

可是，谁又能断定，如果没有凌博士留下来的这些笔记，科学家们就一定不能从冰层里找到气态的三十四体海胆烯呢？

一想到这里，杜嘉陵的心里又不禁有些酸酸的，不是个滋味。

“刘主任，你说，凌博士的牺牲，值得吗？”

“从全人类的角度来讲，当然值得。”刘主任无比坚定地重重点了点头，“凌博士留下来的笔记，虽然只有寥寥百余字，可是却会在未来很长的一段时间里，指引着我们研究的方向。”

说完，刘主任又按动了几下遥控器，屏幕上的画面转到了第二块小黑板上。

第二块小黑板上的笔记内容少得多，只有一个看起来很复杂的化学分子结构图，下面留有一句没有写完的话："三十六体海胆烯，化学性能极其稳定，预测可用于……"

刘主任解释说："我们猜测这个分子结构图，是凌博士在最后的时间里，根据三十四体海胆烯的分子结构推测出来的。多体海胆烯系列物质里，有几个特殊的成员，分别是四体、十二体、十六体、二十四体的海胆烯，与其他的同类型物质相反，这几种物质里的'海胆'越多，化学性质就越稳定，因此应用范围最为广泛。而如果凌博士的推测没有错，三十六体海胆烯也拥有相同的属性，那么它的应用价值将远远超过其他几种物质，因为它的比热容数值将突破一个临界点，为人类带来一个全新的能源时代。"

"全新的能源时代？"

"不错，一个全新的核聚变能源时代。如果可以大量合成三十六体海胆烯，那么我们将不再需要托卡马克装置！我们可以用三十六体海胆烯制造一层层的防护罩，在内部直接引爆一枚小型氢弹，只要最外面的一层防护罩能够维持完整，就能将核爆散发出的热量完全吸收，并源源不断地缓慢释放，以此来实现核聚变能量的和平利用。在不久的将来，全世界的科学家都将会为实现人工合成三十六体海胆烯而疯狂！"

居然是这样！恐怕谁也不会想到，困扰了人类近百年的"如何和平利用核聚变能源"的难题，将会以这样的方式得到解决。

世事难预料。但是或许凌博士早已经料到，起码他一开始就知道，他的付出和牺牲不是没有意义的。

杜嘉陵心中感慨万千，他慢慢转过身来，望着在冰层中微笑的凌绝顶，脸上缓缓露出了一丝会意的笑容。

多加一个零，足以开启一个全新的时代。

多加一个零，怎么会没有意义呢？

（本文荣获第三届冷湖科幻文学奖短篇小说奖）

莱氏秘境

长铗

谨以此文向伟大的思想先驱莱布尼茨致敬！

题记：计算即存在。

1

我的书桌上静静躺着一枚光亮的银币，表面磨损已经很严重了，正面依稀可见一个放射状图案，半露于一条水平线上。我想，这可能寓意旭日东升，放射状线条显然是象征着光的普照，水平线代表地平线或水面？除此之外，正面读不出任何蕴涵。

这枚银币缺乏华丽花纹的装潢，整体却表征着一种难以言尽的和谐。背面也相当简洁，铭有一圈文字，有些字已经被岁月磨平了，但是通过对整体的研究，我还是能勉强认出来，那是一圈拉丁文：Omini<u>bus</u>（一切）EX·Nihi<u>lo</u>·Ducends（出自“无”）SUFFICIT U<u>WU</u>M（一而足），下划线部分为我的臆测所补充。这似乎是东方哲学的暗示性风格，实际却出自一位十七世纪的德国造币师之手，显示出设计者独特的趣味。

我对这枚寓意晦涩的纪念币其实并没有什么奇怪的感觉，因为它原本就是一个怪人邮寄给我的。李泰依，我的大学同学，我的情敌，我的学术敌人，于半个月前失踪了。今天我却收到这样一个邮包，除了一枚古代欧洲银币和一个狂草签名显示出李泰依桀骜不驯的风格外，别无他物。

冬日温煦的阳光从百叶窗缝里挤进来，光洁的银币表面反射着熠熠的光辉，在我久久凝视的目光里虚化出了一圈诡异的光芒。书房里霉湿的空气静滞得仿佛让时间凝固。

我完全可以设想这样一个情节：李泰依半个月前卷入一件恐怖而神秘的事件，他意识到自己的危险，想要留下一样东西暗示他的处境，而这个世界上除了我，他别无值得信赖之人，甚至连警方也不能惊动，所以他邮寄给我这样一件东西，祈盼我的帮助。

室内电视投影屏上依然在没完没了地播放李泰依与好几个科学家一同失踪的消息，还有警方毫无头绪的闪烁言辞。在我们国家，李泰依是个名人。当然，我也是。不然，他不会在关键时候想到我。

从电视新闻看，他失踪后留下的唯一线索，便是我眼前这枚古币了。

窗外响起一阵汽车引擎的声音，我迅速把银币攥进手心，放在帽檐里，又不安地取下来，塞进鞋底。基本上包括塞进肚腹在内的所有可行的主意，都在我的脑袋里过了一遍。

正在我踌躇这个硬家伙是否会对我的胃造成伤害时，门开了。

这群穿制服的家伙进入房间从来不懂使用钥匙。

“我有权控告你们！”作为一个在社会上享有广泛声誉的名人，我感到自尊受到了严重冒犯。

来人之一满脸微笑地向我展示他掌上的证件，其实他的肩章比证件更有说服力。

我的愤怒咆哮戛然而止。

“您误会了，艾先生。我们需要您的协助，这并不是一次搜捕行动。”上校伸手做了个“请”的手势。

我已经从他们的制服读出些信息，与军官作对显然是没有好果子吃的，于是我只好忍着皮鞋里的硌疼向门外走去。

2

“这个黑家伙，倒是和布伦瑞克家的俄罗斯转盘很相似。”奥古斯特公爵打量着眼前这个齿轮交错的复杂机械，心里突然想起那天欠布伦瑞克的赌债还没还呢。

一个衣着光鲜但与宫廷时尚格格不入的中年男子，委琐地站在大厅里，在贵族们嘲笑的目光中局促不安地搓着手，嘴里激动地嗫嚅道：“公爵，大人，殿下，这个装置、轮盘，哦不，机械一共使用了254个齿轮，还用到了阿基米德螺杆、气压连杆、曲轴……”

“可是，它到底有什么用?”公爵想到这个人不堪回首的过去，心里顿时来了火气，“你曾经还设计过虹吸管、旋转式抽水机、液压提升机，还有该死的滚珠轴承马车，这些东西都有什么用?”

提到滚珠轴承马车，大厅里顿时会意地响起一阵哄笑。这个从不进教堂的人曾经扬言，他发明的一种轮子陷在深车辙里的马车从阿姆斯特丹跑到汉诺威只需六小时，结果布伦瑞克公爵特意授命他的仆人骑一匹骡子与这种新式马车赛跑，骡子居然轻松胜出。原因是马车轮子的滚珠被压坏卡在了车辙凹槽里，进退不得，闹出汉诺威最大的笑话。事后，奥古斯特公爵勃然大怒，撤销了对这个子虚乌有的巴黎大学高才生的资金援助。

“大人，它能计算。”中年男子灰色的眸子里聚集着小而亮的光芒。

“计算？你是说这堆死木头疙瘩长有一个大脑?”公爵故意提高了声调，以致大厅最偏远角落里的一只埃及黑猫也喵了一声，加入被公爵高妙幽默感染的欢乐海洋里。

那人自己也憨憨地咕噜一下，伸出胖乎乎的手挠了下光秃秃的脑顶，便兀自握紧那黑家伙的大手柄，腆着肚子吃力地摇起来，嘴里哼哧哼哧地发出吃奶的狠劲。那个装置的大轮盘笨拙地转动，带动一排几十个不同长度的齿轮发出咯吱的摩擦音。

大家饶有兴致地望着他滑稽的动作，稍稍安静下来。

“大人，刚才我把273与36两个数输入它的轮盘，现在我转动它后，轮盘上的数字已经改变了，指示的刻度是9828，它输出了正确的乘法结果。”

公爵狐疑地从台阶上走下来，端详轮盘上的指示，又居高临下地凝视那人光亮的头顶，似乎在检验他形状不规则的硕大头颅是否与他的机器一样是齿轮运作的。“可是，会加减乘除也没有多大用处，我拥有足足三百个会计员，他们平时都闲得慌呢。”

对方那红光满面的脑袋顿时紫得像蔫了的茄子。

“鲁道夫，这件机器还是有用的。”一个清新的声音传来，是公爵夫人索菲女士，沙龙宴会上最引人注目的对象。夫人身着束腰长裙，被紫贝壳拓染的裙褶曼妙生风，似乎令她站立之处的光线更亮了。

“我们庄园的收入，每年都存在上千塔拉的计算误差，会计员对复利的计算更是舛讹百出。如果我们把统计结算的任务交给这个可爱的木头家伙，光是节省下来的会计员工资就是一笔不小的金额，何况它还不需要进食，更不会隔三岔五罢工要求涨工资。”她修长的睫毛轻拂着一汪波光流转的湖水。

厅堂里鸦雀无声，公爵托着胡子虬结的腮帮，浓须里透出的气息因冥思而更显粗厚了。

“夫人。”一位绅士走上前，恭敬欠身致意，“我很怀疑这个黑家伙能否运转精确，它的齿轮难保有一天不会因为缺乏润滑油卡住，或者崩掉一个齿牙，那时造成的误差可就不好估量了。连瑞士表也会掉链子呢。”

“威廉，你可以为大家演示一下你的机械吗？”夫人转向中年男人。

中年男人在夫人温煦的目光里不安地扭动肥硕的身子，好像被冬日的暖阳照得全身毛痒痒的。他羞涩地说：“哦，好。当然可以，为什么不呢？”

半个小时后，大理石地板上账簿狼藉一地，还横七竖八地躺着几个筋疲力尽的汉子。

“狗屎！叫那群混闲饭吃里爬外的浑球全部滚蛋！”公爵愤怒地把一册账簿撕得粉碎，对管家咆哮着。通过这台机器的计算，很快把上半年庄园的所有账目核算了一遍，发现了好几十个假账、错账、漏账的窟窿。

公爵满意地抚摸那台丑陋的机械，就像在捋他那匹心爱的小红马驹的鬃毛。

“这东西还不错。只是威廉，你还得改进它的动力系统。我虽则打发走了三百个会计员，但还得雇佣几十个苦力。”公爵心疼地望了一眼地板上那几个气喘吁吁的汉子，“你这个家伙计算乘方，居然要八条壮汉来驱动转盘！”

“大人，我已经在设计一种水轮机，以后若是要计算十位数以上的乘法，我们可以在莱茵河畔建一座类似磨坊的建筑，利用水力来推动机器。”中年男人因为看到了胜利曙光，声音震颤不已，他夹杂着巴黎口音的德国莱比锡乡下腔更显滑稽。

“鲁道夫，”夫人笑吟吟地说，“我还发现了这台机械的一个副功能。我们可以让威廉制造一台小型的加法器，给我们胖乎乎的孩子们做功课使用，他们顺便还可以在摇动柄杆计算时消耗一些多余的脂肪。”

“不要！”背后响起未来的选帝侯乔治王子与夏洛特公主绝望的呼声。

3

上校十指交叉置于胸前桌上，脸上的微笑弥久不散，温柔地说道：“艾博士，我们可以分享一下您脚底的秘密吗？”

我愠怒地望了他一眼，无奈地把硌脚的银币扔到桌子上。

他装腔作势地用放大镜钻研着，鼻子尖几乎贴上那枚沾染脚臭的银币。

良久，他郑重地说：“这是一枚十七世纪的德国纪念币。”

废话。我在心中没好气地说。

“你知道它的设计者是谁吗？”上校问道。

“我对这些没有兴趣，长官，我想知道我什么时候可以回家。还有，把那枚银币还我，这是私人赠品，它是银的，又很古老，我还没有慷慨到想把它捐给国家。”我故意不着边际地嚷嚷。

“私人赠品，嗯，不错。”他端正身子，用严厉的目光攫住我的眼珠，“它来自你的朋友李泰依先生。你和李先生是什么关系？”

“请问，这是审问吗？”

“不是，艾博士。但合作是对双方都有好处的。”

“可是你们已经知道了。”我在心里把这个家伙的祖宗与下三烂的词汇组在一起造了一万个句子。

“确是如此。如果你想不起来，我可以帮你回忆。”他对着桌上薄如蝉翼的显示屏，行云流水地叙述道：“你和他是大学同学，你们的专业是经典物理学，但他硕士攻读的却是量子计算机，你则转攻信息经济学。你们在各自的领域都取得了不小的成绩。你们的学术观点势同冰炭，私交却是颇佳。我们还了解到，”他乜斜了我一眼，“你在大学里热情地追求过一个女孩，然而这个女孩最终成了李先生的妻子……”

“你们该不会愚蠢到相信因为李泰依是我的情敌，所以要为他的失踪负责吧？”我嘲弄地冲天花板发出无声的冷笑。

“不是，艾博士。”他真诚地望着我，“李先生的失踪，之于国家是一个巨大的智慧损失；而对于您，我相信，您也会因失去一个切切偲偲相争鸣的知音而痛心。”

我心里什么地方颤抖了一下。我咀嚼着他意味深长的话，没说什么。

“这枚德国古币，”他小题大做地用尖头包着软布的镊子夹起古币，举到我眼前，“是一个重要的线索。因为它的设计者是莱布尼茨。”

我努力控制上半身镇静，双腿却在桌下不住地抖动。诚如他所言，这是个重要的线索。他此言一出，我茫茫然的脑袋就像打开一个豁口，一下子涌出许多可能性念头。莱布尼茨是李泰依终生膜拜的偶像，他在给我的书信里多次提到莱氏哲学。我故作惊异地说：“莱布尼茨？那个微积分的发明者？这可真是个了不起的古董，不过，这与李泰依的失踪有关系吗？”

“你应该知道，莱布尼茨不仅仅是个数学家。”上校严厉地望着我。

我觉得再伪装已是好笑，只好老实承认：“我只是了解到莱布尼茨与牛顿分享了创造微积分的荣誉，此外在哲学上，他还是大陆理性主义的主要代表人之一。”

上校满意地点了点头，说道：“现在，我坦白地告诉你，我们的情报表明，你的朋友李泰依可能卷入了一个叫‘莱氏秘境’的邪教组织，这个组织是以一门神秘主义思想体系作为纲领，该思想体系非常邪门，完全与我们这个社会格格不入，一个又一个宝贵的科学家被它轻易洗脑，对国家的稳定与发展造成了极大威胁。事实上，失踪的科学家人数远不止官方在媒体上所公布的那个数字。所以……你明白事件的严重性了吗？”

“你是说，他，不，科学家，这个组织是邪教？什么思想纲领？与莱氏哲学有关吗？”我语无伦次地冲他喊道。

可他已经刷地立起，走过来把那枚古币塞进我的口袋，拍拍我的肩膀，宣布我可以回家了。

虽然他的国字脸上是一副空白的表情，我却已经读出了答案。

4

乔治怨恨地望了一眼油光发亮的加法器，甩了甩酸疼的膀子，说道：“哎，‘考古新发现’[1]，你说‘无穷小’这玩意儿是不是比任何数都小？”

公爵夫人索菲在一旁监督孩子们做作业，夏洛特小公主咬着笔左右晃动着脑袋。

“小主人，它非常小，小到……小到无法用数字表示。”莱布尼茨笨拙地回答。

“到底有多小？能用你的加法器算出来吗？”

“那可不行。”他意识到这是个严重的问题，可又无法向年轻的选帝侯讲明其中的奥妙，“我们可不能用对待数字的方式对待无穷小，我们通常用无穷小的比值dx/dy来计算它。”

“你不是宣称你的机器万能吗？怎么连无穷小也无法运算呢？再者，无穷小连一刀稿纸也载不下它小数点后零的个数，要它又有什么用？把它当作零算了。就好比别人欠了我无穷小量的钱，我做个人情不要得了，反正又不是什么大的损失。”乔治颇为自己的聪明而得意，满脸天真地质问他的秃顶教师。

“小主人，你可不能小看这无穷小，因为它们的比值非常有用。我们可以用它来计算波浪和琴弦的运动，计算有负载的射线的弯

1. 莱布尼茨因其怪异的衣装而享有“考古新发现”这一绰号。

曲……”莱布尼茨的灰色眸子随着叙述的深入而变得生动起来，浮动着熠熠的光辉。

公爵夫人安静地倾听着他的话，柔和的目光里盛满了赞许。

“不懂不懂。”夏洛特小公主把手里的书本一甩，捂住脑袋使劲摇晃毛茸茸的小脑袋，“你教的东西一点也不好玩儿，布伦瑞克家的阿瑟克讲的才好玩儿。”

莱布尼茨眼眶里的光辉立即黯淡了。阿瑟克是一名博学的英国牧师，他在布伦瑞克家的身份跟自己在奥古斯特公爵家的身份一样。他已经听说阿瑟克掌握了英国数学界最新的研究成果，那是一种结合几何的差分法，这种方法虽然明白易懂，却操作麻烦，概念上远不如他所使用的代数学方法清晰。

“夏洛特，不许胡闹！把书本捡起来！”索菲严厉地训斥道。

小公主挂着眼泪，任性地嚷道：“就是就是嘛！他们都说‘考古新发现’教的东西没用，还有他发明的计算器也是废物！他们还说他们出一道题就可以让计算器立刻卡死……”

莱布尼茨难堪地翕着肥厚的嘴唇，痛苦地闭上眼睛。小公主童言无忌的话像一场犀利的冰雹，袭击了他内心深处最脆弱的地方。其实他又何尝不曾听说布伦瑞克家那群智囊充满敌意的扬言？他自己也早已意识到自己机器的缺陷。时间已经非常紧迫，他得改进机器，让骄傲的英国佬闭嘴。

莱布尼茨从内心的挣扎中回过神来，小公主已哭哭啼啼地被夫人锁到另一个房间面壁去了，乔治趁机飞也似的逃了出去。索菲抱歉地望着这个只会憨笑的不规则大脑袋，发现他似乎在一刹那衰老了许多，不过他那浑浊的灰色瞳孔里依旧顽强地跳跃着火焰。

“威廉，孩子们不懂事。”索菲的声音像羽毛般轻柔。

“夫人，我不介意这个。只是，我要证明给有些人看，我的理论和我的机器都是精确的！我只是缺乏一个更强大的理论来武装我的机器，否则，我的机器将是万能的，连宇宙万事万物发展的始末都可计算！”

“我相信你，威廉。”夫人微微颔首，雍容的脸庞浮满一层淡淡红晕，似乎她已经看到他所预言的那个神奇的世界。

他顿时热血偾张，似乎已经遗忘了自己现在的所处，恍然回到了在巴黎求学的青年时光，在酒吧里要了几杯廉价的啤酒，牛哄哄地与一群自命非凡的人没完没了地辩论着。

“我已经制造出一台计算器送给彼得大帝的使者，他们将把它送给东方的中国皇帝[1]，交换一本东方的神秘典籍。我以前从东方语焉不详的残篇断简里搜索到一丝吉光片羽，我相信这个强大的理论将来自东方！”

5

我回到寓所的第一件事，便是翻开厚厚的哲学卷典，搜寻与莱布尼茨有关的条目。

数学家，哲学家，诗人，法学家，政客，发明家，炼丹术士，图书馆长，采矿工程师，历史学家，档案工作者……我不敢相信，大学课堂上那个只与一个定理共存的莱布尼茨，居然拥在这么多个身份，我简直要怀疑历史的真实性。

从上校的暗示我断定，我所要寻找的是一个作为哲学家的莱布尼茨。可是莱布尼茨在哲学上的建树——以我这个外行人的眼光看来——毫无特别之处。他的哲学主要是对亚里士多德学派的经院哲学加以修订，把毕达哥拉斯与柏拉图的传统理念现代化。然而在风格和精神上，他似乎是一个“苏格拉底”。他经常与人辩论，试图调和各种不同观点，像一只哲学牛虻，蜇这个一下，刺那个一下，所以他似乎是个不怎么讨人喜欢的家伙。

---

1. 指康熙。

我正要气馁地瘫倒在书堆里，一行蝇头小字突然映入我的眼帘，这是一段注释，印在一本砖头厚的《欧洲哲学史》第255页页底：

莱布尼茨最精湛的思想并不是为他博来声望的那种流俗哲学，而是一套他束之高阁的秘传哲学。他公开宣扬一个体系，讲乐观守正统，玄虚离奇而又浅薄。另一个体系却秘而不宣，是相当晚近的编订者从他的手稿中慢慢发掘出来的，这个体系内容深奥，条理连贯，富有斯宾诺莎风格，并具有惊人的逻辑性，却最终推演出一个荒谬绝伦的世界。所以他一辈子也没有发表它。

我欣喜若狂地敲动键盘，搜索“莱氏秘传哲学”，却一无所获。

我突然意识到，如果能在开放的网络上找到它的渊源，那它还能叫“秘传哲学”吗？

我打了个电话给我的同事，哲学系资深教授杨甫。我与他同是三潇大学职称评定委员会终身委员。他是个难缠的家伙，平时遇见最好装作没看见，不然他定会抓住你的手臂，热情洋溢地向你阐述他对悖论的最新研究。

“莱布尼茨？”话筒那边杨甫的声音异常颤动，显然他没有想到我会主动缠着他讨论哲学。搞哲学的人都很寂寞。

“他的主要成就是在形而上与逻辑学上。他曾经给出过上帝存在的四种证明，他信奉单子论，在物理学上他质疑牛顿的绝对时空观……”电话那头，他舌绽莲花，滔滔不绝。

“停，停！我只想了解一下莱布尼茨秘传哲学是怎么回事。”这句话一出，电话那头顿时变得死寂，就像有什么人把电话线打了个死结。“嗯，莱布尼茨秘传哲学，也就是他未公布的那个哲学体系，喂，你在听吗？喂喂喂！”我急了，吼叫起来。

良久，他掷来一个冰冷的声音：“你为什么要对这个感兴趣？研究这个没前途，这根本就是个荒谬透顶的体系，它还未建立就已崩塌，因为它的基础原本就是歪的！这是死路一条！拜！”

清脆的挂断声像是一记耳光，把我震懵了。

6

至显贵的公爵、至仁厚的王子殿下：

在这刚开始的新年，我以忠实的心，按习惯及自己的心意上书恭贺殿下，今年与以后许多年中继续享受健康，并实现所有对您的国度与封地有益的愿望……

这次我顺便奉上前次我幸能与殿下谈到的事情，关于一枚纪念币。我设计的图案虽然小且简陋，尚待专家改善，但我却认为这是值得用银铸造出来以引起后世注意的一件大事……世上没有比数字之源的理论更能证明上帝从无中创造有的道理，这银币便是用朴实的0与1来代表创世。因此我在图案上写了这些字：造化之谜……

您忠实的奴仆 威廉·莱布尼茨

“什么乱七八糟的！”公爵把莱布尼茨厚厚的元旦贺函扔到一旁，乜斜了一眼阶下那个油光发亮的头颅，“这就是你设计的图样？很简陋不说，而且它的纪念意义又何在？为了纪念你从中国人那里搞到的一张破图？上面写满了埃及法老也看不懂的奇奇怪怪的象形文字？！还有，这些让我眼花缭乱的条条杠杠又代表什么玩意儿？”

“大人，这图不寻常啊，它相传是中国的第一个皇帝[1]所创造。他发明这些线条符号来演绎世界万物的变化。我通过耶稣教会传教士白晋先生，从中国人那里搞到这张叫作‘易经六十四卦方位圆图’的画，我设计图案的灵感就来源于此。”

1. 指伏羲。

“好吧。”公爵粗短的下巴艰难地挤压脖子上层堆积的赘肉，打了个哈欠，扬扬手，“你解释一下这幅图的奥妙。”

“中国人用两条不相连的横杠表示阴爻，即零；用不间断的长杠表示阳爻，即一。这样用短长横线平行排列，就可以表征世界上所有的数。这实际上是一种二进制。”

“二进制？难道中国人只长有两根手指吗？“公爵被自己的幽默逗乐了，爆发出咳咳咳的浑浊笑声。

厅堂里也响起一阵附和的哄笑。

“大人，”莱布尼茨纤细的脖子支起硕大的头颅环顾四周，郑重其事地说，“二进制是一个非常神奇的发现，因为这是上帝所使用的进制。对于神圣的主而言，简洁即是美，0与1足以囊括整个宇宙的信息！”

“荒谬。”一个红发绅士打断他激昂的演讲，此人正是阿瑟克，现在作为布伦瑞克公爵的代表，来参加这里的新年晚宴。他说道：“二进制和十进制只是不同的记数方式而已，在意义上又有何孰优孰劣之分？而且表示同一个数，十进制显然更简洁。”

这显然是不争的事实，大家频频点头，转而用犀利的目光照射厅中那个光秃秃的脑袋。

“不错，就代数运算而言，二进制与十进制并无区别，但是……”莱布尼茨的嘴角挂上一朵若有若无的微笑，“进行逻辑运算呢？”

逻辑运算？大家面面相觑，这是闻所未闻的一个概念啊！

“试问，一个命题可以或者为真或者为假吗？”

“当然不能！‘或’是一个排他的逻辑算符。”阿瑟克迅捷地回答。

“正确。那么我们能否用代数符号‘+’来表示‘或’这个逻辑运算呢？”莱布尼茨在一张白纸上演示，“我们用0表示命题为假，用1表示真。如果A为真，B为真，那么A或B也就是1+1会得到什么呢？是2吗？”

围观的智士们陷入沉思，有人已经领悟到什么，却把诧异的呼声压抑在腹底。

“显然不是2，而是0。”莱布尼茨自己回答道，“因为‘或’运算是排他的，比如说‘绍姆堡或者在汉诺威或者在普鲁士’是错的，因为它刚好两者都在，所以等于0。我们使用十进制会得到荒谬的2，使用二进制呢？按照进位的规矩，1+1复归于0。既能进行代数运算，又能进行逻辑运算，这就是二进制的优势。”

“哼……”阿瑟克冷冷道，“诚如这样，又有什么用处呢？自亚里士多德时代以来，三段论便足以担当逻辑推理的一切工作。我们根本无须借助启蒙儿童的加法运算来帮助推理。”

“三段论只能进行简单的逻辑推理，实际上在某些领域它会推出错误的结果。所以我设想像解决计算问题一样解决逻辑问题……”莱布尼茨双眼抬向半空，小眼睛就像春风拂动的湖面一般生动起来。

“哈哈哈哈……你该不会想制造一台机械哲学家来代替你原来那个用三匹马才能拉动的计算器吧？”阿瑟克狂肆地笑起来，漂亮的胡须根根上翘，挂满了嘲讽。

“为什么不呢？”莱布尼茨一本正经地歪头质问，“如果我把二进制与计算器结合起来，我将对上帝创世的一切洞悉幽微！宇宙中最僻远的黑暗，也会被光明照耀！”

这一次，大厅里反常的静谧，连情绪化的公爵也保持缄默。因为这个不值一驳的说法实在太好笑了，已经超出幽默神经可作出反应的极限。

7

辛蒙把头俯在我的肩上，嘤嘤地哭泣，她芬芳的发梢在我臊红的脸颊上颤动，我很快想起了从前，她也是这样环着我的脖子，在我的耳朵下真切地哭泣。

曾经，我被这场景误导，以为自己在她心里占据重要的位置。然而经历多次耳红心跳的打击之后，我终于明白，自己在她眼里跟一棵冰凉的大树没什么不同。她只不过需要一个地方靠一下她疲惫无助的脑袋。她哭过就哭过了，根本不会记起她曾用热乎乎的咸水涂抹一个像木桩一样傻站着的男子身上坚硬白净的衣领。

“好啦好啦，他很快会回来的。”我拍拍她的肩膀。

“你怎么知道?”她猛地抬起头，用还潮湿着的目光盯着我心虚的眼睛。

“因为他那么小气的人，根本不舍得把你交给我。”说完以后，我才意识到自己的故作轻松是多么愚蠢，她哇的一声捂着脸蹲到地上去了。她总是这样，在我面前毫无顾忌地表露自己的脆弱，那仅仅是因为她把我当成哥哥，概念明确的哥哥。我心里泛出一团既感动又悲凉的泡沫。

辛蒙告诉我，泰依的书房仍然保持着他离开前的样子。

这很重要。

我推开书房，映入眼帘的是与我的书房截然相反的景象。我的书房凌乱不堪，各种书籍一堆一堆零乱摆着，上面贴满了标签，其中一张是：如果在其他地方找不到就到这一堆找。而李泰依的书房非常整齐洁净，以至于我在踏入前下意识地想正正领带。

这就是有老婆的人和没老婆的人的区别啊……我又是好一阵感伤。

我在四壁高高的书架前来回审视，浏览后发现李泰依的收藏爱好似乎已较大学改变不小，哲学方面的著作反而多于他专业研究的计算机领域的书。

扫视了一番，我伸手抽下一本书，因为这本书较整齐排列的书脊要突出一些，就好像它的主人刚刚把它放回却匆忙间未使之完全归位。我轻易地顺着折页翻到1007页，映入三行熟悉的笔迹：

所有的广告导致商品成本升高；

所有的商品成本升高导致价格上扬；

所有的广告导致价格上扬。

我笑了，这正是他一贯的风格。他就像站在我面前一样，用只属于我与他的隐语向我暗示一条委蛇曲折的道路。

显然，这是一个三段论。从逻辑学的角度来看，从前面两个全称肯定的前提推出后一个全称肯定的结论毋庸置疑。可是我知道这个结论是错误的，因为我是个经济学家。这很好理解，在一个不允许制作广告的国家，一个人要买家具、电器等国家企业垄断的产品，他得付出比在允许制作广告的国家高得多的价钱。广告固然是一种商业成本，但广告更是一种商业信息，它让我们知道市场上还有其他产品，以及市场份额、售后服务等有用信息，而且它引入了竞争，从而造成商品降价。

广告？商品？信息？我黑洞洞的脑袋里有一颗流星划过。

“去把你们家所有的报纸都拿来。”我向辛蒙吩咐道。

《家庭医生报》《都市丽人报》《红颜时尚报》……我愤愤地把一摞报纸掀翻，“李泰依难道不看报吗？”

辛蒙委屈地回答：“他本来就不看报嘛，他整天沉浸于个人世界，对外面的新闻一概漠不关心。”

可怜的蒙蒙，我心里说，假如你当初嫁给我的话又怎么会……

“这个算吗？”辛蒙打断我心里涌出的无数个带省略号的假如，手里高举着一份版面异常挤密的小报，“这是他一个月前才订的。”

居然是《江城信息报》，我心里咕嘟，这家伙什么时候变得这么小市民了？

仅仅半个小时，我的疑惑一扫而空。一行触目惊心的黑体大字撞入我的眼帘。别问我为什么这么快找到了它，只能怪它太刺目、太异常、太简洁。

讣　告

11 月 19 日下午五点，吉化县通祁煤矿矿难，死者：XX、XX、XX、XX……

讣告登在这种报纸上本也无可厚非，可是对于特殊的人来说，这却是一则再明白不过的通知。时间、地点、人物一应俱全。而11月19日正是李泰依失踪的日子。

“泰依最近有什么反常的举动没有?”话一出口，我就悲凉地叹了口气，这家伙什么时候正常过呢?在大学里他就被公认为注定一辈子打光棍的疯子，不修边幅，胡子拉碴，还经常破坏公物，在路上走着走着就撞上路灯、路牌、读报栏……

果然，辛蒙先是罗列出十来条反常举动，又自己否决了它们。比如说晚归或夙夜不归，喝醉酒或没醉也说胡话，夜晚不睡觉或大白天说梦话。

于是我得出结论：李泰依在家里的表现完全不及格，是一个不折不扣的疯子。

“他真是个混蛋！蒙蒙，我为你悲哀。”我充满同情地望着她。

“不许你说他坏话!”她夸张地伸掌捂住我正义的嘴巴，又露出羞赧的神色，转向一面澎满阳光的窗户，用幽幽的软软的声音回忆道，“他有时候也蛮体贴的，还很浪漫。他会在我洗碗的时候突然从背后环住我的腰，轻轻唤我的名字，好像我听不见似的。他有时半夜中突然紧紧抱住我，就像一个做了噩梦的孩子一样颤抖不止，却什么也不说。有时他一回家就翻天覆地到处找我，好像我会没来由的从地板上消失似的。看他紧张的可爱样子，我就故意躲他，躲在衣橱里听他在外面急促地喊我的名字，心里好甜蜜。当我突然跳出来把他吓一跳，他就把我紧紧抱住，还说什么我是他的全部财产，他担心我会不翼而飞。他失踪前一天，我见他呆呆地坐着想问题，我就问他想什么，他说在想他死后的遗产问题，还说要把它转赠给你，要你一辈子做守财奴。我笑他说:‘你这么穷还谈什么遗产呢?’他一眼不眨地望着我似笑非笑地说：‘你不知道我是世界上最富有的人吗?’”

当她背对着我回忆这些甜蜜的镜头时，我心里不是酸楚的醋意，不是愤懑的嫉妒，而是至纯至真的悲伤。我从这些平淡无奇的言语里，读出了我毕生最大敌人也是最大知音的不幸。

当一个疯子意识到自己面临巨大危险之后，他才会反常地想到要以一个丈夫的正常方式来表达他的温馨与爱。

我会好好珍惜你最珍贵的财产，我在心里震颤着说。

我走过去，轻轻抚平她双肩的颤抖，把她扭转过来时，我发现背影平静的她已经泪痕阑珊、泣不成声了。

8

一座修葺一新的大“磨房”矗立在参差的河岸上，只是里面没有传出麦粒的清香，倒是有一股浓烈的机油味挥之不去。

莱布尼茨为公爵设计制造的高位计算器，就建在磨盘的位置上。它拥有三十个巨大的轮子，轴承换成了耐用的铸铁，这意味着计算功能的加强，同时轮齿间需要不惜成本地涂抹润滑油，以保证它们能驯服地工作。

奥古斯特公爵有意在水轮计算器建成之日大搞排场，并制造铺天盖地的舆论氛围，以挽回近几年在与布伦瑞克公爵竞争中渐落下风的糟糕声誉。因此，他决然不会忘记给布伦瑞克公爵寄去诚挚的邀请函。

“磨房”前是一片宽阔的草坪，公爵用心良苦地在草坪上排列了一百二十张桌子，那是为二百四十名会计员准备的。绅士们持高脚荷兰杯互致寒暄，交头接耳。在清脆的碰杯声中，一身油污的莱布尼茨在巨大的齿轮与铰链间隙里爬进爬出，做着最后的调试。

拥有良好职业声誉的公证员被从千里之遥的伦敦请来了，他用一双剑桥蓝的眼睛真诚地望着大家，大声宣布：计算器和两百四十名会计员所计算的是同一系列数学问题。

然后，公爵急不可耐地下令竞赛开始。

“嚯！”当公证员每一次神采飞扬地从“磨房”里走出来，宣布计算器的最新进展后，人群都会爆发一阵赞叹的呼声。

一个小时后，公证员宣布：计算器共解决了二十一个数学难题，而所有的会计员统共只完成了一个半难题。

人们连欢呼都顾不上，纷纷挤到公爵面前，要求订购这种高级机器。公爵对每一个庄园主、商人、贵妇人的热情表示诚挚的感谢，末了都加上一句：此机器暂不用作商业用途。

言下之意，他是出于纯粹的科学目的，为了探索自然奥秘而制造它的。

公爵眼角瞟见人群外远远站着的布伦瑞克，故作惊诧地高声嚷着走过去：“布伦瑞克，我的兄弟。你难道不想订购一台吗？如果你需要的话，哦，当然，你的产业那么大，自是非常需要这样一台机器。以我们的交情，我可以送你一台，它可比你家里那台只会抽老千的俄罗斯转盘公道多了。”

“是吗？我倒是宁愿相信俄罗斯转盘。”布伦瑞克波澜不惊地说。

“哦？”公爵扬扬眉毛，“看来你还是无法理解我的机器的奥妙。”

“我当然理解，只是它根本就是一个白痴！”

“可悲的自尊。”公爵耸耸肩转身离去。

“你的机器能解决这个问题吗？”

公爵站住了。莱布尼茨抬起头，用黑乎乎的手擦擦滚圆额头上的汗珠。

所有的人都安静下来，目光齐刷刷地投向那个提问题的人，阿瑟克。

“请问，若有一个富翁拥有十份不同价值的产业，每份产业都不可再分割，他的两个儿子继承遗产，该如何分配？会计员，请给机器输入一组十个不同的随机数。”阿瑟克对身边的会计员礼貌地吩咐道。

公爵释然，他还以为这个来历不凡的英国佬会提出什么难题，没想到只是简单的两个儿子分遗产而已。他坐下来，闭上眼睛，用手指轻轻叩着膝盖。

很快，机器计算结果出来了。

“验算一下吧。伦敦大学高才生。”公爵故意尖声说道。

阿瑟克微微一笑，看也不看，把处理结果扔了出去，说道：“机器很聪明，它是对的。现在若这个人拥有一百份不同价值的产业呢？会计员，请给机器输入一百个随机数，谢谢。”

莱布尼茨眼神如钩，直直望着阿瑟克，油污满面的脑门更光亮了。

不一会儿，会计员取来了计算器处理结果。

“会计员，现在请输入一千个随机数。”

莱布尼茨的脑门上渗出了豆大的汗珠，灰色的瞳孔黯然无光。

公爵不解地望着他的首席科学家，心里嘀咕，这有什么好紧张的？

这一次等待的时间有些长，很多人的双腿都站麻了，机器才运算出结果。

“会计员，现在请输入一万个随机数。”阿瑟克冷冷地说道。

被机器戏弄的会计员已经从刚才机器处理问题的耗时意识到什么，顿时愉快地活跃起来，加紧向机器输入一万个随机数。布伦瑞克漂亮的胡须微微上翘，环抱双臂不动声色地伫立着。

奇怪。已经过去好长一段时辰，吱嘎吱嘎的机器仍然没有停止动作的意思，计算似乎还遥遥无期。

“咔嚓！”

站在机器旁的莱布尼茨被震得一抖，支着臃肿肚子的两条纤弱细腿不住摇晃。大家争相拥进磨坊去看机器发生了什么。

只见儿童手臂粗的铰链硬生生地断裂了，露出新鲜的参差断面。

“铰链太细……”公爵讪讪地说。

“哼。”阿瑟克从鼻孔喷出一股冷风，“用牛腿粗的绞链也没用！等它算出来，恐怕要到世界末日那一天。”

9

吉化人压根儿不知道这附近有一个通祁煤矿。直到一位七十多岁的老人家告诉我："这里的鸡鸣山窝里的确有一个大煤矿，但已经废弃五十多年了。"

"老人家，您能带我去看看吗？"我恭敬地问道。

"不不。"老人使劲摆手。

见我欲求助他人，他好心提醒道："你不要去为好。以前那里就是因为出过一次大矿难而废弃的。最近不知怎么回事，外面来的人又开始对这个地方感兴趣。了解情况的本地人都不会去的，因为有个说法：那里进得去、出不来。这不，前段时间好些个外地人进去后，到现在还没出来呢！"

当然，我还是找到了那个地方。重金雇来的向导把我领到目的地后，扭头就走。我拉住他，要求他三天后在此处等我，我预付现金。因为在这深山老林，我还没有把握沿来时的路下山。

他憨憨地笑了笑，露出山里人洁白的牙齿，说："我不能收你的定金，因为我不能对不住人。说老实话，我是没见过进去后还能出来的。"说完，他便急急消失在密不透风的树林里。

我痴痴立在黑黢黢的矿井口，里面凉飕飕的风扑咬着我的面孔。一台老式液压提升机就摆在我面前，就像是在等我。机器的型号有些古老，但滑索与轮轴间却是光亮的。

我揿下启动键，机器微震着下移，黑暗逐渐吞没了我的脚、胸、双肩、头乃至头顶那一点豆大的光亮。

我的思维在下坠的过程中是在作复杂斗争吗？是在瞻前顾后吗？是在穷举可能性吗？不。我的思维是静止的。我的义无反顾，来自黑洞不可抗拒的吸引，从我触摸那一枚古币起，就已注定要扎入黑洞的腹底，去窥探它的秘密。

什么锐利的东西闪耀了一下，我顿时失去知觉。

10

“咔，咔咔，咔，咔咔……”他满头大汗地贴着转盘倾听机器内部异常的摩擦音，心也似乎在被铰链拉得咔咔作响。转起来，转起来，他咬牙切齿地默声为它加劲。可巨大的齿轮仍旧咬合得纹丝不动。

公爵夫人伸出修长的脖子观望这边，一边不停地用遮阳帽扇风，这磨坊的空气凝固了一般，非常憋闷。

“把水坝闸门开到最大！”莱布尼茨回头狠狠地向助手吩咐。

经验丰富的助手却站在原地，小心翼翼地说：“那会超出设计承载范围的……”

“别管！你聋了吗？我说去开！”莱布尼茨歇斯底里地冲他咆哮，围观的人们顿时失色。

“哗！”湍急的河水像是一只久困樊篱的猛兽，凶猛地朝水轮扑去。“咔！”一声刺耳的断裂声在磨坊里久久嗡鸣，铰链断了，水轮在扭成麻花的轴承上疯狂空转着。

莱布尼茨歪倒在他这台散架的机器上，仿佛他脚下的厚实大地在一刹那倾斜了。

“威廉，实验失败了，我们却又收获了许多不是吗？我会劝说公爵继续为你的计划资助的。”公爵夫人柔声安慰道。

“可是，夫人，这次失败我唯一的收获可能是：我以水力驱动转轮的方案是永远行不通的。”他的声音几近哽咽。

“为什么同样的方案，十进制的计算器成功了，二进制却不行呢？”

夫人问道。

“这是因为同样大的一个数，二进制需要的位数更多，也就是说我要在机器里添加多得多的转轮，轮间的摩擦阻力因此成倍增长。我需要更先进的驱动系统，荷兰风车、液压、水力都是不行的。要说释放能量的效率，燃烧是最高的。可是我却找不到把热量转化成驱动力的方法[1]……”他痛苦地闭上眼睛，眼角的鱼尾纹鸟爪一般深深陷了进去。他双手抱头，十指蜷曲，让人怀疑他头顶上的头发可能就是这样被揪掉的。

夫人幽幽地叹了口气，委婉地说：“想开点儿，威廉，其实你发明的十进制计算器，用在会计结算上已是绰绰有余。”

“不！”莱布尼茨的声音异常尖锐，“把二进制和计算器结合起来，才是一项旷世的伟大工程！”

“有什么不同吗?”夫人的长睫毛上挂满了疑惑，双眸像幽蓝的湖水一般泛动着。

“本质的不同。如果说发明十进制计算器，就像走夜路的人点燃一盏马灯，那么发明二进制计算器就是旭日拭亮黎明的天空！那时的天空与我们现在头顶的天空将截然不同。”他激动地挥舞拳头，站起来，张开双臂，向河水奔流的方向吼道，“那片天空下，牛顿《数学原理》里的三大原则将一文不值。人们只会做唯一一件事：把工作交给计算器吧。在那片天空下，将不复存在巧舌如簧的政客、空谈无益的学术骗子，甚至连卓越非凡的柏拉图和苏格拉底也要通通消失！因为天底下不再有值得一辩的疑难、悖论、佯谬。那片天空下，世界上所有的职业都会绝灭，两人若是有争议，让我们像会计员一样坐下来算算吧！计算器会告诉我们全部真理：生命的诞生乃至消亡，世界乃至宇宙的偶然形成和它的毁灭再造，万事万物的一切始末！”

湍急的河水在他脚下激荡回折，翻滚的细碎浪花铺天盖地，连大

1. 在那个时代，还没有动能这个概念，从莱氏著作看，莱布尼茨是能量、动能两概念不分的，故有此一说。

地都在簌簌震悚。

11

“你醒了。”

我环顾左右，周围没有一个人，我看到的是洁白的四堵墙。耳边响着轻柔的古典音乐，我起身去寻找这个声音的源头，却没找到任何类似扬声器的装置。房间里只有一张床，而且这张床在我转身后也凭空消失了。

更诡异的是，我的肚子仅仅是咕噜了一下，我就看到了自己想要的东西。一个银灿灿的盘子装着金黄色的不明物质摆在床头一个平台上，我已经没有耐心研究这盘金黄色物质的化学组成以及它是怎么出现的，散发的郁馥香气彰明较著地表明它欢迎我。

我不客气地塞了满满一嘴，味道还不错，有点像肉渣与木耳的复合体，只是吃完后舌头有点麻涩。

那么，门呢？我大快朵颐之后意识到了这个严重的问题，双腿顿时一弯，向后倾倒，可是屁股下面踏踏实实地垫上了一张椅子。这张椅子像是从墙上长出来的，椅面的曲线与我的屁股完全契合。这显然不是什么人体工程学可以解释的了。当我往后躺去，椅面上又长出一个椅背，不消说，天生是为我这种长期伏案工作的驼背设计的。我想要什么姿势，它便随着我后仰的背调整角度。

这时我明白了，这房子长着一个智能的大脑。所以我冲着房顶大声说：“房子，你好。我想出去。”

很令人沮丧，根本没反应。我懵然中被一个灵感袭击，咬牙向墙猛地撞去。

墙开了，一个跟我的体形一样大的窟窿迅速打开，我一下子冲了出去。

我刹住冲势，反转身去看刚才出现窟窿的地方，墙又严丝合缝地合为一体。我久久瞻仰这堵静默无语的墙，心中充满了犹太人对叹息之壁的那种感情。

我发现自己置身于一条光华璀璨的走廊之中，两侧仍然是光秃秃的白墙。我沿走廊向前走去，注意到身后的灯准确地灭掉，而前方的灯依次打开。

一个人在似乎永无尽头的两面单调的墙之间行走，恐怕只会疯掉。所幸，我如法炮制以头撞墙，墙面就像舞台的帷幕，为我展开一个又一个新奇的世界。

在有些房间里，我看到一台台不知名的机器，它们就像低吼的野兽，生机勃勃地工作着。在有些房间里，我疑心置身于国家博物馆，四处陈列着琳琅满目的精美艺术品。我就像一个不断开启好奇之匣的孩子，不停地穿墙入室，每一次都带来光怪陆离的视觉享受。

后来，我终于被吓倒了。那是一个活人，面无表情地望着破墙而入的我。

“嗨。”我讪讪地冲他打招呼。

他却一言不发地路过我的左侧，出去了。

他听不懂我的话吗？聋人？哑巴？可是他也得有表情啊，除非他还眼盲。

再往前走，人渐渐多了，甚至还有似曾相识的面孔，沉默地与我擦肩而过。

“郭正宽。”我抓住一个离去的背影，热情地搂住他的肩，欣喜若狂地嚷道，“我是艾森啊。去年太平洋财富论坛上，我们才有过一次激烈的交锋啊。那一次，呵呵，我态度有点过火，向你道歉……”

我的声音渐渐低哑，战栗，哆嗦，面前这位曾在数百名国内外专家前纵横捭阖、指点江山的著名经济学家，以一个提线木偶的动作从我手中挣脱了。我多么希望他能劈头盖脸地把上次攻击他的我大骂一顿，或者漠然地说：“对不起，你认错人了。”

“这是为什么？你们怎么了？被洗脑了吗？”我抓住一个又一个来来往往的人：植物学家吴菲，社会学家隋祥，音乐家徐晴晴……

“因为他们根本不需要对话这种低级交流，艾森。”一个冰凉的金属质感的声音击中我后背，我心里却剧烈地生出一股暖流。

我转过身，是李泰依！他还活着，肢体健全，毫发无损，可是脸上那冷若冰霜的表情，却让我不敢相认。

“请抛弃牛顿世界的全部概念，来理解这个崭新的世界。”他的嘴巴是紧闭的，他的声音却清晰地传入我耳中，我不想去探究其中的奥妙，因为难以解释的地方太多了。

“牛顿世界？”我茫然若失。

“外面是一个被牛顿定律支配的世界，不是吗？”他反问我，他死灰般的眼睛里还藏着一丝余热，这让我心里生出些许希望。

“不错。但这里不是吗？我难道不是因为重力站在这里？”

“世界是一样的，但解释的方法不同。”

“这里面怎么解释？跟莱布尼茨秘传哲学有关吗？”我明白这是问题的关键。

“正确。”他传来两个字就没了下文。

“如果以莱氏秘传哲学来解释世界又会怎样？”我急不可耐地问。

“准确来说，宗圣莱布尼茨不是在解释世界，而是在计算世界。”

我艰涩地笑了。这一定程度上验证了我的推断，于是我说：“我想，这里面存在一台强大的计算机吧？”

“正确。我们这个世界是在终极计算机‘熵’的运算下运行的。我们的社会结构、经济、生活、物质资料的生产分配，全是通过‘熵’的指示。”

“食物呢？”我非常自然地想到这个第一问题。而且这的确是个难题，这里是几百米深的矿井，没有光，就肯定无法生产蛋白质。从无机物中制造的蛋白质都是枉然，因为勉强造出的也只会是右旋蛋白质，而人类需要的却是左旋蛋白质，这便是造化的神奇。

“通过合成细菌生产的，味道不错吧？”

“细菌的食物又从何而来？空气？”我嘲讽地说。

“一条远达千里的暗河。”

诚然，这是合理的。细菌可以通过分解暗河里携带的营养物质生产有机物。看来，莱氏秘境不完全是个封闭系统，任何有限封闭系统都是无法维持自身平衡的。我的知识结构如此告诉我。

“能源呢？”

“一个五千吨级的铀矿够了吗？”

我无话可说，这里集中了全国最优秀的科学家，还有一台超级计算机，又有什么技术手段达不到呢？

我苦笑着点了点头，“好。现在我想知道，你们这样做是为了什么？逃避现实吗？创造小宇宙吗？玩隐居吗？搞黑社会吗？啊？”我狠狠掐住他的双肩，使劲摇晃。

“现在我们互相看对方，都是可悲的。”

我的手指无力地脱落，怔怔地望着他。

“这是个令人兴奋的世界！”他的声音中多了几分激动的颤音，“牛顿世界的人永远也不能明了的造化之谜，都会在这里揭晓。这是因为牛顿是以一套循环论证的方法去分析这个宇宙，他的理论乃至外面的全部科学体系是建立在公理之上。在一个封闭的逻辑系统里，某些命题是不可能得到证明的。所以他们捏造了一个上帝来作为第一推动。而在这里，我们是以计算的方式理解宇宙，计算即是存在！因为上帝就是以计算的方法来创造世界，宇宙便是由标准化模型软件驱动，计算着量子场、化学物质、细菌生命、人类、恒星、星系的一切变化。从这层意义上说，我们就是上帝！只要我们拥有一台强大的计算机！”

他的声音在长廊里久久回响，没有一个人停下来看我们，他们忠实地走在“熵”所计算出的路径里。

“作为一个科学家，还有什么比扮演上帝的角色更重要呢？在这里，宇宙没有任何秘密可言，它就像一个纯洁的处子在我们面前坦露，这便是我们如此痴迷此境的原因！”

我轻蔑地摇头。

“艾森，你作为一个经济学家，有什么心愿吗？让‘熵’来解答你。”

“好！我最难过的，莫过于经济规律无法用数学模型来预测，不消说全球经济，就是一个股市的动态也朝夕难料。”我心里在冷笑：准确的经济预测是数学上的不可解问题。

“那是因为你的数学模型太简陋。”李泰依不以为然地说。

我左边的墙上立即出现一块大屏幕，一个个眼花缭乱的数学符号在我眼前飞逝。每一行的程序都注有清晰明确的解释，否则，即便是作为经济学专家的我也难以卒读。

随着数学演绎过程的深入，我的思绪越来越混乱，若有所悟却又难以洞彻，似是而非既而恍然大悟。

最后，机器开始模拟运算。我惊讶地发现，从亚洲金融危机到纽约道指泡沫的破灭……股市、市场的每一个跌宕起伏的细枝末节都得以精确再现，我几乎要认为这是一部纪录片，而非数学模拟。

我如痴如醉地跟随跳动的曲线回忆一个个经典的经济事件。但是，随着计算的进行，开始出现偏差，到后来因为蝴蝶效应，导出了完全不符的错误结果。

屏幕灭了。我幸灾乐祸地说：“看来‘熵’也是个虎头蛇尾的家伙。”

“可笑！这是‘熵’顾及你的理解能力，所以只编出一道有限长度的简单程序来模拟。若是需要，它可以把人类社会从诞生到灭亡的全过程毕露无遗地再现。”

我凉彻全身。

“现在，你明白为什么那么多科学家都钟情此地了吧？哥德巴赫猜想，宇宙大统一模型，宇宙创世之谜，生命的诞生进化……在这里就像孩子的图画读物一样清晰。”

我零乱的思绪在汹涌的海面上沉沉浮浮，突然，我抓住一根救命稻草，“据我所知，全世界还没有一台计算机能达到这个计算能力，‘熵’是你们的幻想吧？”我想起莱布尼茨的悲剧，这个发现了二进制又发明计算器的人，是他那个时代离现代计算机最近的人，可是他失败了。

我不禁涌出一个问题：如果莱布尼茨在与牛顿的对抗中取得胜利，世界又将怎样？像他所预言的只剩下会计员吗？两个人再不会有分歧，因为只需坐下来计算就行了。

“如果你学会用计算的方法看宇宙，就会发现，制造这样一台计算机并不难。”

我愕然。

他有些失望地望着我说：“对于一名物理学家，所有的自然系统难道不是计算机吗？岩石、星球……它们固然不运行Linux程序，但它们也记录处理信息不是吗？在物质内，每个粒子的行为正像一台计算机的逻辑门，由自旋的方向可编码一个比特。”

“你是指量子计算机。”我说道。这是他的专业。

他摇摇头，“量子计算机之于‘熵’，大概相当于算盘之于量子计算机吧。”

“那是什么？”

“如果我们需要在最小的空间里放置最大的质量，你会想到什么？”

“黑洞？”我张大了嘴巴，喉咙仿佛变得黑洞一般深不可测。

“正确，黑洞计算机。”

我全身汗涔涔的，脑袋里就像被硬塞进一团黑糊，一时无法接受。

“请做个计算，1kg物质全部投入到翻转比特位之中，则每秒可运算10^{51}次。计算机存储容量用热力学计算，1kg的物质转变成1L体积的能量时，温度是10亿开氏度。熵正比于热温商，相应达到10^{31}比特信息量，够了吗？不够我们再增加1kg物质。”

我的脑袋豁然开朗，全身血液沸腾，这的确是个疯狂的构想啊！

“粒子无论何时发生相互作用，都会引起彼此翻转，借助于java语言想象，粒子就是一些变量，它们的相互作用就是运算。每1比特每秒翻转10^{20}次，等效于时钟速度100GGHz，够快了吗？不够我们任意增添物质。”

“可是黑洞怎么能释放信息？你这台计算机只会有输入，而没输出！”

“霍金辐射呢？”

我哑然。

“一个1kg的黑洞放出霍金辐射，辐射波长等于黑洞半径，相当于强烈的伽马射线，粒子检测器能够将其俘获并解码。”

我痴痴地望着李泰依，大学里那个异想天开的疯子又回到我面前。我常常反思为什么自己会在与李泰依争夺辛蒙的竞争中失败，今天我似乎找到了答案。我是牛顿世界的人，注定要以常规的方式去理解这个世界；而他，作为异度空间的人，超然高逝于传统社会，离群索居，特立独行。这样的人别说对女孩子具有致命的诱惑，连敌人也不得不折服于他犀利的思维。

我不甘心地问道：“你们想过吗？宇宙无法抗拒熵增，生命无法抗拒衰老，你们有一天终会死去，谁来维持你们的世界？你们这个脆弱的世界会像一瓶香水轻易地挥发掉。”

“我们是永生的。”

“什么？”我不敢相信自己的耳朵。

“当我们老了，我们尽可以把记忆与意识存储到网络之中，利用思维程序来思考。”

思维程序？我哑然失笑，“记忆固然可以存储，可是意识却无法复制。哥德尔不完备性定理早已证明过人工智能的有限性。”

“不错，任何一台特定的机器智能都是有限的，但并没有任何证据说，人类智能没有这种局限性。”

我无言，又一次被无情击垮。我注意到他提到网络，而不是“熵”的存储空间，这是一个严重的问题！

“你是说，你们打算死后在网络上生存？网络？是指莱氏秘境的内部……”

“不。就是网络，全球网。”他嘴角挤出一丝狰狞。

我全身燥热起来。谁都知道在一个开放性网络上潜伏意味着什么，这就好比在一个公众场合放一个装炭疽病毒的瓶子，看来他们并不打算永远维持莱氏秘境的封闭性！

他看出我的焦灼，轻描淡写地说道："你知道了，我们并不想维持现状。知道你为什么来到这里吗？"

我怎么知道？我心里大为光火。我顺着你留下的古怪线索一路追踪到此，你却问我为什么来到这里！

"因为我们想做一个试验。"他说，"你是个非常好的试验对象，一个牛顿世界的典型代表。我很矛盾。从私人感情上，我不想把你拉入组织，因为蒙蒙，你知道，她在外面需要一个可依赖的人。但是对于我们的世界，你这样高度理性的人却是非常宝贵。只是你非常正统，恐怕无法接纳我们的思想。于是我们想做个试验，看伟大的莱氏秘传哲学是否能征服一个被牛顿定律束缚的科学家。如果能，那么我们为什么不颠覆外面那个世界呢？宗圣莱布尼茨在数百年前的对抗中失败了，我们要改变这个结局！"

他那双白多黑少的眼睛里蔓延出无限渴望，让我不寒而栗。

"只是，"他刚刚燃烧着的神色黯淡下去，"我们现在的力量还很薄弱，网上的体系尤其如此。我们得隐藏自己，我们的基地建在这个地下五百米的煤矿，我们用量子密码将信息库保护在全球网的某处。总有一天，它会光耀宇宙，普照天下！"

我眼眶红了，摇着他的双肩，"泰依，你醒醒吧。你看，你们的理论虽然强大，我却不愿皈依你们的思想。你们这次尝试失败了，你们颠覆牛顿的想法也终将失败。泰依，跟我回去！蒙蒙在等你回家。"

"我已经注定不可能像平凡人那样的活着和死去。我是一场瘟疫！一场足以拯救黑夜的瘟疫！将来的历史会证明这一切，我将还你们一个时代，一个前所未有的时代！"他曲张着双臂，全身痉挛，歇斯底里，疯狂的咆哮在深不可测的走廊里久久震荡。

似乎是冥冥中的响应，沉睡的大地突然惊厥，地底传来野兽的低吼，两侧的墙壁簌簌抖动，顿时天旋地转，我被一团强光吞没。

12

1698年，奥古斯特公爵死于汉诺威。

十六年后，莱布尼茨的保护人公爵夫人索菲逝世。同一年，乔治王子前往英国继承王位。莱布尼茨彻底与布伦兹维克家族断绝了关系，虽然他在凄苦潦倒的晚年还一直做着被英国王室雇佣的美梦。

“先生，克拉克[1]来信说，牛顿在《光学》结尾处提出：为了恢复行星的有序运动，上帝最终不得不参与其中。”年轻的助手俯在莱布尼茨的病榻前轻轻耳语。

平时，只要他一提到牛顿的名字，老师昏暗的小眼睛就会射出明亮的光来。然而这一次，老师的眼睛依旧紧紧闭阖。

“先生，英国人已经开始认识到牛顿的流数方法确实笨拙繁缛了……”助手有些不安地屏息聆听老师的呼吸。

“先生，从英国传来消息，一个叫托马斯的英国人发明了一台高效率抽水机，这台机器是用蒸汽推动的……”

莱布尼茨皱皱的眼皮猛然撑开，他目光如炬地盯着破旧的天花板。从他僵直的上身与蜷曲的腰来看，他曾试图坐起来，可这一意图耗尽了他生命里最后一丝气力。他终究没能成功。

1. 克拉克是一位神学家，也是莱布尼茨与牛顿的朋友。莱布尼茨经常通过与克拉克的书信来往与牛顿辩论。

13

“一次漂亮的外科手术。”他说。

我醒后第一件事，便是检查自己身体是否缺失了哪个部件，所幸，完好无缺。

我发现自己再次置身于四面光洁的墙内，这次是医院。上校冲我露出弥久不散的笑容。

“外科手术?”我云里雾里。

“不错。我们毁掉了他们，就像手术刀精确地割掉了一个肿瘤。”上校以意犹未尽的目光望向天花板，显然，他是主刀医师。

“莱氏秘境毁掉了？你们安全局的人干的？他们呢？你们怎么发现的?”我激动地坐了起来，冲他大喊。

上校按住我颤抖的双肩，手指向我传递可怕的劲道。我平静下来，而他也换了一副阴郁深沉的表情。

“一场可怕的瘟疫，一百二十位一流科学家灰飞烟灭了。所幸我们控制住了局势。国安局其实早已发现了他们活动的迹象，也知道他们在网上存在一个体系。可以想象，这个邪教的思想若是蔓延开来，对我们的世界很可能是毁灭性的。”

“他们不是邪教！他们……”

“不错。”上校高声压制住我的反驳，“他们拥有完善的科学体系，又拥有完备的高智商人才库，更可怕的是，他们还拥有一台超级计算机！可是凭这些就妄图与外面发展数千年的文明体系对抗，这不是异想天开吗？这跟在大自然中的一个玻璃罩里制造一个小生态又有什么区别？你知道，这样的实验已经失败多次了。他们就是一朵在室温下生存的雪花，纳米技术改变雪花的表面结构，可使之在室温下不化，但这精致的美丽也是脆弱的，一粒尘埃的扰动，也会使它化为哭泣的死水。”

“可是他们的理论无懈可击，甚至比牛顿世界的科学体系还要超前……”

他的冷笑让我的话戛然而止，“他们隐藏在全球网的体系不也是密不透风、万无一失吗？可还不是被我们轻易摧毁了？”

“你们是怎么做到的？量子密码是宇宙中的终极锁。”我的常识告诉我，量子密码是不可破译的，因为任何窃听量子流的行为都将改变量子状态，从而被收发信息者察觉。

“理论归理论，技术能达到理论的高度吗？比如他们的黑洞计算机，理论上可以计算出宇宙的整个演化史，可是这需要往他们的黑洞里塞进整个宇宙的质量！试想，要是他们真的充当了上帝的角色，他们就应该能计算出自己的末日，为什么却最终未能预测到我们对他们的摧毁呢？

“量子密码也一样，支持量子密码不可破解的论点是建立在一组假设之上的，其中一个假设是一个光子表示一个量子比特。量子密码系统采用脉冲激光工作，并将其强度减到令十个脉冲包含的光子不多于一个，然而这只是统计上的可能性，实际上脉冲可产生一个以上的光子。所以，我们可以通过窃取一个额外的光子来解密信息。

“另外，把组织搬到地底下五百米我们就找不到了吗？”他嘲讽地笑了笑。

“你们是……”

我突然领悟到自己所扮演的角色，吼道：“你们通过我找到了他？”

他脸上真诚地堆满歉意，“很抱歉现在才通知你，你参与了我们的计划。你口袋里那枚古币帮助我们找到了莱氏秘境，它上面那个纳米技术小玩意的工作性能非常出色，当然，你也不错。”

“你这个混蛋！你杀了他们？”我揪住他的硬衣领。

“我很抱歉，我的职责是保护国家的安全。他们不啻是一场瘟疫！不是我们扼杀他们，就是他们毁掉我们！他们的体系本身就有很大的漏洞，一个铀核电站，一个黑洞……任何一个都是致命的……”

我一拳把他击得一晃，军人的体格使他勉强站住了。

他没有回击我，只是抹去嘴角的血迹，平静地说：“其实，我又何尝不欣赏他们？他们对宇宙独特的领悟，把一切归为计算的存在方式，都让人啧叹。可是欣赏归欣赏，回到现实，我们还得脚踏实地站在重力场内。虽然很多人都说，牛顿的绝对时空观念是错误的，可我们还得生活在时空中，不是吗？”

他叹了口气，转身怅然离去。

我颓然歪倒在床上，那枚德国古币就摆在床头的桌面上，斜射的光照在上面，造化之谜的图案若隐若现，一个单薄的人影昂藏于混沌的天地之间，他高举双臂，似在咆哮，似在呐喊，似在控诉，他的声音却在真空中迅速夭亡。

光影浮动中，他模糊的影子虚化成一团跳动的零一数字，渐渐消散，渐渐隐没。万物生于混沌，复归于混沌。

我的眼眶一阵暖热，目光顿时模糊起来……

地球大炮

刘慈欣

随着各大陆资源的枯竭和环境的恶化，世界把目光投向南极洲。南美突然崛起的两大强国在世界政治格局中取得了与他们在足球场上同样的地位，使得《南极条约》成为一纸空文。但人类的理智在另一方面取得了胜利——全球彻底销毁核武器的最后进程开始了。随着全球无核化的实现，人类对南极大陆的争夺变得安全了一些。

新固态

走在这个巨洞中，沈华北如同置身于没有星光的夜空下的黑暗平原。

脚下，在核爆的高温中熔化的岩石已经冷却凝固，但仍有强劲的热力透过隔热靴底使脚板出汗。远处洞壁上还没有冷却的部分，在黑暗中散发着幽幽的红光，如同这黑暗平原尽头的朦胧晨曦。

沈华北的左边走着他的妻子赵文佳，前面是他们八岁的儿子沈渊，这孩子穿着笨重的防辐射服仍在蹦蹦跳跳。在他们周围，是联合国核查组的人员，他们密封服头盔上的头灯在黑暗中射出许多道长长的光柱。

全球核武器的最后销毁采用两种方式：拆卸和地下核爆炸。

这里是位于中国的地下爆炸销毁点之一。

核查组组长凯文斯基从后面赶上来，他的头灯在洞底投下前面三人晃动的长影子，“沈博士，您怎么把一家子都带来了？这里可不是郊游的好去处。”

沈华北停下脚步，等着这位俄罗斯物理学家赶上来，“我妻子是销毁行动指挥中心的地质工程师。至于儿子，我想他喜欢这种地方。”

“我们的儿子总是对怪异和极端的东西着迷。”赵文佳对丈夫说。

透过防辐射面罩，沈华北看到了她脸上忧虑的表情。

小男孩儿在前面手舞足蹈地说：“这个洞开始时才只有菜窖那么大点儿呢，才两次就给炸成这么大了！想想原子弹的火球像个被埋在地下的娃娃，哭啊叫啊蹬啊踹啊，真的很有趣儿呢！”

沈华北和赵文佳交换了一下眼色，前者面露微笑，后者脸上的忧虑又加深了一些。

“孩子，这次有八个‘娃娃’！”凯文斯基笑着对沈渊说，然后转向沈华北，“沈博士，这正是我现在想要同您谈的：这次毁销的是八颗巨浪型潜射导弹的弹头，每颗当量都有十万吨级，八颗核弹放在一个架子上，呈立方体布置……”

“有什么问题吗？”

“起爆前我从监视器中清楚地看到，在这个由核弹头构成的立方体正中，还有一个白色的球体。”

沈华北再次停住脚步，看着凯文斯基说道：“博士，销毁条约虽然规定了向地下放的东西不能少于多少，但好像并没有禁止多放进去些什么。既然爆炸的当量用五种观测方式都核实无误，其他的事情应该是无所谓的。”

凯文斯基点点头，“这正是我在爆炸后才提这个问题的原因——只是出于好奇。”

“我想您听说过‘糖衣’吧。”

沈华北的话如同一句咒语，使这巨洞中的一切都僵滞不动了，所有的人都停下了脚步，指向各个方向的头灯光柱也都不再晃动了。

由于谈话是通过防辐射服里的无线电对讲系统进行的，远处的人也都能清楚地听到沈华北的话。短暂的静止后，核查组的成员们从各个方向会聚过来，这些不同国籍的人大部分都是核武器研究领域的精英。

“那东西真的存在？”一个美国人盯着沈华北问，后者点了点头。

据说，上世纪中叶，毛泽东得知中国第一次核试验完成的消息后，提出的第一个问题是：“那是核爆炸吗？”不知是有意还是无意，这个问题其实问得很内行。裂变核弹的关键技术是向心压缩。核弹引爆时，裂变物质被包裹着它的常规炸药的爆炸力压缩成一个致密的球体，达到临界密度从而引发剧烈的链式反应，产生核爆炸。这一切要在百万分之一秒内发生，对裂变物质的向心压缩必须极其精确，向心压力极微小的不平衡都可能在裂变物质还没有达到临界密度前将其炸散，那样的话，所发生的就只是一次普通的化学爆炸。自核武器诞生以来，研究者们用复杂的数学模型设计出各种形状的压缩炸药。

近年，人们又尝试用最新技术通过各种手段得到精确的向心压缩，“糖衣”就是这类技术设想中的一种。

“糖衣”是一种纳米材料，制造裂变弹时，人们用“糖衣”包裹核炸药，然后再在“糖衣”外面裹上一层常规炸药。“糖衣”具有自动平衡分配周围压应力的功能，即使外层炸药爆炸时产生的压应力不均匀，经过“糖衣”的应力平衡分配，它包裹的裂变物质仍能得到精确的向心压缩。

沈华北说：“你们看到的被八颗核弹头包围的那个白色球体，是用‘糖衣’包裹的一种合金材料，它将在核爆中受到巨大的向心压力。这是我们计划在整个销毁过程中进行的一项研究。毕竟这是一次难得的机会——当核弹全部消失后，短时期内地球上很难再产生这么大的瞬间压应力了。在如此巨大的向心压力下，实验材料会变成什么，会发生些什么，将是一件很有意思的事。我们希望通过这项研究，为‘糖衣’技术在民用领域找到光明的前景。”

一位联合国官员说：“你们应该把石墨放进‘糖衣’中去，那样每次爆炸都能得到一大块钻石，耗资巨大的核销毁工程说不定会因此变得有利可图呢。”

耳机里传来几声笑，没有技术背景的官员在这种场合总是受到轻蔑的。“八十万吨级核爆炸产生的压力，不知比将石墨转化为金刚石的压力大多少个数量级。”有人说。

沈渊清亮的童音突然在大家的耳机中响起："这大爆炸产生的当然不是金刚石。我告诉你们是什么吧，是黑洞！一个小小的黑洞！它将把我们都吸进去，把整个地球吸进去！通过它，我们将钻到一个更漂亮的宇宙中！"

"呵呵，孩子，那这次核爆炸的压力又太小了……沈博士，您儿子的小脑袋真的不同寻常！"凯文斯基说，"那么实验结果呢？那块合金变成了什么？我想你们多半找不到它了吧？"

"我也还不知道呢，我们去看看吧。"沈华北向前指指说。核爆炸使这个巨洞呈规则的球形，洞的底面是一个小盆地。在远方盆地的正中央，晃动着几盏头灯，"那是'糖衣'实验项目组的人。"

大家向盆地中央走去，感觉像走下一道长长的山坡。这时，凯文斯基突然站住了，接着他蹲下去，双手贴着地面，"地下有震动！"

其他人也感觉到了，"不会是核爆炸诱发的地震吧？"

赵文佳摇摇头，"销毁点所在地区的地质结构是经过反复勘测的，绝对不会诱发地震。这震动不是地震。它在爆炸后就出现了，持续不断，直到现在，邓伊文博士说它与'糖衣'实验有关，具体的我也不清楚。"

随着他们距离盆地中心越来越近，由地层深处传来的震动渐渐增强，直到脚底都感觉发麻，仿佛大地深处有个粗糙的巨轮在疯狂旋转。

当他们来到盆地中心时，"糖衣"实验项目组中有一个人站起身来，他就是赵文佳刚才提到的邓伊文，材料核爆压缩实验项目的负责人。

"你手里拿的什么？"沈华北指着邓伊文手中一大团白色的东西问道。

"钓鱼线。"邓博士说着，分开围成一圈蹲在地上的那群人，他们正盯着地上的一个小洞看。那个洞出现在熔化后又凝结的岩石表面，直径约十厘米，呈很规则的圆形，边缘十分光滑，像钻机打的孔，邓伊文手中的钓鱼线正源源不断地向洞中放下去，"瞧，已经放了一万多米了，还远没到底儿呢。经雷达探测，这洞已有三万多米深，而且还在不断延长。”

“它是怎么来的?”有人问。

“那块被压缩后的实验合金钻出来的。它沉到地层中去了，就像石块在海面上沉下去一样，这震动就是它穿过致密的地层时传上来的。”

“哦，天啊，这可真是奇迹!”凯文斯基惊叹道，“我还以为那块合金将被核爆的高温蒸发掉呢。”

邓伊文说：“如果没有包裹‘糖衣’的话，会是那样的结果，但这次它还没来得及被蒸发，就被‘糖衣’聚集的向心压力压缩成一种新的物质形态，本来叫超固态比较合适，但物理学中已经有了这个名称，我们就叫它新固态吧。”

“您是说，这东西的比重与地层岩石的比重相比，就如同石块之于水?”

“比那要大得多。石块在水中下沉的主要原因并不在于比重，而是因为水是液体——水结冰后比重变化不大，但放在上面的石块就沉不下去。现在新固态物质竟然在固态的岩石中下沉，可见它的密度是多么惊人!”

“您是说它成了中子星物质?”

邓伊文摇摇头，“我们现在还没有精确测定，但可以肯定它的密度比中子星的简并态物质小得多，这从它的下沉速度就可以看出来。如果真是一块中子星物质，那么它在地层中的下沉将如同陨石坠入大气层一样快，那会引起火山爆发和大地震。它是介于普通固态和简并态之间的一种物质形态。”

“它会一直沉到地心吗?”沈渊问道。

“也许会吧，孩子，因为在下沉到一定深度后，地层物质将变成液态，那将更有利于它的下沉!”

“真好玩儿，真好玩儿!”

在大家都把注意力集中到那个洞上的时候，沈华北一家三口悄悄地离开人群，远远地走到黑暗之中。

除了脚下地面的震动外，这里很静，他们头灯的光柱照不了多远就融于黑暗中，仿佛他们只是无际虚空中三个抽象的存在。他们把对讲系统调到私人频道，接下来，小沈渊将作出一个影响一生的选择：跟爸爸还是跟妈妈。

沈渊的父母面临着一种比离婚更糟的处境——他的爸爸现在已是血癌晚期。沈华北不知道他的病是否与所从事的核科学研究有关，但可以肯定自己活不过半年了。幸运的是，人体冬眠技术已经成熟，他将在冬眠中等待治愈血癌的技术出现。沈渊可以和父亲一起冬眠，然后再一同醒来；也可以同妈妈一起继续生活。

从各方面考虑，显然后者是一个明智的选择，但孩子倾向于和爸爸一起到未来去，现在沈华北和赵文佳再次试图说服他。

“妈妈，我和你留下来，不同爸爸去睡觉了！”沈渊说。

“你改变主意了?!”赵文佳惊喜地问。

“是的，我觉得不一定非要去未来，现在就很好玩儿，比如刚才那个沉到地心去的东西，多好玩儿！”

“你决定了？”沈华北赶紧问道。

赵文佳瞪了他一眼，显然怕孩子又改变主意。

“当然！我要去看那个洞了……”小沈渊说着，向远处那头灯晃动的盆地中心跑去。

赵文佳看着孩子的背影，忧虑地说：“我不知道能不能带好他。这孩子太像你了，整日生活在自己的梦中，也许未来真的更适合他。”

沈华北扶着妻子的双肩说：“谁也不知道未来是什么样。再说像我有什么不好，总要有爱做梦的那一类人。”

“生活在梦中没什么可怕，我就是因为这个爱上你的，但你难道没有发现这孩子的另一面？他在学校竟然同时当上了两个班的班长！”

“这我也是刚知道，真不明白他是怎么做到的。”

“他的权力欲像刀子一样锋利，而且不乏实现它的能力和手段，这与你是完全不同的。”

“是啊，追求梦想和渴望权力，这两者怎么可能融为一体呢？”

“我更担心的是，不知道这种融合将来会发生什么。”

这时孩子的身影已完全融入远方那一群头灯中，他们收回目光，关掉头灯，将自己完全沉入黑暗中。

沈华北说：“不管怎样，生活还得继续。我所等待的技术，也许明年就能出现，也许要等上一个世纪，也许……永远也不会出现。你再活四十年没有问题，所以一定要答应我一个请求：即使四十年后那项技术还没出现，也一定要让我苏醒一次。我想再看看你和孩子，千万不要让这一别成为永别。”

黑暗中，赵文佳凄凉地笑了笑，“到未来去见一个老太婆妻子和一个比你大十岁的儿子？不过，像你说的，生活还得继续。”

他们就在这核爆炸形成的巨洞中默默地度过了在一起的最后时光。明天，沈华北将进入无梦的长眠，赵文佳将和他们那个生活在梦中的孩子一起，继续沿着莫测的人生之路，走向不可知的未来。

苏　醒

他用了一整天时间才真正醒来。

意识初萌时，世界在他的眼中只是一团白雾；十个小时后，白雾中出现了一些模糊的影子——也是白色的；又过了十个小时，他才辨认出那些影子是医生和护士。

冬眠中的人是完全没有时间感的，所以沈华北认为自己的冬眠时间仅是这模糊的一天，感觉就像冬眠维持系统在自己刚失去知觉后就出了故障。视力进一步恢复后，他打量了一下这间病房。

很普通的白色墙壁，安在侧壁上的灯发出柔和的光芒，形状看上去也很熟悉，这些似乎证实了他的感觉。

但接下来他知道自己错了——病房白色的天花板突然发出明亮的

蓝光，并浮现出醒目的白字：

您好！为您提供冬眠服务的大地生命冷藏公司已于 2089 年破产，您的冬眠服务已全部移交给绿云公司，您现在的冬眠编号是 WS368200402-118，并享有与大地公司所签订合同中的全部权利。您已经完成全部治疗程序，您的全部病症已在苏醒前被治愈，请接受绿云公司对您获得新生的祝贺！

您的冬眠时间为 74 年 5 个月 7 天 13 小时，预付费用没有超支。

现在是 2125 年 4 月 16 日，欢迎您来到我们的时代。

又过了三个小时，他才渐渐恢复听力，并能够开口说话。在七十四年的沉睡后，他的第一句话是："我妻子和儿子呢？"

站在床边的那位瘦高的女医生递给他一张折叠的白纸，"沈先生，这是您妻子给您的信。"

我们那个时代已经很少有人用纸写信了——沈华北没把这话说出来，只是用奇怪的目光看了医生一眼，但当他用还有些麻木的双手展开那张纸后，得到了自己跨越时间的第二个证据：纸面一片空白，接着发出了蓝莹莹的光，字迹自上而下显现出来，很快铺满了纸面。

他在进入冬眠前曾无数次想象醒来后妻子对他说的第一句话，但这封信的内容超出了他最怪异的想象：

亲爱的，你正处于危险中！

看到这封信时，我已不在人世。交给你这封信的是郭医生，她是一个你可以信赖的人——也许是这个世界上你唯一可以信赖的人。一切听她的安排。

请原谅我违背了诺言，没有在四十年后让你苏醒。我们的渊儿已成为一个你无法想象的人，干了你无法想象的事。作为他的母亲，我不知如何面对你。我伤透了心，已过去的一生对于我毫无意义。你保重吧。

"我儿子呢？沈渊呢?!"沈华北吃力地支起上身，问道。

"他五年前就死了。"医生的回答极其冷酷，丝毫不顾及这消息带给这位父亲的刺痛，不过她似乎多少觉察到这一点，安慰说，"您儿子也活了七十八岁。"

郭医生掏出一张卡片递给沈华北，"这是您的新身份卡，里面存储的信息都在刚才那封信上。"

沈华北翻来覆去地看那张纸，上面除了赵文佳那封简短的信外，什么都没有。当他翻动纸张时，折皱的部分会发出水样的波纹，很像用手指按压他那个时代的液晶显示器时发生的现象。

郭医生伸手拿过那张纸，在右下角按了一下，纸上显示被翻过一页，出现了一张表格。

"对不起，真正意义上的纸张已经不存在了。"

沈华北抬头不解地看着她。

"因为森林已经不存在了。"她耸耸肩说，然后逐项指着表格上的内容，"你现在的名字叫王若，出生于2097年，父母双亡，也没有任何亲属。你的出生地在呼和浩特，但现在的居住地在这里——宁夏一个很偏僻的山村，那儿是我能找到的最理想的地方，不会引人注意……不过你去那里之前需要整容……千万不要与人谈起你儿子，更不要表现出对他的兴趣。"

"可我出生在北京，是沈渊的父亲!"

郭医生直起身来，冷冷地说："如果你到外面去这样宣布，那你的冬眠和刚刚完成的治疗就全无意义了，因为你将活不过一个小时。"

"到底发生了什么?!"

医生苦笑道："这个世界上大概只有你不知道……好了，抓紧时间，先下床练习行走吧，我们要尽快离开这里。"

沈华北还想问什么，突然响起了震耳的撞门声。

门被撞开后，六七个人冲了进来，围在他的床边。这些人年龄各异，衣着也不相同，他们的共同点是都有一顶奇怪的帽子，或戴在头上，或拿在手中。这种帽子有齐肩宽的圆檐，很像过去农民戴的草帽。他们的另一个共同之处是都戴着一只透明的口罩，其中有些人进屋后已经把口罩从嘴上扯了下来。

这些人齐盯着沈华北，脸色阴沉。

“这就是沈渊的父亲吗？”问话的人看上去是这些人中最老的一位，留着长长的白胡须，像是有八十多岁了。不等医生回答，他就朝周围的人点点头，“很像他儿子。医生，您已经尽到了对这个病人的责任，现在他属于我们了。”

“你们是怎么知道他在这儿的？”郭医生冷静地问。

不等老者回答，病房一角的一位护士说：“我，是我告诉他们的。”

“你出卖病人?!”郭医生转身愤怒地盯着她。

“我很高兴这样做。”护士说道，她那秀丽的脸庞被狞笑扭曲了。

一个年轻人上前一把揪住沈华北的衣服，将他从床上拖了下来，冬眠带来的虚弱使他瘫在地上。

一个姑娘一脚踹在他的小腹上，尖尖的鞋头几乎扎进他的肚子里，他痛得在地板上像虾似的弓起身体。

那个老者用有力的手抓住他的衣领把他拎了起来，像竖一根竹竿似的想让他站住，看到不行后一松手，他便又仰面摔倒在地，后脑撞到地板上，眼前直冒金星。

他听到有人说：“真好，那个杂种欠这个社会的，总算能够偿还一点儿了。”

“你们是谁?”沈华北无力地问，他在那些人的脚中间仰视着他们，好像在看着一群凶恶的巨人。

“你至少应该知道我。”老者冷笑着说。从下面向上看去，他的脸十分怪异，让沈华北胆寒，“我是邓伊文的儿子，邓洋。”

这个熟悉的名字令沈华北心里一动，他翻身抓住老者的裤脚，激动地喊道：“我和你父亲是同事和最好的朋友，你和我儿子还是同班同学，你不记得了？天啊，你就是洋洋?! 真不敢相信，你那时……”

“放开你的脏爪子!”邓洋吼道。

那个拖他下床的人蹲下来，把凶悍的脸凑近沈华北说："听着，小子，冬眠的年头儿是不算岁数的，他现在是你的长辈，你要表现出对长辈的尊敬。"

"要是沈渊活到现在，他就是你爸爸了！"邓洋大声说，引起了一阵哄笑。

接着，邓洋挨个儿指着周围的人向他介绍："在这个小伙子四岁时，他的父母同时死于中部断裂灾难；这姑娘的父母也同时在螺栓失落灾难中遇难，当时她还不到两岁；这几位，在得知用毕生财富进行的投资化为乌有时，有的自杀未遂，有的患了精神分裂症……至于我，被那个杂种诱骗，把自己的青春和才华都浪费在了那个该死的工程中，最后得到的只是世人的唾骂！"

躺在地板上的沈华北迷惑地摇着头，表示他听不懂。

"你面对的是一个法庭，一个由'南极庭院工程'的受害者组成的法庭！尽管这个国家的每位公民都是受害者，但我们要独享这种惩罚的快感。真正的法庭当然没有这么简单，事实上比你们那时还要复杂得多，所以我们才不会把你送到那里去，让他们和那些律师扯上一年皮之后宣布你无罪，就像他们对你儿子那样。一个小时后，我们会让你得到真正的审判。当这个审判执行时，你会发现，如果七十多年前就死于白血病，是一件多么幸运的事！"

周围的人又齐声狞笑起来。接着，两个人架起沈华北的双臂，把他向门外拖去，他的双腿无力地拖在地板上，连挣扎的力气都没有。

"沈先生，我已经尽力了。"在沈华北被拖出门前，郭医生在后面说着。

沈华北想回头再看看她，看看这个被妻子称为他在这个冷酷时代唯一可以信任的人，但这种被拖着的姿势使他无力回头，只听到她又说："其实，你不必太沮丧。在这个时代，活着也不是一件容易的事。"

当他被拖出门后，听到医生在大喊："快把门关上，把空气净化器开大。你要把我们呛死吗?!"听她的口气，显然不再关心他的命运。

出门后，他才明白医生最后那句话的意思——空气里弥漫着一种刺鼻的味道，让人难以呼吸。他被拖着走过医院的走廊，出了大门后，那两个人不再拖拽，而是把他的胳膊搭到肩上架着走。

来到外面后，他如释重负地深深地吸了一口气，但吸入的不是他想象的新鲜空气，而是比医院大楼内更污浊、更呛人的气体。他的肺里瞬间火辣辣的，令他顿时爆发出持续不断的剧烈咳嗽。就在他咳到要窒息时，听到旁边有人说：“给他戴上呼吸膜吧，要不在执刑前他就会完蛋。”

随后有人给他的口鼻罩上了一个东西，虽然只是一种怪味代替了先前呛人的气味，但他至少可以顺畅地呼吸了。

这时又听到有人说：“防护帽就不用给他了，反正在他能活的这段时间里，紫外线什么的不会导致第二次白血病的。”这话又引起了其他人一阵怪笑。

当他喘息稍定，因窒息而流泪的双眼的视野也逐渐清晰后，他抬起头来第一次打量未来世界。

他首先看到街道上的行人，他们都戴着被称为呼吸膜的透明口罩和叫作防护帽的大草帽。他还注意到，虽然天气很热，但人们穿得都很严实，没有人露出皮肤。

接着，他看到了周围的环境，这里仿佛处于深深的峡谷中，到处是高耸入云的摩天大楼。说高耸入云一点都不夸张，这些高楼全都伸进了半空中的灰云里。高楼之间的狭缝中，太阳呈一团模糊的光晕出现在灰云后。见到光晕上浮动着黑色的烟纹，他才知道遮盖天空的不是云，而是烟尘。

“一个伟大的时代，不是吗？”邓洋说，他的那些同伙又哈哈大笑起来，好像很久没有这么开心了。

沈华北被架着向不远处的一辆汽车走去。尽管汽车的形状有些变化，但他肯定那是汽车，大小同过去的小客车一样，能坐下这几个人。

接着有两个人经过他们，向另一个方向走去。他们戴着头盔，身上的装束与过去的警察有很大的不同，但沈华北还是一眼就认出了他们的身份，并冲他们大喊起来："救命！我被绑架了！救命！"

那两个警察猛地回头，跑过来打量着沈华北，看了看他的病号服，又看了看他光着的双脚，其中一个问道："您是刚苏醒的冬眠人吧？"

沈华北无力地点点头，"他们绑架我……"

另一位警察对他点点头说："先生，这种事情是经常发生的。现在苏醒的冬眠人数量很多，安置你们需要占用大量的社会保障资源，因而你们经常受到仇视和攻击。"

"好像不是这么回事……"沈华北说，但那警察挥手打断了他。

"先生，您现在安全了。"然后那位警察转向邓洋一伙人，"这位先生显然还需要继续治疗，你们中的两个人送他回医院，这位警官将一同去了解情况。我同时通知你们，你们七个人已经因绑架罪被逮捕。"说着，他抬起手腕，对着上面的对讲机呼叫支援。

邓洋冲过去制止他，"等一下，警官，我们不是那些迫害冬眠人的暴徒。你们看看这个人，不觉得面熟吗？"

两位警察仔细地盯着沈华北看，还短暂地摘下自己的呼吸膜以便更好地辨认，"他……好像是米西西！"

"不是米西西，他是沈渊的父亲！"

两位警察瞪大双眼，在邓洋和沈华北之间来回打量，像是见了鬼。那位在中部断裂灾难中留下的孤儿把他们拉到一边低声说着什么，其间，两位警察不时抬头朝沈华北这边看看，每次的目光都有变化，在最后一次朝这边投来的目光中，沈华北绝望地读出这两人已是邓洋一伙的同谋了。

两位警察走过来，没有朝沈华北看一眼，其中一位警惕地环视四周作放哨状，另一位径直走到邓洋面前，压低声音说道："我们就当没看见吧。千万不要让公众注意到他，否则会引起骚乱的。"

让沈华北恐惧的不仅仅是警察话中的内容，还有他说这话时的神态。他显然不在乎让沈华北听到这些，好像沈华北只是一件放在旁边的没有生命的物件。

那些人把沈华北塞进汽车，自己也都上了车。在车开动之后，车窗的玻璃都变得不透明了。车是自动驾驶的，没有司机，前面也看不到可以手动操纵的装置。

一路上，车里没有人说话。仅仅是为了打破这令人窒息的沉默，沈华北随口问：“谁是米西西？”

“一个电影明星。”坐在他旁边的螺栓失落灾难留下的孤女说，“因扮演你儿子而出名，沈渊和外星撒旦是目前影视媒体上出现得最多的两个大反派角色。”

沈华北不安地挪挪身体，与她拉开一条缝，这时，他的手臂无意间触碰了车窗下的一个按钮，窗玻璃立刻变得透明了。他向外看去，发现这辆车正行驶在一座巨大而复杂的环状立交桥上，桥上挤满了汽车，间距只有不到两米的样子。

这景象令人恐惧之处是：就在这种塞车时才有的间距下，所有的车辆都在高速行驶，时速可能超过了一百千米！这使得整个立交桥像一个由汽车构成的疯狂大转盘。他们所在的这辆车正在以令人目眩的速度冲向一个岔路口，在这辆车就要撞入另一条车流时，车流中正好有一个空当迎上它。这种空当以令人难以觉察的速度在岔路口不断出现，使两条湍急的车流无缝地衔接起来。

沈华北早就注意到车是自动驾驶的，人工智能已把公路的利用率发挥到极限。

后面有人伸手又把玻璃调暗了。

“你们真想在我对一切都不明不白的情况下杀死我吗？”沈华北问道。

坐在前排的邓洋回头看了他一眼，懒洋洋地说：“那我就简单地给你讲讲吧。”

南极庭院

“想象力丰富的人在现实中往往手无缚鸡之力，相反，那些把握历史走向的现实中的强者，大多只有一个想象力贫乏的大脑。而你儿子，是历史上少有的把这两者合为一体的人。在大多数时间，现实只是他幻想海洋中一个小小的孤岛，但如果他愿意，可以随时把自己的世界翻转过来，使幻想成为小岛，而现实成为海洋。在这两个海洋中，他都是最出色的水手……”

“我了解自己的儿子，你不必在这上面浪费时间。”沈华北打断邓洋说道。

“但你无论如何也不会想到，沈渊在现实中爬到了多高的位置，拥有了多大的权力，这使他有能力把自己最变态的狂想变成现实。可惜，社会没有及早发现这个危险。也许历史上曾有过他这样的人，但都像擦过地球的小行星一样，没等在这个世界上释放自己的能量就消失在茫茫太空中。不幸的是，历史居然给了你儿子用变态狂想制造灾难的机会。

“在你进入冬眠后的第五年，世界对南极大陆的争夺有了初步结果：这块大陆被确定为全球共同开发的区域，但各个大国都为自己争得了大面积的专属经济区。尽早使自己在南极大陆的经济区繁荣起来，并尽快开发那里的资源，是各大国摆脱因环境问题和资源枯竭而带来的经济衰退的唯一希望。‘未来在地球顶上’，成为当时尽人皆知的口号。

“就在这时，你儿子提出了那个疯狂设想。他声称这个设想的实现，将使南极大陆变为这个国家的庭院，到那时，从北京去南极将比从北京去天津还方便。这不是比喻，是真的，旅行的时间要比去天津的短，消耗的能源和造成的污染都比去天津的少。那次著名的电视演讲开始时，全国观众都笑成一团，像在看滑稽剧，但他们很快安静下来，因为他们发现这个设想真的能行！这就是南极庭院设想，后来根据它开始了灾难性的南极庭院工程。”

说到这里，邓洋莫名其妙地陷入沉默。

“接着说呀，南极庭院的设想是什么？”沈华北催促道。

“你会知道的。”邓洋冷冷地说。

“那你至少可以告诉我，我与这一切有什么关系？”

“因为你是沈渊的父亲，这不是很简单吗？”

“现在又盛行血统论了？”

“当然没有，但你儿子的无数次表白，使血统论适合你们。当他变得举世闻名时，就真诚地宣称他思想和人格的绝大部分是八岁前在父亲的培养下形成的，以后的岁月不过是进行一些知识细节方面的补充而已。他还声明，南极庭院最初的设想也来自他的父亲。”

“什么？！我？南极……庭院？！这简直是……”

“再听我说完最后一点：你还为南极庭院工程提供了技术基础。”

“你指的什么？！”

“当然是新固态材料。没有它，南极庭院设想只是一个梦呓；而有了它，这个变态的狂想立刻变得非常现实了。”

沈华北困惑地摇摇头。他实在想象不出，那超高密度的新固态材料如何能把南极大陆变成这个国家的庭院。

这时，车停了。

地狱之门

下车后，沈华北迎面看到一座奇怪的小山，山体呈单一铁锈色，光秃秃的，看不到一株草。

邓洋向小山一偏头说：“这是一座铁山。”看到沈华北惊奇的目光，他又加上一句，“就是一大块铁。”

沈华北举目四望，发现这样的铁山在附近还有几座，它们以怪异的色彩突兀地立在这广阔的平原上，使这里呈现出异域的景观。

沈华北这时已恢复到可以行走，他步履蹒跚地随着这伙人走向远处一座高大的建筑物。那个建筑物呈完美的圆柱形，有上百米高，表面光滑一体，没有任何开口。

走近后，一扇沉重的铁门轰隆隆地向一边滑开，露出入口，一行人走了进去，门在他们身后密实地关上了。

在暗弱的灯光下，沈华北看到他们身处一个像是密封舱的地方，光滑的白色墙壁上挂着一长排太空服一样的密封服。人们各自从墙上取下一套密封服穿了起来。在两个人的帮助下，沈华北也开始穿上密封服。

在这过程中，他四下打量，看到对面还有一扇紧闭的密封门，门上亮着一盏红灯，红灯旁边有一块发光的数码显示屏，他看出显示的是大气压值。当他那沉重的头盔被旋紧后，在面罩的右上角出现了一块透明的液晶显示区，显示出飞快变化的数字和图形，他只看出那是这套密封服内部各个系统的自检情况。

接着，他听到外面响起低沉的嗡嗡声，像是什么设备启动了，然后注意到对面那扇门上方显示的大气压值正迅速降低，在大约三分钟后降到零，旁边的红灯转换为绿灯，门开了，露出这个密封建筑物黑洞洞的内部。

沈华北的猜测被证实了：这是一个由大气区域进入真空区域的过渡舱。如此说来，这个巨大圆柱体的内部是真空的。

一行人走进了那个入口，门又在后面关上了。他们身处浓重的黑暗之中，几个人密封服头盔上的灯亮了，黑暗中射出几道光柱，但照不了多远。

一种熟悉的感觉涌上心头，沈华北不由打了个寒战，心里产生一种莫名的恐惧。

“向前走。”他的耳机中响起了邓洋的声音，头灯在前方照出了一座小桥，不到一米宽，另一头伸进黑暗中，所以看不清有多长，桥下漆黑一片。

沈华北迈着颤抖的双腿走上了小桥，密封服沉重的靴子踏在薄铁板桥面上发出空洞的声响。他走出几米，回过头去想看看后面的人是否跟上来了。这时所有人的头灯同时熄灭，黑暗吞没了一切。

但黑暗只持续了几秒钟，小桥的下面突然出现了蓝色的亮光。沈华北回头一看，只有他上了桥，其他人都挤在桥边看着他。在从下向上照映的蓝光中，他们就像一群幽灵。他扶着桥边的栏杆向下看去，几乎使血液凝固的恐惧攫住了他。

他站在一口深井上。

这口井的直径约十米，井壁上每隔一段距离就有一个光圈，在黑暗中标示出深井的存在。此时，他正站在横于井口上的小桥的正中央。从这里看去，井深不见底，井壁上无数的光圈渐渐缩小，直至缩为一点。他仿佛在俯视一个发着蓝光的大靶标。

“现在开始执行审判，去偿还你儿子欠下的一切吧！”邓洋大声说，然后用手转动安装在桥头的一个转轮，嘴里念念有词，“为了我被滥用的青春和才华……”

小桥开始倾斜，沈华北抓住另一面的栏杆，努力使自己站稳。

接着，邓洋把转轮让给了中部断裂灾难留下的孤儿，后者也用力转了一下，“为了我被熔化的爸爸妈妈……”

小桥倾斜的角度又增大了一些。

转轮又传到螺栓失落灾难留下的孤女手中，姑娘怒视着沈华北，用力转动转轮，“为了我被蒸发的爸爸妈妈……”

因失去所有财富而自杀未遂者从螺栓失落灾难留下的孤女手中抢过转轮，大叫道：“为了我的钱、我的劳斯莱斯和林肯车、我的海滨别墅和游泳池，为了我那被毁的生活，还有我那在寒冷的街头排队领救济的妻儿……”

小桥已经倾斜了九十度，此时沈华北只能用手抓着上面的栏杆坐在下面的栏杆上。

因失去所有财富而患精神分裂症的人也扑过来，同因失去所有财富而自杀未遂者一起转动转轮，病显然还没好的他没说什么，只是对着下面的深井笑。

小桥完全倾覆了，沈华北双手抓着栏杆，吊在深井上方。

这时的他并没有多少恐惧，望着脚下深不见底的地狱之门，自己不算长的一生闪电般掠过脑海——他的童年和少年时代是灰色的，没有多少快乐和幸福；走进社会后，他在学术上取得了成功，发明了"糖衣"技术，但这并没有使生活接纳他；他在人际关系的蛛网中挣扎，却被越缠越紧，他从未真正体验过爱情，婚姻只是不得已而为之；当他打定主意永远不要孩子时，孩子来到了人世……他是一个生活在自己思想和梦想中的人，一个令大多数人讨厌的另类，从来不可能真正地融入人群。他的生活是永远的离群索居，永远的逆水行舟。他曾寄希望于未来，但这就是未来了——已去世的妻子，已成为人类公敌的儿子，被污染的城市，满腔仇恨而变态的人……这一切使他对这个时代和自己的生活心灰意冷。本来他还打定主意，要在死前了解事情的真相，但现在这已无关紧要了。他是一个累极了的行者，唯一渴望的就是解脱。

在井边那群人的欢呼中，沈华北松开双手，向那发着蓝光的命运靶标坠下去。

他闭着眼睛沉浸在坠落的失重中，身体仿佛变得透明，一切生命不能承受之重已离他而去。

在这生命的最后几秒钟，他的脑海中突然响起了一首歌。那是父亲教他的一首古老的苏联歌曲，在他冬眠前的时代已没有人会唱了。后来他作为访问学者到莫斯科去，希望在那里找到知音，但这首歌在俄罗斯也失传了，所以这成了他自己的歌。在到达井底之前，他只能在心里吟唱一小段，但他相信，当自己的灵魂最后离开躯体时，这首歌会在另一个世界继续……

不知不觉中，这首旋律缓慢的歌已在他的心中唱出了一半。时间过去了很久，他猛然警醒，睁开双眼，发现自己正不停地飞快穿过一个又一个蓝色光环。

坠落仍在继续。

“哈哈哈哈……”他的耳机中响起了邓洋的狂笑，“快死的人，感觉很不错吧?!”

他向下看，只见一串扑面而来的发着蓝光的同心圆，在圆心处不断有新的小圆环出现并很快扩大；向上看也是一个同心圆，但其运动是前一个画面的反演。

“这井有多深?”他问道。

“放心，你总会到底的。井底是一块坚硬平滑的钢板。吧唧一下，你摔成的那张肉饼会比纸还薄的！哈哈哈哈……”

这时，他注意到面罩右上角的那块液晶显示区又出现了，有一行发着红光的字：

> 您现在已到达 100 千米深度，速度 1.4 千米 / 秒，您已经穿过莫霍不连续面，由地壳进入地幔。

沈华北再次闭上双眼，这次他的脑海中不再有歌声，而是像一台冷静的计算机般飞快地思索着。

当半分钟后他再次睁开眼睛时，已经明白了一切——这就是南极庭院工程，那块坚硬平滑的井底钢板并不存在，这口井没有底。

这是一条贯穿地球的隧道。

大隧道

“它是走切线，还是穿过地心?”沈华北问道，只是思维以语言的形式冒了一下头。

“聪明的头脑，这么快就想到了!”邓洋惊叹道。

“很像他儿子。”有人跟着说，听上去可能是中部断裂灾难留下的孤儿。

“是穿过地心，由中国的漠河穿过地球，到达南极大陆最东端的南极半岛。”邓洋回答沈华北。

“刚才那座城市是漠河?!”

“是的，它因作为地球隧道起点而繁荣起来。”

“据我所知，从那里贯穿地球应该到达阿根廷南部。”

“不错，但隧道有轻微的弯曲。”

“既然隧道是弯曲的，我会不会撞上井壁呢?”

“如果隧道笔直地通达阿根廷，你倒是肯定会撞上。那种笔直的地球隧道只有在贯穿两极之间的地轴上才能实现。这种与地轴成一定角度的隧道必须考虑地球自转的因素，它的弯曲正好能让你平滑地通过。”

“呵，伟大的工程!”沈华北由衷地赞叹道。

您现在已到达 300 千米深度，速度 2.4 千米 / 秒，已进入地幔黏性物质区。

他看到自己穿过光圈的速度正在加快，上下两个同心圆的密度增加了许多。

邓洋说："关于建造穿过地球的隧道，不是什么新想法，十八世纪就有两个人提出过，一位是叫莫泊都的数学家，另一位则是举世闻名的伏尔泰。后来，法国天文学家佛兰马理翁又把这个计划重新提出来，并且首先考虑了地球自转的因素……"

沈华北打断他问道："那你怎么说这想法是从我这里来的呢？"

"因为前面那些人不过是在做思想试验，而你的设想影响了一个人，这人后来用自己魔鬼般的才能促成了这个狂想的实现。"

"可……我不记得向沈渊提起过这些。"

"真是个健忘的人。你做了一个改变人类历史进程的设想，自己却忘了。"

"我真的想不起来。"

"那你总能想起那个叫贝加多的阿根廷人，还有他送给你儿子的生日礼物吧？"

您现在已到达 1500 千米深度，速度 5.1 千米 / 秒，已进入地幔刚性物质区。

沈华北终于想起来了。那是沈渊六岁的生日，沈华北邀请在北京的阿根廷物理学家贝加多博士到家里做客。当时南美两强已经崛起，阿根廷对南极大陆的大片陆地提出领土要求，并向南极大量移民，同时快速发展核武器，让全世界大惊失色。

在后来的全球无核化进程中，阿根廷自然是以有核国家的身份加入联合国销毁核武器委员会，沈华北和贝加多都是这个委员会中一个技术小组的专家。

那次，贝加多给沈渊带去的礼物是一个地球仪，用一种最新的玻璃材料制成。那种玻璃体现了阿根廷飞速发展的技术水平，它的折射率与空气相同，因而看不出玻璃球的存在，地球仪上的大陆仿佛是悬浮在两极之间。沈渊很喜欢这个礼物。

在晚饭后的聊天中，贝加多拿出了一张中国国内的大报，让沈华北看上面的一幅政治漫画，画里一位阿根廷球星正在踢地球。

“我不喜欢这幅漫画。”贝加多说，“中国人对我的国家的了解好像只限于足球，并把这种了解引申到国际政治上。阿根廷在你们的眼中也成了一个充满攻击性的国家。”

“您要知道，阿根廷毕竟是在地球上与中国相距最远的国家，你们正在地球的对面。”赵文佳微笑着说，从沈渊的手中拿过那个全透明的地球仪。在上面，中国和阿根廷隔着那个透明的球体重叠在一起。

“其实我有个办法能够使两国更好地交流，”沈华北拿过地球仪说，“只需从中国挖一条通过地心贯穿地球的隧道就行了。”

贝加多说：“那个隧道也有一万两千多千米长，并不比飞机航线短多少。”

“但旅行时间会短许多的，想想您带着旅行包从隧道的这一端跳进去……”

沈华北的本意是想把话题从政治上引开。他成功了，贝加多来了兴趣，“沈，你的思维方式总是与众不同……让我们看看：我跳进去后会一直加速，虽然我的加速度会随着坠落深度的增加而减小，但确实会一直加速到地心。通过地心时，我的速度达到最大值，加速度为零。然后开始减速上升，这种减速度的值会随着上升而不断增加，当到达地球的另一端阿根廷的地面时，我的速度正好为零。如果我想回中国，只需从那面再跳下去就行了。如果我愿意，可以在南北半球之间作永恒的简谐振动。嗯，妙极了，可是旅行时间……”

“让我们计算一下吧。”沈华北打开电脑。

计算结果很快出来了。以地球理想的平均密度，从中国跳进地球隧道，穿过直径一万两千多千米的地球，坠落到阿根廷，需时四十二分钟十二秒。

“快捷的旅行！”贝加多高兴地说。

……

您现在已到达 2800 千米深度，速度 6.5 千米 / 秒，您正在穿过古腾堡不连续面，进入地核。

坠落中的沈华北又听到邓洋说："在那个晚上，你一定没有注意到，你的儿子瞪圆了那双充满灵气的大眼睛，出神地听着你的话。你更不可能知道，他盯着床头的那个透明地球一夜没睡。当然，你对儿子的这种影响可能有过无数次。你在沈渊的心灵中播下了许多狂想的种子，这只是其中开出花朵的一粒。"

沈华北凝视着周围距自己四五米远的飞速上升的井壁，高频掠过的环绕光圈使井壁的表面有些模糊。

"这是新固态材料吗？"他问道。

"还能是其他什么？有什么别的材料具有建造这种隧道的强度吗？"

"这样巨量的新固态物质是如何生产出来的？这种比重大得能沉入地层的材料是怎样被搬运和加工的呢？"

"只能最简略地说说：新固态物质是通过连续不断的小型核爆炸生产出来的，核心技术当然是你的'糖衣'，其生产线庞大而复杂。新固态材料有多种密度级别，较低密度的材料不会沉入地层，用它造出一个面积较大的基础，将高密度材料置于其上，其压力被基础分散，就能够浮在地面上了。用类似的原理，也可以进行这种材料的运输。至于新固态材料的加工，技术更加复杂，以你的知识水平可能无法理解。总之，新固态材料的生产与应用已经是一个庞大的产业，其经济规模超过了钢铁，产品并不只是用于南极庭院工程。"

"那么，这条隧道是如何建成的呢？"

"首先告诉你一点：隧道的基本构件是井圈，每个井圈壁长约一百米，整条隧道是由大约二十四万个井圈连接而成。至于具体的施工过程，你是个聪明人，也许自己就能想出来。"

您现在已到达 4100 千米深度，速度 7.5 千米 / 秒，正处于液态地核中部。

“沉井？”

“是的，是用沉井工艺。首先从中国和南极将井圈沉入地层，并拼接成贯穿地球的连续体。第二步是将拼接后的井圈中的地层物质掏出，隧道就形成了。你在隧道入口的外面看到的那些铁山，就是由从隧道的地核部分中掏出的铁镍合金堆成的。具体的施工则由地下船来进行，这种能在地层中行驶的机器也是由新固态材料制造而成的，有的型号能在地核深度行驶，它们能在地层中使下沉的井圈定位。”

“这样算下来，只需十二万个井圈。”

“超固态物质承受地球深处的高压和高温是没有问题的，但地下还有许多流动体，较浅处是流动的岩浆，更危险的是地核中的液态铁镍流，它们会对隧道产生巨大的剪切冲击。新固态材料的强度能够承受这种冲击，但井圈之间的连接处就不行了。所以隧道由内外两层井圈构成，内层井圈紧贴外层井圈，两层井圈相互交错，这样就使隧道产生了足够的抗剪切强度。”

您现在已到达 5400 千米深度，速度 7.7 千米 / 秒，正在接近固态地核。

“下面，我想你要告诉我南极庭院工程带来的灾难了。”

灾　难

“南极庭院工程的第一次灾难发生于二十五年前，那时工程已进入最后的勘探设计阶段，需要进行大量的地下航行。在一次勘探航行中，一艘名叫‘落日六号’的地下船在地幔中失事，并下沉到地核中。船上三名乘员中有两人遇难，只有一名年轻的女领航员幸存。她现在仍被封闭在地心中，并将在狭窄的地下船中度过余生。那艘船上的中微子通信设备已失去发射功能，但可能仍能接收。顺便说一句，她的名字叫沈静，是你的孙女。”

沈华北的心抽搐了一下。

在这疯狂的速度下，井壁上的光圈在沈华北眼中已连为一体，好似这巨井的井壁发出刺目的蓝光。正在其中飞速坠落的沈华北仿佛正穿过时光隧道，进入那并不遥远但从不曾经历的过去。

您现在已到达 5800 千米深度，速度 7.8 千米 / 秒，您已进入固态地核，正在接近地心！

“南极庭院工程进行到第六年，发生了惨烈的中部断裂灾难。前面说过，隧道是由内外两层相互交错的井圈构成，在装入内层井圈时，必须首先将已连接好的外层井圈中的地下物质掏空，以免两层井圈间混入杂质，影响它们之间贴合的紧密度。具体在施工中，采用掏空一段外井圈放入一个内井圈的工艺，这就意味着，在地核段的施工中，在一段外井圈被掏空而内井圈还未到位的这段时间里，包括接合部在内的两个外井圈将单独承受地核铁镍流的冲击。本来，两段井圈间的接合部采用十分坚固的铆接技术，理论上能够在相当长的时间里承受铁镍流的冲击。但在进入地核四百九十多千米深处，两段刚刚掏空的井圈接合部遭遇了一股异常强大的铁镍流，其流速是以前大量勘探中观测到的最高值的五倍。强大的冲击力使两个井圈错位，高温高压的地核物质霎时涌入隧道，沿着已建成的隧道飞速上升。在得知断裂发生后，作为工程总指挥的沈渊立刻下令关闭了位于古腾堡不连续面处的安全闸门——古腾堡闸。这时，在闸门下近五百千米的隧道中，有两千五百多名工程人员在施工。在得知断裂发生后，他们同时乘坐隧道中的高速升降机撤离，共有一百三十多部升降机，最后一部升降机与沿隧道上升的铁镍流保持着三十千米左右的距离。最后只有六十一部升降机来得及通过古腾堡闸，其余都在闸门关闭后被四千多度高温的地核激流吞没，一千五百二十七人殒命地心。

“中部断裂灾难举世震惊，沈渊同时受到了两方面的强烈谴责。一方认为他完全可以等所有升降机都通过古腾堡闸后再关闭闸门，这时铁镍流距闸门还有三十千米，虽然时间很短，但还是来得及的。即使这道闸门没来得及关闭，在上面的莫霍不连续面处还有一道安全闸——莫霍闸。极端愤怒的遇难者家属控告沈渊故意杀人。对此，沈渊在媒体面前只有一句话：‘我怕出娄子啊。’这娄子确实出不得。以南极庭院工程为题材的众多灾难片中，最著名的是《铁泉》，该片描绘了地核物质冲出地表后噩梦般的景象：一股铁镍液柱高高冲上同温层，散成一朵巨大的死亡之花，发出的刺目白光使北半球的黑夜变成白昼，空中下起了灼热的铁水暴雨，亚洲大陆成了一口炼钢炉，人类最终面临恐龙的命运……这描述并不夸张。正因为如此，沈渊又面临着另一项与上面完全相反的指控：他应该更早些关闭古腾堡门，根本没有必要等那六十一部升降机通过。更多的人支持这项指控，舆论给他安上了一项临时杜撰的罪名：因渎职而反人类罪。虽然两项指控最终都没有成立，但沈渊因此辞职，离开了南极庭院工程指挥层。他拒绝了另外的任命，以后一直作为普通工程师在隧道中工作。”

这时，井壁发出的蓝光突然变成红色。

您现在已到达 6300 千米深度，速度 8 千米 / 秒，正在穿过地心！

耳机里响起了邓洋的声音：“你现在已达到可以飞出地球的速度，却正处在这个星球的中心。地球正在围着你旋转，所有的海洋和大陆，所有的城市和所有的人，都在围着你旋转。”

沈华北沐浴在这庄严的红光中，脑海里又响起了音乐，这次是一首雄壮的交响曲。他以第一宇宙速度穿过发着红光的地心隧道，仿佛漂行在地球的血管中，这使他热血沸腾。

邓洋又说："虽然新固态材料有良好的绝热性能，但现在你周围的温度仍超过了一千五百度，你的密封服中的冷却系统正在全功率运行。"

井壁的红光只持续了十多秒钟，就又变回宁静的蓝光。

您已通过地心，现在正在上升，并开始减速。您已经上升了 500 千米，速度 7.8 千米 / 秒，仍在固态地核中。

蓝光使沈华北冷静下来，他已适应了失重，现在缓缓地转动身体，使头部向着前进的方向，以找到上升的感觉。他问邓洋："好像还有第三次灾难？"

"螺栓失落灾难发生在五年前，那时南极庭院工程已经完工，地球隧道已投入正式营运，每时每刻都有地心列车穿行其中。地心列车的车厢是直径八米、长五十米的圆柱体，每列地心列车最多可由二百节车厢组成，可运载两万吨货物或近万名乘客，穿过地球的单程需四十二分钟，运输过程只是自由坠落，不消耗任何能源。

"当时，在漠河起点站，一名维修工人不小心将一枚直径不到十厘米的螺栓掉进隧道。这枚螺栓是用一种能够吸收电磁波的新材料制造的，因而没有被安全监测系统的雷达检测到。螺栓在隧道中一直坠落，穿过地球到达南极站，又从那里向回坠落，在到达地心时击中了一列正在向南极上升的地心列车。螺栓与列车的相对速度高达十六千米每秒，这样的动能使螺栓变成了一颗炸弹。它穿透了头两节车厢，把沿路的一切都汽化了。这两节车厢的爆炸，使整趟列车以八千米每秒的速度擦到井壁上，瞬间被撕得粉碎。大量的碎片在隧道中来回运行，有的一次次穿过整个地球，大部分则因撞击失去了部分速度，只是在地核附近摆动。有关人员用了一个月时间才把隧道中的碎片完全清理干净，列车上三千名乘客的遗体一具都没有找到，地核段的高温已把他们彻底火化了。"

您现在已从地心上升了 2200 千米，速度 7.5 千米 / 秒，已重新进入地核的液态部分。

“但最大的灾难还是这个超级工程本身。南极庭院工程在技术上是人类史无前例的壮举，而在经济上的愚蠢也是空前绝后的。直到现在，人们对这样一个在经济规划上近乎白痴的工程竟得以实施仍百思不得其解。沈渊那魔鬼般的才能固然起了作用，但其根本原因可能还在于人们开发新大陆的狂热和对技术的盲目崇拜。在经济学上，南极庭院工程的完工之日，也就是它的死亡之时。虽然通过地球隧道的运输极其快捷，且几乎不消耗能量，用当时人们的话说，‘扔下去就到了’，或‘跳下去就到了’，但由于工程投资巨大，地心列车的运输费用极其昂贵，这抵消了它快捷的长处，使得地心列车在与传统运输方式的竞争中没什么明显优势。”

您现在已从地心上升了 3500 千米，速度 6.5 千米 / 秒，正在穿过古腾堡不连续面，重新进入地幔。

“人类的南极梦很快破灭了，蜂拥而来的企业和过度的开发很快毁掉了这个地球上仅存的洁净世界，使它与其他大陆一样成了一个弥漫着烟尘的垃圾场。南极上空的臭氧层被完全破坏，其影响波及全球。即使在北半球，强烈的紫外线也迫使人们必须做好防护才能出门。南极冰盖的加速融化也使全球的海平面急剧升高。

“在经历了一个痛苦的过程后，人类的理智再次占了上风，联合国所有成员国签署了新的《南极公约》，使人类全面撤出南极大陆，再次把南极变成人迹罕至的地方，期望那里的环境能够慢慢恢复。随着向南极运输需求的骤减，在螺栓失落灾难后，地心列车完全停止了营运，地球隧道被封闭，到现在已有五年了。但南极庭院工程带来的经济灾难一直在持续，无数购买了南极庭院公司股票的人血本无归，引发了严重的社会动乱，投资黑洞使国家经济濒临崩溃边缘。现在，我们还在这场灾难的余波中痛苦地挣扎……好了，这就是南极庭院工程的故事。”

随着速度的减慢，井壁上原本稳定平滑的蓝光开始闪烁。渐渐地，能够从周围的井壁分辨出单个的光圈。向上下两个方向看，密密的同心圆靶标又开始呈现出来。

您现在已从地心上升了 4800 千米，速度 5.1 千米 / 秒，正在穿过地幔刚性物质区。

沈渊之死

“我儿子后来怎么样了？”沈华北问道。

“隧道封闭后，沈渊作为留守人员待在漠河起点站。有一天，我给他打了个电话，他只说了一句话：‘我同女儿在一起。’后来我知道，他在这几年中一直过着一种不可思议的生活：每天都穿着密封服在地球隧道中来回坠落，睡觉都在里面，只有在吃饭和为密封服补充能量时才回到起点站。他每天要穿过地球三十次左右，就这样日复一日、年复一年，在漠河和南极半岛间，做着周期八十四分钟、振幅一万两千六百千米的简谐振动。”

您现在已从地心上升了 6000 千米，速度 2.4 千米 / 秒，正在穿过地幔黏性物质区。

“谁也不知道沈渊在这永恒的坠落中都干了些什么。但据他的同事说，每次穿过地心时，他都会通过中微子通信设备与女儿打招呼。他常常在坠落中与女儿长谈——当然只是他一个人在说话，但生活在随着铁镍流在地核中运行的‘落日六号’中的沈静应该是能够听到的。

“他的身体长时间处于失重状态，但由于必须在起点站吃饭和给密封服充电，每天还要在地面经受两到三次的正常地球重力，这样的折腾使他年老的心脏变得更加脆弱。最终他在一次坠落中死于心脏病，但当时没人注意到，于是他的遗体又在地球隧道中运行了两天，直至密封服的能量耗尽，停止制冷，于是地球隧道成了他的火葬炉，遗体在最后一次通过地心时被烧成了灰。我相信，你儿子对这个归宿是很满意的。”

您现在已从地心上升了6200千米，速度1.4千米/秒，已经穿过莫霍不连续面，进入地壳。注意，您正在接近地球隧道的南极顶点！

“这也是我的归宿，对吗？”沈华北平静地问。

“你也应该感到满足。临死前，你已经看到了自己想看的东西。本来我们是想不给你穿密封服直接把你扔进地球隧道的，但现在让你穿上了，完整地看到了你儿子创造的东西。”

“是的，我很满足，此生足矣。我真诚地谢谢各位了！”

没有回答，耳机中的嗡嗡声骤然消失，地球另一端的那几个复仇者中断了通信。

沈华北看到上方的同心圆已经很稀疏了，他两三秒才能穿过一个光圈，而且这间隔还在急剧拉长。这时耳机中响起了一声蜂鸣，面罩上显示：

您已经到达地球隧道的南极顶点！

他看到同心圆的圆心变空了，不再有新的光圈浮现，中间那个光圈越来越大。终于，他穿过了最后一个蓝色光圈，以缓慢的速度升向一座与隧道另一端一模一样的横在井口上的小桥。小桥上站着几个穿密封服的人，在他升出井口时，这些人一起伸手抓住他，把他拉上了桥。

南极站的内部也处于黑暗之中，只有井壁上光圈的蓝光照上来。他抬起头，看到上方悬着一个巨大的圆柱体，其直径比井口稍小。他走到小桥尽头的井边，再向上看，隐约看到上方有一排这样的圆柱体。他数出了四个，再后面的就隐没到高处的黑暗中了。

他知道，这就是停运的地心列车。

南　极

半小时后，沈华北同那几名救他命的警察一起，走出地球隧道的南极站。

站在已没有积雪的南极平原上，可以看到远处被废弃的城市。低垂在地平线上的太阳把软弱无力的光芒投在这广阔而没有生气的大陆上。这里的空气比地球另一端要好些，不用戴呼吸膜。

一名警官告诉沈华北，他们是在南极空城中留守的少数警务人员，接到郭医生的报警后，立刻赶到了南极站。当时井口是被封闭的，他们紧急联系地球隧道管理部门打开井盖，正好看见沈华北在蓝光中升向井口，仿佛从深海中浮出来一般。如果晚几秒钟，沈华北必死无疑。密封的井盖将挡住他，使他开始向北半球的另一次坠落。而在他再次通过地心之前，密封服的能量就会耗尽，他将像他的儿子一样在地心熔炉中化为灰烬。

“以邓洋为首的那几个家伙已经被逮捕，他们将以杀人罪被起诉。不过，”警官冷冷地盯着沈华北说，“我理解他们的感情。”

沈华北仍然沉浸在失重带来的眩晕中，他看着天边的太阳，长出一口气，又说了一句：“我此生足矣——”

“要是这样，您对自己今后的命运就比较容易接受了。”另一名警官说。

“命运？”沈华北清醒过来，扭头看着那名警官。

“您不能在这个时代生活，否则这样的事还会发生。好在政府有一个时间移民计划——为了减轻人口对环境的压力，强制一部分人进入冬眠，让他们到未来去生活。现在政府已经决定，您将作为时间移民的一员，重新进入冬眠。这一次要多长时间才能苏醒，我可说不准。”

沈华北好一会儿才理解了这话的意思，他对着警官深深地鞠躬，“谢谢谢谢，我怎么总是这样幸运？”

“幸运？”警官不解地看着他说，“即使是这个时代的冬眠移民，也不可能适应未来社会的生活，更别说您这样来自过去的人了！”

沈华北的脸上浮现出微笑，“无所谓。关键是，我将看到地球隧道再次成为人类的骄傲！”

警官们发出了几声冷笑，“怎么可能呢？这个完全失败的超级工程，只能永远成为你们父子俩的耻辱柱。”

“哈哈哈哈……”沈华北大笑起来。失重的虚弱使他站立不稳，但他的精神已亢奋到极点，“长城和金字塔都是完全失败的超级工程，前者没能挡住北方骑马民族的入侵，后者也没能使其中的法老木乃伊复活，但漫长的时间使这些都变得无关紧要，因为凝结于其上的人类精神将永远光彩照人！”他指指身后高高耸立的地球隧道南极站，“与这条伟大的地心长城相比，你们这些哭哭啼啼的孟姜女是多么可怜！哈哈哈哈……”

沈华北张开双臂，让南极的寒风吹透自己的身体，“渊儿，我们此生足矣——”他幸福地说。

尾声

沈华北再次苏醒是在半个世纪以后。

他醒来后，几乎经历了与五十年前的那次苏醒时一样的事——被一群陌生人带上车，进入地球隧道的漠河站，穿上密封服（令他不可理解的是，这密封服竟然比五十年前的那身笨重了许多），再次被扔进地球隧道，开始漫长的坠落。

五十年之后，地球隧道看上去没有什么变化，仍是一条由无数蓝色光圈标示出的不见底的深井。

不过这次，有一个人陪着他下坠。这是一位美丽的姑娘，她自我介绍说是他的导游。

“导游？对了，我的预感对了，地球隧道真的成为长城和金字塔了！”坠落中的沈华北兴奋地说。

“不，地球隧道没有成为长城和金字塔，它成了——”导游姑娘在失重中拉着沈华北的手，小心地与他在坠落中保持着同步。

“成了什么？”

“地球大炮！”

“什么？！”沈华北吃惊地打量着周围飞速掠过的井壁。

导游开始回忆：“在您冬眠后，全球的环境进一步恶化，污染和臭氧层破坏使各大陆最后的植被迅速消失，可呼吸的空气成为商品……这时，要想拯救地球生态，只有关闭人类所有的重工业和能源工业。”

“那样也许能让地球生态恢复，却会使人类文明毁灭。”沈华北插嘴说。

“面对当时的惨状，有许多人支持这种选择。不过更多的人在寻找另外的出路。最可行的办法，是把地球上的所有工业转移到太空中和月球上。”

“那么，你们建造了太空电梯？”

“没有。人们试了才知道，那比挖地球隧道还难。”

“那么，发明了反重力飞船？”

“更没有。科学家从理论上证明了它根本不可能。”

“核动力火箭？”

“这倒是有，但其运输成本与传统火箭不相上下。如果用这些手段向太空转移工业，就又会发生地球隧道式的经济灾难了。”

“那么你们什么也转移不了了。这么说，”沈华北咧嘴苦笑，“上面是后人类时代了？”

导游没有回答沈华北。两人在沉默中向着那无底深渊继续坠下去，周围飞掠而过的光环越来越密，最后井壁成为发出蓝光的平滑连续体。

又过了十分钟，蓝光变成红光，他们默默地以八千米每秒的速度通过地心。然后井壁很快又发出蓝光，导游姑娘灵巧地使身体旋转一百八十度，变为头向上的上升姿态，沈华北也笨拙地跟着这样做了。

“噢——”沈华北突然发出一声惊叫，从面罩右上角的显示屏中，他看到现在他们的速度是八点五千米每秒。

通过地心后，他们仍在加速！

让沈华北惊恐的另一件事是，他感到了重力，在这穿过地球的坠落过程中，本应自始至终都是失重的，可他真的感到了重力！科学家的直觉很快告诉他，这不是重力，是推力，正是这推力使他们克服了不断增长的地球引力，保持加速。

“一定还记得凡尔纳的登月大炮吧？”导游突然问道。

“小时候看过的最愚蠢的一本书。”沈华北心不在焉地回答着，一边四下张望，想搞清这突然出现的怪事。

“一点儿都不愚蠢。用大炮进行发射，是人类大规模进入太空最理想、最快捷的方式。”

“除非你想在炮弹中被压成肉酱。”

“被压成肉酱是因为加速度太大，加速度太大是因为炮管太短。如果有足够长的炮管，炮弹就能以温柔的加速度射出去，就像您现在感觉到的一样。”

“这么说，我们是在凡尔纳大炮里？”

“我说过，它叫地球大炮。”

沈华北仰望着发出蓝光的隧道，努力把它想象成一根炮管。由于速度太快，井壁看上去浑然一体，已没有任何运动感了，他们仿佛一动不动地悬浮在这根发着蓝光的巨管中。

“在您冬眠后的第四年，我们又研制出一种新型固态材料，除了具有以前这类材料的性质外，它还是优良的导体。现在，在这一半的地球隧道外表面，就缠绕着一圈用这种材料制成的粗导线，使这一半地球隧道变为一根长达六千三百千米的电磁线圈。”

“线圈中的电流从哪里来？”

“地核中有强大丰富的电流，正是这些电流产生了地球的磁场。我们用地核船拖着新固态导线，在地核中拉了上百条大回路，每条回路都有几千千米长，用这些回路来采集地核中的电流，并将它汇聚到隧道线圈上，使隧道中充满了强磁场。我们的密封服的肩部和腰部有两个超导线圈，线圈中的电流产生方向相反的磁场，推力就是这样产生的。”

由于继续加速，上升段很快要走完了，井壁再次发出红光。

“注意，现在我们的速度已达到十五千米每秒，超过了第二宇宙速度，我们就要飞出炮口了！”

这时，在地球隧道的南极出口，停放地心列车的高大建筑早已被拆除。地球隧道的圆形出口直接面对着天空，上面有一个密封盖板。扩音器中传出一个声音：“游客们请注意，地球大炮将进行今天的第四十三次发射，请您戴上护目镜和耳塞，否则将对您的视力和听力造成永久性损害。”

十秒钟后，隧道口的密封盖板哗地滑向一边，露出了直径十米的圆形井口，空气涌入真空井内，发出尖厉的呼啸。

一声巨响，井口喷出一道长长的火舌，其亮度使南极天边低垂的太阳黯然失色。随即，密封盖板又迅速滑回原位盖住井口，井内的抽气机发出低沉的轰鸣，抽空刚才盖板打开的三秒钟进入井内的空气，以准备下一次发射。

人们抬头仰望，只见两颗拖着火尾的流星正急速上升，很快消失在南极深蓝色的苍穹中。

沈华北并没有像想象中那样看到隧道出口迎面扑来——速度太快，他不可能看清。他只看到，那条发着红光、似乎通向无限高处的隧道在瞬间消失，代之以南极的蓝天，两者之间没有任何过渡，快得像屏幕上两幅图像的切换。

他猛地回头，看到脚下的大地正在急速退去。他认出了那座南极城市，它很快变成了一块篮球场大小的长方形。抬起头，他看到天空的颜色正在迅速地由蓝变黑，速度之快就像一块正在被调暗的屏幕。再低头，他看到了南极半岛狭长弯曲的形状，看到了围绕着半岛的大海。

他的身后拖着一条长长的火尾，看看身上才发现密封服的表面在燃烧，他被裹在一层薄薄的火焰中。距他十几米处与他一起上升的导游也同样被裹在火焰中，像一个拖着长长火尾的小怪物。

巨大的空气阻力像一只巨掌，狠狠地压在他的头上和肩上，但随着天空变黑，这巨掌像被另一种更加强大的力量征服了，它的压力渐渐变小。低头看，南极大陆已显示出完整的形状。沈华北惊喜地发现，这块大陆又恢复了原本的白色。

向远处看，地球已显示出弧形，太阳正从地球边缘移上来，在薄薄的大气层中散射出绚丽的霞光。再向上看，群星已在太空中出现，沈华北第一次见到如此晶莹灿烂的星星。身上的火光熄灭了，他们已冲出大气层，飘浮在寂静的太空中。

沈华北感觉身轻如燕。他发现自己身上的密封服——太空服——变薄了许多，表面的那层隔热物质已在与大气的剧烈摩擦中蒸发了。

这时，高速通过大气层时的通信盲区已过，他的耳机中响起了导游的声音：“穿过大气层时的阻力抵消了一部分速度，但我们现在的速度仍超过了逃逸值。我们正在飞离地球。你看那儿——”

导游指着下面已经变得很小的南极半岛。沈华北在地球隧道出口的位置看到了闪光，一颗拖着火尾的流星从半岛缓慢地飞升，在飞出大气层后火光熄灭了。

“那是地球大炮刚刚发射的一艘太空船，它将接我们回去。地球大炮的炮管中每时每刻都同时运行着五六颗‘炮弹’，这样它每过八到十分钟就射出一艘太空船，所以现在进入太空就如乘地铁一样便捷。二十年前工业大迁移开始时，发射最频繁，炮管中往往同时有二十多颗‘炮弹’在加速。地球大炮以两三分钟一发的频率向太空急促地射击，一批批太空船组成了上升的流星雨，那是人类向命运的庄严挑战，无比壮观！”

这时，沈华北在群星中发现了许多快速移动的星星，在静止的星空背景上很容易看出来，它们一定就在地球轨道上。再细看，它们中相当一部分可以辨出形状，有环形，有圆柱形，还有多个形状组合而成的不规则体，像漆黑太空中精美的小饰件。

“那是宝山钢铁公司。”导游指着一个发光的圆环说，然后又依次指点着其他几个亮点，“那几个是中国石化，当然它们现在不处理石油了。那几个圆柱形是欧洲冶金联合体。那些是用微波向地球供电的太阳能电站，发光的只是它们的控制中心，太阳能电池组和传输电能的天线阵列是看不到的……”

沈华北被这景象陶醉了，再看看下面蔚蓝色的地球，他的眼泪涌了出来。他现在最大的愿望，就是让参加过南极庭院工程的每一个人——故去的和健在的——都看看这一幕。他特别想到了其中一个人，一个在所有人心目中永远年轻的女性。

“找到我的孙女了吗？”他问道。

“没有，我们缺少在地核中进行远距离探测的技术。那是一个广阔的区域，谁也不知道铁镍流把她带到哪里去了。”

“能不能把我们看到的这一切用中微子发向地心？”

“一直在这么做呢，相信她已看到了。”

（本文荣获第15届中国科幻银河奖）